Catalin Dorian Florescu

Jacob beschließt zu lieben

Catalin Dorian Florescu

Jacob beschließt zu lieben

Roman

C. H. Beck

www.florescu.ch

Verlag C.H.Beck oHG, München 2011
Gesetzt aus der Palatino bei Fotosatz Amann
Druck und Bindung: Pustet, Regensburg
Gedruckt auf säurefreiem, alterungsbeständigem Papier
(hergestellt aus chlorfrei gebleichtem Zellstoff)
Printed in Germany
ISBN 978 3 406 61267 1

www.beck.de

1. Kapitel

In jedem Sturm steckt ein Teufel. In einem sommerlich flüchtigen wie auch in einem, der sich tagelang schwer aufs Land legt. Er versteckt sich vor Gott. Je ängstlicher er wird, desto kräftiger wirbelt er die Luft und die Erde auf. Doch auch das nützt ihm wenig. Wenn dann der Sturm draußen auf den Feldern jault, wissen die Menschen, dass Gott den Teufel gefunden hat.

Hat er Glück, so kann er fliehen. Er tritt aus dem Orkan heraus, der Wind legt sich, und die Wolken lösen sich auf, als ob es sie nie gegeben hätte. Aber es ist zu früh zum Aufatmen, zu dringend braucht der Gehetzte neue Tarnung. Er wird sie im Fell einer Katze oder in der dichten Krone einer Buche suchen. Wer sich an solchen Tagen aus dem Haus traut, rafft die Kleider fester um den Körper, damit der Teufel sich nicht einschleicht.

Im Juli 1924 kam mein Vater aus solch einem Gewitter heraus, und er widersprach jenen nie, die meinten, er habe mit dem Teufel paktiert. Nicht, als er Mutter heiratete, nicht, als sie mich bekamen, und auch nicht, als er alles wieder verlor.

Als damals die Wolkenfront im Westen, noch hinter der Grenze zu Ungarn, sich bedrohlich vorwärtsschob, sprang der alte Feldwächter auf. Das Donnern hatte ihn geweckt, der Himmel war wie mit Teer überzogen. Hastig suchte Marian sein Horn und wollte das Dorf warnen, aber der

Schnaps hatte seinen Mund trockengelegt. Er nahm wieder einen kräftigen Schluck, und jetzt erklang sein Ruf durch die in der Sonne erstarrten, verlassenen Gassen.

Inzwischen schlugen weit entfernt Blitze in den Acker, und der Regen setzte in breiten Schwaden ein. Marian steckte das Horn unter den Arm, schob die Füße in die Holzschuhe und lief zum Haus des Burghüters. So nannte man diesen, obwohl es hier nirgends eine Burg gab, aber vielleicht sahen die Bauern das ganze Dorf als Burg an. Ein Dorf, das so frei stehend und verwundbar war, dass es nicht nur dem Wetter, sondern allen, die hier durchwollten, ausgesetzt war. Ganzen Armeen und einzelnen Herumstreunern, Habsburgern und Ungarn, Irdischen und manchmal auch Überirdischen.

Der Burghüter Strubert wusste Bescheid, seine Frau hatte ihn, der an derselben Leidenschaft wie der Feldwächter litt, wach gerüttelt. Sie schleppte ihn zum Fenster, wo er fluchte und sie schlagen wollte, weil sie zu lange gewartet hatte. Er packte den Schlüssel zum Kirchturm, stürzte hinaus und rief dem Feldwächter zu, mit dem er beinahe zusammengestoßen wäre: «Sturmläuten!» Er ahnte nicht, dass er an jenem Tag die große, schwere Glocke gleich zweimal würde läuten müssen.

Sie war bereits 1773, ein Jahr nachdem das Dorf aus dem Nichts entstanden war, auf das Betreiben von Frederick Obertin hin in Temeschwar gegossen und auf einem Ochsenkarren hierhergebracht worden. Dann hatte man sie mit großer Mühe in den Glockenturm hinaufgezogen und neben der kleinen und der mittleren Glocke angebracht. Sie war die Wichtigste.

Sie war es, die man bei Feuer oder anderen Gefahren läutete. Sie, deren Schall sich hinaus auf die Felder ausbreitete, um die Mittagsruhe anzuzeigen, und die in der Dämmerung das Geläut der anderen zwei Glocken beendete, mit dem man die Leute von den Feldern nach Hause holte. Drei Schläge, für den Vater, den Sohn und den Heiligen Geist. Sie war es auch, die zuerst erklang, wenn ein Toter zu Grabe getragen wurde.

Der erste Tote hatte nicht lange auf sich warten lassen. Der Knecht Roland Manoeuvre sollte die Glocke kurz vor der Einweihung polieren, verhedderte sich in den Seilen und stürzte kopfüber in die Tiefe. Er fiel direkt vor die Füße von Frederick Obertin und den anderen Gästen. Vielleicht war es der Schnaps gewesen, vielleicht etwas anderes, Unerklärliches. Jedenfalls war dies der Anfang einer langen Serie von Unfällen, Morden und Selbstmorden, die das Dorf heimsuchen sollte. Das alles war Gottes Land, aber mit dem anderen rechnete man auch.

Als der Burghüter sich jetzt in die Hände spuckte und das Seil packte, hatten die meisten Bauern auf den Feldern, oft vier, fünf Kilometer entfernt, das Unwetter bemerkt. Mancher hatte sich mit der Hand im Kreuz aufgerichtet, weil er das veränderte Licht wahrnahm. Ein letztes schwaches Schimmern, bevor die Sonne verschwinden würde. Und eine erste, leichte Windböe, die alles Folgende ankündigte. Ende Juli war Erntezeit. Da standen überall in Garben gebündeltes Korn und oft noch getrocknetes Heu auf den Feldern. Aber da war nichts zu machen, man musste später sehen, was sich davon noch retten ließ. Sie packten ihre Geräte und Werkzeuge, ihren Proviant auf die Karren und marschierten los.

Von allen unbemerkt, erschien Jakob auf der schmalen Kiesstraße, die in einiger Entfernung am Dorf vorbeiführte und Temeschwar mit der ungarischen Grenze verband. Es war ein heißer Tag gewesen, an dem die Kleider am Körper klebten und der Staub in die Augen und die Nase eindrang. Auch Jakob hatte gesehen, dass der Boden in ein grellgelbes Licht getaucht war, das schnell matter wurde, bis es sich in Grau verwandelte. Er blieb stehen, hob den Kopf, schob seine speckige, unförmige Mütze aus dem Gesicht und schaute zum Himmel hoch. Er atmete kräftig ein, es roch nach Regen.

Die Wolken waren kaum noch einen Kilometer entfernt, der Wind wurde stärker und schüttelte heftig die wenigen Maulbeerbäume und Pappeln, welche die Straße säumten. Ganze Schwärme von Krähen kreisten lärmend und unruhig hoch über ihm, dann flogen sie auf die Stadt zu. Sie würden auf leer stehendem Fabrikgelände und in Parks, in Höfen und am Ufer des Bega-Kanals niedergehen und dort Schutz suchen.

Jakob sah in der Ferne die letzten Bauern zwischen den Häusern verschwinden. Er zog seine Schuhe aus, band sie an den Schnürsenkeln zusammen und schwang sie über die Schulter. Es gab keine Zeit zu verlieren, der Sturm war angekommen, der Horizont hatte sich auf ein paar hundert Meter verengt. Er sprang ins Feld und begann zu laufen.

Dass es eine schlechte Idee war, wusste er, obwohl Gott allen Menschen, die vom Blitz getroffen wurden, die Sünden tilgte. Daran glaubten die Rumänen, und er hatte lange genug unter ihnen gelebt, um das selbst für möglich zu halten. Als er auf halbem Weg zu den ersten Höfen war, regnete es bereits heftig, und der Wind stemmte sich gegen ihn, als ob er ihn aufhalten wollte. Aber der Wind hatte schlechtere Karten, Jakob ließ sich höchstens kurz aus dem Tritt bringen.

Doch manchmal schlugen die Böen ihm so wild ins Gesicht, dass er drei, vier Schritte vor- und ebenso viele zurückging. Da war er, ein großer Mann mit zerzausten Haaren, mit dem die Natur spielte oder die Teufel, die ihn hochheben und aus Wut darüber, dass Gott *sie* und nicht die Menschen jagte, auf die Erde schleudern würden.

Das Einzige, was ihm der Sturm rauben konnte, war die Mütze. Sie wurde über das Feld gerollt, in die Luft geweht und blieb in einer Hecke hängen. Auch die Jacke, in deren Tasche der Zeitungsartikel steckte, der ihn hierhergebracht hatte, blähte sich auf wie ein Segel und zog ihn nach hinten. Doch Jakob war zäh, daran sollte es nicht liegen. Er war nur ein paar Schritte von einem Stall entfernt, als etwas dicht an ihm vorbeiflog, ein Stück Schornstein oder Abflussrohr. Mit Mühe öffnete er eine schmale Tür auf der Rückseite des Stalls, schob sich hindurch und ließ sich auf das Heu fallen.

Die Tiere nahmen es hin. In der Nähe der warmen, zuckenden Körper der Kühe und Pferde fühlte Jakob sich wohl. Der Geruch von Dung und Heu, Dreck und Tierfellen hatte ihn immer schon beruhigt. Im Rhythmus der Tiere leben, sie trocknen, bürsten und zudecken, ihre Hufe einsalben und näher an sie heranrücken, wenn es im Herbst kühler wurde. Jakob kroch vorsichtig an eine der liegenden Kühe heran. Er streichelte sie, um sie zu beruhigen, griff nach einer Zitze und trank gierig. Die Kuh ließ es sich gefallen, für sie war er nur eine andere Art Kalb.

Er legte sich hin, schloss die Augen, aber nach kurzer Zeit riss er sie wieder auf. Er suchte hektisch in den Taschen nach der goldenen Uhr, und als er sie endlich in der Hand hielt, lächelte er zufrieden. Dann schlief er ein, in die Geräusche des niederprasselnden Regens, des Donners und des Windes gehüllt. Es war inzwischen dunkel geworden, durch die Rillen und die Spalten leuchteten die Blitze den schlafenden Menschen und die lauschenden Tiere aus.

Bis dann, kaum eine Viertelstunde später, ein anderer Mann mit einem Gewehr in der Hand das große Vordertor aufriss und im Licht der Blitze versuchte, den Fremden ausfindig zu machen. Als er ihn entdeckte, schritt er auf ihn zu und rammte ihm den Gewehrkolben in den Bauch. Jakob sprang auf, sein ganzer Körper wirkte wie ein Panzer.

«Ich habe Sie für einen Pferdedieb gehalten. Manche rechnen sich bei solchem Wetter bessere Chancen aus. Aber noch kein Pferdedieb hat sich schlafen gelegt. Sind Sie Schwabe oder Rumäne?», fragte der Mann.

«Schwabe», antwortete Jakob.

Alex Neper drehte sich um und ging wieder ins Haus. Als Jakob dachte, er habe ihn vergessen oder aufgegeben, und sich überlegte, ob er es riskieren und noch bleiben sollte – denn noch lange war der Sturm nicht vorbei –, hörte er vom anderen Ende des Hofes eine Stimme: «Kommen Sie her! Es gibt Maisbrei.» Jakob lief mit großen Schritten durch den Regen zum Haus.

Dort standen sie sich im fahlen Licht der Küche gegenüber, Neper hielt ihm einen Teller Maisbrei und dazu ein wenig Wurst hin. Jakob aß im Stehen, er stopfte sich den Maisbrei in den Mund. Neper ließ ihn gewähren, beobachtete ihn aber genau. Wenn er hätte kämpfen müssen, so hätte er gegen den Fremden keine Chance gehabt. Jakob war höchstens sechs- oder siebenundzwanzig Jahre alt, breiter als er, hatte eine kräftige Nase und einen starken Nacken. Wenn der sich vor einem aufbaute, konnte er gewiss erreichen, was er wollte. Zur Sicherheit zog Neper das Gewehr, das auf dem Küchentisch lag, ein wenig näher.

«Ich habe genau gesehen, wie Sie quer übers Feld gekommen sind», sagte Neper. Jakob schluckte den Rest hinunter, ignorierte das Glas, das ihm sein Gastgeber neben die Schnapsflasche gestellt hatte, setzte sie an den Mund und trank sie fast aus. Dann erst sah er sich um, es war eines der besseren Häuser, aber ungepflegt und unordentlich.

«Wo bin ich hier?»

«Beim Apotheker.»

«Nicht das, in welchem Dorf?»

Erst jetzt fiel Neper die Stimme des Fremden auf: tief, klangvoll und bestimmt.

«In Triebswetter. Wie Sie sehen, passt das trübe Wetter wunderbar zu unserem Dorfnamen.»

«Triebswetter? Dann bin ich am Ziel», sagte Jakob und schöpfte sich aus einem Topf noch mehr Maisbrei auf den Teller.

* * *

Der Orkan dauerte nun schon mehrere Stunden an. Er war immer noch nicht satt geworden, er oder die Wesen, die ihn bewohnten. Es gab Menschen, die meinten, sie seien nah genug herangekommen, um die Gestalten zu sehen, die sich darin verbargen, hässliche und abstoßende oder verführerische, aber nicht weniger gefährliche.

Wenn hin und wieder einer verschwand oder von seiner Reise nicht mehr zurückkehrte, sagte man: «Der Sturm hat ihn geholt.» Manchmal tauchte er wieder auf, aufgebläht und blau angelaufen, vom Fluss ans Ufer gespült. Oder er blieb vielleicht für immer weg. Dass der Mensch womöglich hinter einem neuen Mann oder einer neuen Frau hergelaufen war oder dass er den Tod einem Leben in der Enge des Dorfes vorzog, durfte nicht einmal gedacht werden. Es gab keinen Betrug und keine freie Entscheidung, es gab nur Gott oder die Teufel und das Schicksal, mit dem sie einen schlugen.

Als der Orkan nachgelassen hatte, wagten Neper und Jakob sich auf die Gasse. Umgestürzte Karren, herausgerissene Zäune und entwurzelte Bäume lagen herum. Eine Scheune, etliche Schornsteine und die Wand eines Hauses, das nur aus gestampfter Erde bestand, waren eingestürzt. «Wenn der Regen anhält, schwillt die Marosch an, und wir stehen bald unter Wasser», sagte der Apotheker und kehrte ins Haus zurück.

Jakob war durchnässt, aus seiner Kleidung tropfte das Wasser in die kleinen Bäche, welche die ganze Straße und den Garten von Neper durchzogen und Schlamm, Kies, Müll, sogar kleineres Werkzeug wegschwemmten. In solch einem Bach stand auch er, und das Wasser umspülte seine dreckigen Füße. Dann, als niemand es mehr erwartete, weil die Blitze in immer größerer Entfernung aufflammten, vielleicht sogar über Temeschwar, leuchtete der Himmel auf, und das Dorf zeigte sich gespenstisch im flüchtigen Licht. Ein gewaltiger Krach folgte dem Blitz und erschreckte sie alle, Mensch und Tier.

Neper eilte zum Fenster. Er sah den Fremden breitbeinig am Tor stehen, wie mit der Erde verwachsen, Teil des Regens und des Sturms geworden. Ein junger Mann noch, den er sich gut als seinen Stallburschen vorstellen konnte. Einer aber, bei dem man nicht wusste, womit man zu rechnen hatte. Was er hier suchte, war ihm unklar, es versprach aber nichts Gutes.

Der Inhaber der einzigen Apotheke weit und breit war ein bescheidener Mann. Sein Vater, der erste Alex Neper, hatte den Laden 1880 eröffnet, seine Medizin, Flaschen und Pulver in allen Farben aus Wien und Budapest importiert. Als leidenschaftlicher Chemiker hatte er alles Mögliche hergestellt und eines Tages sich selbst und den Laden in die Luft gejagt. Der Sohn hatte fast nichts mehr vom Vater wiedergefunden. Was er begraben konnte, passte gut in eine Schachtel. Die Glocke wurde trotzdem geläutet.

Neper hatte schon einiges gesehen, Typhus, Cholera und Pocken, denn oft machten die Bauern keinen Unterschied zwischen ihm und einem richtigen Arzt. Weil ein solcher, ein Tierarzt zudem, sich erst vor Kurzem in der Gegend niedergelassen hatte, hatte man *Neper* früher ans Krankenbett geholt. Woraus nicht selten das Totenbett wurde. Trotzdem schaffte es jener Mann, der halb so alt war, ihn zu verwirren.

Auch diesmal war der Burghüter nicht schneller zur Stelle. Kaum hatte man den Blitzeinschlag gehört, schon hatte seine Frau ihn wach geschüttelt.

«Wach auf, draußen brennt es, aber dein Hirn schwimmt im Schnaps!»

«Auch wenn ich gerne saufe, bin ich noch lange nicht taub», erwiderte er. Er zog etwas über, nahm den Schlüssel und trat aus dem Haus. Hier begegnete ihm erneut der Feldwächter.

«Wo brennt es?», fragte er.

«Bei der Amerikanerin», antwortete Marian.

«Dann ist Gott gerecht.»

Kurze Zeit später läutete die Glocke und weckte auch die Letzten, die Toten vielleicht, um sie an ihre Pflicht zu erinnern. Der Apotheker zog sich an, kramte einige Eimer aus einer dunklen Kammer hervor, griff nach einem zweiten Mantel und lief zu Jakob. Er streckte ihm den Mantel entgegen. «Der Blitz ist eingeschlagen. Kommen Sie!»

In jenem Augenblick tauchte von der Neroergasse her ein Pferd in einem Funkenregen auf. Sein Schweif und seine Mähne brannten, und aus dem glimmenden Fell stieg Rauch auf. Der Regen war gerade jetzt, da man ihn am meisten gebraucht hätte, schwächer geworden. Das Tier galoppierte dicht an ihnen vorbei. Es stieß gegen Mauern und Zäune, rammte einen Baum, dann knickte es entkräftet ein, versuchte wieder aufzustehen, blieb aber liegen. Es hob noch einmal den Kopf, in einem letzten Versuch, sich gegen den Tod zu stemmen, dann war es vorbei.

«Kommen Sie! Man braucht uns», wiederholte Neper seine Aufforderung.

«Das geht mich nichts an», erwiderte Jakob und sah Neper hinterher, der losgelaufen war.

Als es aufhellte, war der Spuk vorbei. Der Orkan war weitergezogen, bei den ersten Gipfeln der Karpaten angekommen, würde er sich ein letztes Mal aufbäumen, sich dann abschwächen und sich auflösen. Es war still, als ob die Welt gerade erschaffen worden wäre.

Neper rechnete nicht mehr mit Jakob, er hoffte nur, dass dieser nichts gestohlen hatte. Für solche wie ihn war ein unbewachter Hof eine Einladung. Wahrscheinlich aber war er ebenso schnell wieder verschwunden, wie er aufgetaucht war. Und wenn er noch einmal auftauchen sollte, würde Neper dafür sorgen, dass er es bereuen würde. Noch nie hatte jemand die Hilfe verweigert, noch nie sich dem widersetzt, was hier das Leben bestimmte: die Verpflichtung zum *Liebesdienst*. Das war man den anderen schuldig. Schuld hielt sie alle zusammen.

Wenn einer starb, dann trug man als Liebesdienst seinen Sarg. Wenn einem das Haus abbrannte, dann schleppte man Eimer voller Wasser. Wenn er es wieder aufbaute, dann half man dem Hausherrn aus. Es gab unzählige Liebesdienste, so war es seit den ersten Tagen, den Tagen von Frederick Obertin, gewesen. So hatte man es wohl auch in Lothringen gehalten, dem Land, aus dem die meisten von ihnen stammten. Es gab das Korn der anderen, das eingebracht werden musste, das Schwein, das geschlachtet, der Karren, der instand gesetzt werden musste. Den Bau einer Mühle, einer Kirche, einer Gasse.

Von Liebesdienst zu Liebesdienst zeugte man Kinder, verlor Kinder, verlor die Frau, fand eine neue, drosch das Korn, half einem Kalb auf die Welt, brannte sein Zeichen in Schweinsohren ein, verheiratete eine Tochter und wünschte sich einen Sohn, um ihm den Hof zu überlassen, ertrug Hitze und Hunger und auch den Fluss, wenn er böse und giftig alles überflutete, die Missernten, die Jahre der Ratten und der Cholera, das Alter und die Krankheiten, das verformte Rückgrat, die entzündeten Gelenke.

Am Ende lebte man als Gast im eigenen Haus, bei seinem Ältesten oder seinem Schwiegersohn und ging täglich denselben Weg von der Pritsche zum Ofen, um die alten Knochen zu wärmen. Wenn das alles im Laufe eines Lebens hundertfach erledigt worden war, kamen die anderen und erfüllten einem den letzten Liebesdienst.

Neper war schwarz vom Ruß, seine Hose war eingerissen, im Gesicht und an den Armen hatte er leichte Verbrennungen, Hut und Mantel waren verloren gegangen, und er hustete dauernd. Viel zu wenige waren gekommen, um der Amerikanerin und ihrem Vater zu helfen, zwei oder drei außer ihm, ansonsten nur die wenigen Tagelöhner, die bei ihnen arbeiteten. Ihr Vater wäre beinahe gestorben, weil er nicht von seinen Pferden lassen wollte. Das Feuer hatte sich schnell ausgebreitet, fast alles war niedergebrannt, Stallungen, Scheune und Karren, auch Teile vom Haupthaus. Eine Kutsche war noch ganz geblieben und das Gesindehaus.

Dutzende Male war Neper in den Stall gelaufen, hatte versucht, Tiere loszubinden, Schweine und Geflügel ins Freie getrieben, bis die Stützbalken nachgaben, das Dach einstürzte und jede Menge Vieh unter sich begrub. Er war auch mit den anderen ins Haus gestürmt, und sie hatten hinausgetragen, was sich tragen ließ. Das Wasser wurde aus einem Brunnen geholt, die Marosch war dafür zu weit weg.

Niclaus und seine Tochter Elsa hatten sich immer wieder in Gefahr gebracht, bis auch sie es irgendwann einfach hatten geschehen lassen müssen. Zuletzt waren sie im Freien neben dem Wohnzimmertisch gesessen, auf dem sich Geschirr, Bettwäsche, Fotoalben und Kleider auftürmten, die Köpfe auf die Hände gestützt. Um sie herum stapelten sich Getreidesäcke, Truhen, Matratzen, Kommoden, Werkzeuge.

Der Apotheker sperrte sein Haus auf, danach zog er sich müde und schwer aus, setzte sich hin und wusch sich gründlich. Er rieb sich wund, seine Glatze, sein gerötetes Gesicht, seine Arme. Er rieb den Geruch des Verbrannten mit langsamen, gleichmäßigen Bewegungen von seiner Haut.

Jakob stieß die Tür auf. In der einen Hand hielt er die Jacke fest, während sein Hemd offen über die Hose hing. Er machte einige Schritte auf den nackten, erschrockenen Neper zu und sagte in einem Ton, der keinen Widerspruch duldete: «Ich habe Hunger. Ich möchte essen.» Da läuft etwas gründlich schief, dachte Neper. Der Mann, den er noch vor Kurzem hatte erschießen wollen, den er sich dann gut als Stallbursche vorstellen konnte, benahm sich jetzt wie ein Hausherr.

«Sie sind noch hier?», stammelte er.

«Ich habe über Nacht dein Vieh bewacht, Bruder. Du solltest es nicht so alleine lassen, wegen der Diebe. Und jetzt will ich essen.» Jakob grinste.

Neper war ratlos. Ihn packte ein furchtbarer Husten. Hier, wo man sich mit *Bruder* und *Schwester* ansprach, schuldeten die Jungen den Alten unbedingten Respekt. Für das geringste Vergehen zahlte man eine Buße, für schwerwiegendere wurde man noch vor nicht allzu langer Zeit auf dem Strafbock ausgepeitscht. Am Pranger durchs Dorf geführt.

Um seine Erregung zu verbergen, führte er automatisch den Waschlappen am Körper entlang, aber seine Sinne waren angespannt. Aus dem Augenwinkel sah er den Mann auf sich zukommen, bis er ihn fast berührte. Jetzt war er in der Klemme, weder konnte er zur Seite springen noch aufstehen und sich wehren. Und sein Gewehr lag seit dem Vorabend auf dem Küchentisch.

Neper starrte auf Jakobs Schuhe, eine Holzsohle, worüber ein Schuster das abgetragene Leder eines noch älteren Schuhwerks gespannt hatte. Dann hob er langsam den Kopf, sah sein Hosenbein, das an vielen Stellen aufgerissen war. Die Hose, die für alles herhalten musste:

Feld- und Stallarbeit, Freizeit und Kirchgang, wenn so einer überhaupt in die Kirche ging. Das fleckige Hemd, das einmal weiß gewesen sein musste, die behaarte Brust, das Kinn.

In wenigen Sekunden hatte Neper Maß an seinem Gegner genommen und mehr über dessen Armut erfahren, als ihm lieb war. Solche Tagelöhner und Landstreicher waren gefährlich, sie hatten wenig zu verlieren, und das wenige setzten sie gerne aufs Spiel. Dafür brauchten sie nicht betrunken zu sein, sondern nur den geringsten Anlass.

Sie hatten so lange mit dem Vieh gelebt, so lange waren sie gering geschätzt worden und schätzten sich womöglich selbst gering ein, sie lebten so sehr im Wissen, dass ihr Leben eine einzige Wiederholung von Mangel und Entwürdigung war, von Warten auf den mageren Lohn, von gierigem Saufen, Kartenspielen, Hurerei und erneutem Warten, dass sie immer schon mit dem Schlimmsten rechneten. Und deshalb unberechenbar waren.

Hatten nicht erst vor wenigen Jahren zwei solcher Männer die Schwiegertochter von Peter Bartu erschlagen und waren erst nach einer tagelangen Hetzjagd gefasst worden, bei der sogar die Gendarmerie aushelfen musste? Waren sie nicht zahm und reuig gewesen und hatten vorgegeben, sich an nichts mehr zu erinnern, und alles dem hochprozentigen Rausch zugeschrieben? Und noch früher, war da nicht der Burghüter Josef Reno oder Gogo Joschka, wie sie ihn alle nannten, in einem schlimmen Winter auf Gassenwacht von einem Pferdedieb mit seinem eigenen Gewehr erschossen worden?

«Wenn Sie entschuldigen», sagte Neper und versuchte aufzustehen. Wenn er überhaupt eine Chance haben würde, dann stehend. Doch der Fremde zog sich nicht zurück, sodass dem Apotheker nichts anderes übrig blieb, als sitzen zu bleiben.

«Ich entschuldige gar nichts. Ich habe deinen Hof bewacht, du schuldest mir Essen.»

«Ich habe Sie nicht darum gebeten.» Der Apotheker wunderte sich über seinen Mut. Der mächtige Körper des anderen war nur eine Handbreit von Neper entfernt und stand da wie eine Wand.

«Erbeten oder nicht, die Arbeit ist erledigt worden, während du bei irgendwem Feuer gelöscht hast. Und jetzt will ich bezahlt werden.»

Ein letztes Mal nahm sich der Neper vor, tapfer zu sein. «Drohen Sie mir?» Er sah, wie sich die Hände des anderen, die auf seiner Augenhöhe waren, zu Fäusten ballten, sie verharrten so einen Moment lang, während die Adern auf seinen Unterarmen anschwollen. Im Spalt, den ihm Jakobs Körper übrig ließ, konnte er sich nicht bewegen und sich kaum verteidigen.

Dann geschah etwas, womit Neper nicht gerechnet hatte. Der Fremde gab nach, seine Arme und Hände entspannten sich, er trat zurück und hängte die Jacke über eine Stuhllehne. «Du bist ja nackt, und unsereins platzt einfach so rein.» Weder seine Haltung noch seine Stimme verrieten die Anspannung von eben. Jetzt wirkte er wie ein Nachbar, der einen kurzen Besuch abstatten wollte und, ohne anzuklopfen, eingetreten war.

Der Apotheker zog sich hastig an, um durch die Kleidung einen Schutz gegen den Fremden zu haben, der plötzlich verlegen wirkte. In kurzer Zeit hatte sich vor seinen Augen eine Verwandlung vollzogen, die er sich nicht erklären konnte. Aber angezogen und gewaschen und vor allem im Stehen war er wieder der Herr im Haus und der andere ein Bittsteller.

Jakob ging in die Küche, und Neper folgte ihm aufgeregt, denn dort lag auch das Gewehr. Er fand Jakob friedlich am Tisch sitzend vor, wie er sich einen Brotlaib an die Brust drückte und ihn mit dem Messer durchschnitt. Er riss ein Stück vom Teig heraus und tunkte es in die Maisbreireste der letzten Nacht. Damit stopfte er sich den Mund voll. Dann folgten einige dicke Wurstscheiben. «Da ist doch alles, was man braucht. Warum hast du es nicht früher gesagt, Bruder? Aber setz dich doch hin, iss mit. Ich bin glücklich, hier zu sein.»

Schon wieder war alles verkehrt, dieser Mann bat ihn an seinem eigenen Tisch zu Tisch. Außer Gefahr und leicht amüsiert, setzte er sich hin und nahm das Brot an, das der andere ihm hinhielt. Er gab seinem Hunger nach, denn das nächtliche Schuften hatte Kraft gekostet.

«Eines habe ich gelernt. Man soll immer essen, als ob es die Henkersmahlzeit wäre», fügte Jakob hinzu. Er schmatzte genüsslich, sein Blick fiel auf das Gesicht des Apothekers, und er begann zu lachen. «Was ist denn mit dir los? Du siehst aus, als ob du dem Teufel begegnet wärst. Keine Angst, du bist ja bei dir zu Hause.» Es wurde still, nun schmatzte auch Neper und stieß wiederholt auf, weil er alles gierig runterschlang.

«Wie heißen Sie?», fragte Neper nach einer Weile.

«Jakob.»

«Jakob wie?»

«Einfach Jakob.»

«Jeder hat einen Nachnamen.»

«Ich nicht. Jakob muss genügen.»

«Aber …»

Der Fremde schlug mit der Faust auf den Tisch, die andere Hand legte er flach daneben. Sein Blick wurde wieder stechend und kalt. «Du kannst fragen, solange du willst. Es wird keine andere Antwort geben.» Und wieder setzte die Verwandlung ein, er lehnte sich zurück, wirkte plötzlich satt und zufrieden und wischte den Tellerrand mit dem Brot ab. Als ob er sich an etwas Wichtiges erinnert hätte, sprang Jakob auf, holte seine Jacke und kramte eine Zeitungsseite heraus, faltete sie auseinander, legte sie vor den Apotheker und glättete sie.

«Kennst du diese Frau?» Der Apotheker schaute kurz hin, dann brach er in Lachen aus. «Kennst du sie?», fragte Jakob erneut mit Nachdruck.

«Ob ich sie kenne? Das ist Elsa Obertin. Jeder kennt sie, von hier bis Temeschwar und weiter. Wir nennen sie *die Amerikanerin*. Wenn Sie gestern Abend mitgekommen wären, hätten Sie sie kennengelernt. Ihr Hof ist nämlich abgebrannt.»

Jakob zuckte zusammen. «Ihr Hof? Abgebrannt?», fragte er.

«Wir haben versucht, so viel wie möglich zu retten, aber wir sind zu wenige gewesen. Dabei ist Helfen bei uns Ehrensache. Aber man mag sie nicht, seit sie aus Amerika zurück ist. Man erzählt sich so mancherlei. Sind Sie ihretwegen hier?»

Jakob antwortete nicht sofort, er schien mit etwas anderem beschäftigt zu sein und grübelte lange nach. «Heißt das, dass sie gar nichts mehr hat?», fragte er anschließend.

«So würde ich es nicht sehen. Sie hat noch genug. Aber wieso interessiert Sie Elsa so sehr?»

Jakob steckte das Blatt zurück in die Tasche und schaute

sich um, als ob er etwas Bestimmtes suchte. Als Neper gar nicht mehr mit einer Antwort rechnete, sagte er: «Weil ich sie heiraten werde. Hast du frische Kleidung und ein Rasiermesser für mich, Bruder?»

Das war der erste große Auftritt meines Vaters. Er war von den Karpaten herabgestiegen und steilen Wegen und Trampelpfaden, Bächen und Flüssen gefolgt. Er hatte sich bei Bauern und Förstern für ein wenig Maisbrei und Kartoffelsuppe verdingt, war dann weitergezogen, von der Angst, es könnte zu spät sein, verfolgt. Er hatte die Banater Ebene erreicht, die sich von der Sonne gebleicht, staubig und aufgesprungen vor ihm ausgebreitet hatte.

In Temeschwar hatte er im kleinen Hafen Mehlsäcke auf österreichische Schiffe geladen und bei den Handwerkern auf dem Josefsplatz als Geselle gearbeitet. Er war geschätzt worden, hatte Kraft, Ausdauer und Geschick, aber er konnte sich keinem Meister unterstellen. Es war immer derselbe Gedanke, der ihn fortzog und dazu führte, dass er eines Tages die Stadt in westlicher Richtung verließ. Auf seinem Weg nach Triebswetter hatte er viele Stationen durchlebt, bei keiner war er länger als ein paar Wochen geblieben.

Der Gedanke, ein anderer könnte dieselbe Idee gehabt haben, könnte früher aufgebrochen, schneller vorwärtsgekommen sein und es weiter gebracht haben als er, ließ ihm keine Ruhe. Bis er dann während des kräftigen Sturms selbst wie ein Naturereignis auftauchte. Doch während Erdbeben, Trockenheit oder Überschwemmung wieder verschwanden, setzte er sich fest. Zuerst bei Neper, dann bei meiner Mutter und später bei allen anderen.

* * *

Die erste Hochzeit in Triebswetter wurde nach dem ersten Toten, dem unglückseligen Knecht Manoeuvre, am 27. April 1773 eingeläutet. In der Dorfchronik steht geschrieben, dass sie aus Gründen unerlaubter Kopulation erfolgt sei. Nicht, dass man sich in dieser Gegend der Welt nicht gerne paarte. Die dumpfen, ihrer Lust ausgesetzten Männer drangen häufig und heftig in die Körper ihrer Frauen ein.

Das war ihr einziges Recht, wenn man bedenkt, dass sie nicht einmal wirklich sich selbst gehörten. Fuhr der Grundherr vorbei, Baron Alvinczy, dann drückten sie, wenn sie Schwaben waren, ihre Filzhüte oder, wenn sie Rumänen waren, ihre Schafsfellmützen an die Brust und verbeugten sich. Stieg der Gutsherr aus, liefen sie hin, um ihm die Hand zu küssen. Es gab zu wenig Hand für so viele Münder.

Zu Hause aber waren alle Herren. Die animalische Kopulation, wenn sie von Erregung und Verlangen durchflutet waren, war das Einzige, was ihnen ganz allein gehörte und sie entschädigte. Sie und der Schnaps in der Kneipe. Häufig fand der Beischlaf vor Sonnenaufgang statt, nicht, um sich vor Gott zu verstecken, sondern weil sie nur dann nicht müde waren. Betäubt vom Stallgeruch, vom Kot und Urin im Nachttopf, von der abgestandenen Luft, von Mundgeruch und dem Gestank dreckverkrusteter Füße und ungewaschener Körper, zerstochen von Flöhen und Mücken, rutschten sie unter der Strohdecke herüber und fanden schnell den ebenso übel riechenden Körper des anderen.

Es gab aber auch einen weiteren Grund, weshalb die Triebswetterer sich so fleißig paarten. Sie waren nur zweihundert Familien, die in ihren aus Lehm gestampften

Häusern ausharrten. Wollten sie Bestand haben, wollten sie, dass das unbarmherzige Land sie nicht verschlang und auslöschte, waren sie dazu verdammt, sich zu vermehren. Niemand hatte es offen ausgesprochen, als sie ihre Häuser bezogen, als das erste große Sterben durch die Cholera kam, aber alle hatten es gewusst. Schließlich war das ihr Kolonistenschicksal, deshalb hatte sie die österreichische Kaiserin hierhergeschickt. Nicht, damit sie ausstarben, sondern damit sie Fuß fassten.

Also schliefen auch Ludwicus Godron und Anna Odromat miteinander, allerdings übereilt. Sie waren beide noch keine sechzehn und kannten sich erst seit wenigen Monaten. Eine Paarung, die nicht mit dem Willen Gottes geschah. Der Feldwächter, der sie fand, blies in sein Horn, als ob er einen Brand, einen Diebstahl oder ein anderes Unglück zu verkünden hätte. In wenigen Augenblicken war das verängstigte Paar von einer schimpfenden Menschenmenge umringt, und wenig fehlte, dass man es gelyncht hätte.

Sie hatten ihr Leben Frederick Obertin zu verdanken, der sich vor sie stellte und die Einberufung eines Richttages verlangte. Es ist nicht so, dass er besonders liebenswürdig war, er handelte nicht aus Mitgefühl, sondern weil er der Richter war. Und seine Macht war die Rechtsprechung.

Normalerweise dauerte die Vorbereitung eines Richttages eine Woche. Das Zeichen, dass bald gerichtet wurde, ging von Haus zu Haus. Jeder kannte seine eigenen Vergehen, die in einem vom Richter aufbewahrten Strafbuch aufgelistet waren. Jeder fürchtete den Tag. Ein solcher Fall wie der von Ludwicus und Anna aber war dringend und erforderte Härte. Man zog Anna an den Haaren durchs Dorf, schubste und ohrfeigte Ludwicus, von überallher strömten Menschen lärmend und spottend zur Hauptgasse. Erst vor dem Hof des Richters ebbte der Lärm ab, die alten Männer schoben das Paar vor sich her, bis alle im Haus verschwanden.

Dort wurde Gericht gehalten, und Frederick verurteilte die beiden zu dreißig Peitschenhieben, zur anschließenden Vermählung, zum Ausschluss aus der Gemeinschaft und zum Leben fernab des Dorfes. Sie durften die Dorfgrenze nur wieder passieren, um einmal im Jahr die Eltern zu besuchen. Sie wurden also ausgepeitscht, und der jungen Frau wurde ein Brautkleid über die noch frischen, blutigen Striemen gezogen. Der Pfarrer läutete die Glocken, die kleine, die große, dann wieder die kleine und am Schluss alle drei zusammen.

Direkt vor der Kirche wurden die beiden auf einen Ochsenkarren gesetzt, mit Proviant, einer Kuh und etwas Werkzeug versehen und zur Dorfgrenze gebracht. Das Kind, das Anna später gebar, starb ungetauft am zweiten Tag. Seine Seele holten sich die Teufel, sagten die wenigen Rumänen im Dorf.

Gemessen an solchen Maßstäben, hätten Jakob-ohne-Nachnamen und Elsa Obertin ausgepeitscht, gerädert und die Erinnerung an sie hätte aus dem Gedächtnis der Leute ausgelöscht werden sollen. Denn sie, die nicht mehr ganz jung, aber Gottes Gesetzen genauso ausgesetzt waren, schliefen miteinander nach nur drei Wochen, für Elsa nicht freiwillig, aber auch nicht unerwünscht. Sie musste sich einen solchen Mann sichern, der den weiten Weg nur für sie auf sich genommen hatte.

Als Jakob am Morgen nach dem Sturm vor den Überresten ihres Hofes auftauchte, sah er in den Kleidern von

Neper wie ein zu schnell und zu groß gewachsener Junge aus. Elsa hätte beinahe gelacht und den Zustand des ehemals stolzen, dann heruntergekommenen und jetzt zerstörten Hofes der Obertins vergessen, den sie mit Geld aus Amerika erst wieder instand gesetzt hatte.

Die Flammen konnten den Hof rauben, aber niemals den Boden, den sie besaß. Doch viele ihrer Rinder hatten auf den Weiden übernachtet und konnten vor dem Sturm nicht mehr nach Hause gebracht werden. Nur die Pferde von Niclaus, Elsas Vater, waren im Stall eingeschlossen gewesen. Er wollte sie immer in seiner Nähe haben, seitdem seine Frau gestorben war. «Wenn ich die Pferde sehe, sehe ich sie. Sie hat sie doch so geliebt», murmelte er manchmal. Jetzt waren alle bis auf eines verbrannt oder vom einstürzenden Stall erschlagen worden.

Vermutlich aber waren Elsa und ihr Vater für Jakob genauso seltsam anzusehen, wie sie da rußgeschwärzt in ihren Nachthemden und Stiefeln steckten. Jakob entging nicht, dass die Menschen, die vorbeizogen, nur verstohlen hinschauten, meist den Kopf abwandten, obwohl sie das Unglück anderer magisch anziehen musste.

Elsa war damit beschäftigt, die Überbleibsel nach Brauchbarem zu durchforsten und Gerätschaft und Hauseinrichtung zu sammeln. Währenddessen stocherten die Tagelöhner, die sie wegen der Ernte eingestellt hatten, in der heißen Asche nach glimmenden Stellen herum. Wenn sie eine fanden, gossen sie Wasser in die kleine Mulde, aus der dann Dampf aufstieg. Niclaus kniete neben einem seiner Pferde nieder und streichelte es, als ob es noch lebte.

So kam Jakob langsam und prüfend auf sie zu, und er behielt die kleine, zierliche Frau, die meine Mutter werden sollte, stets im Blick. Sie bemerkte ihn erst, als er schon eine Weile dastand. «Plötzlich war er da», würde sie später sagen. «Was hätte ich tun sollen?» Und das meinte sie durchaus so.

Als ob sie keine Wahl gehabt hätte, nachdem er erschienen war. Als ob sich ihr Leben in ein Vorleben ohne ihn und ein Nachleben mit ihm aufgeteilt hätte. Als ob alles bis zu jenem Zeitpunkt eine einzige Vorbereitung, ein Vorlauf gewesen wäre, nicht ohne Bedeutung, denn immerhin hatte sie Dinge gesehen und getan, von denen andere nur träumten, und nicht einmal das. Manche dieser Dinge würde sie bis zum Schluss verschweigen.

Sie war siebenundzwanzig, für die Welt, in der sie lebte, schon eine alte Frau. Auch in ihren amerikanischen Nächten drüben in New York soll sie es sich oft und gerne vorgestellt haben, dass da noch etwas Großes kommen würde. Etwas, das sie für das Warten entschädigen würde. «Etwas Großes, hatte ich gedacht, aber mit seiner Größe habe ich nicht gerechnet», erzählte sie später.

Jedenfalls bemerkte sie Jakob, als er, die Hände in den Hosentaschen, zu ihrem Vater sagte: «Bruder, eines deiner Pferde liegt tot vor dem Haus des Apothekers.» Er spuckte, dann drückte er die Schuhspitze auf die kleine feuchte Stelle im Staub. «So ein Jammer. Ich liebe Pferde, weißt du. So etwas zu sehen, bricht einem das Herz.» Noch während er das sagte, trat er in den Hof ein und setzte sich an den schweren Tisch, den sie ebenso wie einen Stuhl, ein Bett und mehrere Teppiche hinausgetragen hatten. Das alles stand herum und bildete die Kulisse für die Inszenierung, die er sich ausgedacht hatte.

Ein Hahn sprang auf den Tisch, plusterte sich auf und

krähte los, obwohl die Sonne bereits hoch stand. «Der Hahn kräht am helllichten Tag», sagte Niclaus, mein künftiger Großvater. «Entweder ist er verrückt geworden, oder er will uns verhöhnen.» Elsa bat einen der Tagelöhner, ihr Wasser in die Handflächen zu gießen, beugte sich leicht vor und wusch sich Gesicht, Arme und Hände, dann ging auch sie zum Tisch. Niclaus folgte ihr.

Sie musterte Jakob lange mit unbeweglicher Miene, bis er aufsprang, als ob er sich an etwas erinnert hätte. «Du hast es nötiger als ich, zu sitzen, Schwester», sagte er und schob ihr den Stuhl hin. Jetzt konnte ihn Elsa in seiner vollen Größe sehen, sie reichte ihm bis zur Brust. Es war nichts an ihm, was sie nicht mögen konnte. Sie staunte über ihre Gedanken, aber sie war eigentlich noch jung, ihre Blicke waren nicht nach innen gekehrt, so wie später. Als weder sie noch ihr Vater etwas sagten, schob Jakob nach: «Eine furchtbare Nacht, nicht wahr?»

«Wer sind Sie?», fragte sie.

«Ich bin Jakob.»

«Und was wollen Sie hier, Jakob?»

«Nun, Schwester, ich komme von weit her, aus Bokschan. Du kennst Bokschan vielleicht nicht, es liegt in den Bergen. Ich bin vor mehr als zwei Monaten aufgebrochen, um zu dir zu kommen.»

«Wenn Sie Arbeit wollen, haben wir gerade sehr viel davon, wie Sie selber sehen können», unterbrach ihn Elsa.

«Deshalb bin ich nicht da.»

«Weshalb dann?»

«Ich will es ja gerade erzählen. Mein Vater war Schwabe. Als ich klein war, ist er mit mir nach Bokschan gezogen. Es ging uns dort ein wenig besser, sogar einen kleinen Stall mit ein paar Tieren hatten wir, aber als Vater gestorben ist, musste ich alles verkaufen. Nur das da ist mir geblieben. Woher er sie hatte, weiß ich nicht.»

Er holte aus der Hosentasche die goldene Uhr.

«Danach konnte ich mich irgendwie durchschlagen. Mal bei Eckl an der Wassermühle, mal bei der Benzinpumpe, ja, wir haben sogar Autos in Bokschan. Die Straßen sind löchrig, nur Schotterpisten, so ein Auto gibt bei uns nach zwei oder drei Jahren seinen Geist auf. Ich habe sie repariert und nebenbei auch die Pumpe bedient.

Dann habe ich bei Augenstein, einem Juden, gearbeitet. Wir haben Stoffe, Scheren, alles für die Schneiderei verkauft. Ich war eine Art Handlanger, der Mann fürs Grobe. Schauen Sie sich meine Hände an. Ich und eine Nähnadel, das wäre zum Lachen. Stoffballen entladen, Lieferungen machen, mehr in die Richtung. Der Augenstein hat sein Geschäft gleich bei der Synagoge, aber ich vergesse, dass du Bokschan nicht kennst.

Da kommen also zuerst die Synagoge, dann das Eisenwarengeschäft von Laurentz und dann unser Laden. Ich will sagen, der des Juden. Und gegenüber ist unser Hotel, ganz eindrücklich ist es, mit einem Ballsaal im ersten Stock, der so groß ist wie, sagen wir, von hier bis zu den verkohlten Apfelbäumen dort hinten. Ich habe oft bei Augenstein vor dem Laden gestanden und habe mir von unten das bunte Treiben angeschaut. Da hängen zwei, wie sagt man gleich, Lüster an der Decke, alles aus Kristall natürlich. Ich habe geholfen, sie auszuladen, als sie aus Böhmen geliefert worden sind.

Nun ja, so ein Ball ist nichts für unsereinen, erstens wird man da nicht reingelassen, und zweitens steht man den Frauen beim Tanzen auf den Füßen. Sie sehen doch, was für Füße ich habe. Eher bringt man einem Ochsen das Polkatanzen bei als diesen Füßen. Aber neugierig war ich und wollte sehen, was man so treibt dort drinnen.

Also warte ich einmal auf eine neue Materiallieferung, der Augenstein ist mit seinen Töchtern schon beim Ball, und der Wagen verspätet sich. Das ist normal bei uns, der Weg ist lang und unberechenbar. Da sind schon mal Autos in die Tiefe gestürzt, wenn sie Steinbrocken oder Löcher umfahren wollten. Ich höre die ganze Zeit die Musik von nebenan und das Gelächter der Leute, immer wieder eine Polka, dann ein Csardas, dann wieder eine Polka.

Also gehe ich auf die Straße, doch wenn ich schon auf der Straße bin, denke ich, warum soll ich sie nicht überqueren? Und wenn ich schon mal vor dem Hotel stehe, warum soll ich nicht auch hineingehen? Am Empfang ist niemand, obwohl normalerweise immer einer da steht, der Laufburschen und Zigeuner abfängt.

Ich nehme die Mütze ab, ich hüstle, aber keiner kommt. Und da ist die Musik aus dem ersten Stock, die mich magisch anzieht, also sage ich mir: ‹Du gehst weiter, Junge, jetzt ist es sowieso egal, wo sie dich erwischen. Du bist doch nicht zum Stehlen da, das werden sie schon einsehen, wenn es darauf ankommt. Der Augenstein legt bestimmt ein gutes Wort für dich ein.›

Ich gehe die Treppe ganz vorsichtig hinauf, als ich oben ankomme, schiebe ich einen dicken Vorhang beiseite und erschrecke. Dort steht der Empfangsherr, doch anstatt mich wegzujagen, hält er sich den Finger an die Lippen und bedeutet mir, dass ich durchs Glas schauen soll. Da sind nämlich so Schiebetüren mit Glas, und auf dem Glas steht der Name des Hotels.

Was ich dort gesehen habe, ist wie ein Traum gewesen, am liebsten wäre ich nicht wieder aufgewacht. Schöne, reiche Menschen, die Männer in Frack und die Frauen schulterfrei, mit Schleifen und Glitzer, du verstehst mehr davon als ich, Schwester. Jede Menge Mädchen, die ich vom Sehen her kannte, und alle hatten sich herausgeputzt.

Ich starre eine Weile vor mich hin und bewundere auch die Dekoration, denn manche Stoffe waren aus unserem Laden. Ich stehe da wie ein verzauberter Bauernlümmel, der ich bestimmt auch bin, Schwester. Plötzlich stößt mir der andere den Ellbogen in die Rippen und hält mir eine Zeitung hin. ‹Die haben keine Klasse›, murmelt er. ‹Die hat Klasse.› Ich habe gar nicht gewusst, was er mit *Klasse* meint. Das gibt es doch nur bei den Zügen, erste, zweite Klasse, ich fahre dritte Klasse. Auf den Waggonstufen, da bin ich schneller weg, wenn der Zugführer kommt.» Jakob zwinkerte Elsa zu.

«Ich will mir also gerne das Foto näher anschauen, doch genau in jenem Augenblick wird an der Straße gehupt. ‹Du kannst die Zeitung haben›, sagt mir der Empfangskerl, ‹mich wird sie sowieso nicht heiraten.› Ich stecke sie mir unter den Arm und laufe los. Erst zu Hause, als ich mich am Abend auf die Pritsche gelegt habe, habe ich die Zeitung aufgeschlagen. Man will doch wissen, was in der Welt passiert, wenn man an so einem Ort wie Bokschan lebt. Ich blätterte sie durch und stieß auf das Foto, das er mir zeigen wollte. Hier, sehen Sie?»

Jakob holte die Zeitungsseite hervor, faltete sie auseinander und legte sie auf den Tisch. Mit der offenen Hand strich er darüber, um sie zu glätten.

«Das bist du, Schwester, als du in Temeschwar am Bahnhof angekommen bist. Darunter steht: *Die Rückkehr der Amerikanerin. Am Temeschwarer Bahnhof wird sie von vie-*

len Schaulustigen empfangen. Dann erklärt der Journalist, dass du eine lange Fahrt hattest, von New York nach Temeschwar, wochenlang auf dem Schiff und im Zug. Im Hintergrund sieht man dein Gepäck, es ist eine ganze Menge. Das Foto ist bei deiner Ankunft vor zwei Jahren gemacht worden, das Interview ist aber ganz neu, noch nicht einmal vier Monate alt. Der Journalist fragt dich noch, was am schwierigsten gewesen ist, nach der Rückkehr. Weißt du noch, was du geantwortet hast? Wo ist schon wieder die Stelle?»

Jakob fuhr mit dem Finger fiebrig über den Text. «Da ist sie. Du sagst: *Das Schwierigste ist, einen Mann zu finden. In meinem Alter ist man in Amerika noch ganz jung, aber hier schon ziemlich alt.* Und du sagst auch noch, dass sich die heiratsfähigen Männer vielleicht auch deshalb fernhalten, weil du nun reicher bist als die meisten von ihnen. Ich zitiere wieder: *Aber auch ich wünsche mir einen Mann, wie jede andere Frau auch. Einen, der den Hof des Vaters übernimmt und mit dem ich in meinem neuen Stadthaus leben kann. Und Kinder haben, warum nicht auch Kinder haben? Alles, was eine Frau glücklich macht, wünsche ich mir.* Nun», Jakob machte eine Pause, um die Wirkung seiner Worte zu verstärken, «deshalb bin ich hier. Ich möchte dich heiraten, den Hof führen und Kinder zeugen. Eines würde schon genügen, ein Junge, um später den Hof zu beerben.»

Er sprach diesen Satz langsam aus und betonte jedes Wort, als ob er es auskostete, es schien ihm zu schmecken, wie ein feines Gericht. Elsa packte die Stuhllehne und setzte sich hin. Ihr Vater riss die Augen auf, zog die Zeitungsseite zu sich und las die Stellen noch mal leise vor.

«Halte mich nicht für verrückt, Schwester. Ich habe es mir genau überlegt, Tag und Nacht. Es ist mir gar nicht mehr aus dem Kopf gegangen. Du brauchst einen Mann für dein Glück, und ich brauche einen Hof. Es kann funktionieren. Du brauchst mir auch nicht gleich zu antworten, ich warte so lange drüben beim Apotheker. Wir verstehen uns gut, er ist nur etwas schreckhaft. Er ist sicher froh, wenn ich mich ein wenig um die Tiere kümmere.»

Zuerst geschah gar nichts, alle drei schienen wie verhext zu sein, als ob Jakobs Worte ein Zauberspruch gewesen wären. Die Tagelöhner und der Hahn beäugten sie aus sicherer Entfernung. Wenn der Hahn nicht wieder gekräht hätte, hätten die drei womöglich lange nicht gewagt, sich zu rühren.

Elsa, um sich nicht vergewissern zu müssen, dass das alles tatsächlich geschah. Niclaus, weil sein größter Wunsch in Erfüllung gegangen war. Da stand tatsächlich ein arbeitsfähiger, gesunder Mann vor ihm, der den Hof übernehmen konnte. Die Erde, der Acker, an dem er so hing, vielleicht mehr als an seiner Tochter, das alles würde sich nicht in Gestrüpp verwandeln. Und was eigentlich noch schlimmer wäre: Sie würden nicht in fremde Hände übergehen. «Er will uns verhöhnen», murmelte er gedankenverloren.

Als sich Elsa noch immer nicht bewegte, setzte Jakob zum Rückzug an. «Dann lasse ich euch lieber allein, damit ihr es euch überlegen könnt. Ihr wisst, wo ihr mich findet. Und, Bruder», jetzt drehte er sich ihrem Vater zu, «es sieht ganz so aus, als ob du hier zwei kräftige Arme gut brauchen könntest. Auch auf den Feldern habt ihr bestimmt noch viel Korn stehen, viel habt ihr hier noch nicht eingelagert. Aber das könnt ihr schlecht zu zweit erledigen, und die Tagelöhner dort hinten sehen nicht aus, als ob sie etwas wert wären. Die Leute helfen euch nicht gerne, habe ich gehört. Macht euch nichts daraus, sie sind neidisch und böse, das war schon immer so.» Er streifte beim Hinausgehen das einzige übrig gebliebene Pferd, das friedlich graste, und rief: «Ein schönes Tier, so ein Pferd, da kann man nichts sagen!»

Es war die längste Rede gewesen, die er bisher gehalten hatte. Viel zu sagen war auch nie nötig gewesen, würde er später behaupten, höchstens ein: «Schieb das Brot rüber!» oder: «Schneid mir etwas Speck ab!» Die Gespräche mit seinem eigenen Vater am Tisch seien immer sehr spärlich gewesen. Aber damit würde er bestimmt keine Frau rumkriegen und erst recht keine, die in Amerika gewesen war. Er hatte immer schon Leute bewundert, die mit Worten umgehen konnten. Bewundert, aber auch verachtet. Sie redeten zu viel für die paar guten Gedanken, die man in einem ganzen kurzen Leben haben konnte.

Jakob rechnete mit einer Woche, bis er eine Antwort kriegen oder bis er sich eine holen würde. Sie kam aber schon am nächsten Tag.

* * *

Elsa hatte sich einen solchen Augenblick gewünscht, wenn auch nicht in den Trümmern ihres Hauses. Ein netter Mann aus Triebswetter oder aus Temeschwar vielleicht. Doch keiner war gekommen, zwei lange Jahre nicht. Aber ein Laufbursche? Auch ihre Familie hatte bessere Tage gesehen, der Name Obertin hatte Gewicht gehabt, war geachtet und gefürchtet worden, bis nach Jahrzehnten des Niedergangs nur ihr Vater, sie und die Armut geblieben waren.

Sie hatten gehungert wie viele andere auch, aber das war in der Gegend nichts Neues. Man kann sagen, dass der Hunger aus Lothringen mit geflüchtet war und sich hier eingenistet hatte, nachdem er in Lothringen fast jeden umgebracht, die Mägen der Kinder aufgebläht und die Körper der Eltern ausgemergelt hatte. Der Hunger hatte im Land ihrer Vorfahren, im Land von Frederick Obertin, so lange, so grauenvoll gewütet und ganze Landstriche verwüstet, dass er als Einziger fett geworden war.

Doch als die ersten Kolonisten sich, von der Kaiserin gelockt, auf den Weg machten, als der Hunger Angst bekam, in den aufgegebenen Dörfern allein zu bleiben und keinen mehr peinigen zu können, sprang auch er auf einen der Karren, der ihn mit nach Ulm brachte. Die erste Station auf dem Weg ins Banat.

Aber der Hunger war nicht mehr die größte Gefahr. Nach und nach hatte man das Land besser unter Kontrolle, die Marosch wurde eingedämmt, und auch Dürre und Überschwemmungen blieben viele Jahre aus. Nach der Cholera von 1873, dem Frost ein Jahr später, der die Reben, den ganzen Stolz der Triebswetterer, vernichtete, nach den zwei Erdbeben von 1879 und den Überschwemmungen der Marosch, dreimal zwischen 1880 und 1882, war es ruhiger geworden. Der Mensch atmete auf, er konnte seine Armut besser annehmen, wenn der Magen nicht dauernd knurrte.

Niclaus konnte sich noch an jenes übermächtige Gefühl des Hungers erinnern, das einen beinahe in die Ohnmacht trieb. Und auch Elsa kannte es aus ihren ersten Lebensjahren. Eine Brotscheibe am Tag, bestrichen mit Schweineschmalz, dazu Krautsuppe oder Maisbrei. Ihr

Vater hatte ihr erzählt, wie damals, als er noch ein Junge war, die Marosch dreimal gekommen war. Dreimal hatte man gesät, das Korn war goldgelb gewachsen, ein Meer aus Korn, sodass es einem allein vom Schauen schwindlig wurde, wenn es sich im Wind bewegte.

Als ob der Fluss ein böses, hinterhältiges Wesen war, das genau wusste, wann es dem Menschen am meisten schaden konnte, war die Flut immer über Nacht gekommen und für Wochen geblieben. Was das Wasser nicht erledigte, erledigten die Ratten. Ohne die körperliche Auszehrung durch den Hunger wäre auch Elsas Mutter bei der Geburt ihrer Tochter sicher nicht gestorben.

Diese dreimalige Zerstörung, die die Menschen gezwungen hatte, die Rossmühlen selber zu drehen, weil die Tiere zu entkräftet waren, hatte auch den Obertins so zugesetzt, dass sie sich nicht mehr davon erholten. Als aber Elsa mit siebzehn Jahren nach Amerika fuhr, war es nicht mehr so sehr der Hunger gewesen, der sie hintrieb, sondern die fehlende Aussicht, die Armut hinter sich lassen zu können.

Nach ihrer Rückkehr war auch Armut kein Thema mehr, sie besaß mehr, als sie brauchte. Das hatte sie vielleicht in die Einsamkeit getrieben, denn ein Bauer durfte wohlhabend sein, aber nicht unanständig reich.

Sie brauchte keinen Mann mehr, der ihr den Hunger oder die Armut ersparte. Da war etwas anderes, jenes Gefühl, das sie später oft sagen ließ: «Man braucht einen Mann im Haus.» Genauso unumstößlich wie ihre anderen Sätze, wie ein in Stein gemeißeltes Gesetz, das einem keine andere Möglichkeit lässt, als sich diesen einen Mann zu nehmen und ihn zu ertragen. Das war es vielleicht, was Elsa Obertin in die Arme eines Fremden trieb, der ihr außer einem guten Aussehen, männlicher Kraft und Forschheit kaum etwas anbieten konnte.

Niclaus hatte die Idee zuerst begrüßt, sie dann wieder verworfen, zu groß waren die Standesunterschiede zwischen einer Obertin und einem Ohne-Nachnamen. Je länger er auf seine Tochter einredete, desto tauber wurde sie für seine Worte.

«Ich will nicht allein bleiben auf diesem großen Hof, wenn du mal tot bist. Oder in unserem Stadthaus in Temeschwar. Ich will einen Mann und einen Sohn, der unseren Namen weiterführt. Dafür tue ich alles», sagte sie.

Ihr Vater sah sie lange stumm an. «Du hast aus Amerika viel Geld gebracht, aber du bist nicht mehr dieselbe», sagte er.

«Du musst mir nichts über Amerika erzählen, du bist nicht dort gewesen.»

«Aber doch nicht so einer, wir wissen nicht einmal, ob seine Geschichte stimmt», sagte ihr Vater und setzte sich hin.

Elsa strich ihm über den Kopf, dann flüsterte sie ihm zu: «Wenn ich nicht bald einmal ein Kind kriege, bleiben wir ohne Erben, und die Obertins sterben aus. Willst du das? Ich nicht. Ich werde alles tun, damit es nicht so weit kommt. Ich nehme mir sogar diesen Jakob. Mutter ist dafür gestorben, damit ich auf die Welt komme. Jetzt bin ich dran, etwas zu tun.»

«Du bist doch schon nach Amerika …», wandte Niclaus ein.

«Das ist gar nichts im Vergleich zu Mutter.» Sie atmete tief ein und fügte mit gepresster Stimme hinzu: «Ich sorge dafür, dass es nicht umsonst war. Außerdem: Wenn ich mal verheiratet bin, hört vielleicht auch diese ganze Bosheit im Dorf auf.»

Sie klopfte ihrem Vater mehrmals auf die Schulter, dann ging sie ins Haus, um zu beten. Sie tat es seit ihrer Rückkehr immer öfter, mit dem Geld hatte sie auch das Beten aus Amerika mitgebracht, als ob sie damit etwas tilgen wollte. Etwas, das nur unter dem Kruzifix gemurmelt werden durfte. Am nächsten Tag zog sie im Gesindehaus, wo sie jetzt wohnten, ihr schönstes Kleid an, das ihr noch geblieben war, stieg in die einzige Kutsche, die sie noch besaßen, und fuhr zum Haus des Neper.

Natürlich war Neper von Jakobs Anwesenheit nicht begeistert, aber dieser hatte es erneut mit Schmeicheleien und Drohungen geschafft, ihn einzuschüchtern. Hinzu kam, dass der Apotheker, wie jeder andere Mensch auch, neugierig war und sich von den Ereignissen eine schöne Abwechslung versprach.

Er ließ Jakob im Stall schlafen und an seinem Tisch sitzen und essen. Inzwischen fragte Jakob gar nicht mehr nach, sondern ging direkt in die Speisekammer. Er holte Würste, Käse, Brot, eingelegte Früchte oder Gurken heraus und stopfte alles in sich hinein, als ob der Hunger, der in ihm wohnte, nicht zu stillen wäre. Als Elsa vor dem Haus anhielt, wischte er sich den Mund ab, zog sein fleckiges Hemd an und ging hinaus. «Steigen Sie bitte ein. Ich möchte Ihnen etwas zeigen», forderte sie ihn auf.

Sie entfernten sich einige Kilometer vom Dorf, bis sie einen Ort erreichten, wo der Mais sich still wie eine undurchlässige Wand erhob. Natürlich hatte man ihnen aus Gärten und Höfen, hinter Zäunen und Fenstern nachgeblickt, als sie in die Hauptgasse eingebogen und am Ende des Dorfes auf einem Feldweg weitergefahren waren.

Elsa hielt an und legte die Zügel ab. Während der Fahrt hatte sie nichts gesagt und ihn kein einziges Mal angeblickt. Nur die Hände in ihrem Schoß verrieten jetzt ihre Aufregung.

«War Ihr Angebot ernst gemeint?»

«Wäre ich sonst noch hier?»

Sie streckte den Arm aus und machte eine ausladende, halbkreisförmige Bewegung. «Das alles gehört uns. Ich habe es nach meiner Rückkehr gekauft.»

«Du hast die Mittel dazu, Schwester.»

«Ja, ich habe die Mittel. Und woher soll ich wissen, dass Sie es nicht darauf abgesehen haben?»

«Aber natürlich habe ich es darauf abgesehen. Ich sagte schon, dass ich einen Hof brauche. So arm, wie ich bin, kann ein wenig Wohlstand nicht schaden. Die Reichen können sich Schuld immer gut leisten, die Armen aber müssen schauen, wie sie durchkommen.»

Solche Ehrlichkeit entwaffnete sie, sie wusste nicht, ob sie es nun mochte oder ob es sie abstieß. Aber auf jeden Fall war dieser Mann einzigartig, meilenweit von den amerikanischen Männern entfernt, die geschliffen, gedämpft und letztlich langweilig waren. Bei diesem hier würde sie immer wissen, woran sie war. Das meinte sie jedenfalls.

«Sind Sie immer so ehrlich?», fragte sie.

«Warum nicht, wenn ich es brauchen kann?»

«Aber wenn Sie mir das alles von vornherein erzählen, könnte es doch sein, dass mich das stört.»

«Das könnte sein. Aber lieber sage ich es klipp und klar, sodass keine Missverständnisse entstehen. Ich bin so, wie ich bin. Außerdem: Welchem Bauer, der heiratet, ist die Mitgift nicht wichtig?»

Sie blickte zur Seite und räusperte sich. «Mein Vater meint, dass ich mich nicht darauf einlassen darf. Wir sind immerhin Obertins und Sie ein Niemand.»

«Das kann schon sein, aber was nützt es dir denn, eine Obertin zu sein, wenn du keine Erben hast?»

Er stieg aus und ging einige Schritte vor. Über dem Kornfeld drehte ein Bussard seine Runden, dann stieß er aus großer Höhe herab, bremste ab und stieg wieder auf.

«Was meinst du zu dem, was dein Vater sagt?», fragte er.

«Ich sehe das anders. Mir ist das nicht so wichtig. Aber ich kenne Sie nicht.»

«Das kann sich schnell ändern.»

«Wenn Sie wollen, dass ich Sie heirate, dann müssen Sie Geduld haben. Und Sie müssen einen Beruf erlernen. Es geht nicht, ohne dass Sie etwas Anständiges gelernt haben.»

«Du schickst mich in die Schule, Schwester? Ich habe kein Geld.»

«Ich schon. Immerhin können Sie lesen.»

«Lesen und schreiben. Ich war in der Grundschule. Vater hat es so gewollt.»

Als sie ihn an jenem ersten Tag zurückbrachte, er ausgestiegen war und sich schon entfernen wollte, sagte sie noch: «Und Jakob-ohne-Nachnamen, wir werden uns siezen. Wir werden uns immer siezen.» Daran hielt sich Mutter ein Leben lang. Es war, als ob sie einen Sicherheitsabstand brauchte, wie um zu zeigen, dass sie nicht ganz nachgegeben hatte.

Jeden Tag zur selben Zeit stand die Kutsche vor Nepers Haus, es hatte sich herumgesprochen, dass die Amerikanerin nun einen Mann hatte. Einer, der genauso wie sie ein Hasardeur und ein Mensch niederer Moral war. Neper erzählte gerne herum, wie Jakob bei ihm aufgetaucht sei, wie er womöglich seine Pferde habe stehlen wollen, aber er ihn rechtzeitig entdeckt habe. Anstatt ihn zu erschießen, habe er ihn gefüttert, denn Jakob habe ihn bedroht. Splitternackt sei er gewesen und wehrlos. Und über Elsas Leben in Amerika erzählte man sich allerlei. Sie würden gut zusammenpassen, so eine wie sie und solch ein Lump.

Vielleicht passten sie wirklich gut zusammen, denn beide hatten sich nicht eingefügt. Sie hatten ihr Schicksal nicht angenommen. Beide waren sie aufgebrochen, der eine kürzer und der andere weiter gereist, um ihrem Leben eine neue, glücklichere Wendung zu geben. Was andere gestört hätte, nämlich die allzu offensichtliche Absicht Jakobs, war für sie ohne Bedeutung.

Sie wusste, wie erfinderisch, wie entschlossen man sein musste, um sich das zunutze zu machen, was einen aus der Armut herausbringen konnte. Sie hatte es in Amerika nicht anders getan. Im Grunde bewunderte sie sogar Jakobs Vorpreschen, seine Natur, die keine Niederlage zuließ. Sie wünschte sich selbst, so zu sein. Dass Vater dabei geschickter war als sie, dass er nur für den Anfang hinnahm, von ihr abhängig zu sein, eine Art Innehalten, um später noch besser losschlagen zu können, das ahnte sie nicht. Ebenso wenig, dass ihr Leben fortan von einem Mann bestimmt sein würde, der so widersprüchlich, so maßlos war, dass sie ihm nicht gewachsen sein konnte.

Sie fuhren drei Wochen lang zur selben Stelle, Jakob war immer ratloser geworden, da er eigentlich nichts mehr zu erzählen hatte. Und immer ungeduldiger. Geduld war nie seine Stärke gewesen. Sie brachte Fotos aus

New York mit und zeigte sie ihm. Er, der noch nicht einmal Temeschwar richtig gesehen hatte, staunte über die geschäftige Metropole.

Elsa sah richtig gut aus, ein gewisser Mr. McCain, ein Fotograf, hatte sie an der Fifth Avenue angesprochen und ihr Starfotos versprochen. Er hatte sie überall hinbegleitet und Wort gehalten. Elsa im Schaufenster eines Kaffeehauses am Broadway, Elsa am Ufer des Hudson Rivers, Elsa aus einem Ford steigend, perfekt geschminkt, an den Beinen feinste Netzstrümpfe und einen teuren Mantel über den Schultern. Überhaupt sei sie gern am Broadway gewesen, erzählte sie ihm. Die deutsche Familie, bei der sie gearbeitet habe, habe sie ein paarmal ins Theater mitgenommen. Sie habe sich gefügt, später aber jede freie Minute dort verbracht.

Jakob fielen auf den Fotos Elsas kleine Nase, ihr voller Mund, ihre geschminkten Augen auf. Sie sah aus wie ein Mädchen, das Spaß hatte, bestimmt nicht wie eines, das in einem Keller wohnte und über jedes Stück alten Brotes oder verschrumpelter Kartoffel froh war.

«Was hast du wirklich in Amerika gemacht?», fragte er.

«Wir siezen uns, Jakob, vergessen Sie das nicht. Ich war Kindermädchen und Hausmädchen.»

«So sehen Sie aber nicht aus. Sie sehen aus, als ob andere bei Ihnen Hausmädchen gewesen wären.»

Wir haben nie erfahren, was Mutter in Amerika wirklich getan hatte und wer Mr. McCain tatsächlich gewesen war. Sie schwieg sich darüber aus. In diesem Punkt gab sie nie nach, auch dann nicht, als sie bereits auf breiter Front vor Vater zurückgewichen war.

Am Ende der dritten Woche fiel Jakob über sie her. Er hatte lange genug gewartet, noch nie hatte er sich bei einer Frau so anstellen müssen. Drei Wochen lang Tag für Tag derselbe Weg, ihr Geruch, die hübschen, schwarzen Haare und die Umrisse ihrer Schenkel unterm Rock immer in Reichweite. Das war mehr, als einer wie er ertragen konnte. Es war für ihn wie eine erste Inbesitznahme, wenn er schon mit der offiziellen noch warten musste. Sie hätte fragen müssen, und er hätte geantwortet, dass Geduld nicht seine Stärke war. Sie wäre gewarnt gewesen.

Zu seiner Überraschung fügte sie sich aber bereits beim ersten Mal seinem Willen. Sie waren ihr hinlänglich bekannt, die Gier der Männer, ihr ungestilltes Verlangen, das wie eine Urgewalt ausbrechen konnte. Sie musste in Amerika ihre Erfahrungen gesammelt haben, ohne Zweifel, dachte Jakob.

Sie war ruhig geblieben, dann war sie aufgestanden und hatte sich als Erstes die Haare gekämmt. Sie besaß die Gelassenheit einer Frau, die in solchen Dingen geübt war. Es sollte Vater für immer der Beweis für Mutters schlechten Lebenswandel in Amerika sein. Als sie ihn wieder vor Nepers Haus abgesetzt hatte, fuhr sie nicht verweint und entsetzt davon. Sie strahlte sogar wie nach einem Sieg. Am nächsten Tag stand die Kutsche wieder da.

Aber es war etwas Sonderbares geschehen. Jakob hatte bislang nicht nachgefragt, wie es um den Wiederaufbau des Hofes stand und um die Ernte auf dem Feld, die dringend eingebracht werden musste. Die Inbesitznahme von Elsa löste in ihm eine Betriebsamkeit aus, ein eigenartiges Interesse. Er hatte sich die Frau geholt, die er wollte. Dank seines Samens hatte er eine Verbindung zu ihr hergestellt, die für ihn stärker als das ganze Gerede war. Er hatte damit ihr Bündnis besiegelt.

Er schickte Elsa wieder nach Hause und machte sich zu

Fuß zur Zigeunersiedlung auf. Außerhalb von Triebswetter, auf einem ausgedörrten, dornigen Hügel, von den Dorfbewohnern gemieden, lebten Zigeuner, manche seit Menschengedenken, andere wiederum kamen und gingen, wie die Wanderlust sie gerade packte.

Einige Planwagen standen da, der prächtigste darunter gleich neben dem größten Haus der Siedlung. Jakob wusste, dass solche Zigeunerwagen nur in England und nur im Auftrag gebaut wurden und dass jenes Haus vermutlich dem *Bulibaşa*, dem Sippenersten, gehörte. Dazu gab es Zelte und viele Bretterbuden, schief und löchrig wie die Zähne im Mund eines Alten. Bestimmt hatte man sie nach dem letzten Sturm neu aufrichten müssen.

Es waren mehrheitlich Kesselflicker, doch sie hätten ebenso gut geschickte Korbflechter, Besenmacher, Glaser, Schmiede oder Tischler sein können, wenn es die Situation erforderte. Einmal hatte ein Zigeuner, ein Laufbursche wie er, zu Jakob gesagt: «Die Schwaben wollen immer nur eines: so viel Land besitzen wie möglich. Wir wollen kein Land und sind schlechte Bauern, aber wir können Tausend andere Sachen. Da kann einer an einem Tag Kämme und Bürsten herstellen, am nächsten Schirme und Kleiderhaken reparieren, am dritten Tag Kessel flicken, am vierten klauen und betteln, am fünften Bären zum Tanzen bringen, am sechsten auf dem Markt seine Ware anbieten, tanzen und spielen, nur am siebten Tag müssen wir dasselbe tun wie alle anderen auch: beten.»

Sie durften die Dorfgrenze nicht überqueren, außer sie hüteten Tiere oder boten an der Hauptgasse oder auf dem Wochenmarkt ihre Dienste an. Jeden Morgen um fünf Uhr ertönte in Triebswetter das Horn des Schweinehüters, der ein Zigeuner war.

Jakob ging mit festen Schritten zur Hügelkuppe hinauf. Von den Lagerfeuern, wo die Frauen das Mittagessen zubereiteten, stieg Rauch auf. Er ging an einem jungen Mann vorbei, den er erkannte, weil er jede Woche ins Dorf kam und kaputte Eimer, Kessel und Töpfe einsammelte. Er und seine Frau, beide etwa sechzehn, saßen breitbeinig auf dem Boden, er scheuerte einen Topfboden mit Sand aus, dann klopfte er das Blech mit dem Hammer aus. Über dem Feuer leuchtete in einem Gefäß silbrig geschmolzener Zink. Seine Frau hielt ein Kind an der Brust, mit dem Fuß trat sie auf den Blasebalg. Mit jedem Tritt entfachte sie das Feuer aufs Neue.

Einer der Jungen, die in der Nähe spielten, kam näher und sagte: «Nur ein Kanten Brot, ich sterbe vor Hunger.» Dabei schien er eher für später zu üben, als dass es ihm ernst war. Jakob schob ihn beiseite, immer mehr Kinder umringten ihn und sagten die immer gleichen Sätze. Sie trugen lose Baumwollhemden voller Flecken, und ihre Haare waren völlig zerzaust. «Hast du Flöhe?», fragte Jakob den einen. «Nein, ich habe Läuse. Flöhe habe ich im Winter.» Auf seiner Haut waren viele kleine blutige Wunden vom Kratzen.

Er bereute es schon, hierhergekommen zu sein, bestimmt würde sich keiner finden, der über das Betteln und das Flicken von Kesseln hinaus richtig Hand anlegen wollte. Da kam ein bärtiger Mann aus dem Haus heraus, mit schwarzen Hosen, die in ebenso schwarzen Stiefeln steckten, und nur mit einer Weste über dem behaarten Oberkörper bekleidet. Büschel verschwitzter Haare klebten wie kleine Inseln auf seiner Haut, ein wahres Archipel.

Er klatschte in die Hände, und die Kinder wichen zurück. Er blickte Jakob prüfend an, so wie er es mit einem Stück Vieh auch getan hätte. Oder mit einer Frau, die er besitzen wollte. Jakob wusste, dass von dieser Prüfung abhing, ob er überhaupt angehört oder ziemlich unsanft weggeschickt werden würde.

Dieser Mann war ein anderes Kaliber als der Apotheker. «Wollen Sie etwas Geld verdienen?», rief er dem Zigeuner zu. Der Mann drehte sich um und ging ins Haus zurück, ließ aber die Tür offen. «Na, dann», murmelte Jakob, spuckte auf den Boden und folgte dem anderen ins Haus. Als er auf der Türschwelle stand, zögerte er, hineinzugehen, der Raum war nicht ganz dunkel, Licht fiel nur durch ein schmales Fenster hinein, außerdem war ein kleiner Ausschnitt bei der Tür ausgeleuchtet, in dem der Staub und bläuliche Rauchschwaden herumschwebten, ein Tanz in Zeitlupe.

Er war sich nicht sicher, ob überhaupt jemand da war, ob es sich nicht vielmehr um eine Falle handelte. Man konnte ein Geräusch hören, als ob man mit Bündeln von Hanfblättern auf die Wasseroberfläche schlug, um sie zu reinigen. «Kommen Sie rein. Wir tun Ihnen nichts. Setzen Sie sich auf den Boden, das ist bei uns so üblich», hörte er eine Stimme. Nach und nach gewöhnten sich seine Augen an die Dunkelheit, er sah jetzt nicht eine, sondern zwei Gestalten. Der Bulibaşa saß auf einem Stuhl und hatte die Weste ausgezogen. Dabei hielt er die Arme seitlich gestreckt, wie ein Jesus, der auf ein passendes Kreuz wartete.

Die andere Gestalt war eine kleine Frau, die ihn mit einem Bündel Brennnesseln auf Rücken und Arme schlug. Manchmal tauchte sie das Bündel in einen Wassereimer ein, dann schlug sie wieder zu. Als sie mit der Rückseite fertig war, ging sie um den Zigeuner herum, stemmte die Beine vor ihm in den Boden und bearbeitete die Vorderseite, Brust und Bauch. Sie schlug so fest zu, als ob sie ihn bestrafen wollte. Aus einem anderen Eimer stieg Rauch auf. Sie war füllig, Jakob konnte sie immer besser erkennen, sie hatte ihr Kopftuch im Nacken zusammengebunden und die Ärmel der Bluse hochgekrempelt. Er stellte sich vor, wie der Körper des Bulibaşa nun aussah, voller Blasen und entzündet.

Auf einmal legte sie die Brennnesseln weg, holte aus dem Eimer einen Schwamm heraus, klatschte damit auf die Haut des Zigeuners und wischte mit langsamen, gleichmäßigen Bewegungen seinen Körper ab. Aber sie war noch nicht fertig. Sie holte eine Bürste und schrubbte damit den massigen, nassen Rücken ihres Mannes wund. Sie tat es so hingebungsvoll, als ob sich darin das Maß ihrer Liebe zeigte. Einmal ging sie an Jakob vorbei, und ihre Augen musterten ihn neugierig. Nur kurz sah er ihr Zahnweiß, und es war ihm, als ob sie ihn angelächelt hätte.

Der Zigeuner zischte durch die Zähne, für Jakob kaum hörbar, aber für sie war es das Zeichen, sich zu entfernen. Er brauchte nicht viel mehr, um seine Frau zu beherrschen. Diese Frau, die mein Vater nur undeutlich gesehen hatte, war Ramina, die Brennnessel-Ramina, wie er sie fortan nannte, die mich später aus Mutters weit geöffnetem Schoß herausholte. Die mich von oben bis unten fest einwickelte, wie eine Puppe, nein, wie eine Mumie, als ob man, noch gar nicht richtig am Leben, sich schon totstellen musste. Und es war Ramina, die, nachdem sich der Pfarrer geschlagen geben musste, mich mit fünf Jahren, als ich, mehr tot als lebendig, an der Diphterie erkrankt war, mit ihren Pflanzen und Gräsern ausräucherte, sodass ich wieder gesund wurde.

«Das bringt die Säfte wieder in Ordnung. Wenn man nicht aufpasst, stocken die Säfte und vergiften einen. Und jetzt erzählen Sie mal, was Sie für uns haben», sagte der Bulibaşa. Die ganze Verhandlung dauerte kaum zehn Minuten, Jakob wurden für den nächsten Tag sechs Mann für den Hof und weitere fünfzehn für die Ernte versprochen. «Wollen wir es nicht schriftlich festhalten?», fragte er den Bulibaşa, doch der begann zu lachen.

Er holte eine Tabakdose hervor, dazu Papier und drehte sich eine Zigarette. Erst jetzt antwortete er: «Warum beleidigst du mich? Ist dir mein Wort nichts wert? Außerdem kann ich sowieso nicht lesen, aber es fehlt mir auch nicht. Nichts lesen oder schreiben zu können schult das Gedächtnis besser als die Schrift. Und Gigi hat ein hervorragendes Gedächtnis. Morgen um fünf sind die Leute bei dir. Schlag ein, das genügt.» Gigi begleitete Jakob noch bis zur Stelle, wo das junge Paar arbeitete. Das Mädchen hatte selbst noch ein kindliches Gesicht, und doch versorgte sie ihr Kind schon wie jede andere Mutter auch.

In wenigen Wochen waren der Hof wiederaufgebaut und die Ernte eingefahren worden. Elsa bezahlte den Preis, den Jakob vereinbart hatte. Sie und ihr Vater zogen ins Haupthaus zurück, Jakob bezog ein Zimmer im Gesindehaus. Jetzt war er nur noch einen Schritt von seinem Ziel entfernt, dazwischen aber stand Elsas Vater.

Er beobachtete Jakob misstrauisch, auch wenn dieser seinen innigsten Wunsch bereits erfüllt hatte. Er führte den Hof gut, mistete den Stall aus und lud den Mist auf den Karren. Den von Bremsen und Fliegen geplagten Pferden wickelte er Tücher um die Augen und Nüstern.

Er brachte den Mist auf das Herbstfeld und streute alles mithilfe der Tagelöhner aus. Eine Woche später wurden die Erde ein letztes Mal umgepflügt und der Weizen ausgesät. Daran war nichts auszusetzen, Jakob machte alles richtig, aber er war Niclaus trotzdem verdächtig.

Auch Niclaus hatte seine Frau nicht aus Liebe geheiratet, doch die Entscheidung der Eltern hatte sich als gut erwiesen. Dass ein Zeitungsartikel seine Tochter mit einem Fremden zusammenbringen sollte, über den sie so gut wie nichts wussten, das konnte er trotzdem nicht begreifen.

Eines Morgens waren Elsa und Jakob früh losgefahren, und als sie in der Stadt waren, gingen sie zuerst in den Hut-, danach in den Schuhladen. Zuletzt und mit mehreren Schachteln unterm Arm kamen sie auch bei Madame Liebmanns Schneiderei an. Elsa war schwer zufriedenzustellen, immer wieder musste man ihr neue Stoffe und Anzüge zeigen, immer wieder musste Vater sich aus- und wieder anziehen. Es sollte der einzige Tag in Vaters Leben sein, an dem er sich Mutter ganz überließ.

Sie zupfte an der Jacke oder an den Hemdsärmeln herum und streifte fast zärtlich über Jakobs Schultern. Die letzte Probe fehlte noch, die erfahrenen Blicke anderer Frauen. Das habe sie in Amerika gelernt, sagte sie und zog Jakob auf die Straße. Sie gingen auf und ab, bis zur nächsten Ecke und zurück. Manchmal hakte sich Elsa bei ihm ein, dann wieder ließ sie ihn allein gehen, während sie alles ganz genau beobachtete. Der Anzug schien zu gefallen, also bestellte sie noch weitere Kleidungsstücke und fuhr mit Jakob zum eigentlichen Ziel ihrer Reise in die Stadt.

Sie verlangte beim Portier, den Direktor der Höheren

Schule für Elektrotechnik zu sprechen, und als dieser Elsas Namen hörte, holte er sie persönlich am Eingang ab. Der Direktor machte einen Bückling, als er Elsas Hand küsste, dann führte er sie über mehrere Flure in sein Büro. Natürlich kannte er Elsa Obertin. «Wie könnte man Sie nicht kennen? Alle Zeitungen haben über Ihre Rückkehr berichtet», sagte er. Er ließ Kaffee und Kuchen kommen.

Elsa schilderte ihm ihr Anliegen. Der Direktor sollte Jakob an seiner Schule aufnehmen, ohne seine Zeugnisse zu überprüfen, die dieser sowieso nicht hatte, und ohne Prüfungen, die Jakob niemals bestanden hätte. Je länger sie sprach, desto unruhiger wurde der elegante Mann. Er wippte mit der Fußspitze und zupfte nervös an einem Ende seines Schnauzers. Er ließ sich Zeit, vielleicht wollte er nur den Preis in die Höhe treiben.

Dann begann er zu reden, dass er an Gesetze und Vorschriften gebunden sei, sosehr er einer Obertin auch helfen wolle. Erregt griff er nach seinem Spazierstock und ging in seinem Büro umher, während er immer Gründe fand, warum das nicht klappen würde. Jakob unterbrach ihn: «Herr Direktor, ich kenne mich in solchen Dingen nicht aus, aber wir bezahlen Sie gut. Alles gutes Geld, das in Ihre Tasche wandert.» Der Direktor stockte, dann verstummte er. Jakob setzte noch eins drauf: «Das Geld und ein Schwein, Herr Direktor.» Der Direktor hatte Skrupel, aber am Schluss siegte seine Gier.

* * *

Nachts schlich sich Jakob, der im Gesindehaus schlief, durch die Hintertür zu Elsa und nahm ihren Körper in Besitz. Ihr Vater wusste es, er hörte, wie Jakob durchs

Zimmer huschte und unter die Decke schlüpfte. Die gepressten, keuchenden Laute hörte er auch. Morgens schlich sich Jakob wieder heraus, bis er dann, wenige Monate vor seinem Schulabschluss, durch die Eingangstüre kam und nie wieder wegging.

Es lag Jakob nichts an einer Hochzeit im Dorf, mit Pomp und Gästen, von denen er sowieso wusste, was sie dachten. Aber eine Hochzeit war wichtig, um endgültig und schwarz auf weiß Herr über die Güter der Obertins zu werden, über das Ackerland, die Obstbäume und Reben, das Vieh, den Hof und das Stadthaus. Also beschloss er, sich über Elsas Wunsch hinwegzusetzen, die meinte: «Wenn schon Hochzeit, dann hier im Dorf, vor den Augen aller. Und so groß und teuer wie nur möglich, damit die sehen, dass die Obertins wieder da sind.»

Eines Tages im April 1926 zog Jakob einen seiner Anzüge an, dann schickte er die Zigeuner und die Tagelöhner allein aufs Feld. Er spannte zwei Pferde vor die Kutsche, öffnete das Tor und fuhr auf die Gasse. Auf dem Weg durch das Dorf wurden Jakob und die Kutsche immer kleiner, sodass sie zwischen den Daumen und den Zeigefinger von Niclaus passten, der ans Tor geeilt war. Er presste die Finger aneinander, als ob er Jakobs Gestalt zerquetschen wollte. Er spuckte auf den Boden, wie Jakob es manchmal tat, sagte «Na, dann!» und schloss das Tor.

Er hatte Jakob in den anderthalb Jahren nicht besser kennengelernt als am ersten Tag. Nicht, als er Schulter an Schulter mit ihm den Acker bestellte, nicht, als sie gemeinsam den Wein in Fässer abfüllten und aus den Fässern in die Flaschen, und ebenso wenig, wenn Jakob am Ende des Tages gierig in der Küche aß, nicht anders als bei Neper. Als die Sonne unterging, hoffte Niclaus, dass

Jakob für immer verschwunden war, die Kutsche und die zwei Pferde, nicht die schönsten, würde er verschmerzen können. Er hoffte, dass es Jakobs Abschied gewesen sei, und bangte doch um seine Rückkehr, genauso wie seine Tochter.

Er zweifelte, ob es mit Jakob besser sein würde als ohne ihn. Doch sie wussten, dass der Hof nur dank ihm aus der Asche wiederauferstanden war. Als Erstes hatte er die Zigeuner verpflichtet, die Ernte gerettet und das Haus wieder aufgebaut. Als Zweites neue Gerätschaften gekauft. Als Drittes hatte er plötzlich mit zehn Pferden dagestanden, die ihm *seine Zigeuner*, wie er sie nannte, beschafft hatten. Niclaus fragte nicht, woher, seine Tochter zahlte jedes Mal. Es waren robuste, gesunde Tiere, mit glänzendem Fell.

«Nun, Schwiegervater, jetzt hast du deine Pferde wieder. Ich habe bald meinen Hof und du deine Pferde, das ist doch für uns beide ein gutes Geschäft.» Dann war Jakob ins Haus geeilt und hatte Schnaps und drei Gläser herausgetragen, auch Elsa musste trinken, da duldete er keinen Widerspruch. Elsa ihrerseits hatte sich an diesen Mann gewöhnt, an seine nächtlichen Besuche, seinen schweren Körper, der auf ihr liegen blieb, nachdem er gekommen war, stoßartig, keuchend, ihre Brüste fest drückend, mit aufgerissenen Augen, während sie ihre Augen von Anfang an geschlossen hielt.

Er konnte reichlich kommen, auch in dieser Hinsicht herrschte bei ihm Überfluss. Seine Zehen streckten sich, seine Muskeln spannten sich an und zitterten, aus seiner Tiefe stieg ein zunächst kaum hörbares, dann immer lauteres Grollen empor, seine Halsadern schwollen an. Er verbog sich, wie wenn sein Rückgrat brechen würde. Er stemmte sich auf seine Arme, manchmal tropfte ihr sein Schweiß auf das Gesicht und ihren Bauch und vermischte sich dort mit dem Samen. Der Bettrahmen quietschte und stieß gegen die Wand. Sie wusste, dass ihr Vater zuhörte, sie schämte sich und schämte sich doch nicht, denn Jakob war fast schon ihr Mann.

Jakob kehrte doch zurück, er pfiff zufrieden ein Lied vor sich hin, das er in der Stadt gehört hatte. Einen jener Schlager, die damals in Mode waren: *Die Menschen heutzutage / Die sind alle so nervös / Wegen jeder Kleinigkeit / Da werd'n sie giftig bös / Schimpft einer auf den ander'n / Dann singe ich voll Humor / Damit er nicht mehr schimpfen muss / Mein kleines Lied hervor.*

Er pfiff immer noch, als er vorbei am starrenden Niclaus die Pferde in den Stall brachte, als er das kleine Bündel aus Zeitungspapier auf sein Bett legte, und auch, als er dann zum Haupthaus ging. «Machen Sie sich morgen hübsch, Elsa. Wir fahren in die Stadt. Und nehmen Sie genug Geld mit.»

Mehr brauchte Elsa nicht, um zu verstehen. Sie würde nun ihren Teil der Abmachung einlösen. Sie würde jenen Mann heiraten, der ihr nach anderthalb Jahren nicht mehr ganz fremd war. Sie freute sich aber auch, denn endlich war das Warten zu Ende, jetzt konnte nur noch das Warten auf mich beginnen. Gesagt aber hat sie immer nur: «Er hat mir gut gefallen, groß und kräftig, ein richtiger Mann. Er hat mir den Atem geraubt.» Sie würde nie eine bessere Antwort finden.

Am nächsten Tag – einem milden Samstag im Frühling 1926 –, als man bereits schon daran denken musste, die Viehherden auf die Weiden zu treiben und das erste Mal zu pflügen, stand Jakob am offenen Fenster, das Handtuch über der Schulter, und führte das Rasiermesser über seine feuchten Wangen. Er pfiff wieder sein Lied. Ein Pfeifen, manchmal fast nur ein Summen, manchmal ein nervöses, abgehacktes, tiefes Dröhnen, das die Grundmelodie meiner Kindheit werden sollte. Er war mit sich zufrieden, denn alles in allem gingen seine Pläne auf.

Jakob setzte sich im besten Anzug in die Kutsche und schlug mit der Peitsche ungeduldig an die frisch gewichsten Stiefeln. Elsa legte eine Halskette aus goldenen Franz-Josef-Talern an, wie sie viele rumänische Frauen im Banat an Festtagen trugen. Jakob rief nach ihr und ermahnte sie zur Eile. Er hatte die goldene Taschenuhr eingesteckt, und auf dem Schoß hielt er das Bündel aus Zeitungspapier. Als Elsa auf der Türschwelle erschien, strahlte sie.

Ihr Vater ging in seinem Zimmer auf und ab. Er wusste, wenn die beiden zurückkommen würden, würde er nur noch Gast in seinem eigenen Haus sein. Es würde eine neue Zeit für die Obertins beginnen.

Als sich das Rattern der Kutsche entfernte, verschwand er im Stall zu seinen Pferden und legte frisches Heu auf. Dann sog er den Geruch der Tiere ein, hielt kurz inne, atmete wieder aus. Mithilfe eines Tagelöhners lud er den Pflug auf den Karren, spannte ein Pferd an und fuhr hinaus aufs Feld, um die Erde ein erstes Mal in diesem Jahr zu öffnen. Die Schnapsflasche nahm er mit. Als er dort ankam, trank er zuerst einmal kräftig, dann beträufelte er den Boden damit.

Vor der Milleniumskirche im Fabrikstadt-Viertel in Temeschwar wartete der Pfarrer ungeduldig am Eingang. Als Jakob aus der Kutsche sprang und Elsa die Hand zum Aussteigen reichte, ergriff sie sie nicht.

«Haben Sie es sich anders überlegt?», fragte er.

«Vater sollte dabei sein. Er war immer dabei.»

«In Amerika ist er nicht dabei gewesen, und Sie haben es überlebt.»

«Sie haben die Schule noch gar nicht beendet», versuchte sie es wieder.

«In zwei Monaten schon. Aber *ich* bestimme, wann ich heirate. Entweder jetzt oder nie.»

«Außerdem sollte es das Dorf sehen.»

«Das Dorf interessiert mich nicht. Kommen Sie!», erwiderte er.

Der Pfarrer winkte ihnen zu, hinter ihm tauchten die zwei Männer auf, die Jakob bezahlt hatte, um ihre Trauzeugen zu sein. Jakob schob seine Hand unter Elsas Oberarm und zwang sie auszusteigen.

«Haben Sie die Ringe dabei?», fragte der Pfarrer.

«Haben wir, und die Trauzeugen sind auch schon da», sagte Jakob.

«Wieso wollen Sie in solcher Eile heiraten?»

«Herr Pfarrer, das ist eine romantische Geschichte, auch wenn wir nicht mehr ganz so jung sind. Man kann sie nicht aufschieben.» Jakob fasste Elsa bei den Schultern und zog sie an sich.

«Sie sind nicht etwa schwanger?» Der Mann prüfte Elsas Bauch ganz genau.

Jakob trat einen Schritt auf ihn zu und beugte sich, um ihm ins Ohr zu flüstern: «Herr Pfarrer, ich bezahle Sie nicht fürs Fragen. Wenn Sie nicht mehr wollen, dann sagen Sie es nur ruhig. Und wegen des Geldes, das Sie einstecken wollten… Irgendwo sitzt bestimmt ein Vorgesetzter, der das gern erfahren will.»

Sie schritten die Kirche durch den Mittelgang ab. Durch die hohen, schmalen Fensterbögen drang nur wenig

Licht. Vor dem Altar, als ob er erneut unsicher geworden wäre und die Trauung, wenn nicht verhindern, so doch aufschieben wollte, drehte sich der Pfarrer noch mal um: «Wollen Sie nicht vorher beichten? Gibt es da nichts, was zwischen Ihnen und Gott stehen könnte?» Elsa nickte ihm zu, sie setzten sich am Ende einer Bankreihe nebeneinander und steckten wie zwei Komplizen die Köpfe zusammen.

Eine Zeit lang hörte Jakob nur Elsas Flüstern, dann seufzte sie, als ob sie weinte. Währenddessen holte er aus dem Zeitungspapier die Trauringe heraus, den größeren schob er sich probeweise über den Mittelfinger.

«Und Sie?», fragte der Pfarrer, als Elsa fertig geworden war.

«Ich?», fragte Jakob überrascht.

«Ja, vielleicht haben Sie eine Schuld, die Sie beichten wollen.»

«Herr Pfarrer, wo denken Sie denn hin?», antwortete Jakob. «Meine einzige Schuld bisher war, arm zu sein.»

Im staubigen Raum lagerten Marienbilder und -statuen, Kreuze mit und ohne Jesus und in einem Kessel geschwärzte Kerzenstummel. Sie alle hatten ihren Dienst an Gott getan und waren ausrangiert worden. Dort wurden die kurze Zeremonie gehalten und die Papiere ausgefüllt und unterschrieben.

«Mit welchem Namen soll ich Sie beide eintragen?», fragte der Pfarrer.

«Mit Obertin», meinte Jakob.

«Das geht nicht, so heißt die Braut.»

«Und jetzt auch der Bräutigam.»

«Das geht nicht.»

«Das geht, glauben Sie mir.» Es ging.

Zum Schluss überreichte Jakob jedem der drei Männer Geldbündel, die er aus Elsas Tasche hervorgekramt hatte. Vor der majestätischen Milleniumskirche in der lauschigen, von alten Eichen und Ahornbäumen gesäumten Fabrikstadt fragte der Pfarrer Jakob, als dieser neben Elsa in der Kutsche Platz genommen hatte:

«Wann gibt es denn die amtliche Trauung? Es gibt doch eine amtliche Trauung, nicht wahr? Sonst komme ich in Teufels Küche.»

«Jeder muss mal in Teufels Küche, da kann man nichts machen. Ob ein Mann Gottes oder nicht, keiner ist davor sicher. Aber wenn es Sie beruhigt: Zuerst wartet die Erde auf uns, und sie wartet nicht lange. Wir haben viel zu tun, pflügen, Kartoffeln, Rüben, Raps und Mais pflanzen. Erst nach Ostern, nachdem wir das Lamm geschlachtet haben, dann werden wir auch beim Staat anklopfen. Bleiben Sie gesund, Herr Pfarrer», erwiderte Jakob.

Auf dem Rückweg ins Dorf griff Jakob sich plötzlich in die Tasche, holte die Taschenuhr heraus, ließ sie an ihrer Kette baumeln, als ob er Elsa hypnotisieren wollte. «Leider besitze ich nichts, was ich Ihnen schenken könnte, außer dieser Taschenuhr.» Sie ließ die Taschenuhr gedankenverloren in ihren Schoß fallen und spielte mit dem Ring, zog ihn ab und steckte ihn wieder an. Irgendwann würde er einfach auf ihrem geschwollenen Finger stecken bleiben. Sogar ihre Finger würden sich dann gegen sie gestellt haben.

Zu Hause setzte sich Jakob hin, knöpfte das Hemd auf und zog die Krawatte ab. Immer wieder sah er auf die Uhr, als ob er eine Verabredung hätte, summte sein Lied vor sich hin und ließ den Zeigefinger rhythmisch auf den Tisch klopfen.

«Ziehen Sie sich nicht um?», fragte ihn Elsa.

«Noch nicht, und auch Sie sollten es noch nicht tun.»

«Fahren wir noch irgendwohin?»

«Ja. Das wird sogar Ihnen gefallen.» Er spuckte herzhaft auf seine Stiefel und polierte das Leder mit dem Jackenärmel.

«Wohin?», fragte Elsa.

«Zum Sturmläuten.»

Als es endlich so weit war, sagte er zu ihr: «Steigen Sie ein, jetzt ist die Zeit gekommen. Sie sitzen bestimmt alle beim Nachtessen.» Auf dem Weg zur Kirche hielt er beim Haus des Burghüters an. Er blieb auf dem Kutschbock sitzen und rief: «Strubert, komm mal heraus!» Es brauchte mehrere Anläufe, bis es klappte. Strubert riss die Tür auf und trat vor sein Haus, die Haare zerzaust. Er bemühte sich, den Arm in den Hemdsärmel zu schieben.

«Wo brennt es denn?»

«Es brennt nicht, Strubert, aber es wird Sturm geben.» Jetzt sprang Jakob hinunter und ging auf Strubert zu. Elsa war genauso verwirrt wie der Burghüter.

«Sturm?», wiederholte Strubert und suchte den Himmel nach Sturmzeichen ab.

«Genau, und ich brauche dich, damit du die große Glocke läutest.»

«Aber es gibt doch gar keinen Grund dazu.»

«Und ob, Strubert, und ob. Du wirst den Grund verstehen, nachdem du das getan hast, was ich möchte.»

«Die Glocke wird erst wieder morgen früh geläutet, für die Kirche.»

Jakob machte einen weiteren Schritt auf ihn zu, und Strubert musste zurückweichen. Er trat auf eine leere Weinflasche, verlor das Gleichgewicht und fiel hin. Jakob baute sich vor ihm auf. «Strubert, du stinkst nach Fusel. Wie viel bezahlt dir das Dorf für deine Dienste? Vielleicht findet man bald einmal heraus, dass es viel zu viel für einen ist, der Orkane und Feuersbrünste nicht rechtzeitig ankündigt. Vielleicht sogar, dass man auf so einen verzichten kann. Könntest du dann von deinem wenigen Stück Vieh und dem bisschen Land leben? Dann müsstest du wohl richtig arbeiten. Also, ich frage dich noch einmal», sagte Jakob, streckte Strubert die Hand hin und half ihm auf die Beine. «Siehst du jetzt den Sturm dort im Westen aufziehen? Die schwarzen Wolken, die sich auftürmen? Schau genau hin.»

Nur zögerlich antwortete der Burghüter: «Ja, ich glaube, ich sehe was. Da braut sich wohl was zusammen.»

«Na also, wie konntest du dann sagen, dass du nichts siehst? Du wirst die Glocke läuten, bis sich das ganze Dorf versammelt hat. Ich werde dir zunicken, wenn du aufhören sollst.» Er klopfte Strubert den Staub ab und legte ihm freundschaftlich den Arm um die Schulter. Als Strubert auf den Karren sprang und Elsa grüßte, meinte Jakob noch:

«Du sollst läuten, als ob es der Jüngste Tag wäre.»

«Woher soll ich denn wissen, wie man am Jüngsten Tag läutet?»

«Ich verlasse mich darauf, dass du das weißt.»

Das Sturmläuten erklang in der Stille eines gemütlichen, friedlichen Samstagabends. Die Menschen eilten auf die Gasse und suchten Himmel und Erde nach Anzeichen einer neuen Gefahr ab. Als sie nichts entdecken konnten und das Läuten schneller und aufdringlicher wurde, machten sie sich einzeln oder in Gruppen zur Kirche auf. Dort wartete Jakob bereits auf sie, breitbeinig auf seinem Pferdekarren stehend.

In der einen Hand hielt er die Zügel, die andere stemmte er in die Hüften. Als alle da waren und um den Karren herumstanden, gab Jakob dem Burghüter das Zeichen aufzuhören. Es dauerte aber eine Weile, bis die aufgeregten Menschen still wurden und man Jakobs Stimme deutlich hören konnte.

«Brüder und Schwestern, ich nenne euch so, obwohl ich für euch keine besonderen brüderlichen Gefühle hege, wie ihr auch für mich keine hegt. Ihr wisst alle, wer ich bin. Ihr habt oft genug weggeschaut, um es nicht ganz genau zu wissen. Ich bin der, der vor anderthalb Jahren beim heftigsten Gewitter seit Menschengedenken hier angekommen ist und zuerst bei Neper Unterschlupf gefunden hat. Ich bin auch der, der seit fast zwei Jahren bei den Obertins arbeitet, und auch das wisst ihr bestimmt. Zu oft habt ihr gespuckt, als ihr uns zusammen gesehen habt. Aber ich bin nicht nachtragend. Ich habe mich nur gewundert, was für Leute ihr seid, die den Hof einer armen Frau und ihres Vater abbrennen lassen …»

«Arm? Die ist nicht arm», wurde er von einem Zwischenruf unterbrochen.

«Die den Hof einer armen Frau und ihres Vaters abbrennen lassen», wiederholte Jakob und betonte jedes einzelne Wort, «ohne zu helfen, wie es unsere Pflicht wäre, seit den Zeiten unserer Vorfahren, die sich zuerst hier niedergelassen haben. Nur Neper war zur Stelle und ein paar andere. Und wieso? Weil eine von euch es gewagt hat, den Kopf aus dem Dreck zu heben. Dem Dreck, in dem ihr euch gerne suhlt.»

Mutter hob den Kopf immer höher, bis sie erstaunt und

bewundernd zu Vater hinaufschaute. «Sie hat sich mit diesem Leben nicht zufriedengegeben und ist so wie ich von zu Hause losgezogen, um etwas Besseres zu finden. Nur weil sie mehr Mut hatte als ihr alle Männer zusammen, verachtet ihr sie. Aber das wird jetzt aufhören, denn ich bin gekommen, um euch zu sagen, dass ich ab heute der neue Obertin bin. Die Obertins sind wieder da, mit uns müsst ihr rechnen. Ich kann gut ohne euch leben, aber besser wäre es mit euch. Doch ich lasse mich von niemandem bremsen, da soll keiner auf krumme Gedanken kommen.»

«Wer bist du eigentlich? Wir wissen gar nichts über dich. Wo kommst du her?», fragte einer.

«Das ist nicht wichtig. Wichtig ist, dass ich da bin.»

Vater setzte sich zufrieden neben Mutter hin. Schweigend teilte sich die Menge und bildete eine Gasse, durch die der Karren davonfuhr. «Das war großartig!», flüsterte Mutter Vater zu. Sie griff nach seiner Hand. «Ich weiß», erwiderte er. An jenem Abend soll ich gezeugt worden sein. Sieben Monate später kam ich auf die Welt. Ich, Jacob, aber Jacob mit *c*.

2.
Kapitel

Er fiel in den Schlaf wie andere in den Tod. Er hatte sie nicht selten selbst dorthin befördert, ohne einen Gedanken daran zu verschwenden. Es war die Kunst des Krieges, und darin war er ein Meister. Es gab 1635 keinen wie ihn in der Schwedenarmee, siebzehn Jahre nach dem Beginn des Großen Krieges.

Wenn die kaiserlichen Dragoner und die Infanterie mit großem Geschrei auf sie losstürmten und die Neuen, manche noch halbe Kinder, erschauderten, rammte er ruhig die Stützgabel in den Boden. Er stopfte Schwarzpulver und eine Bleikugel in den Lauf seiner Muskete und wartete. Auf dem gegenüberliegenden Hügel stieg Rauch auf, kurz danach folgte der Geschützdonner, und die Kanonenkugeln fielen mit einem vertrauten, kalten Zischen weit vor oder hinter ihnen. Manchmal aber auch mittendrin, dann rissen sie Löcher in die Masse der Soldaten. Er wartete noch immer, höchstens seine Hände wurden feuchter, sein Mund trockener.

Spätestens jetzt schossen die eigenen Kanoniere zurück, und auf den Flanken ritt die Kavallerie los, um sich dem Feind entgegenzustellen. Die Pikeniere stellten ihre Spieße auf, um die Musketiere zu schützen, und es gab jene wenigen Augenblicke der Ruhe, in denen sie alle, die für sich allein zu leben und zu sterben hatten, wie ein einziger Körper atmeten. Ein Körper aus zerlumpten, verrohten, verunstalteten Männern, der bereit war, zu vernichten oder vernichtet zu werden. Und Caspar, der erste Obertin, zerlumpt, verunstaltet, verroht auch er, war einer von ihnen.

Die Kaiserlichen kamen näher. Wo man sie nicht hatte aufhalten können, drangen sie zügig gegen ihn und seine Kameraden vor, wenn man einen Haufen zusammengewürfelter Söldner überhaupt *Kameraden* nennen konnte. Viele von ihnen waren Mörder, Straßenräuber, Plünderer gewesen. Wenn man sich nicht gerade vor dem Feind fürchtete, fürchtete man sich vor dem Freund.

Die Reiter zogen ihre Stoßdegen heraus und schwenkten sie über ihre Köpfe, dann beugten sie sich im Galopp vor. Caspar stützte die Muskete auf die Gabel und nahm Maß für sein erstes Opfer, er suchte es sorgfältig aus der von Pulverdampf verhüllten Wand aus Menschen und Pferden heraus. «Näher. Noch näher», flüsterte er und zielte. Als er von den Kaiserlichen wegen des höheren Solds zu den Schweden übergelaufen war, hatte er darauf bestanden, seine alte Muskete zu behalten, die weniger handlich war und eine Stützgabel brauchte. Aber er konnte seinen Hauptmann schnell von ihren Vorteilen überzeugen.

Auf über vierhundert Fuß Entfernung schießen und treffen, dann aus dem Bandelier eine Pulverportion und eine Kugel holen, nachladen, wieder schießen und treffen. Das war Caspars Kunst: auf solcher Distanz zweimal zu töten. Zuletzt berührte der Musketenlauf beinahe den Gegner. Danach griff er nach einer Pike, einem Dolch, einem Schwert und setzte sein Geschäft fort. Er stach in die Leiber hinein, als ob sie ein Stück warmes Brot wären. Er brach die Körper auf wie die guten Schinken, die er auf seinen Raubzügen durch die Gegend einem Bauern entwendete.

Eigentlich hatte er immer Hunger, auch wenn er kämpfte. Er hatte viel getrunken, um den Rausch zu steigern und um eine sichere Hand zu kriegen, doch gegessen hatte er kaum je genug. Es gab selten Proviant, außer man beschaffte sich ihn. Da war jeder Kampf willkommen, die Fortsetzung des Hungers im Magen war jener nach dem Leben des anderen. In solchen Momenten wurde ihm nur noch vom Totmachen schwindlig. «Sie waren so gut wie tot», sagte er. «Ich habe sie nur ein wenig dahingeschoben.»

Ich bin mir nicht sicher, ob es Caspar wirklich gegeben hat, zu weit liegt seine Geschichte zurück. Aber es ist sicher, dass diese Geschichte zusammen mit den Lothringern, die Triebswetter gründeten, den Weg ins Banat fand. Sowohl Großvater erzählte sie unentwegt wie auch, so wurde mir versichert, Frederick Obertin. Sie ist so sehr Teil unserer Erinnerung geworden, dass sie nicht mehr wegzudenken ist. Sie gehört als eine Art Gründungsstein der Obertins dazu, erschaffen auf dem Kadaver einer Zeit, in der die Pest, der Hunger und der Große Krieg die Menschen hinwegrafften.

Caspar hatte sich von der Truppe abgesetzt und war schon tagelang durch den dichten Fichtenwald der Vogesen gezogen, als er sich in einer mondlosen Nacht unter einem Baum niederließ, über dessen mächtige Wurzeln er gestolpert war. Er ertastete den Stamm und schätzte, dass es eine Eiche war. Es gab weiter nördlich, bei Haguenau, Bäume, die nur von mehreren Menschen umfasst werden konnten.

Überhaupt hatte er im Norden eine gute Zeit erlebt, zuerst hatte er zusammen mit den Schweden die Stadt eingenommen, dann waren sie zurückgedrängt worden. Sie hatten andere niedergemetzelt und wurden anschließend selbst niedergemetzelt. Nichts anderes als launiges Kriegsglück. Seit Jahren war es so, und es war ein Wunder, dass er noch lebte.

Es herrschte um den Baum ein eigenartiger Geruch, den er hätte erkennen können, wenn er nicht zu dumpf und müde gewesen wäre. Er, der sich auf den Schlachtfeldern besser auskannte als bei den Eltern zu Hause in Dieuse. Mit zwölf Jahren war er ihnen durch marodierende Söldner entrissen worden.

Er erinnerte sich nur noch an Bilder, in denen seine Mutter mit gespreizten Schenkeln und blutüberströmt, tot oder lebendig, das war ihm nicht klar, auf dem Strohbett lag. Der Vater hing wie in der Mitte geknickt über dem Brunnenrand, bevor ihn die Männer hineinstießen. Er erinnerte sich an Pferde, die mit dem Hab und Gut der Familie beladen waren. Aber wie oft hatte er inzwischen auf ähnliche Weise geplündert und keine Gnade beim Rauben und Schänden gezeigt?

Er war mit den Geräuschen des Waldes in der Nacht nicht vertraut. Die meiste Zeit hatte er in Schanzen und Feldlagern verbracht oder bei den Hübscherinnen und den Glücksspielern, die in einem unübersichtlichen Tross der Armee folgten. Es waren Tausende, die sich vom Krieg ernährten.

Die Stille der Wildnis, die nie wirklich Stille war, das leise, plötzliche Rascheln, die Rufe der Tiere versetzten ihn mehr in Unruhe als ein Haufen bewaffneter Landsknechte. Er war es nicht gewohnt, allein zu sein. Wenn er kämpfte, kämpften andere so nah, dass sich ihr Blut mischte. Wenn er schlief, schliefen andere dicht an ihn gedrängt, um sich vor der Kälte zu schützen. Wenn sie vergewaltigten, dann taten sie es gemeinsam.

Die Sonne war seit Kurzem untergegangen, und eine feuchte Kühle stieg im Wald auf. Er hatte zittrig eine zerrissene, schmutzige Pelerine um sich gewickelt, war gestolpert und einen dornigen Hang hinuntergerutscht. Dann hatte er gemerkt, dass er die letzte Baumreihe hinter sich gelassen hatte, die sich nun wie ein bedrohlicher Schatten in seinem Rücken erhob.

Er war auf eine Lichtung gelangt, auf der das Gras kniehoch wuchs und die Erde moosig und weich war. Er hoffte, nicht in einem Torfmoor zu landen, wie sie dort häufig vorkamen. Dann würde er weder die Kleider noch sich selbst trocknen können. Er hatte oft gesehen, wohin es führte, wenn man nicht darauf achtete, trocken zu bleiben. Das Fieber, der Schüttelfrost, die Auszehrung des Körpers. Die dümmste Art zu sterben, bei all den dummen Arten, die es gab.

Nachdem er sich eine Weile vorsichtig den Weg durchs Gras gebahnt hatte, hörte dieses so plötzlich auf wie zuvor der Wald. Entweder wuchs dort gar nichts, oder das Gras war niedergetrampelt worden. Er bückte sich, und seine Hand streifte die vielen umgeknickten Halme, dann stießen seine Finger auf eine Vertiefung im Boden, die von einem Pferdehuf stammen konnte.

Dort hatte ein Reitertrupp haltgemacht, vielleicht die Nacht verbracht, vielleicht nur kurz gerastet. Und was, wenn es ein Hinterhalt war und sie ihm auflauerten? Er packte seinen Dolch und duckte sich. Egal, ob Kaiserliche oder Schweden, aufgebrachte Bauern oder beutegierige Landsknechte, alle würden sie ihn töten. Er hätte es nicht anders getan. Seitdem er die Kompanie im Verborgenen verlassen hatte, genoss er keinen Schutz mehr. Er hatte sich selbst ausgesetzt, indem er sich allein nach Lothringen aufgemacht hatte, um zu prüfen, was von seinem Heim übrig geblieben war.

Er hatte gelauscht, bis er vor Kälte steif geworden und fast umgekippt war. Dabei flüsterte er das Schwedenlied vor sich hin, das sie sogar nach dem Tod von König Gustav weiter gesungen hatten: *Auf Gustavs G'sundheit woll'n wir trinken / Der Papisten Glaub wird bald hinken / Der Schwed, der wird ausreiten gar / Die ganze papistische Schar.*

Er war dann weitergegangen, war wieder gestolpert und erschrocken. Er lachte über sich selbst, als er merkte, dass es nicht ein Feind, sondern eine Baumwurzel war. Er hatte sich an den Baumstamm gelehnt und war eingeschlafen. Ein einziges Mal war er kurz erwacht, als er zur Seite rutschte und mit dem Kopf auf dem Boden aufschlug.

Was ihn weckte, war der Geruch. Es war das Erste, was er noch mit geschlossenen Augen wahrnahm. Er schätzte, dass in der Nähe ein großes Tier verendet war, eine Beute der Wölfe oder der Reiter. Aber es stank wie nach zehn verwesten Tieren. Er nahm sich vor, nach dem Kadaver zu sehen, vielleicht war da noch was übrig für ihn, und seien es auch nur Innereien. Er drehte sich auf den Rücken, streckte sich genüsslich und öffnete langsam die Augen.

Über ihm baumelten die Füße der Gehängten. Sie waren dreckverkrustet, die Beine vom gestauten Blut geschwollen. An manchen Füßen waren noch löchrige Strümpfe, die meisten der Gehängten trugen nur ihr Unterhemd. Die morgendliche Brise ließ die Körper leicht hin und her pendeln. Die Köpfe waren nach vorne geknickt, als wollten die Toten ihn anschauen, wie die Heiligen in der Kirche. Sie hatten keine Augen mehr, die Raubvögel hatten gründliche Arbeit geleistet.

Er sprang auf, aber nicht weil ihn das Bild erschreckte. Der Tod war ein treuer Geselle gewesen, der treuste von allen. Mehr als die Kameraden, die sich nach Niederlagen davonmachten, oder die Frauen, die sich gern einem beim Beutemachen noch Erfolgreicheren hingaben.

Es ging ihm um die Raubtiere oder um verwilderte Hunde, die von solchen Galgenbäumen unwiderstehlich angezogen wurden. Sie waren die Nutznießer des Krieges. Von Haguenau bis nach Pfirt im Süden lagen überall tote Menschen und Nutztiere, in aufgebrochenen Häusern, auf Landstraßen und Dorfplätzen. Caspar nahm sich in Acht, hungrige Wölfe waren das Letzte, was er brauchen konnte. Hungrige Leute ebenso.

Der Wind wurde stärker, sodass der Nebel aufriss und den Blick bis ins Rheintal freigab. An einem Felsen stand eine Trutzburg wie ein Teil desselben, doch es war unmöglich zu sehen, ob sie noch bewohnt war. Er befand sich auf einem Hochplateau, wohin die Bauern vor dem Krieg im Sommer bestimmt ihre Tiere geführt hatten.

Die Weide stieg auf der einen Seite zu einer kahlen, abgerundeten Kuppe an, auf der anderen Seite fiel sie steil hinab. Gedämpft hörte er in der Schlucht einen Fluss rauschen, vielleicht sogar einen Wasserfall, doch das half ihm nicht, denn er hatte Durst, aber Hunger hatte er noch mehr. Nur kurz dachte er daran, ihn mit dem Fleisch der Gehängten zu stillen.

Er selbst hatte einmal die Leichen von Bauern tagelang vor ausgemergelten Männern und Frauen bewacht. Die

Schweden hatten auf dem Friedhof bei Damenkirch, das zu einer Festung ausgebaut worden war, tausendsechshundert Bauern niedergemacht, er alleine an die zwanzig. Dann, entfesselt, wie sie waren, hatten sie die restlichen Bauern bei Blozheim zusammengetrieben und das Dorf an alle vier Ecken angezündet.

Es war eine großartige Aussicht gewesen, von allen Seiten her waren die Flammen aufeinanderzugeeilt und hatten sich in der Mitte vereint. Sie hatten die Überlebenden würfeln lassen, um zu bestimmen, wer zuerst drankommen würde. Obwohl der Unterschied nur wenige Minuten ausmachte, ein paar Atemzüge nur, hatten die Verurteilten diese Gnadenfrist gewünscht. Sich sogar darum geprügelt. Dort hatte Caspar das erste Mal gedacht, dass es nun genug sei und er nach Hause zurückkehren könne.

Er würde die sanften Hügel aufsteigen, tiefer ins Gebirge eindringen, den Lauf der Moselle suchen, der ihn nach Épinal und Toul bringen würde. Von dort bis Nancy und Marsal war nicht mehr viel, und wenn er einmal in Marsal sein würde, wäre er praktisch zu Hause gewesen. Aber erst im Herbst 1635, als die Schweden von den Kaiserlichen geschlagen wurden und sich aus dem Elsass zurückzogen, als er kaum noch Beute machen konnte, war die Zeit dazu gekommen. In aller Frühe hatte er sich aus dem Zeltlager davongemacht.

Die Moselle hatte er nicht gefunden, und anstatt schnell aus den Vogesen wieder herauszukommen, geriet er immer tiefer hinein. Mal ging er durch ein enges, gewundenes Tal, mal blickte er von einem Felsvorsprung in eine Schlucht mit glatten Hängen aus Granit. Er ernährte sich von Baumrinde, Blaubeeren und Gräsern. Einmal hatte er im Stall eines aufgegebenen Guts ein totes Schaf gefunden, ein anderes Mal Trauben an einem verwilderten Weinstock.

An der Eiche lehnte noch die Leiter, die der Priester benutzt hatte, um den Sterbenden die Absolution zu erteilen. Aber dann muss es sich auch um eine geregelte Hinrichtung gehandelt haben. Wieso man dafür diesen abgeschiedenen Platz ausgesucht hatte, wusste er nicht. Auch konnte er die Toten nicht wirklich ansehen, ob sie Bauern, Plünderer, Soldaten gewesen waren, er tippte eher auf das Erste. Er stöberte in der Asche eines Lagerfeuers nach Essensresten, schaute ein letztes Mal umher, ob er was Verwertbares finden konnte, dann setzte er sich in Bewegung. Er überquerte die Weide und tauchte wieder im Dickicht unter. Die Toten blieben sich selbst überlassen zurück.

* * *

Er ging nun bergab durch einen lichten Wald, dessen Boden mit Moos und Farn bedeckt war. Der dünne, bis fast zur Spitze kahle Stamm der Pinien schimmerte rötlich, und in den Büschen wuchs Myrte, von der er sich einige Hände voll in den Mund stopfte. Das Geräusch des herabstürzenden Wassers kam näher, der Hang wurde steiler, und er musste im Zickzack gehen, um nicht auszurutschen.

Der Fluss war angeschwollen, offenbar hatte es an seiner Quelle heftig geregnet. Nachdem das Wasser in mehrere Felsbecken fiel, floss es durch ein zerklüftetes Tal und bildete kleine Teiche. Caspar ging schneller, die Aussicht, seinen Durst zu löschen, ließ ihn leichtsinnig werden. Kaum stand er über einem der Becken, gab der Boden nach, seine Hände griffen ins Leere, und er landete ungebremst im Wasser. Die Strömung war so kräftig, dass sie ihn in die Tiefe riss und dann über den Beckenrand in das darunterliegende Flussbett.

Obwohl er sofort aus dem Wasser sprang, war er völlig durchnässt. Er suchte fiebrig nach einer trockenen Stelle und fand am Ufer einen schmalen Streifen, auf dem Gras wuchs und an dessen Rand sich Sand abgelagert hatte. Er zog schnell die Lappen ab, die er um die kaputten Schuhe gebunden hatte, dann auch die Schuhe aus, die er einem toten Kaiserlichen abgenommen hatte. Dann folgten die löchrigen Kniestrümpfe und die Hosen, die Pelerine, die Weste und das fleckige Hemd. Dolch und Degen legte er vorsichtig ab.

Er breitete die Kleidungsstücke auf dem Boden aus, aber er hatte wenig Hoffnung, dass sie trocknen würden. Dann rieb er seine Haut mit Sand ab, aber auch dieser war feucht, wie alles in jenem Tal, in das kein Lichtstrahl durch die sich vielfach überlappenden Baumkronen drang. Er versuchte, ein Feuer zu entfachen, aber es gelang ihm nicht.

Er kauerte lange nieder, die Arme um die Knie gelegt, und überlegte, wie er sich aus seiner Lage befreien konnte. Sein Gesicht war von Pocken entstellt, und mehrere lange Narben zeugten von schlimmen Verletzungen. Wenn er sich nicht täuschte, befand sich die Burg, die er von Weitem gesehen hatte, direkt über ihm. Er entdeckte den Trampelpfad, den wohl früher die Frauen benutzt hatten, um im Fluss die Wäsche zu waschen. Jetzt war er fast vollständig mit Gestrüpp zugewachsen.

Caspar zog sich an und begann den Aufstieg. Die Burg war zur Angriffsseite hin von einem Spitzgraben gesichert, auf dessen Grund sich kloakenartige Tümpel gebildet hatten. Er suchte entlang des Grabens nach einem Einstieg und war bereit, sofort wieder im Wald zu verschwinden, wenn man ihn entdeckt hätte. Aber weder auf der Ringmauer noch an den Schießscharten zeigte sich jemand, und die Zugbrücke war fast ganz heruntergelassen worden. Es war so still, dass er sogar bei den einsamen Rufen eines Falken zusammenzuckte.

Er stieg auf die Brücke und näherte sich dem Tor. Direkt davor lag eine dicke Schicht von verhärtetem Pech, das man beim verzweifelten Versuch, die Burg zu schützen, über die Eingreifer gegossen hatte. Die Leichen im Burggraben zeugten davon, dass man zumindest ein wenig erfolgreich gewesen war. Caspar stieß das Tor auf, welches sich zu seiner Überraschung leicht öffnen ließ, er zog seinen Degen und trat in den Hof.

Die Ställe, Schmieden und Lagerräume der Unterburg waren leer, man hatte alles weggebracht, Pferde, Rindvieh, Vorräte, nur die Zisterne war intakt, aber seinen Durst hatte er eben erst gestillt. Überall lagen Geräte und Rüstungen, die man nicht hatte wegschleppen können. In einer windgeschützten Ecke hatte man einige Dutzend verbrannte Leichen übereinandergelegt. Caspar wurde misstrauisch, denn nur überlebende Bewohner machten so was. Plünderer kümmerten sich nicht darum, sie ließen den Tod hinter sich, sie brauchten nicht mittendrin zu leben. Caspar schritt nun auf das zweite Tor zu, das zur Oberburg führte.

Mit einer solchen Erscheinung hatte er nicht gerechnet, die junge ausgemergelte Frau war höchstens zwanzig und wirkte doch bereits wie eine vorzeitig Gealterte. Ihr Gesicht war gerötet, es schien zu glühen, an Armen und

Beinen hatte sie aufgeplatzte, eitrige Wunden. Caspar wich zurück und hielt sich die Hand vor die Nase, denn er hatte schon Menschen gesehen, die von der Beulenpest befallen worden waren. Sie fing an zu schreien und lief auf den Bergfried los, der sich am anderen Ende des quadratischen Hofs erhob.

Sie humpelte, war entkräftet, er hätte sie ohne Weiteres einholen können, aber er blieb vorsichtig zurück. Jetzt erst erkannte er, dass sie nicht kopflos schrie, sondern nach einem Mann rief, der sich bald in der Einstiegsluke des Turms, zwanzig Fuß über dem Boden, zeigte. Es war ein alter und kahler Mann, der mit einer Muskete auf ihn zielte. Die Frau, seine Tochter vielleicht, erreichte das untere Ende der Leiter und stieg mühevoll hinauf. Caspar erkannte, dass es sich nicht um einen geübten Schützen handelte, aber er ging in Deckung. Die Kugel schlug weit entfernt ein und wirbelte ein wenig Staub auf. Caspar lugte hervor und sah, dass die Frau oben angekommen war und die Leiter hochzog. Der Mann lud seine Waffe nach.

«Ich tue euch nichts!», rief Caspar, in der Hoffnung, dass man ihn auch verstand. «Ich muss mich trocknen und essen.»

«Bist du Schwede?», rief der Mann.

«Lothringer, auf dem Weg nach Hause.»

«Für wen kämpfst du?»

«Jetzt nur noch für mich.»

«Wir sind katholisch. Die Schweden haben uns vor einem Monat angegriffen.»

«Deshalb all die Toten?»

«Nein, das ist die Pest.»

«Gibt es etwas zu essen hier?»

«Sie haben alles mitgenommen. Vierzig Pferde, dreißig Rinder, Schafe, Hühner, zehn Saum Wein.»

Caspar verließ sein Versteck, er wusste, dass der Mann zu ungeübt war, um ihn zu treffen. Zu umständlich ging er mit der Muskete um. Aber auch er hatte keine Möglichkeit, den Turm zu stürmen oder ihn aufzubrechen. Gegen die dicken Mauern kamen seine Waffen nicht an. «Willst du hier plündern?»

«Ich habe nur einen Degen und einen Dolch bei mir, was kann ich schon damit ausrichten? Ich brauche trockenes Holz, um ein Feuer zu machen. Etwas gegen den Hunger wäre auch nicht schlecht. Es interessiert mich nicht, ob du katholisch bist und Luther für den Teufel hältst. Wir sterben alle irgendeinmal, so wie die Zeiten sind, eher früher. Ich schlage dir etwas vor: Du lässt mich heute Abend hier übernachten, und morgen bin ich schon wieder weg.»

Der Alte legte die Muskete ab, drehte sich um und beriet sich kurz mit der Frau.

«Holz findest du beim Kamin im großen Saal im Obergeschoss. Du kommst über die Freitreppe hinter dir dorthin. Etwas zu essen kann ich dir nicht geben, wir brauchen es selbst. Das wenige, was übrig geblieben ist, haben wir hier hinaufgebracht. Versuch nicht hochzusteigen, ich würde dich töten.»

Caspar streifte lange durch das Gebäude, inspizierte den Keller und die herrschaftliche Küche. Er fand nur steinhartes Brot und vergammeltes Fleisch, das er sich gierig in den Mund stopfte und wieder herausspuckte. Als das Feuer im Kamin zu lodern begann, zog er sich wieder aus und legte seine Kleider davor auf Stühle, dann stocherte er mit seinem Degen lange in der Asche herum.

Die Dunkelheit legte sich über die Festung und begrub unter sich die Lebenden und die Toten, dann auch den Wald und die Berge, das ganze ausgebrannte, verlassene Land. In den Feldlagern der Armeen bereiteten sich die Soldaten, die einst Tagelöhner und Knechte, Schneidergesellen, Bäckerlehrlinge, Schuhflicker gewesen waren, auf die Nacht vor. Der Sold war vielleicht noch nicht eingetroffen, also schwärmten manche aus, um zu rauben. Caspar befiel eine Sehnsucht, die er nicht einmal nach dem Hof der Eltern gehabt hatte.

Das Lagerleben war das Einzige, was er wirklich kannte. Den Geruch der Pferde und der Männer, jener unbehandelten, stinkenden Wunden, fauliger Zähne, verdreckter, mit Blut befleckter Wämse. Ebenso das Lodern der riesigen Feuer, auf denen sie, wenn sie Glück hatten, ganze Schafe und Kälber brieten. Wenn nicht, dann auch schon mal Ratten, Katzen oder Hunde. Er erinnerte sich ans Gewimmel von Körpern, Karren und Zelten. Es schrien die Verletzten, denen die Feldscher die Hände im Rücken gebunden hatten, um ein Bein zu amputieren.

Obwohl es verboten war, sich zuzutrinken, tranken sie sich zu. Obwohl es verboten war, zu fluchen und sich zu prügeln, taten sie nichts lieber als das. Obwohl ihnen untersagt war, im Streit ihre Herkunft zu erwähnen, entdeckten sie in solchen Momenten wieder, dass sie Schweden und Finnen, Letten und Sachsen, Lothringer und Pfälzer waren. Männer aus allen vier Ecken Europas, die vom Wunsch nach reicher Beute zusammengehalten wurden. Dass sie einen Krieg führten, an dessen Gründe sie sich kaum noch erinnerten. Er ernährte sie, und sie ernährten den Krieg. Das war Grund genug.

Wenn Caspar einmal den Sold erhalten hatte, stand etwas anderes auf dem Plan. Etwas, das Abwechslung brachte ins trostlose Leben eines Söldners, das vom Rhythmus der Märsche bestimmt wurde. Dann hielt er sich am liebsten unter den Abertausenden Begleitern der Truppe auf, die sich unweit davon entfernt niedergelassen hatten.

Man hatte sich zwischen den Pferdegespannen und Karren eingerichtet, die Munition und Proviant, Zelte und Laternen transportierten. Schmiede, Wagenmacher, Zimmerleute, Schanzengräber, Viehtreiber, Soldatenfrauen, sie alle zogen monatelang hinter der Armee her, bemüht, mit ihr Schritt zu halten. Sie kämpften um die besten Plätze, um ihre Ware anzubieten. Oder sich selbst.

Caspar spazierte zwischen den Ständen umher, versuchte seine Beutestücke zu verkaufen, verspielte alles, fluchte und betrog, wurde betrogen, prügelte sich und endete in den Armen einer der Frauen, die trommelschlagend auf sich aufmerksam machten. Man könnte das alles eine schlechte Welt nennen und eine sündige, aber es war seine einzige, und als solche liebte er sie. Deshalb bereute er dort vor dem Kamin seine Flucht, und er fühlte sich elend.

Als nur noch die heiße Asche glühte, hatte er die Kleider längst wieder angezogen und sich mit dem Rücken zur wärmenden Quelle schlafen gelegt. Aber er konnte nicht zur Ruhe kommen und wälzte sich hungrig hin und her, bis das Gefühl so quälend wurde, dass er aufstand, Degen und Dolch packte und in den Hof ging. Er nahm einen Stein und warf ihn gegen die kleine Tür bei der Einstiegsluke. «Ich habe Hunger! Gebt mir etwas zu essen!», rief er. Er horchte, aber nichts rührte sich im Innern des Bergfrieds. «Ihr Papistenpack, ihr lasst einen Mann einfach so sterben! Aber vorher mache ich euch kalt!»

Er suchte fiebrig nach einer Möglichkeit, wie er bis zur schmalen Holztür hochsteigen könnte. Sein Gebrüll stieg über die Mauern der Burg und rollte über die Hänge. Er schleuderte alles, was ihm in die Hände fiel, gegen den Turm, stach sogar mit dem Degen zu. Erst spät, als er schon heiser geworden war und sich zurückziehen wollte, hörte er, wie über ihm die Tür geöffnet wurde. Dann fiel etwas dumpf zu Boden, und der Alte flüsterte: «Nimm das und sei still. Man kann dich bis ins nächste Tal hören. Mehr von deiner Sorte können wir uns hier nicht leisten.»

Es war ein undefinierbares Stück Fleisch, Hähnchen oder Ratte, wer hätte es schon sagen können. Unnötig zu erwähnen, dass Caspar es bis zum letzten Bissen verschlang, genauso wie das bisschen Brot und den Maiskolben. Mit einem zufriedenen, gesättigten Grinsen im Gesicht schlief er ein. Im ersten Licht des Tages erwachte er, und es dauerte nicht lange, bis er wieder über die Zugbrücke ging und im Wald verschwand.

Es vergingen Tage, bis er wieder Menschen sah oder ihre Spuren, dann aber zog er sich tiefer in den Wald zurück. Wenn ein Dorf aufgegeben schien, wartete er erst stundenlang, bis er sich hineintraute und die Häuser durchsuchte. Einmal hatte er von Weitem gesehen, wie ein Reitergeschwader einen schmächtigen Bauern aus dem Haus zerrte und ihn auf den Rücken legte. Er kannte den Schwedentrunk gut.

Man goss dem Opfer so viel Mistlachwasser in den Mund, bis dieses ihm wieder aus Ohren und Nase herausquoll. Dabei hockte man sich mit seinem ganzen Gewicht auf den Bauch des Unglücklichen. So hatte auch er oft einem Bauer Auskünfte entrissen.

Bevor sich die Landschaft Richtung Westen öffnete, marschierte er ein letztes Stück durch eine der seltsamsten Gegenden, die er bisher gesehen hatte. In den zerklüfteten Tälern standen seltsam geformte Felsen, die an Türme, Riesenpilze oder gar Burgen erinnerten. Der Krieg hatte ihm den Aberglauben nicht ausgetrieben, also fürchtete er sich vor den geisterhaften Erscheinungen. Dann aber tauchte vor ihm ein Plateau auf, ein herabfallender Landstrich, der, so hoffte er, zu Lothringen gehörte.

Von Fieber geplagt, verbrachte er einige regenreiche Tage im fauligen Heu einer Scheune. Bei Marsal traf er spätnachts ein. Er hatte die ganze Zeit niemanden gesehen, als ob das ganze Land verlassen worden wäre. Ein Land, das früher geblüht hatte, als man auf der Moselle oder den Handelsstraßen Bier, Wein und Salz, Wolle und Stoffe bis nach Metz, Trier, Köln oder Mainz gebracht hatte. Am Salz erkannte er, dass er angekommen war.

Als er auf Schlick trat, beugte er sich und befeuchtete seine Finger, dann lutschte er daran. Er stand am Rande eines der vielen Tümpel, die sich jährlich entlang der Salia bildeten und die auch für seinen Vater eine Einkunftsquelle gewesen waren. Ein bisschen Salz auf der Zunge hatte genügt, um in ihm weitere Erinnerungen zu wecken.

Aus solchem Schlick hatte sein Vater Salz gewonnen, und wenn im Sommer die Tümpel austrockneten, tat er dasselbe in Moyenvic, wo man das kostbare Gut aus einem tiefen Brunnen holte. Drei magere, alte Pferde liefen im Kreis und brachten die Eimer an die Oberfläche.

Musste der Brunnen erneuert werden, stieg sein Vater hinab, fünfzig Fuß tief. Dass er einmal in einem Brunnen mit Salzwasser ertrinken würde, wäre ihm nicht in den Sinn gekommen.

Caspar kaute am fleischigen Stiel eines Quellers, der salzig und fischig schmeckte, aber genießbar war. Seine Finger hatten im Dunkeln die Pflanze erkannt, auf sie war Verlass. Hätten sie sich getäuscht, so hätte er von einem der vielen Gräser vergiftet werden können, die dort wuchsen. Er überlegte gerade, wie er am besten unbemerkt nach Marsal eindringen könnte, um einen trockenen Platz für die Nacht zu finden, als unweit zwei Stimmen zu hören waren.

Es waren zwei lothringische Soldaten, die nach einem dritten riefen, der zurückgeblieben war. Die Lothringer waren Alliierte der Kaiserlichen, sie hätten Caspar gehängt, wenn sie gewusst hätten, dass er für die Schweden gekämpft hatte. Auch sie hatte er entkleidet, wenn sie tot waren, die Not war zu groß, um einen Unterschied zwischen Landsleuten und Fremden zu machen. Marsal schien bewacht zu sein, außerdem war die Stadt ummauert, und vor dem Haupttor standen Wachen, die brennenden Fackeln waren gut sichtbar. Die zwei Männer zogen weiter, und nach einem letzten Blick auf sein unerreichbares Nachtlager entschloss sich Caspar, weiter nach Dieuse zu marschieren.

Er nahm den Weg, auf dem vorher die Lothringer gekommen waren, doch als er in die entgegengesetzte Richtung gehen wollte, stieß er mit dem dritten Mann zusammen, der zusammengekauert seine Notdurft verrichtete. Der Mann fluchte, verhedderte sich in seiner Hose und fiel hin. In Panik begann er zu schreien und den Boden nach seinem Degen abzutasten, doch Caspar schob ihn mit dem Fuß weiter weg.

Vor dem Tor schien man auf sie aufmerksam geworden zu sein, denn es entstand einige Aufregung. Caspar wusste, dass er nicht viel Zeit hatte, man würde bald nach dem Lothringer suchen. Inzwischen hatte dieser seinen Dolch gezogen und stach dort, wo er Caspar vermutete, blindlings in die Luft.

Caspar verpasste ihm einen Fußtritt in dem Unterleib, sodass der Mann vor Schmerz noch lauter schrie. Jetzt setzten sich vor der Stadt mehrere Fackeln in Bewegung. Gerade als er sich aus dem Staub machen wollte, klammerte sich der Lothringer an seinem Bein fest und zerrte ihn zu Boden. Mit dem anderen Fuß trat Caspar mehrmals gegen den Kopf des Soldaten, bis dieser nachgab und sich sein Griff lockerte.

Während der Mann wimmerte, setzte Caspar sich auf ihn und nahm ihm den Lederriemen mit mehreren Beuteln ab, in denen er Beutestücke vermutete. Er nahm auch die Muskete an sich, auf die er getreten war, und sprang im letzten Moment ins Gebüsch zurück. Die Wachen waren nun so nah, dass sie ihn fast berührten. Von der Dunkelheit und dem Hochgras geschützt, machte sich Caspar flussaufwärts auf das letzte Wegstück nach Hause.

* * *

Was für ein Zuhause hatte er erwartet? Er, dem höchstens die Scheune eines Bauern, wo er im Winter einquartiert wurde, ein Gefühl vermittelt hatte, etwas Eigenes, Dauerhaftes zu haben. Er wusste, dass da ein Hof mit einem Brunnen sein musste, vom Fluss aus gut sichtbar, etwa eine Viertelmeile außerhalb des Dorfes. Dahinter eine Erderhebung, eine Art Verwerfung auf der sonst flachen Ebene.

Aber würde er die Stelle finden können, und würde überhaupt sein Elternhaus dort noch stehen oder nur eine mit Gestrüpp überwachsene Ruine? Angesichts eines solch aussichtslosen Unterfangens bereute er es wieder, desertiert zu sein. Es fehlte wenig, dass er so kurz vor dem Ziel umgekehrt wäre und sich irgendwo von irgendwem zu irgendeinem Krieg hätte anheuern lassen. In Metz oder Nancy würde man bestimmt fähige Männer schätzen.

Ein kühler Morgen, der schon den harten Winter ankündigte, brach an, und mit ihm setzte sich ein dicker Nebel fest, der aus einer besonderen Substanz zu bestehen schien, die man leicht einfangen konnte. Caspar war die ganze Nacht der Salia gefolgt, an der er sich gut orientieren konnte.

Im ersten Licht blieb er bei einer Brücke stehen, um seine Beute zu überprüfen. Die Muskete war kleiner und handlicher als die, die er gehabt hatte. Er würde bestimmt dafür einen Käufer finden. Doch in den Beuteln war nichts von Bedeutung, nicht einmal Tabak, nur Schießpulver und einige Bleikugeln. Er legte sich neben der Brücke hin und schlief bald ein.

Er hatte nicht damit gerechnet, dass es so schnell gehen würde. Kaum war er aufgewacht, hatte seine Kleider abgeklopft und den Blick gehoben, sah er direkt unterhalb eines Hügels, dem einzigen weit und breit, einen Hof. Es passte genau zu seinen Erinnerungen. Kein Rauch stieg auf, und niemand zeigte sich rund ums Haus, trotzdem blieb er misstrauisch, denn der Hof schien bewohnt zu sein. An einem Seil flatterten einige

Kleidungsstücke, und aus dem Stall hörte er deutlich das Muhen einer Kuh.

Er suchte nach Möglichkeiten, um sich zu verstecken, aber außer einigen Büschen, einem Wäldchen auf dem Hügelkamm und einer Scheune etwas außerhalb des Hofes gab es nichts, das ihm helfen konnte. Jetzt, da der Nebel sich langsam hob, stand er ungeschützt da. Er duckte sich und lief in einem weiten Bogen um den Hof herum und zum Hügelkamm hinauf, ohne das Haus aus den Augen zu lassen.

Als er oben ankam, setzte er sich auf einen umgekippten Baumstamm und wartete. Darin war er geübt, das war seine Stärke. Mit seinem Dolch spitzte er einen Ast zu, die immer gleiche Bewegung. Nach einiger Zeit kam ein Mädchen heraus, sie war höchstens sechzehn Jahre alt und trug nach der Art der Bäuerinnen eine weiße Haube und Schürze. Sie schaute kurz zu ihm hinauf, dann holte sie einen Melkeimer und ging in den Stall.

Da wusste er, dass er entdeckt worden war und dass man ihn bereits beobachtete. Doch er, der sich jahrelang mit dem bezahlten Beischlaf mit hässlichen, verbrauchten Frauen hatte zufriedengeben müssen, war so sehr mit dem Mädchen beschäftigt, dass er fast übersah, wie ein kräftiger Mann aus einem Fenster stieg, über die Hofmauer sprang und, mit einem Messer bewaffnet, im Schutze einiger Büsche mit dem Aufstieg begann.

Caspar stand auf, stellte die Muskete senkrecht, stopfte Schießpulver und eine Kugel in ihren Lauf, dann drückte er alles mit dem Ast nach unten. «Näher», murmelte er und legte Pulver auch auf die Schussvorrichtung. «Noch näher.» Er zielte, dann schoss er ruhig. Der Mann blieb plötzlich stehen, als ob er es sich anders überlegt hätte, dann gaben seine Beine nach, er sackte zusammen und kippte nach vorne.

Das Mädchen lief schreiend ins Haus zurück, warf dabei den Eimer weg, und die Milch sickerte in den Boden, nicht anders als das Blut des Toten. Im selben Augenblick stürmte ein alter Mann heraus, packte das Erstbeste, das er fand – eine Sense –, und lief auf Caspar los. Er kletterte mühevoll den Hang hinauf, rutschte mehrmals ab und musste von Neuem beginnen. Caspar lud währenddessen seine Waffe, dann schoss er ein zweites Mal.

Caspar machte sich nun auf den Weg zu seinem ersten Opfer. Er rammte ihm die Muskete in die Rippen, um sicher zu sein, dass er nicht mehr lebte. Er setzte sich hin, zog die Stiefel des Toten an, dann ging er auch zur zweiten Leiche. Er warf seine Pelerine weg und zog den Mantel des Alten an.

Vorsichtig näherte er sich dem Haus, aus dem eine Frau zu hören war, die stöhnte. Er drückte die Tür ein und trat ein. Es brauchte seine Zeit, bis seine Augen sich an die Dunkelheit gewöhnten und er nicht nur Umrisse sah, sondern auch das Mädchen, das in einer Ecke kauerte, und die jämmerliche Gestalt auf dem Bett. Der Körper der Frau war mit Geschwülsten an den Beinen, am Hals und in den Achselhöhlen übersät. Manche waren so groß wie Handteller, knotig und dunkelrot. An manchen Stellen war die Haut siebartig durchlöchert, und daraus sickerte eine blutig wässrige Flüssigkeit.

Es war Caspar nicht klar, ob die Frau bei Bewusstsein war, doch er wusste sofort, an was sie litt. Er fragte das Mädchen trotzdem danach, in seinem lothringischen Deutsch, einer Sprache, die er in seiner Kindheit gesprochen hatte. Er wollte Zeit gewinnen, um eine Entscheidung zu treffen. Es kam keine Antwort, also fragte er lauter und bestimmter.

«Ja, die Pest», antwortete das Mädchen.

«Bist du auch krank?»

«Ich glaube nicht.»

«Komm her!» Auch diesen Satz musste er wiederholen, damit sich das Mädchen rührte. Als sie, der die jahrelange Unterernährung zugesetzt hatte, bei ihm war, packte er sie am Arm und zog sie in den Hof. «Bring die Kuh her!», befahl er ihr.

Er stieß sie zum Stall hin. Das Mädchen aber dachte gar nicht daran, ihm zu gehorchen. Sie ging zum Stall und lief durch eine Öffnung auf der anderen Seite hinaus. Sie machte sich auf den Weg ins Dorf, aber bei der Brücke holte Caspar sie ein. Sie hatte Mut gefasst, wehrte sich und entwischte ihm einige Male. Sie war so leicht, dass Caspar sie hochhob und zurück auf den Hof trug.

Dort suchte er nach einem Stück Seil. Als er eines fand, machte er eine Schlinge und wollte sie ihr über den Kopf stülpen. Sie widersetzte sich, sodass er sie an sich presste und mit einer Hand ihre Handgelenke festhielt. Es gelang ihr, sich zu befreien, also warf er sie auf den Boden, hockte sich mit den Knien auf ihre Arme und brachte so sein Vorhaben zu Ende.

Er zog sie am Seil bis zur abseits stehenden Scheune und band sie dort an einen Balken, dann holte er die Kuh und den Eimer. Er melkte die Kuh, trank gierig aus dem Eimer, dann schob er ihn zu ihr herüber, doch sie kippte ihn um. «Wie ich sehe, bist du satt. Dann gibt es auch nichts mehr zu essen», sagte er. «Wie heißt du?»

Sie zog die Knie hoch und legte die Arme um sie. Ihre Waden und Schenkel wurden sichtbar, sie bemerkte sein

Grinsen und versuchte, sie wieder unter dem Rock zu verstecken. «Ich tue dir nichts», sagte er. «Zumindest, bis ich nicht sicher bin, dass du gesund bist. So lange bleibst du angebunden. Ich nehme an, dass die zwei dein Vater und dein Bruder waren und dass du mich jetzt gerne umbringen würdest, aber das wird sich ändern. Ich konnte nicht anders, sie haben mich doch angegriffen. Sie hätten nur fragen müssen, und ich hätte geantwortet. Es sind aber nun mal schlimme Zeiten. Ich mache mich jetzt besser auf den Weg ins Dorf und suche nach etwas zu essen. Vorher aber muss ich dir auch die Hände festbinden.»

Als er zurückkam, fand er sie röchelnd vor, sie hatte mit allen Mitteln versucht, sich zu befreien. Er stellte den Sack ab und machte Feuer. «Das Dorf wurde zerstört. Es ist kaum noch jemand da, ich habe nur zwei Frauen und einen Krüppel gesehen», sagte er, dann schüttelte er den Sack aus. «Ein paar Kartoffeln und Maiskolben, das ist alles, was ich gefunden habe. Wenn es so weitergeht, muss ich dich fressen.» Er sah ihr verängstigtes Gesicht und begann zu lachen. «Du nützt mir lebendig mehr als tot. Wer hätte gedacht, dass ich nach Hause komme und mich da schon eine Frau erwartet?»

Er legte die Kartoffeln und die Maiskolben aufs Feuer, dann setzte er sich davor und rieb sich die Hände. Er aß sie halb roh, während das Mädchen ihm mit hungrigen Blicken dabei zuschaute. Ihr Blick wanderte von den Stiefeln des Bruders zu Caspars Mund, dann wieder zurück. Später starrten beide in die Flammen, und eine starke Müdigkeit nahm von ihnen Besitz. Kurz vor dem Einschlafen hörte er sie murmeln: «Mutter braucht auch etwas zu essen und frische Umschläge.»

Das Scheunentor stand weit offen, als sie erwachte,

und der Wind blies umbarmherzig hinein. Sie war allein, von Caspar keine Spur, und so hoffte sie, dass er aus irgendeinem unerfindlichen Grund weitergezogen war. Doch sie wusste ebenso gut, dass sie sich ohne ihn nicht befreien konnte und verhungern würde. Von draußen hörte sie jemanden vergnügt singen: *Auf Gustavs G'sundheit woll'n wir trinken / Der Papisten Glaub wird bald hinken / Der Schwed, der wird ausreiten gar / Die ganze papistische Schar.* Sie reckte sich, soweit es ging, um einen Blick durch das Tor ins Freie zu erhaschen, und was sie sah, brachte sie erneut zum Schreien.

Caspar hatte bereits ihren Bruder und ihren Vater ins Haus getragen und war dabei, eine Fackel, die er in Weingeist getaucht hatte, anzuzünden. Er ging wieder hinein und tauchte erst dann wieder auf, hustend und rußgeschwärzt, als schon das Strohdach brannte. Jetzt legte er auch an den Heuballen Feuer an, die er ums Haus geschart hatte. Er hörte das Schreien des Mädchens, aber er kümmerte sich nicht weiter darum. Der Wind, der den Brand zuerst behindert hatte, entfachte ihn von Neuem, und dicke Rauchschwaden drangen durch die Tür und die Fenster.

Caspar war zufrieden mit seinem Werk, das Feuer loderte gleichmäßig von allen Seiten. Er lehnte an der Mauer und bewunderte sein Können, denn Feuerlegen musste gelernt sein. Durch seine Hand waren unzählige Bauernhäuser zu Asche geworden. Ein gutes Feuer fraß sich durch alles hindurch, was es auf seinem Weg fand: durch morsches Holz, durch Leinen und Lehm, durch das Stroh des Bettes und die Bettwäsche, durch die Haut der beiden toten Männer. Es erstickte die bewusstlose Mutter, bevor es sie verbrannte. Es ließ Mauern und Holzbalken einstürzen und reinigte den Ort, an dem Caspar in Kürze ein neues Haus bauen wollte.

Er kehrte in die Scheune zurück, wo das Mädchen erschöpft dalag, nachdem sie wieder versucht hatte loszukommen. «Jetzt braucht sie nichts mehr», brummte Caspar.

Es dauerte mehrere Tage, bis das Mädchen sich entschloss, sein Leben zu retten. Es musste am Leben bleiben, wenn es sich einmal rächen wollte. Eines Abends trank es den Eimer voller Milch aus, den er ihm täglich hinstellte, wischte sich den Mund mit dem Handrücken ab und verlangte zu essen. Er gab ihr etwas vom Brei, den er gekocht hatte.

Danach geschah lange nichts mehr, sodass er sich enttäuscht von ihr abwandte. Er hatte genau auf die ersten Anzeichen der Pest geachtet und war entschlossen, auch die Scheune samt dem Mädchen niederzubrennen, wenn es sein musste. Aber das Mädchen blieb, abgesehen von den Spuren der Unterernährung, gesund. Es war ein Mädchen, das zu einer Frau heranwachsen konnte, wie er sich eine wünschte. Widerstandsfähig war sie jedenfalls. Wenn sie ein wenig zunahm, würde sie bestimmt zehn Kinder aufziehen und einen Haushalt führen können. Bei solchen Gedanken geriet er innerlich ins Schwärmen.

«Marie», hörte er sie irgendwann sagen. «Ich heiße Marie.»

«Ich dachte schon, dass du verlernt hast zu sprechen. Ich stamme aus Dieuse, weißt du? Ich habe mir den Krieg nicht ausgesucht, sondern er mich. Da lernt man keine guten Manieren, aber man lernt zu überleben. Bei mir wirst du sicher sein, Mädchen. Übrigens, ich heiße Caspar. An den Nachnamen kann ich mich nicht mehr erinnern. Hast du einen?»

«Aubertin.»

«Das klingt gut. Das klingt sogar für mich gut. Französisch?», fragte er.

«Ja.»

«Wieso sprichst du dann Lothringisch-Deutsch?»

«Es hat hier vor dem Krieg fast nur deutsche Lothringer gegeben.»

«Wovon habt ihr gelebt?»

«Vom Salz, aber seitdem die Salzgewinnung wegen des Krieges eingestellt worden ist, haben wir von nichts gelebt.»

«Auch wir haben früher davon gelebt. Vater hat in Moyenvic gearbeitet», sagte Caspar.

«Meiner auch.»

«Na, so was! Wie lange habt ihr schon hier auf meinem Hof gelebt?»

«Auf deinem Hof?», fragte sie erstaunt.

«Genau. Es war mal der Hof meiner Eltern, und jetzt ist es meiner. Sie sind bei einem Überfall getötet worden. Vater ist in den Brunnen geworfen worden.»

Marie war verblüfft, sie riss die Augen auf. Als sie sich fassen konnte, sagte sie: «Wir leben hier seit Generationen. Ich bin hier geboren worden und vor mir Vater. Außerdem gibt es hier keinen Brunnen. Es gibt insgesamt nur zwei. Einen im Dorf, von wo ich immer Wasser geholt habe, und einen mit salzigem Wasser weit außerhalb, bei einem verlassenen Hof.»

Ein heftiger Regen setzte mit bleiernen Tropfen ein, als ob der Himmel sich an der Erde rächen wollte. Caspar irrte auf dem Gelände umher, das er für sein Land gehalten und für das er getötet hatte. Er konnte nicht aufhören, den Brunnen zu suchen. Es hatte doch alles übereingestimmt: die Lage des Hofes, der Hügel, nur nach dem Brunnen hatte er vergessen zu schauen.

Vielleicht hatte Maries Vater mit seinem eigenen Vater Schulter an Schulter gearbeitet. Er hatte sie nun alle sinnlos erschossen. Ja, auch solche Gedanken beschäftigten ihn, aber so was für ein Zeichen von Schuld zu halten wäre zu viel. Außerdem wären sie bald alle an der Pest gestorben, wenn er nicht aufgetaucht wäre, dachte er. Er kehrte durchnässt in die Scheune zurück, machte ein Feuer, zog sich unter den diesmal neugierigen Blicken des Mädchens aus und versuchte, sich wieder aufzuwärmen.

«Bist du lutherisch oder katholisch?», fragte er nach einer Weile.

«Katholisch», erwiderte sie. «Jetzt binde mich los, ich werde nicht mehr weglaufen.»

Das war seit Langem endlich eine gute Nachricht. Er lächelte selbstzufrieden, weil er sich für angekommen hielt. Zwanzig Jahre lang sollte er keinen Grund mehr haben, daran zu zweifeln.

3.

Kapitel

Die Toten waren wie immer brav und gastfreundlich. Ich saß seit einer Stunde unter ihnen. Es war nicht das erste Mal, dass sie mir Schutz gewährten. Jedes Mal, wenn Vaters Wut überbordet war, war ich bei ihnen willkommen gewesen. Aber ich hatte sie niemals dringender gebraucht als an jenem 14. Januar 1945.

Sie hatten immer darauf geachtet, mich nicht zu erschrecken, denn ich war ihr treuester Besucher. Noch vor den alten Frauen mit ihren hundertfach gefalteten Gesichtern, wie zerknülltes Bonbonpapier. Noch vor den jungen Frauen, die sich im letzten Jahr immer öfter auf dem Friedhof einfanden, um ihre frischen Toten zu beweinen.

Ihre Männer wurden aus einem Krieg zurückgebracht, den wir noch vor Kurzem zu gewinnen glaubten. In den eigens dafür gestärkten deutschen Uniformen waren sie bis an die Dorfgrenze begleitet worden. Dort wurden sie umarmt, geküsst, gestreichelt und für unsere Sache in die Welt entlassen. Nicht gestoßen, denn das war nicht nötig.

Sie glitten aus freien Stücken hinüber. Sie gierten danach, gegen Russland zu ziehen, spätestens seit dem Sommer 1943, als uns die rumänische Regierung zugestanden hatte, dass unsere Sache deutsch und nicht mehr rumänisch war. Sie hatten sofort die schlecht sitzenden Uniformen der schwachen rumänischen Armee abgelegt, die nicht einmal Mittel hatte, um alle ihre Soldaten zu beschuhen. Dann hatten sie die feinen deutschen Uniformen ausgepackt und angezogen, die wie angegossen saßen. Sie sah fein darin aus, die Triebswetter Jugend, ein wenig steif, aber fein. Die Uniformen kleideten ihren Eifer gut.

Dass unsere Sache deutsch war, wussten wir vom *Gröfaz* selbst, dem größten Feldherrn aller Zeiten, wie ihn die Erwachsenen nannten. Einen Mann, den ich lange – bis die ersten Fotos von ihm in unserem Dorf auftauchten – nicht gesehen hatte, sodass er ebenso gut eine Erfindung hätte sein können. Noch eine Geistergeschichte von Ramina, die mir solche viele Jahre lang in ihrem heruntergekommenen Haus auf dem Zigeunerhügel erzählt hatte.

Ihr verdankte ich es, dass ich nicht nur vor Vater, sondern nun auch vor den Russen gern unter die Toten flüchtete. Und ich war geübt darin, lange dort auszuharren. Da würden die Russen eher vor Kälte blau anlaufen, als dass sie mich finden würden. Auf ihrem Weg nach Berlin würde ich nicht auf ihrem Speiseplan stehen. So viel war für mich sicher.

Der Gröfaz war gefährlicher als alle Kreaturen aus Raminas Erzählungen gewesen. Er hatte eine Stimme, die, wenn er sie zum Poltern brachte, uns wie ein Liebesbekenntnis oder ein plötzlich auftretendes Fieber durchdrungen hatte. Jeden Sonntag nach der Messe stellte der Pfarrer das Radiogerät auf einen Stuhl vor seine Pfarrei an der Lothringergasse. Denn zuerst kam Gott, aber gleich danach der größte Feldherr aller Zeiten. Einer der Zuhörer stieg auf den Baum und installierte dort den Lautsprecher. Der Weg war nun frei für jene Stimme, die vielleicht die stärkere Waffe war als jede Messerschmitt oder Stuka. Sie rollte mächtig und unaufhaltsam entlang der Höfe der

Lothringer- und der Hauptgasse, bog in die Neroergasse und fand zum Schluss auch die allerletzten Stuben am Dorfausgang.

Pfarrer Schulz drehte laut auf, wie bei einer Fußballübertragung. Der Führer und der Fußball waren die beiden wirklich lauten Dinge meiner Kindheit. Im Vergleich zu ihnen war die große Glocke unserer Kirche ein Monument an Rücksichtnahme. Der Gröfaz hatte es geschafft, auch in den entferntesten Stuben als Foto an der Wand zu hängen oder eingerahmt auf der Kommode zu stehen. Gleich neben den ebenfalls eingerahmten Großeltern, Hochzeiten und Taufen. Ein Mitglied der Familie auch er, herausgeschnitten aus den *Signal*-Heften oder der *Pollerpeitsch*-Zeitschrift. Dem deutschen Winterhilfswerk abgekauft, als Beitrag zu einem Krieg, der in unserem Namen geführt wurde.

«Was soll dieser Krieg uns schon bringen?», hatte Vater entrüstet gefragt. «Wieso brauchen wir russische Erde, wenn wir hier mehr als genug haben? Und sie gehört uns schon.» Doch auch er hatte den Führer aufgehängt, in einem billigen Rahmen und ohne große Überzeugung. «Für alle Fälle», wie er sagte. «Man weiß nicht, wer einem ins Haus kommt.» Doch ich glaube, dass er keinen anderen Gröfaz neben sich ertrug.

Wenn die Kriegsberichte aus Belgrad oder Berlin aus dem Baum ertönten, wie wenn sie vom Himmel fielen, und das Ganze mit *Die Fahne hoch* abgerundet wurde, dann hatten sich die Jungen längst um den Maulbeerbaum gesammelt und sangen mit. Manche trugen noch kurze Hosen, andere bereits die neue Uniform. Kein Rocksaum einer unserer Frauen hätte sie mehr gelockt als das *Blaupunkt*-Radiogerät des Pfarrers.

Doch von Mal zu Mal lichteten sich ihre Reihen, der Erste, der zur Dorfgrenze gebracht worden war, war Seppl, der Sohn des Wirtes, der Zweite Johannes, der Sohn des Müllers, der Dritte Neper. «Du bist ein alter Mann. Du brauchst nicht zu gehen», hatte ihm Vater gesagt. «Für unsere Sache ist niemand zu alt», befand dieser und schulterte seine Waffe, dann wurde er zur Zughalte gebracht, draußen auf freiem Feld.

Neper war auch einer der Ersten, die mit den Füßen voran zurückkamen, kaum hatte man angefangen, ihn zu vermissen. Die große Glocke läutete für ihn ganz allein. Das war immer so, wenn die Toten mit dem Zug oder dem Lastwagen zurückgebracht wurden. Sie wurden vor dem Dorf ausgeladen und kamen über die Dorfgrenze, begleitet von den langsamen, gleichmäßigen Schlägen der Glocke. Die Sargträger konnten ihre Schritte nach ihr richten. Sie war der Taktgeber unserer Traurigkeit.

Der Tote wurde nach Hause gebracht, sein Sarg auf zwei Stühlen im Hof abgesetzt. Waren es die Toten der Rumänen – denn bei uns lebten auch einige rumänische Familien –, dann achtete man darauf, dass keine Katze unter den Sarg lief, sonst würde die Seele des Toten keinen Frieden finden und die Lebenden heimsuchen. Unsere Toten wurden auf die Felder gebracht, damit sie sich ein letztes Mal von ihrer Erde verabschieden konnten. Dann irrte die Menschenschar, geplagt von der Hitze oder vom heftigen Banater Wind, mit dem Pfarrer an ihrer Spitze herum. Manchmal im Sommer, wenn das Korn hoch stand, schien der Sarg von Weitem wie ein Schiff auf dem Kornfeld zu segeln.

Ich saß also an jenem Januartag 1945 gekrümmt und

mit angezogenen Beinen da und wartete darauf, dass dieser Sturm, der unerwartet über uns hereingebrochen war, sich legte und die Russen wieder abzogen. Die Erde war tiefgefroren, anders als noch Anfang Herbst, als der Totengräber sie mühelos aufgerissen hatte, um in ihr den Körper der Serben-Katica abzulegen. Sie war die vorläufig Letzte auf unserem Friedhof gewesen. Eine Kugel in die Schläfe aus nächster Nähe, es war nur wenig Blut geflossen.

Sie lag unweit der Gruft der Familie Damas, wo ich mich jetzt befand, gleich bei der Friedhofsmauer, die unter dem Neuschnee kaum noch sichtbar war. Man hatte sie und ihre Eltern zuerst begraben, erst danach war den Leuten eingefallen, dass die Serben nicht hierhergehörten, sondern zu den Orthodoxen. Ein kollektiver Aussetzer, fand man und erklärte ihn sich mit den Wirren des Krieges. «Kein Christ bricht ein frisches Grab wieder auf», jammerte der Totengräber. «Das brauchst du gar nicht zu tun. Wir haben sie umgebracht, bei uns soll sie ruhen», fand Pfarrer Schulz.

Denn wer sie erschossen hatte, waren nicht die Russen, sondern der letzte deutsche Offizier, kurz bevor er mit seinen Soldaten abgezogen war. Wenn es für mich mit meinen achtzehn Jahren bis dahin so etwas wie Liebe gegeben hatte, dann für die Serben-Katica. Sie war ein schmächtiges Mädchen, kaum zu glauben, dass jemand so schmächtig sein konnte. Außer ich vielleicht.

Ich zitterte am ganzen Körper, das Hemd und die Jacke nutzten nicht viel gegen die Kälte. Ich hatte jene Stelle vor vielen Jahren entdeckt. Den Deckstein der Gruft konnte sogar ich zur Seite schieben und dann die wenigen Treppen hinuntersteigen, wo man neben den drei Särgen genug Platz fand, um zu kauern. Es war ein Grab für vier, aber ein Platz war übrig geblieben, als ob der Besitzer nach seinem Tod in der Ferne nicht mehr den Weg nach Hause gefunden hatte. Dort also hatte ich meine Kerze angezündet, die kaum Licht oder Wärme spendete, und wartete nun, dass man mich nach dem Abgang der Russen wieder ins Haus holte.

* * *

Wir waren in September nach Triebswetter zurückgekehrt, weil in Temeschwar die Kämpfe angefangen hatten. Da die Stadt sogar nach der Zerstörung des Bahnhofs durch alliierte Flieger im Sommer ein wichtiger Eisenbahnknoten geblieben war, wollten die Deutschen sie zurückerobern.

Großvater und ich waren seit Langem von Vater nach Temeschwar verbannt worden, und die Eltern kamen jedes Jahr im August, nach der Erntezeit, für wenige Wochen hinzu. Sarelo, Raminas Sohn, hatte uns in der ganzen Zeit wöchentlich Lebensmittel von unserem Hof gebracht, die man auf dem städtischen Markt längst nicht mehr fand. Für die Strecke brauchte er mit dem Pferdekarren einen halben Tag. Weil Vater Einbrecher fürchtete oder die Armee, die inzwischen viele hungrige, aber bewaffnete Mäuler zu stopfen hatte, befahl er ihm, erst bei Einbruch der Dunkelheit einzutreffen.

Unser Haus stand ein wenig abseits, sodass Sarelo zuerst eine Zeit lang den Schienen der Elektrischen folgte, dann in eine kurze, schlecht beleuchtete Straße einbog, an deren Ende er aufs freie Feld fuhr. Von dort aus hatte er nur noch wenige Hundert Meter bis zu uns, vorbei an der fensterlosen Rückseite der Häuser. Die Häuser kehrten dem Feld den Rücken zu, eine letzte Bastion der Stadt gegen das unwirtliche Umland voller Gestrüpp. Wie Triebswetter stand auch Temeschwar offen für jeden, der es erobern wollte. Die Türken, die Habsburger und demnächst die Russen.

Wenn Sarelo dann vor unserem Tor im Josefstadt-Viertel anhielt, eilten wir hinaus, um den Karren in den Hof zu ziehen. Der Neid der Nachbarn war uns sicher, man kannte die Obertins nach wie vor, und Vater galt als unangenehmer, aber erfolgreicher Geschäftsmann. Auf dem Karren, verborgen unter Decken und Planen, lagen Säcke voller Mehl und Kartoffeln, dazu geschlachtete Schweine oder Kälber. Wir wurden vom Abladen immer blutig.

Doch je älter und gefräßiger der Krieg wurde, desto weniger blieb für uns übrig. Desto leerer war der Karren. Die Straßen waren mit Soldaten verstopft – die einen zogen sich zurück, die anderen irrten ziellos umher –, die alle denselben alten Hunger kannten. Sie hätten kaum einen Karren passieren lassen, der mit solchen Leckerbissen beladen war.

Also war Sarelo zuletzt zwar immer noch auf Besuch gekommen, um vom Vater Instruktionen für Nea Grigore, den Verwalter, einzuholen, aber mehr als ein paar Eier, zwei, drei Hühner und etwas Speck hatte er nicht mehr bringen können. Umso größer war unsere Freude, als er, einen Tag bevor der deutsche Angriff einsetzte, mit einem toten Schwein aufgetaucht war. «Nea Grigore schickt es euch. Das Zweite, das wir noch hatten, hat er für sich behalten, als Lohn. Den Rest hat vor Kurzem die Armee requiriert.» Wir brachten das Schwein in den Keller, um es am nächsten Tag zu zerlegen. Außer etwas Marmelade, sauren Gurken und einigen Flaschen Schnaps von unseren besten Pflaumen des Vorjahres war nicht mehr viel von unseren Vorräten übrig geblieben.

Am nächsten Morgen sahen wir zum ersten Mal die Russen, die inzwischen die Stadt besetzt hatten. Es waren blonde Männer, die sich neben dem nahen Akazienwäldchen an einem Wagen zu schaffen machten, auf dem eine ganze Reihe von Röhren installiert war. In der kühlen, schwachen Sonne glänzten sie metallisch, als ob das Feld eine neuartige Pflanze geboren hätte. Wie eine solche richteten sie sich zielstrebig gegen den Himmel auf, je mehr die kräftigen Männerarme an den Rädchen drehten.

Die knappen Befehle des Offiziers wurden vom Wind zu uns getragen. Zu den vielen Sprachen, die sich in dieser Gegend bisher vermischt oder nicht vermischt, sondern sich bloß ertragen hatten, kam nun Russisch hinzu. Das Russisch eines Mannes, der seine Waffe gegen die Stadt richtete. Es klang für unsere noch ungeübten Ohren wie ein Gebell. Das Geräusch einer anbrechenden Zeit.

Vater und Großvater standen schon in Unterhosen und Stiefeln da. Sie trugen Metzgerschürzen darüber und hielten Messer in den Händen, mit denen sie das Schwein ausweiden wollten. Auch Sarelo war dabei, sich auszuziehen. Als Großvater durch die Vorhänge hindurch die seltsame Waffe sah, ließ er sein Messer fallen.

«Stalinorgel», flüsterte er.

«Die Deutschen wollen die Stadt wieder einnehmen. Sie ist ihnen zu wichtig. Es heißt, dass sie vor Temeschwar Panzer und Kanonen zusammengezogen haben. Lange kann es nicht mehr dauern, bis es losgeht», meinte Vater.

«Als ich gestern durch die Stadt gefahren bin, habe ich

einen getroffen, den ich kenne. Er sagte, dass viele die Stadt verlassen haben. Und überall hat man rumänische und russische Soldaten gesehen», ergänzte Sarelo.

«Krieg? Bei uns?», fragte Mutter ungläubig.

Bis zum Sommer hatten wir uns daran gewöhnt, dass der Krieg bei uns nicht stattfand, sondern nur in den Wochenschauen, Radioberichten und Zeitungen. Auch wenn man uns die letzten Tiere, sogar die Hälfte von Großvaters Pferden, weggenommen hatte. Er streifte uns nur, wie die schwachen Böen eines Gewitters, das anderswo tobte. Dann, auf einmal, war der Krieg da gewesen, mächtiger denn je.

Schon am 16. Juni hatten die Alliierten Brandbomben über uns abgeworfen, ganze Schwärme hatten ihre Gedärme über der Stadt entleert. Die Sirenen hatten geheult und bis in den August nicht mehr damit aufgehört. Großvater und ich hatten es erlebt, aber für Vater und Mutter fing der Krieg erst mit den Russen vor unserem Fenster an. Denn inzwischen waren die Alliierten in der Stadt und die Deutschen draußen.

Sarelo und ich drängten nach vorn, um jene Waffe zu sehen, von der wir nur vom Hörensagen wussten. Auf eine eigenartige Weise verzaubert und zum Verstummen gebracht, starrten wir auf die Maschinerie, die inzwischen mit einem bräunlich grünlichen Netz getarnt worden war. Plötzlich drehte sich Mutter um und hielt sich den Handrücken vor den Mund. «Jesusmariaundjosef!», rief sie aus. «Schaut euch um, unser Haus ist die wahrste Anklage gegen uns. Hitler hängt an der Wand, und überall liegen *Signal*-Hefte und deutsche Bücher herum.» Tatsächlich hatten wir die Säuberung unseres Hauses von den Spuren unserer Sache vernachlässigt. Ihre Tilgung, wenn schon nicht aus unserem Gedächtnis, dann von überall dort, wo sie uns verraten hätte.

Zwar teilten Vater und Großvater kaum die Gesinnung der anderen Deutschen, doch umso mehr die Schuld. Das war ihnen längst klar. Sie waren Bauern, für die so etwas wie Nationalsozialismus, etwas, das sich nicht auf ihrem Boden abspielte, so abstrakt war wie die Behauptung, dass die Erde rund war und sich um die Sonne drehte. Doch wer hätte uns das geglaubt, mit dem größten Feldherrn aller Zeiten im Haus?

Auf dieselbe, verspätete Idee wie wir war auch Paul, der Nachbarssohn, gekommen. Von einem anderen Fenster aus sahen wir, wie er sich vorsichtig aus dem Haus stahl und im Garten eine Kiste begrub. Wir waren uns sicher, dass darin die Hakenkreuzfahne lag, die er für den Endsieg aufbewahren wollte, und die SS-Uniform, die er noch am Tag seiner Rückkehr auf dem Dachboden verstaut hatte, wie er uns erzählt hatte. Jetzt war ihm sogar der Dachboden zu unsicher geworden.

Andere Nachbarn hatten früher gehandelt. Schon als die Rumänen uns im August die Waffenbrüderschaft gekündigt hatten, hatte das Feuer in den Kaminen und Gärten verdächtig gebrannt. Ihm wurden Erinnerungsfotos der Söhne übergeben, die auf Fronturlaub gewesen waren. Fotos von Festen in deutschen Trachten. Zeitungen und Bücher, Schallplatten, WHW-Anhängsel, die Aufgabenhefte der Kinder und natürlich Hitler, hundertfach. Was man nicht den Flammen hatte überlassen können, hatte man weggebracht oder vergraben. Tief genug, damit der eigene Hund die Vergangenheit nicht erschnüffelte und sie im unpassendsten Moment zurück ins Haus brachte. Die Spielzeugarmeen der Kinder, die

Abzeichen der Jungen und die eingravierten Bierkrüge der Alten.

Mutter blieb bei jedem Gegenstand stehen, hob ihn hoch und fragte: «Ist das zu deutsch?» Jeder von uns riskierte eine Meinung, am Schluss entschied Vater, ob er blieb oder wegmusste. Wir warfen alles auf ein Bettlaken, das in der Stubenmitte ausgebreitet lag. Ich opferte all meine Besitztümer: die *Messerschmitt*-Modellflugzeuge und den Koppelriemen von Pauls Gurt, auf dem geschrieben stand: *Meine Ehre heißt Treue*.

Das Kruzifix brauchte nicht länger die Wand mit Hitler zu teilen. Bevor Vater und Sarelo alle vier Ecken des Lakens zusammenfügten und verknoteten, holte Vater von irgendwoher ein Foto Stalins und rahmte es anstelle von Hitler ein. Dann stellte er es auf die Konsole, angelehnt an die Wand. Provisorisch. Dort, wo früher das Radio Marke Eigenbau gestanden hatte, bevor wir es wie alle anderen Deutschen hatten abgeben müssen.

Vater war damit noch nicht zufrieden. Er sammelte alle Uhren ein, die wir im Haus hatten, und stellte sie auf den Stubentisch. «Es heißt, dass die Russen Uhren lieben. So brauchen sie nicht mehr zu suchen, wenn sie hierherkommen.» Er drehte sich zu uns um: «Ab jetzt sind wir Rumänen. Verstanden?» Wir nickten. Das war die erste und schnellste Verwandlung unter den vielen meines Lebens.

Dann trugen sie alles hinunter, bis wir es auf die eine oder andere Art loswerden konnten. Großvater holte erneut die Messer und folgte ihnen. Mutter legte den Arm auf meine Schulter und begutachtete Stalin. «Mit ihm im Haus kann uns nichts mehr passieren.»

Kaum war etwas Zeit verstrichen, und hatten wir uns

etwas beruhigt, wurde unser Gartentor eingedrückt, und drei Russen, der eine mit dem Gewehr im Anschlag, kamen auf das Haus zu. Mutter öffnete die Tür und rief ihnen entgegen: «Tovarăşi!», was auf Russisch und Rumänisch dasselbe bedeutete: Genossen. Sie blieben verdutzt stehen, schauten sich an, dann schoben sie sie beiseite und drangen hinein. Mit ihren schweren Stiefeln schritten sie über unsere Holzdielen. Ich wusste, dass darunter zwei Männern und einem Jungen in Unterhosen und mit Metzgerschürzen gekleidet der Atem stockte. Dass vor ihnen das zerlegte Schwein lag. Und Hitler, in ein Bettlaken gehüllt.

Die Russen machten sich auf die Suche nach etwas, das wir zuerst nicht verstanden. Die Uhren beachteten sie gar nicht. Dann fiel ein Wort, das sie mit Nachdruck wiederholten, als sie unsere ungläubigen Gesichter sahen. *Ţuica*, rumänisch für Schnaps. Es schien, dass sie in Russland den Schnaps im Schlafzimmer aufbewahrten, denn dort suchten sie am intensivsten. Mutter zuckte hilflos mit den Achseln, und ich wusste, dass sie ihnen jede einzelne Flasche Schnaps gegeben hätte, wenn sie nicht alle im Keller gewesen wären.

Die Soldaten wurden ungehaltener, sie schienen in ihrer Sprache zu fluchen und begutachteten endlich die Uhrensammlung. Die aber stellte sie nicht zufrieden, denn es waren keine Uhren, die sie hätten mitnehmen können, sondern Wecker und Wanduhren. Einer hatte auch die Männerkleider entdeckt und hob sie gerade hoch, als wir hörten, wie jemand die Kellertreppe hochstieg. Vater kam mit zwei Flaschen in der Hand herein. Er stellte sie neben die Uhren, und als die Männer sich nicht rührten, lud er sie dazu ein: «Tovarăşi, Ţuica.»

Wir erwarteten, dass sich unter uns die Erde öffnete und wir hineinfielen. Dass sie uns in sich aufnahm, wie es sonst nur das Grab tut. Doch anstatt Fragen zu stellen, begannen die Russen so heftig zu lachen, als wollten sie bei dieser Gelegenheit auf ihre Kosten kommen, nachdem sie auf ihrem Marsch nach Berlin kaum etwas zu lachen gehabt hatten. Einer von ihnen zeigte auf den Tisch, dann auf Vater. «Ceas», sagte er, und diesmal verstanden wir sofort, weil die Rumänen dasselbe Wort für Uhr haben. Sie hielten Vater offenbar für einen Uhrenflicker. Einen Uhrenflicker in Unterhosen und mit zwei Flaschen Schnaps beladen, der aus dem Nichts aufgetaucht war.

In einem gewissen Sinn hatten sie auch recht, denn Vater reparierte mit Leidenschaft alles, was ihm in die Hände fiel: Uhren, Fotokameras, Radiogeräte. Mutters goldene Uhr hatte er oft auseinandergenommen und wieder zusammengesetzt. Selten war er so ruhig und zufrieden, wie wenn er zusammen mit Sarelo in unserer Wohnstube in Triebswetter an etwas bastelte.

Der Russe zog seinen Mantelärmel hoch, an seinem Arm steckten drei Uhren, die er irgendwem auf seiner Diebestour durch Europa abgenommen hatte. Er zog eine von ihnen ab, hielt sie ans Ohr, schüttelte sie, dann überreichte er sie Vater. Mit unserem Schnaps in den Taschen verschwanden sie wieder, gingen fröhlich übers Feld zum Akazienwäldchen.

Nachdem die Arbeit am Schwein erledigt worden war, setzte sich Vater für den Rest des Tages an den Tisch und reparierte die Uhr des Russen, doch dieser holte sie nie wieder ab. Denn die seltsame Pflanze begann bald, ihre Samen gegen den Himmel zu schleudern, ein Regen von Katjuschas, der über dem Schager-Viertel niederfiel. Die

Katjuschas hatten einen unverkennbaren Ton, der mich so durchdringen konnte wie später vielleicht nur noch die Kälte. Oder der Hunger.

Die Deutschen antworteten, ihre Geschosse flogen über unsere Dächer hinweg und landeten im Feld oder sogar in den Vorgärten. Die Explosionen wurden zahlreicher, unser Haus wurde davon erschüttert, und mehrere Fensterscheiben gingen in die Brüche. Dann wurden nur ein paar Straßen von uns entfernt mehrere Häuser getroffen, und die Flammen schossen in die Höhe. Es war so lärmig, dass wir nicht mehr verstanden, was wir sagten. Es wurde Zeit, in den Schutzraum zu flüchten.

Großvater hatte ihn in den letzten anderthalb Jahren gebaut, als er und ich praktisch allein dort gewohnt hatten. Mit dem Notwendigsten beladen, Wasser, Kerzen, Decken und Kruzifix, liefen wir geduckt durch den Garten, stiegen in das dunkle Loch hinab und verschlossen die Luke. Mutter zündete eine Kerze an, jeder neue Einschlag brachte die Flamme zum Flimmern. Es war ein Grab auf Zeit, doch wir wussten, dass in jedem Augenblick eine Granate auf uns fallen konnte.

Mutter betete im Stillen, ihr Murmeln bildete den Hintergrund für das Getöse draußen oder dieses den Rahmen für ihren geflüsterten Gott. Es war zu wenig Platz da, als dass sie sich vor dem Kruzifix hinstrecken konnte, wie sie es sonst oft machte.

Vater und Großvater redeten darüber, wann genau sich die deutsche Niederlage abgezeichnet hatte, ob schon in Stalingrad oder später. Ob der Gröfaz wirklich der größte Feldherr aller Zeiten gewesen war. «Der größte Feldherr mein Arsch!», fluchte Vater, während draußen weitere Fenster zerbrachen und man das kalte Zischen einer neuen Granate hören konnte. Es dauerte lange, bis sich eine nicht weniger beunruhigende Stille über alles legte. «Morgen fahren wir nach Hause, sonst schlachten uns die einen oder die anderen ab», sagte er.

Vaters Zuhause war immer in Triebswetter gewesen, dort, wo er nach dem Rechten schauen konnte und unsere Besitzungen vermehrt hatte wie Jesus die Fische und die Brote. In der Stadt hatte er sich unnütz und unbeholfen gefühlt, außer wenn er seine Geschäfte am Hafen oder in den Kneipen rund um den Josefsplatz abwickelte.

Zwei Meter unter der Erde, inmitten des größten Durcheinanders meines jungen Lebens, dachte ich aber weniger an den Gröfaz oder die Katjuschas. Die Aussichten, nach Triebswetter zurückzukehren, waren mehr als erfreulich. Ich flüsterte Sarelo auf Rumänisch zu: «Wie geht es Katica?», doch er wandte sich ab, und als ich ihn am Arm fasste, wurde er wütend und drückte mich von sich weg. «Woher soll ich wissen, wie es ihr geht?», brummte er. «Ich kümmere mich nicht um deine Miezen.»

Als die Waffen in der Nacht schwiegen, schlichen sich Vater und Sarelo heraus und begruben im Garten unser altes deutsches Leben. Ob das neue passen würde, wussten wir nicht. Auf ihr Zeichen hin kehrten wir ins Haus zurück und machten uns für die Reise bereit. In aller Frühe standen wir in der Stube und begutachteten ein letztes Mal unsere Säuberungsaktion. «Uns trifft doch keine Schuld», murmelte Mutter. «Die Schuld liegt doch in der Luft. Ich fürchte, weder die rumänischen noch die russischen Kommunisten werden uns verschonen», fügte Großvater hinzu.

Wir stiegen auf den Karrenrand neben den säuberlich

in Zeitungspapier abgepackten Teilen des Schweins, Niere, Lunge, Herz, Schwarte, und hüllten uns in Decken ein. Wir hatten nur wenig Zeit, die Ausgangssperre war nur für wenige Stunden ausgesetzt worden. Mutter legte das Kruzifix auf ihren Schoß. Ich saß da mit den Beinen über dem Boden baumelnd und dem Schweinskopf in den Armen, als wir aus dem Garten herausfuhren.

Bis zuletzt starrte ich auf jenes Haus, das mich die letzten Jahre beherbergt hatte. In dem ich schöne Stunden mit Großvater verbracht hatte. In das ich nie wieder zurückkehren würde. Doch jeder Kilometer, den unser Gaul zurücklegte, brachte mich einem Mädchen näher, für das ich Liebe verspürte, die groß genug war, um mich zu verwirren.

* * *

Auf unserem Weg durchs Dorf waren wir ständig gegrüßt worden, denn obwohl man Vater nicht liebte, fürchtete man ihn und bewunderte seinen Tatendrang, der uns in nur wenigen Jahren die Verdoppelung unserer Ländereien eingebracht hatte. Dank seiner List und Beharrlichkeit war er einer der mächtigsten und reichsten Männer der Gegend geworden. Der Name Obertin hatte zwar nicht mehr dieselbe Ausstrahlung wie damals in den Gründungsjahren, aber er wurde wieder beachtet.

Vor der Kirche, an der Kreuzung zwischen der Lothringer- und der Deutschengasse, war uns Pfarrer Schulz mit einem kummervollen Gesichtsausdruck entgegengekommen. Ich hatte noch keinen Menschen gesehen, der so schnell wie er gealtert war. Vor wenigen Monaten, als ich im Sommer ins Dorf gekommen war, wirkte er jugendlich, und seine rosigen Wangen rührten nicht vom

Schnaps, sondern von seiner ausgezeichneten Gesundheit. Doch jetzt erkannte man ihn kaum noch, er war ein Schatten seiner selbst.

Aus Seppls Kneipe kamen torkelnd die Säufer, zogen vor Vater die Mützen und erbettelten sich einige Münzen für ihre flüssige Leidenschaft. Vater holte aus seiner Manteltasche etwas Kleingeld und streute es auf den Boden, ohne die Männer zu beachten. Diese warfen sich in den Staub, kämpften miteinander, bis Nelu, der Sohn von Nea Grigore und der Stärkste von allen, die meisten Münzen an sich reißen konnte. «Ich gebe einen aus!», rief er, und nun, zufriedengestellt, kehrten sie zurück in das dunkle Lokal, wo über der Theke in roten Buchstaben geschrieben stand: *Der Kredit ist gestorben*. Vater rief Nelu hinterher: «Sag Nea Grigore, bevor du dich besäufst, dass ich ihn in zwei Stunden sehen will!»

«Was führt euch so schnell wieder zurück?», fragte Pfarrer Schulz.

«Das Bombardement, Herr Pfarrer. In Temeschwar kracht es so sehr, dass es in meinen Ohren nur noch rauscht. Ich dachte, wenn wir wieder hier sind, können wir Gott besser hören», antwortete Vater.

«Dieses Rauschen haben Sie nicht nur seit jetzt, lieber Herr Obertin.»

Wie um den Pfarrer milde zu stimmen, sprang Mutter vom Karren und ergriff die Hand des Pfarrers, um sie zu küssen. «Sie brauchen das nicht zu tun!», herrschte Vater sie an. «Die Kirche kriegt genug von uns.» Der Pfarrer strich Mutter über das hinten streng zusammengebundene Haar.

«Sie sind hochmütig, Herr Obertin. Sie sollten sich ein Beispiel an Ihrer Frau nehmen.»

Vater begann zu lachen. «Herr Pfarrer, was ist denn mit Ihnen passiert? Sie sehen so schlecht aus. Wer hat Ihnen so zugesetzt? Die Russen etwa? Sie sollten schauen, dass Sie das *Blaupunkt*-Radio loswerden, bevor es die Kommunisten entdecken.»

Das Gesicht des Pfarrers verdüsterte sich, die zahlreichen Falten darin vertieften sich. Seine Mundwinkel zuckten leicht, als ob er in einem heftigen Widerstreit mit sich selbst lag. «Die Russen nicht, aber die letzte deutsche Kompanie, die hier stationiert war. Woher hätte ich wissen sollen, was der Oberst wollte? Sagen Sie, woher?» Seine Stimme stockte, und er schaute weg. «Dabei gehörten die Serben zu unserer Gemeinde, wie alle anderen auch.»

«Sie reden in Rätseln, Herr Pfarrer», erwiderte Vater.

Die Kompanie hatte den Rückzugsbefehl erhalten, erzählte er uns zögernd. Die Soldaten waren in die Lastwagen gestiegen, und der Pfarrer hatte ihnen etwas zu essen bringen wollen. Arme, abgemagerte Jungs seien sie alle gewesen. Die Nerven des Oberst waren zerrüttet, das konnte jeder sehen. Die Kämpfe jenseits der serbischen Grenze gegen Titos Partisanen und die Aussicht, ihnen in die Hände zu fallen, hatten ihn zermürbt. Aber dass ein deutscher Offizier zu solch einer Tat fähig gewesen wäre, das hätte sich der Mann Gottes nicht vorstellen können. Der Pfarrer schaute hoch, und er wirkte noch jammervoller als vorher. Ich kümmerte mich nicht weiter um ihn und schubste mich hinten im Wagen mit Sarelo herum.

Der Offizier fing den Pfarrer ab, hörte ich ihn sagen, und befahl ihm mitzuteilen, ob und wo Nichtdeutsche im Dorf wohnten. Natürlich gab dieser ihm gerne Auskunft, er konnte doch nicht mit dem Schlimmsten rechnen. Als der Oberst hörte, dass auch eine Serbenfamilie hier wohnte, ließ er sich den Weg dorthin beschreiben, dann sprang er sofort auf sein Motorrad und fuhr davon.

Was sich dann ereignete, wusste der Pfarrer nur vom Hörensagen. Offenbar war der Oberst mit vorgehaltener Pistole ins Haus der Pavlić eingedrungen und hatte erst den Vater, dann die Mutter und am Schluss Katica erschossen. Dabei sei Mirko doch ein tüchtiger Mann gewesen, nicht katholisch, aber tüchtig, befand der Pfarrer, dessen Glaube an einen zivilisierten Krieg erschüttert worden war.

Man hatte sie auf dem falschen Friedhof begraben, auf dem katholischen. «Eine Panne», murmelte Pfarrer Schulz. Seitdem mache er sich Vorwürfe, er hätte doch nur schweigen sollen, schloss der Pfarrer. Weder er noch wir wussten, dass das noch nicht alles gewesen war, ja nur der Anfang. Dass über ihn wie über uns in wenigen Monaten noch mehr Schuld und Elend einbrechen und die Welt von Triebswetter für immer verändern würde.

Ich hatte bisher sorglos mit Sarelo herumgealbert, doch als ich Katicas Namen hörte, erstarrte ich, dann begann ich zu zittern. Sarelo packte mich am Arm und flüsterte mir zu:

«Wenn du blöd tust, schlägt dich dein Vater. Also bleib ruhig, du kannst sowieso nichts ändern.»

Ich stieß ihn weg und schlug auf ihn ein. «Du hast es die ganze Zeit gewusst, du dreckiger Zigeuner! Du hast es gewusst und nichts gesagt!»

Ich sprang auf die Gasse und Vater befahl: «Hör sofort auf!»

Aber alle Konsequenzen waren mir gleichgültig geworden, die Vorstellung, dass Katica tot war und dieser Zustand für immer andauern würde, trieb mich noch mehr in die Verzweiflung. Alles andere war mir egal. Ich prügelte auf Sarelo ein, solange er es zuließ, denn er war kräftiger und geschickter als ich. Er packte mich bei den Armen und hielt mich fest, während Vater, der hinuntergestiegen war, mit der Peitsche in der Hand auf uns zukam. «Das kann nicht stimmen!», rief ich immer wieder und versuchte ohne Erfolg, mich zu befreien.

Als Vater nur noch wenige Schritte entfernt war, ließ mich Sarelo mit einem breiten Grinsen los, und ich fiel hin. Ich sprang wieder auf, ich wollte nicht, dass Vater oder irgendwer mich anfassten. Er war nur noch eine Armlänge von mir entfernt, als ich zu laufen begann. Ich musste mich davon überzeugen, dass das alles wahr und nicht nur die Erfindung eines verrückten Pfarrers war, auch wenn ich dafür schlimmste Prügel kriegen würde.

Ich hatte mich schon ein wenig entfernt, als Vaters Stimme mich einholte. Nicht aufgeregt oder gar laut, aber so, dass sie keinen Widerspruch duldete. Jedes einzelne Wort überdeutlich und gewichtig. Eine Stimme, um die ihn Gott und die Teufel beneidet hätten. «Bleib sofort stehen, sonst bereust du es!» Ich gehorchte, wohl aus Gewohnheit und nicht, weil mir der Schmerz, den er mir zufügen konnte, etwas ausmachte.

Ich hörte ihn auf mich zukommen und drehte mich um. Kaum hatte ich es getan, folgte schon die erste Ohrfeige. «Willst du uns vor dem Herrn Pfarrer für eine Serbenhure blamieren? Steig wieder in den Karren ein.» Mutter schaute hinter ihm zu Boden, dann schubste sie Großvater, wie sie es immer tat, wenn sie wollte, dass er sich an ihrer Stelle einmischte.

Großvater forderte Vater wenig überzeugend auf: «Lass den Jungen in Ruhe!»

«Er ist mein Sohn, zumindest steht es so in den Papieren. Also mache ich mit ihm, was ich will.»

«Du kannst mich nicht davon abhalten», sagte ich. Er presste die Zähne aufeinander, wie um mich zu zermalmen.

«Wie war das?» Er packte meinen Kiefer und drückte den Kopf nach hinten. Ich schlug wild um mich und konnte mich von seinem Griff befreien. Er zog seine Hand erstaunt zurück, denn damit hatte er nicht gerechnet. Mit dem Peitschengriff schlug er mir jetzt ins Gesicht, dann fuhr er mit der Hand fort.

«Du bist ein Nichtsnutz, das habe ich bei deiner Geburt gleich gewusst. Du bist nicht nach mir gekommen, wir haben nichts gemeinsam. Egal, wie oft ich dich anschaue, ich erkenne mich nicht in dir. Bist du überhaupt mein Sohn? Steig ein, wir regeln das zu Hause.» Er packte mich am Arm. Sein Tonfall war wieder leiser, von Weitem sah es bestimmt so aus, als ob wir ein ruhiges Gespräch führten.

«Mache ich nicht. Ich wünschte, du wärst tot und nicht sie.» Er ließ mich los, um zuzuschlagen, doch ich benutzte diesen Augenblick, um erneut davonzulaufen.

Das Haus der Pavlić war unberührt, niemand hatte sich getraut, etwas mitzunehmen, und weil sie keine nahen Verwandten hatten, würde es womöglich lange so bleiben. Es sah aus, als ob sie nur kurz auf den Markt oder zu einem Kunden gegangen wären, um für einen neuen Anzug seine Maße zu nehmen. Als ob bald Katica durch das Tor kommen und mich begrüßen würde. Nur der Hund, an den niemand gedacht hatte, war an der Kette verhungert oder verdurstet, und an einer Stelle im Garten war ein vertrockneter Blutfleck zu sehen.

Ich war vorsichtig eingetreten, als hätte ich jemanden stören oder erschrecken können. In einer kleinen Kammer neben der Küche hingen Würste und Knoblauch von der Decke, und ein steinhartes Brot war in einen Lappen eingewickelt. In der Stube, wo auch ihre Betten waren, stand eine Schneiderbüste, worauf eine Art Kleid, von Stecknadeln zusammengehalten, zu erkennen war. Daneben ein weiterer dunkler Fleck.

Die Holzdielen hatten das Blut aufgesogen. Katica oder ihre Mutter hatten dort gearbeitet und waren vom Oberst überrascht worden. Ich konnte deutlich sehen, wo der Körper gelegen hatte, bis sich die ersten Nachbarn getraut hatten nachzuschauen. Vielleicht war es sogar Katicas Körper gewesen.

Ich konnte mich lange nicht entscheiden, was ich tun sollte. Ich streifte ziellos durchs Haus und durch den Garten, berührte Gegenstände und Kleidungsstücke, von denen ich mir einbildete, dass sie Katica gehört hatten. Ich stellte mir vor, dass sie sie vor ihrem Tod benutzt hatte und dass sie ihr wichtig gewesen waren.

Ich hatte bisher nie ihr Haus betreten, ich wusste nicht, wo sie geschlafen, auf welcher Seite des Tisches sie beim Essen gesessen hatte. Welcher ihr Lieblingsplatz gewesen war und in welcher Ecke sie die Abende verbracht hatte. Doch ich nahm alles in mich auf, ein erstes und letztes Mal, verliebt und betäubt zugleich. Eine Betäubung, die mich lange nicht mehr verlassen sollte.

Großvater fand mich zitternd auf den Stufen des Hauses und legte seinen Mantel über meine Schulter. «Wenn du länger hierbleibst, holst du dir den Tod. Du weißt, wie schnell du krank wirst.»

«Ich bin es gewohnt.»

«Komm nach Hause, er ist jetzt mit dem Verwalter unterwegs. Mutter hat Apfelscheiben geröstet. Du wirst sehen, wenn er zurückkommt, hat er sich wieder beruhigt.»

«Niemals.»

«Ich weiß.»

Er hatte etwas Käse und Brot in ein Tuch eingewickelt mitgebracht. Weil ich nichts aß, tat er es an meiner Stelle, dann wischte er sich mit dem Tuch den Mund ab und steckte es in die Tasche. Er schaute zuerst im Garten, dann im Haus nach, am Schluss rief er mich hinein. Er hatte Feuer im Kamin gemacht und sich ein Glas Wein eingeschenkt, aus einer Flasche, die er im Küchenschrank gefunden hatte.

«Wir können uns ein wenig wärmen. Das werden sie uns dort oben bestimmt nicht übel nehmen.» Er lachte. «Hast du sie wirklich gerne gehabt?»

«Ja.»

«So wie ich meine Pferde?»

«Ja. Wie geht es ihnen?», fragte ich zurück.

«Es sind nur noch fünf übrig. Sie sind etwas abgemagert, aber sie werden es schaffen.» Er schenkte auch mir Wein ein, dann setzten wir uns auf zwei Stühle am Feuer. «Hast du was mit ihr gehabt?», fragte er.

«Wie meinst du das?»

«Du bist ja immerhin achtzehn.» Eine Weile rührten wir uns nicht, und die Dunkelheit nahm immer stärker von dem Raum Besitz.

Er griff nach meiner Hand und hielt sie fest. «Du denkst, dass jetzt alles vorbei ist, nicht wahr? Ich habe es auch gedacht, als deine Großmutter bei der Geburt von Elsa gestorben war. Du wirst sehen, da wird ein anderes

Mädchen kommen. Es kommt immer jemand, es ist nur eine Frage der Zeit.»

«Bei dir ist niemand gekommen», antwortete ich.

«Das ist etwas anderes, ich war ein Mann mit einem Kind.» Wir schwiegen.

«Soll ich dir mal etwas erzählen?», fragte er. «So kann die Zeit auch vergehen.» Großvaters Geschichten waren ein Teil meiner Kindheit wie jene von Ramina. Weil er wusste, dass ich mich nicht widersetzen würde, auch dann nicht, wenn er sich wiederholte, wartete er meine Reaktion gar nicht ab, sondern legte gleich los.

«Seitdem es uns Obertins gibt, gehören Katastrophen dazu», sagte er. «Mir kommt es manchmal vor, als ob der Krieg aus Caspars Zeiten gar nicht aufgehört hätte. Es geht endlos weiter.» Dann erzählte er wieder vom Lothringer im Dienste der Schweden, der eines Tages entschieden hatte, sich auf den Weg nach Hause, nach Dieuse, zu machen, dann die Vogesen überquerte, und als er auf dem stand, was er für seinen Boden hielt, fast eine ganze Familie umgebracht hatte, bevor er am selben Ort eine eigene gründete.

Während ich ihm nur halb zuhörte, mich umsah und in allen Ecken Katica erblickte, während der Wein durch meine Adern floss und sich die Nacht über das Dorf senkte, bildete sich in mir die Gewissheit, dass ich nie wieder würde lieben können.

Das war vor vier Monaten gewesen. Vor etwas mehr als einer Stunde war eine ganze Lastwagenkolonne von der Hauptstraße in den ungepflasterten Weg abgebogen, der zu unserem Dorf führte. Obwohl es später Nachmittag war und es dunkel wurde, konnte sie der Feldwächter gut sehen, aber er hatte keine Zeit mehr, um Alarm zu schlagen. Die Russen waren schneller als jeder Sturm gewesen.

Klein gewachsene, stämmige Soldaten mit mongolischen Gesichtern diesmal sprangen vor der Kirche aus einigen Wagen, während andere bis auf den Fahrer leer waren. Ein Offizier, begleitet von einem rumänischen Übersetzer, ging direkt ins Pfarrhaus, das sich neben der Kirche befand. Sie fanden den Pfarrer beim Abendessen vor.

«Lassen Sie die Kirchenglocken läuten!», befahl der Offizier.

«Wieso soll ich das tun? Es gibt weder Sturm noch Feuer.»

«Weil ich Sie sonst erschieße.»

In diesem Augenblick traf auch der Burghüter ein, und Pfarrer Schulz schickte ihn in den Turm. Der Offizier holte Listen aus einer Tasche hervor und hielt sie dem Pfarrer vor die Augen. «Wir suchen alle Deutschen zwischen achtzehn und fünfundvierzig, die nach Sibirien deportiert werden. Sie werden uns jetzt begleiten und uns zeigen, wer sie sind.»

Pfarrer Schulz wankte und musste sich an der Tischkante abstützen. «Wieso gerade ich?»

«Weil Sie alle hier kennen. Sie werden ihnen sagen, dass sie nur so viel mitnehmen dürfen, wie sie selber tragen können. Wer auf der Gasse erwischt wird, wird erschossen. Auf Sie werden sie hören.»

Hatte der Pfarrer gedacht, dass er mit seinem Verrat an der Serbenfamilie schon alles erlebt hatte, was ihn in den Schlamm der Schuld ziehen konnte, so wurde er nun enttäuscht. Es war immer noch Platz für mehr.

«Ich kann es nicht tun.»

Der Offizier zog seine Pistole heraus und drückte sie ihm in den Bauch. Der Pfarrer begann zu schwitzen.

«Sie haben keine Wahl.»

Für einen Augenblick war Pfarrer Schulz geneigt, nicht nachzugeben und den Tod als Strafe Gottes hinzunehmen für das von ihm ermöglichte Unrecht an den Serben. Aber der Pfarrer war kein Held.

«Sagen Sie, stehe auch ich drauf?», fragte er leise. Es dauerte einige Sekunden, bis ihm die Worte des Offiziers übersetzt wurden. Es war eine unendlich lange Zeit.

«Sie sind zu alt für das, was die anderen erwartet. Und jetzt gehen wir hinaus, es steht uns einige Arbeit bevor.»

Als die drei Männer auf die Gasse gingen, begannen sich die Menschen, dick eingehüllt in ihre Mäntel und die Mützen tief ins Gesicht gezogen, vor der Kirche zu versammeln. Die frierenden Soldaten warfen ihre Zigarettenstummel zu Boden und zerdrückten sie im Schnee.

Der Offizier schob den Pfarrer vor sich her, der Übersetzer flüsterte ihm etwas ins Ohr, dann wurde der Pfarrer auf einen Lastwagen gehoben. «Kehrt zurück in eure Häuser, Leute. Wartet in der Stube auf uns. Niemand darf mehr das Haus verlassen. Wer draußen erwischt wird, wird erschossen. Betet und vertraut auf Gott. Er wird es schon richten», rief er der Menge zu.

Als sie in unserer Gasse angelangt waren und bereits die ersten Tore und Türen mit ihren Stiefeln und Gewehrkolben eindrückten, kam Sarelo in den Stall, wo Großvater und ich die Pferde fütterten. Er hatte ein Bündel bei sich.

«Du musst sofort weg, die Russen suchen nach dir. Deine Mutter sagt, du sollst dich dort verstecken, wo du es immer tust. Hier hast du etwas Brot und Käse.»

Großvater nahm seine Mütze ab und setzte sie mir auf den Kopf. «Lauf dorthin, wo du dich immer versteckst», sagte er.

«Wir holen dich dann zurück, wenn die Luft rein ist. Wo finden wir dich?», fragte Sarelo.

«Auf dem Friedhof. Bei der Gruft der Damas», antwortete ich.

Er schaltete die Petroleumlampe aus und öffnete die schmale, niedrige Tür auf der Rückseite des Stalls. Aus der Nachbarschaft hörte man Stimmen, russische, die ständig: «Dawai! Dawai!» riefen, und deutsche, die flehten und schrien, ohne dass es ihnen etwas nützte. Es war ein Chor der Hoffnungslosigkeit. Nur die Dorfhunde bellten, sie waren die Einzigen, die verzweifelten, aussichtslosen Widerstand leisteten. Dann hörte ich Mutter, die nach Großvater rief, und Vater, der fluchte.

Ich steckte das Bündel unter den Arm, stellte den Jackenkragen hoch und blickte Großvater ein letztes Mal an. Er nickte mir zu, zum Abschied oder als Bestätigung, dass ich nun wirklich wegmusste. Ich schob mich durch die Öffnung hindurch ins Freie, ohne zu wissen, dass ich mich dadurch für immer von meiner Kindheit und der Welt, die ich kannte, verabschiedete.

Während ich geduckt und im Schutz der Dunkelheit durch die Hintergärten schlich und alle paar Meter aufhorchte, sah ich, wie Freunde und Nachbarn auf den Lastwagen zusammengepfercht wurden. Manche wurden ihren Müttern entrissen, an die sie sich trotz ihres Alters klammerten. Andere folgten stumm, weil sie begriffen hatten, dass nichts mehr zu machen war. Da stand auch unser Pfarrer, hilflos und verloren, und versuchte bestimmt, jemanden zu Hilfe zu rufen, der sich seit viel zu langer Zeit nicht mehr gezeigt hatte. Dann kam ich bei den Toten an.

Um mich in meinem Versteck von dem abzulenken, was mit der Regelmäßigkeit eines Uhrwerks über mich hereinbrach – Vaters Zorn, der sich an den kleinsten Dingen entzünden konnte –, hatte ich mir angewöhnt, mich in meine Fantasie zurückzuziehen. Das tat ich auch an dem Tag, als die Russen hinter mir her waren. Ich zündete eine der Kerzen an, die ich dort zusammen mit einer Streichholzschachtel aufbewahrte, doch ein Luftzug blies sie wieder aus. Erst nach mehreren Versuchen gelang es mir, ich lehnte mich zurück und hörte dem Zischen des Windes zu, der über das Land zog und die Menschen peitschte, ganz ohne Unterschied.

* * *

Wann immer man mich auf meine Geburt ansprach, fragte ich: «Welche?» Denn ich hatte zwei gehabt. Die erste war verbürgt durch die Macht, die Großvater über mich hatte. Eine Macht, die er nie beweisen musste und die fortwährend wirkte, obwohl er längst vor Vater kapituliert hatte.

Er wachte früh auf an jenem Herbsttag im Jahre 1926. Er trieb die Kühe, die Schweine und die Pferde auf den Acker hinter dem Haus und brachte den Karren in den Stall. Er lud wie an den Vortagen den ganzen Mist seiner Tiere auf, dann spannte er zwei seiner Pferde vor den Karren und schützte ihre Augen und Nüstern mit einem Tuch vor den Mücken und Bremsen.

Die Insekten waren auch Großvater lästig, immer wieder legte er die Schaufel ab und versuchte, sie sich aus dem Gesicht und den Kleidern zu vertreiben. An den Geruch und die Arbeit hatte er sich seit der Kindheit gewöhnt, es gab nichts, was er nicht schon hundertfach getan hatte.

Großvater musste alles allein tun, denn Vater war in der Stadt, wo er auf ein verspätetes Schiff aus Wien wartete, das mit landwirtschaftlichen Maschinen beladen war, die er vor einem halben Jahr bestellt hatte. Die ungarischen Landarbeiter waren in jenem Jahr nicht aufgetaucht, und die rumänischen hatte man schon entlassen, weil die meisten Feldarbeiten erledigt waren. Das Winterweizenfeld musste noch gedüngt werden, dann konnte schon der erste Schnee fallen, vielleicht sogar im November.

Er ging ins Haus zurück und weckte seine Tochter. Während sie das Frühstück vorbereitete, holte er Wasser vom Brunnen und wusch sich in der Küche neben dem Herd. Danach kam Mutter dran, die mit langsamen Bewegungen den Lappen über ihren runden Bauch führte. Es fehlten nur noch zwei Monate bis zur Geburt. An den Rändern des Himmels brach der Tag an, zuerst war es nur ein Lichtschimmer, ein schmaler Spalt, der aber von Minute zu Minute breiter wurde.

«Bist du dir sicher, dass du kommen willst?», fragte Großvater. «Ist es nicht zu anstrengend?»

«Du brauchst doch jemanden, der auf die Pferde aufpasst. Außerdem, was soll ich hier so ganz allein?»

Sie gingen zügig neben dem Karren her, Großvater hielt die Zügel der Pferde, deren Augen immer noch verdeckt waren, fest in der Hand. Manchmal flüsterte er ihnen seine Befehle zu, wie wenn er nur mit sich selbst gesprochen hätte. Sie waren es gewohnt, blind zu traben, und sie trauten ihm normalerweise aufs Wort. Es waren brave, geduldige Tiere, die aber an jenem Morgen, geplagt von den beharrlichen Insekten, nervös waren, sodass Großvater sogar die Peitsche benutzen musste.

Wenn Mutter immer wieder keuchend zurückblieb, wartete Großvater auf sie. Sie stemmte die Arme in den Rücken und streckte sich, dann strich sie sich sanft über den Bauch.

«Ich hätte dich besser nicht mitgenommen, so komme ich zu nichts.»

«Sei still, Vater. Du siehst ja, wie unruhig sie sind. Jemand muss bei ihnen bleiben, wenn du den Mist auf dem Feld verteilst.»

Als sie angekommen waren, begann es zu nieseln, ein leichter Sprühregen, der sich jedoch verstärkte. Großvater tauchte die Hand in die Erde ein, so delikat, als ob sie ein Wesen wäre und er sie nicht verletzen oder kränken wollte. Er hob einen Erdklumpen hoch und rieb ihn sich an der Wange. Weil er unsicher war, wiederholte er es. Er handelte so konzentriert, wie wenn sein ganzes Glück davon abhinge. Seine Tochter wagte ihn erst zu stören, als er zum Karren zurückkehrte und ihn rückwärts an das Feld heranfuhr.

«Ich wette, Mutter hast du nicht so zart angefasst», sagte sie lächelnd.

«Sie war auch nicht daran gewöhnt. Ihr Frauen seid besondere Menschen, aber die Erde ist es noch mehr.»

«Wie meinst du das?»

«Eine Frau ernährt ein Kind, die Erde aber uns alle. Wenn ich etwas an deinem Mann mag, und es gibt nicht viel, dann bestimmt, dass er die Erde genauso achtet wie ich.»

«Und was sagt die Erde? Ist sie bereit?»

«Ja, sie hat die richtige Temperatur. Sie ist bald durch. Ein letztes Mal düngen, und nächste Woche können wir schon den Winterweizen säen.»

Er sagte *bald durch*, als ob es sich um ein Stück Maisbrei oder einen saftigen Schweinebraten handelte. In Großvaters Vorstellung verschmolz alles, was sein Leben ausmachte, zu einem unteilbaren Ganzen: seine Frau, die Gerichte der Tochter, die Erde und die Pferde. Sie waren nichts als unterschiedliche Erscheinungen desselben, aus gleicher Substanz und gleichberechtigt.

Ich bin mir ziemlich sicher, dass sogar Gott für ihn eine kalte Portion Maisbrei war, den er unter einem Maulbeerbaum einnahm, während er neben dem Acker von den Strapazen der Feldarbeit ruhte und die Pferde friedlich grasten. Nur jeden Sonntag besann er sich auf den anderen Gott, um Pfarrer Schulz nicht zu ärgern.

Mutter hatte schon als Mädchen ihren Vater aufs Feld begleitet. Sie hatte die Nähe zu ihm gemocht, wenn sie schweigend und im Eiltempo manchmal kilometerweit gingen. Wenn sie von ihrem Hof losmarschiert waren, war oft noch tiefe Nacht gewesen. Manchmal hing der Nebel dicht über der Gasse, aus dem die anderen Bauern kurz auftauchten und grüßten, bevor sie wieder darin verschwanden. Manchmal aber war der Himmel so unendlich groß und klar über ihnen, dass er einem Nähkissen glich, mit Tausenden von Stecknadeln mit leuchtenden Köpfen.

Am Mittag hatten sie sich unter einen Nussbaum gesetzt, und ihr Vater hatte Brot und Wurst geschnitten. Seine Finger wurden glitschig vom Fett, und er leckte sie jedes Mal genüsslich ab, was sie ihm gerne nachmachte. Er war ihr Vater und Mutter in einem gewesen. Oft sahen sie bis zu ihrer Rückkehr ins Dorf keine Menschenseele.

Noch am Tag vor ihrer Abfahrt nach Budapest, von wo aus sie den Zug zur deutschen Küste und dann das Schiff nach New York nehmen würde, hatte sie ihn begleitet.

«Du lässt mich allein», hatte er gemurmelt, als sie unter dem Baum ruhten.

«Wenn ich nicht fahre, bleiben wir weiter arm», hatte sie geantwortet.

«Dann bleiben wir eben arm. Wir werden immer genug haben, um den Hunger zu stillen», hatte Großvater erwidert.

«Das ist mir zu wenig. Ich will einen großen Hof haben. Auch du hast damals alle Pferde verkauft, um den Hof zu retten. Wir haben nichts mehr zum Verkaufen, also fahre ich nach Amerika.»

«Ich erinnere mich an den Tag, als ob es heute wäre», hatte Großvater gesagt. «Als der Pferdehändler die Tiere abgeholt hat, ist deine Mutter ihnen bis zur Dorfgrenze gefolgt. Sie hat ihnen lange nachgeschaut. Sie hat es nie gesagt, aber ich glaube, dass sie es mir nie verziehen hat.»

Großvater war aufgestanden und hatte sich erneut an die Arbeit gemacht. Keuchend hatte er gefragt: «Du bist erst siebzehn. Was willst du schon drüben tun?»

«Was ich muss. Das bin ich ihr schuldig.»

Jetzt nahm Großvater etwas Mist auf die Schaufel und ging damit ins Feld, wo er ihn sorgfältig verteilte. Der Boden war vom Regen bereits lehmig und klebrig geworden, das konnte Großvater nur recht sein, das Wasser würde den Dung durchsetzen und ihn mit der Erde verbinden. Ein letzter Regen, dann der erste Raureif und eine feste Schneeschicht, während der Weizen in der Tiefe

Kraft schöpfte für die spätere Anstrengung, sich den Weg nach oben zu bahnen.

Mehrmals steckte er die Schaufel unter die aufgeweichte, bräunliche Masse auf dem Karren und verteilte den Haufen auf dem Acker. Es war eine anstrengende Arbeit, die Tage dauern konnte, wenn nicht bald sein Schwiegersohn kommen würde, um auszuhelfen.

Plötzlich donnerte es. Niemand kann sagen, ob es daran lag oder an den Insekten und am Licht, dass eines der Pferde, das zahmste von allen, in Panik geriet. Großvater hörte Mutters Schreie, warf die Schaufel weg und lief mit großen Sprüngen quer über das Feld zu ihr. Mutter hatte die beiden Tiere losgemacht und eines schon an einen Baum angebunden. Als sie zum zweiten Pferd zurückkehrte, nahm sie auch diesem das Tuch von den Augen. Geblendet vom Licht, erschrocken von einer lästigen Bremse oder dem bedrohlichen Grollen über ihnen, stieg das Pferd hoch und zerrte so kräftig an den Zügeln, dass es Mutter aus dem Gleichgewicht brachte. Es drehte sich und erwischte sie mit der Flanke, sodass sie hinfiel.

Als Großvater bei ihr war, krümmte sie sich vor Schmerzen, und unter ihrem Rock bildete sich eine Pfütze. Er beruhigte das Tier, dann beugte er sich über Mutter.

«Das Kind kommt», keuchte sie.

«Was soll ich tun? Soll ich Neper holen?», fragte Großvater.

«Der taugt nichts. Hol Ramina. Es heißt, dass sie sich damit auskennt.»

«Eine Zigeunerin?», fragte Großvater erstaunt.

«Hol sie einfach her!»

Doch nachdem Großvater in Eile die Pferde wieder eingespannt hatte und auf den Karren gestiegen war, änderte sie ihre Meinung. «So lange kann ich nicht mehr warten. Leg mich auf den Karren, Vater.»

«Aber der ist voller Mist. Was, wenn das Kind dort auf die Welt kommt?»

«Tu es einfach!»

Großvater bückte sich erneut, seine Tochter legte ihm die Arme um den Hals, dann hob er sie hoch und trug sie zum Karren. Er legte sie in den noch lauwarmen, stinkenden, mit Mücken übersäten Kot der Tiere. Ihr wurde übel, und sie erbrach sich über ihre Kleider, doch das war nicht wichtig. Die Hauptsache war, dass sie ihr Kind ungefährdet auf die Welt brachte und diese späte Chance nutzte, um zu beweisen, dass sie eine fruchtbare, normale Frau war.

Großvater peitschte die Pferde so aus, wie er es noch nie getan hatte. In Gedanken verfluchte er seine Entscheidung, die Tochter zur Feldarbeit mitzunehmen. Würde etwas Schlimmes geschehen, würde sie das Kind verlieren, müsste er sich vor seinem Schwiegersohn verantworten. Würde sie sterben, so könnte er in diesem Leben keine Ruhe mehr finden.

Bis zum Zigeunerhügel holperte der Karren auf dem schmalen Weg, der voller Steine und mit Wasser und Schlamm verstopften Löchern war. Wenn die Räder darin stecken blieben, sprang Großvater hinunter und schob den Karren heraus. Er war durchnässt und verschwitzt zugleich, wie auch seine Tochter. Das Haar und die Kleider klebten ihnen am Körper. Sie lag mit gespreizten Beinen mitten auf der Ladefläche, die Fersen hatte sie in den Dung gesteckt. Hin und wieder stemmte sie sich auf die Ellbogen, dann ließ sie sich entkräftet wieder fallen.

Großvater wischte sich das Wasser vom Gesicht ab, dann peitschte er seine Pferde wieder aus. Wenn aber seine Tochter ihn ermahnte, langsamer zu fahren, zügelte er die Pferde, bis sie rief: «Schneller!» Erst kurz vor ihrem Ziel wurde der Regen zu einem Nieseln und hörte danach ganz auf. Die Fliegen und Bremsen, die darauf gewartet hatten, erhoben sich wieder und schwirrten um Mutter herum.

Großvater packte den ersten Zigeuner, dem er begegnete, am Kragen. «Bring die Frau des Bulibaşa zu uns!» «Der Bulibaşa ist seit einigen Wochen verschwunden.» «Ist mir egal. Bring Ramina her!» In jenem Augenblick schrie Mutter so fürchterlich, dass die beiden Männer zusammenzuckten. Die Stille, die folgte, erfüllte Großvater mit den furchtbarsten Gedanken, doch bald folgte ein zweiter Schrei. Die Männer eilten zum Karren, der Zigeuner bekreuzigte sich, dann lief er hügelauf davon.

Es dauerte nicht lange, bis Ramina zwischen den armseligen Hütten auftauchte, begleitet von dem Mann, der einen Eimer Wasser schleppte. Über dem Arm trug sie einige Tücher. Ihnen folgte eine Schar von Neugierigen, die sehen wollten, wie auf dem Misthaufen ein neues Leben geboren wurde. Bärtige, schwarz gekleidete Männer mit billigen Zigaretten im Mundwinkel, Frauen mit bunten Röcken, an denen sich ein Kind festhielt. Um den Wagen hatten sich bereits einige verspätete Bauern und übernächtigte Jäger versammelt.

Die Menge, von der kleinen Abwechslung in ihrem dünnen Alltag beflügelt, war kaum zu halten und überholte lärmend Ramina. Erst als sie nah beim Karren waren, verstummten die Leute allmählich, manch eine Frau hob ihr Kind hoch, damit es eine gute Sicht auf Mutter hatte.

Sie umkreisten den Karren, und Ramina musste ihre ganze Autorität einsetzen, um sich einen Weg hindurchzubahnen. «Platz da!», rief sie und stieß die Menschen weg.

Als sie in den Karren schaute, konnte auch sie sich ein «Heilige Mutter Gottes!» nicht verkneifen. «Das Kind ist schon unterwegs.» Sie stieg in den Karren. Zehn Minuten später kam ich unter den aufmerksamen, verwunderten Blicken einer schrillen Menschenmenge auf die Welt. Ramina verlangte ein Messer von einem der Zigeuner, wusch es im Eimer und durchschnitt damit die Nabelschnur. Der Zigeuner wollte die Nabelschnur haben, um seinen Hund zu füttern.

Als ob ich ahnte, dass ich von da an endgültig allein und ausgesetzt sein würde, weinte ich laut. Ramina nahm mich in die Arme und zeigte mich den Leuten. «Es ist ein Junge!», rief sie. «Das ist nicht zu überhören», meinte ein Jäger und schoss in die Luft.

Ich war ein verschrumpeltes, hässliches Ding, das schreiend und heulend die erste Plage seines Lebens über sich ergehen lassen musste. Jene der Fliegen, die sich lästig und hartnäckig auf mich setzten wie sonst nur unheilbare Krankheiten oder der Tod. Sie drangen mir in die Augen und den Mund, sie ließen auch dann nicht von mir ab, als Ramina sie vertreiben wollte. Sie setzten sich auf Mutters weiße Schenkel, während ihre Hände weiterhin den Karrenrand umklammerten, als alles längst schon vorbei war. Erschöpft und mit gerötetem Gesicht starrte sie in die Menge, und die Menge starrte zurück. Weil die Neugierde größer war als der Ekel, zog sich der Kreis wieder um mich und Mutter zusammen.

Großvater ließ die Zügel los und kam nach hinten. Er nahm den Hut vom Kopf und drückte ihn an die Brust, als ob er in der Kirche mit dem Pfarrer reden würde. «Ist er gesund?», fragte er Ramina. «Er sieht gesund aus, aber man muss abwarten. Was ich aber sicher sagen kann, ist, dass er mächtig stinkt.» Dann tauchte sie mich mehrmals in den Wassereimer ein und wickelte mich in die mitgebrachten Tücher.

Zwei Männer halfen Mutter, auszusteigen und in dem Pferdewagen eines der Bauern Platz zu nehmen. Ramina setzte sich mit mir auf den Armen dazu, dann fuhren wir, dicht gefolgt von Großvater in seinem Karren, ins Dorf zurück. Die Glocke läutete nicht. Sie war nur für die Toten vorgesehen, als Trost und letzten Sieg über die Lebenden. «Wollen Sie ihn halten?», fragte Ramina. «So eine Schmach», murmelte Mutter.

Die Nachricht über meine Geburt hatte sich in Windeseile verbreitet, und von überall tauchten Menschen auf, um Mutter und mich zu sehen. Sie schaute weder nach links noch nach rechts und biss sich auf die Zähne, bis sie im Haus war. «Eine Zigeunerin. Und ich auf diesem Wagen. Und alle haben es gesehen», flüsterte sie.

Zu Hause trugen Großvater und der Bauer Mutter ins Schlafzimmer und legten sie aufs Bett. Der Bauer brachte frisches Brunnenwasser hinein, dann schickte Ramina ihn und Großvater hinaus, während ich auf ein Kissen neben Mutter gelegt wurde. Sie knöpfte Mutters Kleid auf, zog es ihr aus und wusch sie gründlich.

Sie schrubbte Mutters Körper von den Zehen über die Schenkeln bis zum Bauch und den Brüsten ab, als ob es der des Bulibaşa wäre. Dabei wirkte sie verärgert, sie drückte so fest, bis Mutter schrie. Ramina ließ von ihr ab, deckte sie zu und legte mich ihr an die Brust. Mutter nahm mich zögerlich in die Arme.

«Was ist los mit dir, Ramina?», fragte Mutter.

«Gar nichts, gnädige Frau.»

«Ich sehe, dass auch du schwanger bist.»

«Bin ich.»

«Der Bulibaşa muss stolz sein.»

«Er ist vor einem Monat abgehauen, so schnell, dass ich ihn nicht mehr finden konnte. Aber meine Verwünschungen werden es tun. Jetzt müssen Sie sich um den Jungen kümmern.» Sie öffnete die Tür und ließ die beiden Männer wieder hinein.

«Hoffentlich wird sein Leben nicht so stinken wie seine Geburt», bemerkte der Bauer.

«Sei still, du Lümmel!», herrschte ihn Großvater an. «‹Wer Scheiße frisst, hat Glück›, sagen die Rumänen doch. Mein Enkel wird Glück haben. Jetzt nimm das Geld hier, und fahr in die Stadt. Such meinen Schwiegersohn am Hafen, und sag ihm, dass er zurückkommen muss.» Er steckte dem Mann ein paar Geldscheine zu, dann brachte er ihn hinaus. Als er zurückkam, wandte er sich an Ramina.

«Wie viel willst du dafür haben, dass du uns geholfen hast?»

Ramina ließ sich Zeit mit der Antwort. «Ich will euer Geld nicht», sagte sie nach einer Weile.

«Was dann?»

«Drei Fässer mit Fett von euren geschlachteten Tieren. Zweimal im Jahr.»

«Wieso denn das?»

«Da ich allein geblieben bin, muss ich mich um mich und das Kind kümmern. Betteln will ich nicht, und Kesselflicken kann ich nicht. Was ich gut kann, ist Seife machen.»

Sie wartete Großvaters Reaktion ab, prüfte ihn mit ihren schlauen, wachen Augen. Als sie sah, dass er schnell dazu bereit war, erhöhte sie den Einsatz. Sie räusperte sich: «Und vier Hühner pro Monat, bis der Kleine volljährig ist.»

«Ist das nicht ein bisschen zu viel?», fragte er.

«Ist euch der Junge keine vier Hühner und etwas Fett wert?»

«Aber wieso gerade vier?»

«Wenn ich jeden Sonntag einen Topf Hühnersuppe koche, reicht mir das für fast eine Woche. Vier Hühner, vier Wochen, einfache Rechnung.»

Großvater sah Mutter ratlos an, die ihm aber zunickte. So wurde das Geschäft besiegelt, das Ramina einen zumindest halb vollen Bauch garantierte und mir ab sieben oder acht Jahren einen wöchentlichen Besuch bei ihr.

Es wird erzählt, dass der Arzt, den Vater aus Temeschwar gleich mitgebracht hatte, mich gründlich untersuchte, bevor er sagte: «Es wäre ein Wunder, wenn der Junge überlebt. Er ist anämisch und in schlechter Verfassung.» Dann kam Vater dran, dem der Bauer unterwegs von den Umständen meiner Geburt berichtet hatte. Er bückte sich über mich, ohne mich zu berühren. «Ein Schwächling. Er sieht mir gar nicht ähnlich. Er könnte jedermanns Kind sein. Mit wem haben Sie diesmal herumgehurt?», fragte er Mutter. Dann schnüffelte er an mir herum. «Der Junge riecht wirklich nach seiner Geburt.» Da hatte mir der Bauer etwas eingebrockt, denn fortan würde Vater immer sagen: «Du riechst nach deiner Geburt», wenn er zeigen wollte, was er von mir und meinem Leben hielt.

Noch in derselben Nacht erschien Mutter auf der Türschwelle zu Großvaters Zimmer. Sie hielt mich in den Armen. Großvater schaltete die Lampe an und erschrak, denn Mutter wirkte wie erloschen. Als ob die letzten Spuren der Kraft, die sie nach Amerika und wieder zurückgebracht und die sie gebraucht hatte, um in den letzten Jahren den Hof wiederaufzubauen, in wenigen Augenblicken aufgebraucht worden wären. Ihre Stimme war matt und ausdruckslos, als ob eine große Müdigkeit von ihr Besitz genommen hätte.

«Er nimmt ihn nicht einmal in die Arme. Er will ihn nicht», flüsterte sie.

«Das wird sich ändern, wenn er kräftig und gesund wird.»

«Er will ihn nicht einmal im Zimmer haben.» Sie legte mich auf Großvaters Bett ab. «Nimm ihn zu dir, Vater. Ich werde ihn füttern, aber du kümmerst dich um ihn.»

«Ich?», fragte Großvater verdutzt.

«Ich kann es nicht.»

«Du bist doch seine Mutter.»

«Aber er ist mein Mann.»

Sie schloss wieder die Tür. Ich quengelte. Großvater schaute mich lange an, dann holte er Zucker. Er legte sich wieder ins Bett, zog die Decke über uns beide und befeuchtete seinen kleinen Finger. Er tauchte ihn dann in den Zucker und schob ihn sanft zwischen meine Lippen. Danach schaltete er die Lampe wieder aus.

Vater verzieh Mutter nie, dass sie den Namen Obertin buchstäblich in den Dreck gezogen hatte. Dass sie vor den Augen der Welt geboren und sich entblößt hatte, als wäre sie ein billiges Flittchen. Schlimmer als alles andere, als der Verdacht, dass Mutter in Amerika ihren Körper verkauft hatte, lastete diese Schmach auf unserer Familie und führte dazu, dass er sie nie wieder berührte. Ich aber hatte Glück, denn ich überlebte.

***

Die zweite Version meiner Geburt war die Raminas. Der Bulibaşa hatte sie auf dem Zigeunerhügel zurückgelassen, obwohl sie über ein Jahrzehnt seine Krankheiten auskuriert, seine Säfte in Bewegung gehalten und ihn mit Kräutern ernährt hatte, deren magische Wirkung nur sie allein kannte.

«Wenn ich gewusst hätte, dass er mit einer anderen durchbrennt, hätte ich ihn vergiftet», pflegte sie zu sagen. Für alles hatte sie gesorgt, nur nicht für die Stilllegung seiner Lust nach jungen Frauen. Mit so einer war er eines Morgens in seinen Zigeunerwagen gestiegen und auf der Straße nach Temeschwar verschwunden.

Ramina hatte sie eine Weile lang verfolgt. Sie hatte ein Taschentuch bei sich, das sie mit dem Monatsblut einer anderen Zigeunerin beschmiert hatte, denn sie selbst war schwanger. Sie wollte ihn damit berühren, die größte Schande für einen Zigeuner, aber sie fand ihn nicht mehr. Sie kehrte zurück und begann nach Sarelos Geburt, alles in sich hineinzustopfen, was man ihr gab.

Ohne den Bulibaşa löste sich die Zigeunergemeinschaft nach und nach auf, bis auch der letzte Kesselflicker und Besenmacher seine Habseligkeiten auf einen Karren geladen, das magere Pferd davor eingespannt und sich in Richtung der Stadt in Bewegung gesetzt hatten. Nur Ramina war in ihrem von allen Seiten sichtbaren Haus geblieben. Obwohl sie es trotz ihres Wissens, ihrer Zaubersprüche und magischen Pflanzen nicht geschafft hatte, den Bulibaşa an sich zu binden, war sie für mich die Mächtigste von allen.

Sie war von einer Autorität erfüllt, die keine Rechtfertigungen oder Beweise brauchte. Deshalb war meine zweite, von Ramina erzählte Geburt für mich genauso glaubwürdig. Dass Vater darin keine besondere Rolle spielte, kam mir sehr entgegen.

«Du bist nicht auf einem Misthaufen geboren. Deine Geburt war wundersamer, als du denkst, Jacob», sagte sie immer, wenn ich ihr wöchentlich das Huhn und Brot, Mehl, Kartoffeln, Rüben, Tomaten, Kohl und Eier brachte, die Mutter noch dazugab.

Ich hatte die ersten Jahre meines Lebens damit verbracht, von vielen Krankheiten zu genesen. Jedes Mal hatte Mutter Ramina, der sie nun neben Gott am meisten vertraute, an mein Krankenbett geholt. Ich wurde für Ramina zu einer Art Lebensversicherung, und die Anzahl der Lebensmittel, die Mutter ihr bis zu meiner Volljährigkeit zugestand, wuchs proportional zu ihrem Heilerfolg. Für das Kurieren einer Lungenentzündung wurden ihr zehn Eier zugesprochen und für das eines chronischen Durchfalls eine Schnapsflasche, monatlich und bis zu meiner Volljährigkeit.

«Ich habe sie alle gesund gekriegt», pflegte sie ihre Kunst zu rühmen. «Nur für den jungen Georg konnte ich nichts tun, als er sich beide Augen herausgeschossen hat. Ich habe ihm sogar Umschläge mit dem Saft einer Pflanze gemacht, die *Kraut des Lebens* heißt. Normalerweise weckt sie sogar die Toten, bei ihm hat es nicht geholfen. Aber er hat auf mich als Blinder glücklicher gewirkt als vorher. Überhaupt scheint mir unser Dorf ein guter Ort für Selbstmörder und Pechvögel zu sein.»

Am Tag, als der Krieg bei uns verspätet losging, packte ich wieder einmal den Sack für sie voll und machte mich auf zum Zigeunerhügel. Weil das Radio des Pfarrers kaputt war, dauerte der Frieden bei uns fast einen halben Tag länger. Einen halben Tag, an dem niemand starb und in Europa Ruhe herrschte. Der trockene Sommer neigte sich dem Ende zu, der Feldwächter bereitete sich auf die Sturmsaison vor, und Neper mischte seine Pülverchen im Hinterzimmer seines Hauses. Seppl, der Wirt, machte seine durstigen Kunden auf die zweite Tafel aufmerksam, die in seiner Kneipe hing: *Sauf dich voll und friss dich dick, aber halt dein Maul bei Politik.*

Einen halben Tag lang hörten wir nicht die Stimme des Gröfaz. Vater war mit seinem Verwalter draußen bei der Mühle, die er hatte bauen lassen, um nicht mehr von anderen abhängig zu sein. Auf den Feldern übten die Jungen des Dorfes in Uniform den Krieg für unsere Sache. Ein Krieg, der an jenem Tag, an dem er wirklich ausbrach, für uns ferner schien denn je.

Ihr Anführer, Lehrer Kirsch, drillte sie mit derselben Pfeife, mit der er uns im Turnunterricht plagte. Sie warfen sich auf den Boden, sprangen in die Höhe und wirkten doch nur wie Striche in einer unendlichen Landschaft, die den Menschen erduldet hatte, seitdem er dort erschienen war. Und ihn doch oft genug auch umgebracht hatte. Man hätte lachen können über die Eifrigsten unter uns, doch ihre Waffen lehnten griffbereit an einem alten ausgetrockneten Brunnen.

Ich verließ den Hof mit dem Sack auf der Schulter, aber schon nach wenigen Metern, außer Sichtweite, musste ich ihn wieder abstellen. Eigentlich log ich, wenn ich gegenüber den Eltern vorgab, dass ich den Sack randvoll machte, denn ich hätte ihn trotz meiner dreizehn Jahre unmöglich vom Fleck rühren können.

Auch Ramina klagte nie darüber, dass ich sie mindestens um die Hälfte dessen brachte, was sie inzwischen als ihr angestammtes Recht ansah. Sie kannte nur allzu gut meine Kurzatmigkeit und meine schwachen Muskeln. Meine Organe und meine Muskeln, pflegte Vater zu sagen, passten besser zu einem alten Mann als zu einem Jungen. Man war sich in der Familie einig, unter vorgehaltener Hand, dass ich nicht alt werden würde.

Es gibt verschiedene Arten, krank zu sein: leise und verschwiegen, als ob man es vor anderen verstecken wollte, wie eine unauslöschliche Schuld. Oder indem man laut röchelt und hustet und den stockenden Atem, die verschleimten, geschwollenen Bronchien, den glühenden, entzündeten Körper wie ein endloses Ritual der eigenen Gefährdung anbietet. Ich war einer, der mal still litt, nur um ein anderes Mal alle in große Erregung zu versetzen. Und doch war ich nicht unglücklich.

Den ganzen Weg bis zum Zigeunerhügel würde ich den Sack eher hinter mir schleppen, als ihn zu tragen. Die Spur zeichnete sich jedes Mal breit und klar im Staub ab, von der Ecke unseres Hofes, wo ich den Sack abstellte, bis zum Trampelpfad, der hinauf zu Ramina führte. Jeden Freitagnachmittag konnte man dieser Spur quer durchs Dorf folgen, als ob eine riesige Schnecke sie hinterlassen hätte.

Sie führte vorbei an der Kirche und der Kneipe, an den Stallungen und dem Getreidespeicher, die inzwischen uns gehörten, an der Abzweigung zur Mühle und an der Schule. Später ließ die Spur das Dorf hinter sich und kreuzte die Dorfgrenze, jene imaginäre Linie, die niemand gesehen hatte und doch jeder kannte.

Nach einigen Hundert Metern hörte sie plötzlich auf, als ob der Verursacher sich in Luft aufgelöst hätte. Man musste an der Stelle über einen mit Unkraut und Feldblumen überwachsenen Graben springen, um auf der anderen Seite auf den kaum sichtbaren Pfad zu stoßen. Ich warf den Sack hinüber, wobei er meistens im Graben landete, und nahm dann Anlauf, aber auch ich kam nicht weiter als meine Last. Am Schluss musste ich ihn oft hochschieben und dann selber aus dem Graben klettern.

Normalerweise war meine kleine Reise ereignislos, und ich näherte mich Ramina in Etappen, nachdem ich unter einem Baum, auf einem von der Sonne gewärmten Stein oder im hohen Gras einer ungemähten Wiese geruht hatte. Doch an jenem Tag war es anders.

Ich machte hinter einem Geräteschuppen Rast und war damit beschäftigt, das Huhn wieder einzufangen, das jede Möglichkeit nutzte, um sich seinem Schicksal zu entziehen. Zwei Tage noch würde es leben, dann würde es Raminas und Sarelos Bauch wärmen. Es sei denn, Sarelo machte ihm früher den Garaus, um die Schärfe seiner Messer zu prüfen. Denn die Hühner waren seine besten Übungsobjekte.

Die Exerzierenden und Lehrer Kirsch hatten sich an mich herangepirscht, als ob ich ein Feind wäre, den sie überraschen wollten. Sie hatten darin Übung, und doch würden in wenigen Jahren fast alle mit den Füßen voran ins Dorf zurückgetragen werden.

«Du bist die Schande des Dorfes. Du schleppst Hühner für die Zigeunerin und läufst barfuß wie ihr Sohn», spottete einer von ihnen.

«Das sind wir ihr schuldig», erwiderte ich.

«Als Schwabe schuldet man einer Zigeunerin gar nichts.»

Der Lehrer hielt sich im Hintergrund, doch er bewachte seine Jungen, wie wenn man ungestümen Welpen mehr Leine lässt, damit sie sich ein wenig austoben. Er lehnte mit verschränkten Armen an der Ecke des Schuppens und hatte die Mütze tief ins Gesicht gezogen.

Der junge Mann, der mich angesprochen hatte und den ich nur entfernt kannte, hob mich hoch, als ob ich gar nichts wöge. Er warf mich dem Zweiten zu und dieser dem Dritten. «Da fliegt ein Huhn davon und ist doch nur unser Jacob!», rief der eine vergnügt. «Bald wird er Federn lassen», wurde ihm geantwortet. Sie wiederholten das eine Weile, bis sie mich auf ein Zeichen des Lehrers hin auf den Boden fallen ließen.

Ich stand auf und wollte weglaufen, als der Lehrer meinen Namen rief. Er kam näher, hockte sich hin und klopfte mir den Staub von den Kleidern.

«Jacob, anstatt ein Gewehr zu tragen, trägst du ein Huhn herum. Tut denn das ein deutscher Junge?» Weil ich schwieg, fragte er bestimmter: «Tut er das?»

«Nein, Herr Lehrer.»

«Wieso tust du es dann?»

«Ich bin zu klein für ein Gewehr. Ich bin erst dreizehn.»

«Bald haben wir Krieg, vielleicht schon morgen. Dann wird es darum gehen, dass jeder deutsche Junge eine Waffe bedienen kann und körperlich tüchtig ist.»

«Vater sagt ...», begann ich.

«Was dein Vater sagt, ist uns egal. Er und dein Großvater denken mehr an sich selbst als an das Volk. Lange wird das nicht mehr gut gehen. Was denkst du?»

«Ich weiß es nicht, Herr Lehrer.»

Er drehte mich um, steckte mir das Hemd in die kurze Hose und säuberte ihre Rückseite. «Wir wollen nicht, dass dein Vater etwas merkt, nicht wahr?»

«Jawohl, Herr Lehrer.»

«Wie grüßt ein deutscher Junge?»

«Heil Hitler, Herr Lehrer!»

«Gut, wir sehen uns morgen in der Schule. Vergiss nicht deine Hausaufgaben. Und zieh wenigstens ordentliche Schuhe an, wenn schon keine Stiefel.» Kein einziges Mal hatte die Stimme des Lehrers gestockt, kein einziges Mal hatte er nach Luft geschnappt, wie er es sonst wegen seines Asthmas tat.

Einer seiner Jungen fing das Huhn ein, das inzwischen friedlich auf dem Feld herumgepickt hatte, und brachte es zurück. Er zeigte es den anderen wie eine Trophäe, doch ich wusste, was er damit tun wollte. «Auf zum Hühnererschlagen!», rief er. Es war ein beliebtes Spiel unter den Dorfjungen. Das Leben des Federviehs hatte sich plötzlich von zwei Tagen auf nicht einmal eine halbe Stunde verkürzt. Doch es hatte Glück.

Der Junge, der aus einem anderen Dorf zu sein schien, denn ich kannte ihn überhaupt nicht, ließ den Vogel fallen, als er etwas erblickte, was seinem Appetit aufs Spielen mehr entgegenkam als ein benommenes, mageres Huhn. Das Serbenmädchen kam mit einer Schachtel in den Armen quer übers Feld. Ich kannte es flüchtig, es ging mit mir in die Schule und auch wiederum nicht, denn es besuchte den Unterricht auf Rumänisch, der im selben Raum hinter einem Vorhang gehalten wurde.

Ich wusste, dass sie am Dorfende wohnte und ihrer Mutter, die Schneiderin war, aushalf. Sie war oft mit den

Kleidern und Anzügen, die ihre Mutter irgendwem genäht hatte, durchs Dorf marschiert. Auch Großvater trug eine Hose und eine Weste aus ihrer Hand. Der junge Mann war mit wenigen Sprüngen bei ihr, packte sie am Handgelenk und zog sie hinter sich her bis zu uns. Dann ging er zurück, um die Schachtel aufzuheben, die sie erschrocken fallen lassen hatte.

Das Mädchen war erstarrt, nur in ihren Augen hatte sich eine unaussprechliche Angst eingenistet, und ihr Kinn zitterte leicht. Ich hätte es kaum für möglich gehalten, dass jemand noch kleiner und mickriger war als ich, doch sie war es. Ihr Gesicht war breit, die Augen waren wie mit Kohle gezeichnet und die Augenbrauen kräftig, fast zusammengewachsen.

«Kannst du sie blutig schlagen, Jacob? Sie ist nur ein Serbenmädchen, dein Vater wird nichts dagegen haben», sagte der Dritte. Der, der die Schachtel an sich genommen hatte, öffnete sie, zog einen piekfeinen, neuen Anzug heraus und zerfetzte ihn mit seinem Taschenmesser. Der Lehrer war wieder so unbeteiligt wie zuvor. Regungslos schaute er mich an, als ich mich in der Hoffnung zu ihm umwandte, dass von dort irgendwelche Hilfe käme.

Dann geschah es. Der warme Strahl, den ich bislang nur mit Mühe zurückgehalten hatte, nässte die Hose, floss an meinen Beinen hinunter und bildete eine Pfütze zwischen meinen Füßen. Die Erde, wie immer durstig zu dieser Jahreszeit, nahm die Flüssigkeit auf. «Jacob hat den Boden gedüngt», riefen sie und lachten. «Wer weiß, was da für seltsame Pflanzen sprießen.»

Als ob sie nun voll und ganz auf ihre Kosten gekommen wären, verloren sie das Interesse und ließen von uns ab. Sie beschlossen, das Exerzieren abzubrechen und in der Kneipe ein Glas Schnaps auf den Führer zu kippen. *Die Fahne hoch! / Die Reihen dicht geschlossen! / SA marschiert mit ruhigem festem Schritt / Es schau'n aufs Hakenkreuz / Voll Hoffnung schon Millionen / Der Tag für Freiheit / Und für Brot bricht an.* Sie sangen das Lied, bis wir sie aus den Augen verloren.

Da waren wir nun, wir beide. Ich rannte lange dem Huhn hinterher, konnte es dann doch noch fangen und in den Sack stecken. Das Mädchen rührte sich nicht von der Stelle, sie schluchzte und hielt ihre kleinen Hände zu Fäusten geballt.

«Du kannst dich bewegen», sagte ich auf Rumänisch zu ihr. «Sie sind weg. Wenn Ramina es erfährt, wird sie sie verwünschen. Sie ist mächtiger als der Gröfaz, weißt du?»

Sie schaute mich mit ihren traurigen Augen an. «Wer ist der Gröfaz?»

«Die Stimme aus dem Radio.»

Sie steckte die Kleiderreste wieder in die Schachtel, ich hob den Sack hoch, und wir gingen los, jeder in seine Richtung.

«Ich sage niemandem was!», rief sie mir zu.

«Ich auch nicht», erwiderte ich.

Als ich am Fuße des Zigeunerhügels ankam, ließ ich den Sack fallen, schnappte nach Luft, dann formte ich mit den Händen einen Trichter und rief nach Sarelo. Wenn ich Glück hatte, war er zu Hause und würde gleich mit großen, sicheren Schritten hinunterlaufen und mir die Last abnehmen.

Der Zigeunerhügel hieß immer noch so, wie zur Erinnerung an frühere Zeiten, als es dort von Leben wimmelte, die Öfen bis tief in die Nacht brannten und das Hämmern der Kesselflicker schon von Weitem zu hören war. So hatte es mir Großvater erzählt. Jetzt stand dort nur noch ein Haus, wenn man es so nennen wollte.

Oben tauchte Sarelo auf, hielt ein Messer ins Licht und prüfte seine Arbeit. Die Klinge leuchtete kurz auf. Ich wusste genau, was er nun tun würde, ich hatte es Dutzende Male beobachtet. Er hob nun ein zweites Messer, kniff ein Auge zu und prüfte mit dem anderen die feinen, scharfen Zähne, dann schleifte er unendlich langsam die beiden Messer aneinander, ganz nah an seinem Ohr, als wäre es Musikinstrumente, deren Klang etwas über ihre Qualität verriet.

Sarelo war genauso alt wie ich, und doch hätte man ihn für einige Jahre älter gehalten, vierzehn oder fünfzehn, er war drahtig, und über seiner Oberlippe wuchs bereits ein dünner Schnurrbart. Man sagte ihm Eigensinn nach, genau wie seiner Mutter. Da er offenbar mit dem Ergebnis zufrieden war, legte er die Messer ab und führte ebenso wie ich die Hände zum Mund.

«Was willst du?», fragte er.

«Komm und hilf mir!»

«Hast du das Huhn dabei?»

«Ja.»

Er eilte den Hügel hinunter, sprang über den Graben, öffnete den Sack und schaute hinein. «Mit dem da sind es zwölf.» Sarelos Hände waren zu groß geraten, seine Füße ebenso, überhaupt war einiges an ihm überraschend. Mit seiner hellen Haut und den glatten Haaren sah er nicht wie die anderen stets hungrigen Zigeunerjungen aus, die gelegentlich ins Dorf kamen und ihre Ware von Tür zu Tür anboten.

Wenn man im Dorf nicht gesehen hätte, wie Ramina kurz nach dem Abgang des Bulibaşa einen Bauch bekommen hatte, und wenn Neper nicht erzählt hätte, wie er, angezogen von dem Schreien der einsam gebärenden Frau, die Niederkunft erlebt hatte, dann hätte man Sarelo durchaus für ein Findel- oder Ziehkind gehalten. Eines von denen, die die Zigeuner, so hieß es, irgendwo geraubt hatten.

«Kannst du den Sack nicht alleine tragen, Schwächling?», fragte er.

«Wenn du mich so nennst, nenn ich dich Zigeuner.»

Er zuckte mit den Achseln, und ohne mich weiter zu beachten, sprang er mit Leichtigkeit zurück über den Graben. Ich folgte ihm in einigem Abstand.

«Ist deine Mutter da?», fragte ich.

«Sie ist immer da, das weißt du. Wenn sie einmal nicht mehr zu Hause sein wird, geht die Welt unter.»

Vor dem Haus holte er das Huhn heraus und steckte es in einen Käfig, in dem sich elf andere befanden. Er hatte sie offenbar in den letzten Monaten gesammelt, anstatt sie seiner Mutter zu überlassen, um seine Messer einer letzten entscheidenden Prüfung zu unterziehen. Ich tauchte wie schon oft in die Dunkelheit des einen der zwei Zimmer ein, aus denen das Haus bestand. In einer Ecke war eine Art Küche eingebaut, eine Nische mit einem Ofen, mehreren Kochtöpfen, Schüsseln und Tellern.

Der Ofen wurde auch zum Heizen gebraucht, und weil es nirgends einen Abzug oder einen Schornsteinschacht gab, sammelte sich der Rauch im Raum und gesellte sich zu den Dämpfen der Gerichte Raminas hinzu. Zusammen mit den Ausdünstungen der beiden und dem Geruch der Seifen, die sie offenbar im Nebenzimmer herstellte, entstand so ein würziges Gemisch aus Zwiebeln, Holz, Schweiß und Fett. Ein Geruch, der mir nicht unangenehm war und den ich dem von zu Hause vorzog.

Meine Augen brauchten etwas Zeit, um sich an die Mischung aus Dunkelheit und Dampf zu gewöhnen. Ich erwartete, Ramina auf dem Bettsofa vorzufinden, nah beim Fenster, wo sie mich immer empfing, als ob sie sich von einem Besuch zum nächsten nicht von der Stelle gerührt hätte. Und doch, ebenfalls von einem Besuch zum nächsten, nahm sie so sehr zu, dass ihr unförmiger, aufgeblähter Körper inzwischen den meisten Platz einnahm und für mich nur noch eine schmale Ecke übrig blieb.

Sie war aber nicht dort, sondern nebenan, von wo seltsame Geräusche kamen, als ob sie etwas aufeinanderstapelte und es dann hin und her schob. Sarelo hatte den Sack vor dem Ofen abgestellt und war wieder hinausgegangen. Von draußen war nun das regelmäßige, geduldige Schleifen zu hören. Ich wusste, dass Sarelo zusammengekauert an der Hauswand lehnte und neue Messer oder solche, die er bei seinen Kunden eingesammelt hatte, schärfte. Dass er von Zeit zu Zeit damit aufhörte, um mit dem Daumen über die Klinge zu fahren. Er war so gut, dass ihm die Arbeit nie ausging.

Die Tür zum zweiten Zimmer, die Ramina stets unter Verschluss hielt, stand diesmal weit offen. Neugierig geworden, näherte ich mich und wollte auf die Türschwelle treten, um einen Blick hinein zu erhaschen, als sich mir ihr massiger Körper in den Weg stellte. Der Körper, der mir oft wie ein weiches Kissen vorkam, an das ich mich anlehnen und in dessen vielen Falten ich mich verlieren konnte, zwang mich nun unsanft zum Rückzug.

Wenn ich mich so an Raminas Fett schmiegte, atmete

ich im gleichen Rhythmus wie sie, und ihr warmer Bauch hob und senkte sich und zusammen mit ihm auch mein Kopf. Nicht selten stiegen in mir eine unendliche Sanftheit und Ruhe auf, und ich schlief dabei ein. Mutter erzählte, dass Ramina nach Sarelos Geburt wie Brotteig aufgegangen war. Nachdem sich ihr Körper entleert hatte, hatte sie ihn mit enormen Mengen von Essen wieder aufgefüllt.

Sie hatte so viel in sich hineingestopft, dass sie nach wenigen Jahren fast nicht mehr durch die Tür passte. Dann hatte sie sich entschieden, gar nicht mehr hinauszugehen, außer in den Fällen, in denen sie sich um mich kümmern musste, aber sonst hatte sie niemand mehr im Dorf gesehen. Mutter vermutete sogar, dass sie das Fett aß, das wir ihr gaben, denn sie hatte nie irgendwelche Seifen aus Raminas Händen gesehen.

Ramina schloss die Tür ab und steckte den Schlüssel in die Tasche. «Du bist spät, Jacob, ich dachte, dass du nicht mehr kommst.»

«Was versteckst du dort drinnen?», fragte ich sie. Ihre Ohrfeige kam ohne Vorwarnung. Ich sah kurz das wabbelnde Fleisch ihres gehobenen Armes, dann senkte er sich wieder, und gleich darauf glühte meine Wange. Ich wusste, dass ich die einzige Frage gestellt hatte, die ich nicht stellen durfte. Auf die ich kein Anrecht hatte.

Ich war auf mehr gefasst, doch sie ging stumm zum Ofen, stieß mit der Fußspitze gegen den Sack, wie um sicher zu sein, dass er nicht leer war, dann machte sie sich zum Bettsofa auf. Dort ließ sie sich mit einem solchen Krachen und Seufzen nieder, als ob sie das Ganze eine übermenschliche Kraft gekostet hätte. Die Strümpfe hingen lose und ausgefranst über die mächtigen Waden, die wie die Schinken aussahen, die bei uns in der Räucherkammer hingen.

Sie schien mich vergessen zu haben, und ich wollte mich schon zurückziehen, als sie den Arm ausstreckte, mich bat, das Fenster zu öffnen und mich neben sie zu setzen.

Es war jedes Mal dasselbe. Wir saßen viel zu tief, als dass wir mehr als nur ein Stück Himmel zu sehen bekommen hätten. Sie war so sehr in das Sofa eingesunken, welches mit den Jahren unter ihrem Gewicht eingebrochen war, dass sie mir wie ein auf Grund gelaufenes Schiff vorkam. Sie atmete geräuschvoll, als ob die Luft, die in sie eindrang, sich nur mit Mühe einen Weg durch sie hindurchbahnen konnte.

Ramina packte mich am Handgelenk und zog mich näher, dann legte sie den Arm wie eine Zange um meine Schultern. Ich stellte mir vor, wie ich immer weiter an Ramina heranrücken würde, bis mich ihr großzügiger Körper von überallher einhüllen würde. Er würde mich in sich aufnehmen, und meine Spur würde sich für alle Zeiten verlieren. Aber dazu kam es auch diesmal nicht.

«Wieso stellst du nicht andere Fragen?», wollte sie wissen.

«Kannst du nicht den Lehrer und drei seiner Jungen verwünschen? Sie wollten, dass ich das Serbenmädchen schlage.» Sie schwieg. «Und dass ich dir nichts mehr bringe.»

Sie schaute mich an und sagte: «Das ist böse, Jacob. Sehr böse. Ich hoffe, du hörst nicht auf sie.» Sie überlegte kurz. «Ich werde schauen, was ich machen kann», dann schob sie mir eine Haarsträhne aus dem Gesicht. «Aber jetzt stell mal die intelligente Frage.»

Sie, die Analphabetin war, hatte das Wort *intelligent* irgendwo aufgeschnappt und benutzte es seitdem, um unsere Sitzungen einzuleiten. Ich wusste, was sie von mir erwartete und dass es der einzige Ausweg aus ihrer Umklammerung war.

«Wie bin ich wirklich geboren worden?», fragte ich sie. Sie ließ mich befriedigt und mit einem lauten *Ach* los.

«Wieso hast du die Frage nicht gleich gestellt, mein Junge? Geh zum Fenster, und sag mir, was du siehst.» Ich tat, was sie wünschte.

«Ich sehe gar nichts.»

«Man sieht immer etwas», erwiderte sie.

«Ein Feld, viele Krähen, sonst rührt sich gar nichts.» Ich stellte mich dumm, denn solche Art von Spannung mochte sie.

«Fehlt da nicht etwas?», wollte sie wissen. Ich wartete kurz ab, bis sie ihre Frage wiederholte.

«Vielleicht ein Mensch?», antwortete ich.

«Wichtiger als der Mensch, mein Herz.»

«Wichtiger als der Mensch? Der Regen vielleicht?»

«Fast so wichtig wie der Regen.»

«Was könnte das sein?», fragte ich, als ob ich es nicht schon wüsste.

«Der Wind fehlt. Keine einzige Windböe, seit Tagen schon. Der Wind sammelt seine Kraft für die schweren Herbststürme. Er wird alles verwüsten, was er antrifft.»

«Steckt in solch einem Wind auch ein Teufel?», fragte ich sie, obwohl ich die Antwort längst kannte.

«In jeder Art von Wind kann einer stecken, nicht nur in den Herbststürmen. Vor den Teufeln sind wir zu keiner Jahreszeit sicher. Aber die Winde sind auch nützlich. Ohne sie könnten sich die toten Seelen gar nicht zum

Himmel erheben. Als Gott den Menschensamen über die Erde streuen wollte, half ihm der Wind aus, sonst würden Menschen nur hier bei uns wachsen.»

«War der Wind vor Gott da?»

«Nichts ist vor Gott da gewesen, mein Herz. Aber jedes Mal, wenn er etwas Neues geschaffen hat, dich, mich, die Zigeuner, die Schwaben …»

Ich unterbrach sie: «Auch den Bulibaşa?»

«Auch ihn, den Sündigen. Jedes Mal also ist Gott ein bisschen müder geworden, und seine Kraft hat abgenommen. Nur so kann ich mir vorstellen, dass er heutzutage so schwach geworden ist.»

«Und was hat der Wind mit meiner Geburt zu tun?»

«Hab Geduld, Jacob, du darfst einer Geschichte nicht vorgreifen, sie braucht ihre Zeit. Natürlich hat der Wind etwas mit deiner Geburt zu tun, denn es gibt nicht nur die alten Herbstwinde, sondern auch die jungen Winde des Frühlings. Man sagt, dass sie manchmal launisch und wild sind, ja sogar grausam. Schwangere fürchten sie, denn sie stehlen ihnen die Frucht ihres Leibes. Sie bleiben mit leerem Bauch zurück, als ob sie nie ein Kind darin gehabt hätten. Aber manchmal, sehr selten muss man sagen, schwängert der Wind auch eine Frau. Die Samen des Mannes treiben nackt und blind umher, bis der Wind sie in die richtige Richtung lenkt.»

«Meinst du den Samen von Vater?»

«Wer redet da von deinem Vater? Ein so böser Mann kann unmöglich dein Vater sein, Jacob. Mit ihm hast du nichts gemeinsam. Daran musst du glauben. Es war der Samen eines anderen, viel besseren Mannes. Der Wind hat ihn zu deiner schlafenden Mutter getragen. Es könnte sogar einer aus China gewesen sein.»

«Ich sehe aber gar nicht aus wie ein Chinese.» Sie zuckte mit den Achseln, als ob meine Frage alles andere als intelligent wäre.

«Woher weißt du das alles?», fragte ich weiter.

«Wir Zigeuner wissen Dinge, die anderen verborgen bleiben. Und wir schreiben unsere Geschichten nie auf, damit wir sie besser im Gedächtnis behalten.» An dieser Stelle verstummte Ramina immer, sie schloss die Augen und seufzte so laut, als ob es ihr letzter Atemzug gewesen wäre. Ich sah auf ihre geschwollenen Füße, um die Ungeziefer herumkroch. Die Fliegen setzten sich auf ihr ruhiges Gesicht, liefen auf ihren Lippen und Wangen herum, doch sie vertrieb sie nicht. Sie saß da wie ein vor Anstrengung ermüdeter Riese.

Doch jedes Mal, wenn ich meinte, sie wäre eingeschlafen, und erneut meinen Abgang plante, sogar schon aufgestanden war, hörte ich sie sagen: «Du hast gar nicht die zweite Frage gestellt.»

Ich ließ mich zurück aufs Sofa fallen. «Aber auch wenn das alles stimmt, was ändert das daran, dass ich auf einem Misthaufen geboren wurde?»

Jetzt richtete sie sich auf und blickte mich empört an. «Jacob, du darfst nie daran zweifeln, wie du geboren wurdest. Diese Geschichte erzähle ich dir gerne, wenn du mir nächste Woche pünktlich das Essen bringst.» Das war ihr Trick, um mich bei Laune zu halten und mich dazu zu bringen wiederzukommen. Denn in ihrem baufälligen Haus, wo die Stille nur durch das Hämmern und Schleifen des Sohnes unterbrochen wurde, waren meine Besuche das Einzige, woran man das Verstreichen der Zeit messen konnte.

Sie schmückte ihre Erzählungen – die für mich keine

Erzählungen, sondern die Wahrheit waren – jedes Mal neu aus. Sie wusste, was sie mir, ihrem einzigen Publikum, schuldig war. Ich folgte ihr bereitwillig, denn wer würde nicht viel lieber ihr glauben als dem anderen schlecht riechenden Gerücht? Heute noch, wenn ich manchmal überprüfe, ob ich nicht doch nach meiner Geburt rieche, flüstere ich mir zu: «Ramina hatte doch recht.»

Dann sehe ich uns gemeinsam auf dem abgewetzten Sofa sitzen. Ihr Fleisch breitet sich nach allen Seiten aus, die Fliegen wandern auf ihr umher, magisch angezogen von einem solchen Koloss. Das Ungeziefer kriecht herum. In solchen Momenten kann ich nicht anders, als mich ihr näher als Vater und Mutter zu fühlen. Für einen Augenblick wird die wahrscheinlichere Version von der anderen, erfundenen, überstrahlt.

Doch man könnte die erste für genauso unwahrscheinlich halten wie die Raminas. Dieser Eindruck wurde noch verstärkt, als Mutter sich beharrlich weigerte, dazu Stellung zu nehmen. Mit zwei ebenso unwahrscheinlichen Geburten allein gelassen, beschloss ich, die aus Raminas Mund für wahr zu halten.

* * *

Meine zweite Geburt, dafür bürgte Ramina, fand in unserem Haus in Temeschwar statt. Dorthin hatte sich Mutter zurückgezogen, um es in den letzten Monaten ihrer Schwangerschaft bequemer zu haben und vor Vaters aufbrausender Art zu flüchten. In einer anderen Variante wollte sie im Gegenteil näher bei ihm sein, da er am Hafen den Abtransport unserer Tiere und unseres Getreides nach Österreich überwachte.

In Raminas Erzählung blieb unklar, wieso Mutter eine

Frühgeburt hatte, denn dass ich ein Frühchen war, stand auch für sie außer Frage. Das eine Mal war Mutter die Kellertreppe hinuntergestürzt, als sie Speck holen wollte. Das andere Mal bekam sie die Wehen auf der Straße, als sie nach Vater suchte, dem eine Neigung zu Seitensprüngen nachgesagt wurde. Und Temeschwar war für einen Mann wie ihn voller Versuchungen, das wusste sie.

Es gab Direktorsfrauen, die nachmittags den Kaffee im Café Wien einnahmen und sich dann den restlichen Tag langweilten. Wohlriechende Künstlerinnen, die gerade aus Paris zurückgekehrt waren und sich angeregt über die Vorteile der Großstadt gegenüber der Provinz unterhielten. Dazu jede Menge Gouvernanten und einfache Kindermädchen, die oft kräftige, vor Gesundheit strotzende Bauerntöchter waren, die für ein wenig Lohn und ein Bett in der Küche bei einer bemittelten Familie arbeiteten. Gerade bei diesen kannte sich Vater gut aus, sagten böse Zungen.

Jedenfalls wurde Mutter nach Hause gebracht und ins Bett gelegt, und als man nach einem Arzt schicken wollte, verlangte sie nach Ramina. Es blieb im Dunkeln, wieso sie das tat, da doch die Ärzte in der Stadt kaum solche Stümper waren wie Neper. Als Ramina ankam, hatten sich schon etliche Leute in der Stube versammelt, Nachbarn und Geschäftspartner jenes Mannes, der sich für meinen Vater ausgab und der mit ihnen auf seinen Sohn anstoßen wollte. Denn er war sich sicher, dass es ein Junge sein würde. Er witzelte: «Der Junge beeilt sich, meine Geschäfte zu übernehmen.» Oder: «In diesem Tempo wird er reicher werden als ich.» Aber ich beeilte mich gar nicht, ich war sogar ausgesprochen langsam.

Hin und wieder horchte er an der Tür, hinter der sich

Mutter und Ramina befanden, aber lange, viel zu lange für einen wie ihn war nichts zu hören. Die Elektrische fuhr seit einer Weile nicht mehr, und manche Gäste, ein wenig enttäuscht, machten sich bereit, nach Hause zu gehen. Sie hatten Mäntel und Hüte an, doch Vater nahm sie ihnen wieder ab und zerrte sie in die Stube zurück.

Er wurde unzufriedener und mürrischer, er lief unruhig umher, während die anderen unschlüssig herumstanden oder sich wieder hingesetzt hatten. Ich war dabei, ihm eine Niederlage zuzufügen, denn ich richtete mich nicht nach ihm. Er schenkte den Leuten immer wieder Schnaps ein, und bald darauf setzte eine allgemeine Erheiterung ein. Die Männer lockerten den Krawattenknopf und die Frauen ihre hochgeschlossenen Blusen.

«Das kann noch Stunden dauern», bemerkte der Hafenvorsteher, ein rundlicher, ständig schwitzender Mann.

«Der Junge kommt bald, ein Obertin ist zuverlässig», erwiderte Vater, trat wieder auf die Tür zu und öffnete sie. «Wann ist es so weit?», fragte er in den Raum hinein.

«Sie sind der Erste, der es erfährt. Und jetzt raus!», herrschte ihn Ramina an.

Als die halbe Nacht vorbei war und manche schon mit dem Kopf auf der Tischkante schliefen, musste Vater einlenken und sie alle gehen lassen.

Ich kam nicht an jenem und auch nicht am nächsten Tag auf die Welt. Ramina meinte manchmal, es habe Wochen gedauert, bis es so weit war, aber alles glaubte ich ihr auch nicht. Nachdem die Besucher auch am zweiten Tag zahlreich erschienen waren und sich gut verpflegt hatten, wurde ihre Zahl allmählich spärlicher. Nur der Pfarrer aus der Milleniumskirche zeigte sich mehrmals täglich. Vater hatte ihn benachrichtigen lassen, damit er mich taufen würde, falls ich die ersten Stunden nicht überleben sollte.

Vater wurde düsterer, lief mit rotem Kopf durchs Haus, und Großvater meinte, er habe ihn sagen hören: «Der Junge macht mich zum Narren.» Erst nach unzähligen Anläufen riss Ramina plötzlich die Tür zur Stube auf, wo Vater, Großvater, der Pfarrer und zwei, drei andere Besucher Karten spielten, und rief:

«Er kommt!»

«Darauf falle ich nicht wieder rein», murmelte Vater und blieb sitzen, doch Großvater riskierte einen Blick ins Zimmer.

«Der Junge ist da!», rief nun auch er.

«Wieso hört man ihn nicht schreien? Das tun doch die Kinder, nicht wahr?», fragte der Priester.

«Hoffentlich ist er nicht tot», sagte Vater, legte die Karten ab und stand langsam auf. «Dann wollen wir mal das Wunder sehen.»

Während Vater und Großvater ins Zimmer gingen, blieben die anderen auf der Türschwelle stehen. Der eine stellte sich auf die Zehenspitzen, ein anderer stützte sich auf die Schultern des Vordermannes. Die Vorstellung, dass ich tot sein könnte und sie ein Drama erleben würden, beflügelte ihre Phantasie. Aber ich narrte sie alle. Nicht nur, dass ich durch und durch lebendig war, sondern ich sollte sie bald so sehr erstaunen, dass sie es für Jahre nicht vergessen würden. Vater blieb hinter Ramina stehen, stand über Mutter gebeugt und hielt mich in den Armen, ohne dass er mich sehen konnte.

«Er hatte die Nabelschnur um den Hals», sagte Ramina.

«Ist er jetzt tot?», fragte Vater.

«Nein, mit ihm stimmt alles. Er hat zwei Arme, zwei Beine, und auch dazwischen hat er alles, was er braucht. Nur kräftiger muss er werden.»

«Hat er einen Mund?», fragte Vater.

«Natürlich hat er einen», erwiderte Mutter.

«Dann will ich jetzt endlich mal hören, was er damit tun kann. Ramina, hau ihm mal eine!»

«Habe ich schon gemacht, gnädiger Herr, aber er will nicht weinen», sagte sie.

«Ja, was tut er denn? Dreh dich doch mal um.»

Ramina gehorchte und hielt mich so hin, dass alle mich sehen konnten. «Er lächelt, gnädiger Herr. Er lächelt mich die ganze Zeit an.»

Ich schaute mich um und sah zum ersten Mal den Mann, der nicht mein Vater war, dann Großvater und alle anderen, die mich nun neugierig belagerten. Von hinten verlangte Mutter, die in Kissen und Decken gebettet war, nach ihrem Sohn. Was folgte, so Ramina, versetzte die Leute in solche Unruhe, dass sie es weitererzählten, die Temeschwarer Zeitungen es in den nächsten Ausgaben und die Ärzte in ihren Fachzeitschriften druckten.

Ich begann, in einer solchen Lautstärke zu lachen, dass die Leute mehrere Schritte zurückwichen. Die Röcke der Frauen wurden durcheinandergewirbelt, die Schnapsgläser in der Stube zersprangen, und bis in die hinterste Ecke des Viertels blieben die Fußgänger stehen, während die Hunde alle auf einmal zu bellen begannen, als ob sie eine Katastrophe witterten. Ich lachte um mein Leben, würde Ramina später sagen. Der Pfarrer wurde bleich, als ob er einen Teufel gesehen hätte, machte das Kreuzzeichen und verabschiedete sich in aller Eile.

Für das, was dann geschah, hatte Ramina gleich mehrere Versionen. Die häufigste war, dass Vater mich gepackt und geschüttelt, dass ich aber nicht nachgegeben hätte. «Du verspottest mich nicht, hörst du? Niemand verspottet mich!», soll er gerufen haben. Dann soll er seinen Mantel gepackt haben, in sein Auto gestiegen und Richtung Triebswetter gefahren sein. «Du warst stärker als er, Jacob. Vergiss das nicht», wiederholte Ramina jedes Mal.

Nur mit Mühe konnten sie und Großvater Mutter davon abhalten, in die Kutsche zu steigen und ihm hinterherzufahren, um ihn zu besänftigen. Besänftigung wurde in den folgenden Jahren Mutters Geschäft. Darin wurde sie unerbittlich, fast schon wie beim Beten. Denn das Erste, was sie tat, so viel steht fest, als sie einige Tage später in Triebswetter ankam, war, sich vor das Kruzifix zu werfen, das seit Generationen im Schlafzimmer hing. Dasselbe, das sie bei den Kämpfen in der Stadt in den Schutzraum mitnehmen würde, denn wenn Mutter auf Reisen war, reiste es mit.

Sie harrte mit ausgestreckten Armen und Beinen, das Ohr an den Boden gepresst, aus, als ob die Antwort, die sie sich erhoffte, aus den Eingeweiden der Erde und nicht von oben kommen musste. Manchmal murmelte sie: «Heiliger Vater, mach, dass mein Mann mich liebt und dass er seinen Sohn annimmt.» Am Schluss holte sie das Kruzifix und küsste es.

Ramina legte mich in die Wiege, die Katicas Vater, ein Zimmermann, gebaut hatte und die in der Mitte der Stube von der Decke hing. Sie hatte mich von Kopf bis Fuß eingewickelt, wie sie es kurze Zeit später bei ihrem eigenen Sohn tun sollte. Um die Stofflappen hatte sie eine Schnur herumgewickelt, sodass ich bewegungsunfähig wurde. Wie eine gerade erst geborene Mumie verbrachte ich die meiste Zeit damit, die Decke anzustarren und Mutters leisem Jammern nachzulauschen.

An jenem Tag, als der Krieg mit Verspätung begann, verließ ich Raminas Haus, nachdem sie mich mehrmals so heftig an ihre bebende Brust gedrückt hatte, dass ich nach Luft schnappen musste. «Ich erwarte dich dann nächste Woche, Jacob!», rief sie mir nach.

Draußen hüpften knapp ein Dutzend geköpfte Hühner umher. Ihre Köpfe lagen auf einem Haufen neben Sarelos nackten Füßen, das Blut sickerte in die Erde, nicht anders als mein Urin. Sarelo hob ein letztes Huhn hoch, hielt es fest, das Tier hing hilflos herunter und pendelte mit seinem dünnen Körper den Takt seiner letzten Augenblicke aus. Mit einer schnellen und geübten Handbewegung enthauptete Sarelo es. Das Messer zog einen glatten Schnitt durch den Hals des Huhns, das zu Boden fiel und auf eine gespenstische Art herumzuzappeln begann. Zwölf weiße, kopflose Vogelkörper, die vor Raminas Haus umherirrten, als ob sie sich ein letztes Mal gegen den Tod stemmten. Dann fielen sie der Reihe nach um.

«Meine Messer sind so gut, dass sie sogar den Wind schneiden können», murmelte Sarelo. Als ich mich entfernen wollte, rief er mir, immer noch mit den Messern beschäftigt, hinterher: «Du darfst meiner Mutter kein Wort glauben! Du bist doch nur auf einem Misthaufen geboren!» Es war schon Abend, als ich die Dorfgrenze erreichte und die Glocken läuteten. Der Krieg hatte auch für uns begonnen.

* * *

Zu meinem Namen kam ich durch Großvater. Er würde immer sagen, dass es ein Versehen von Franzosen-Tuttenuy, dem Dorfschreiber, war, der mich mit *c* anstatt mit *k* schrieb. Doch es ging noch ein anderes Gerücht um.

Kurz nach meiner Geburt soll ein Mann in einer Kutsche ins Dorf gekommen sein und direkt vor unserem Hof angehalten haben. Dann klopfte er heftig ans Tor, und Großvater öffnete ihm. Vater war mit seinem neuen rumänischen Verwalter unterwegs, um ein Stück Land zu begutachten, auf dem er eine Mühle bauen wollte. Darüber hinaus hatte er von den Bauern der Nachbardörfer – denn die Triebswetterer gaben ihm nichts – so viel Boden gekauft, als befürchtete er, dass er bald ausgehen könnte.

Großvater unterhielt sich mit dem Fremden, und was er hörte, beunruhigte ihn so sehr, dass er, als sie beide in der Stube waren, nach Mutter rief. Sie schenkten dem Mann ein Glas Wein ein, dann fing dieser an zu erzählen.

In der Zeitung hatte man über die Hochzeit der Amerikanerin berichtet, die endlich einen Mann gefunden hatte, und auch über ihre Niederkunft. *Happy End*, stand da ganz groß. Dann war Vater mit Namen und Herkunftsort erwähnt und so gut beschrieben worden, dass der Fremde sich sofort auf den Weg gemacht hatte.

Er sei der eigentliche Jakob, und Vater habe ihm den Namen gestohlen und nicht nur das. Er habe einen Stallburschen beschäftigt, einen gewissen Franz. Von Anfang an sei der Umgang mit ihm schwierig gewesen, er habe sich nichts sagen lassen, habe sogar gedroht, und wenn nicht gedroht, dann habe er sich so vor einem aufgebaut, dass man sich fürchten musste. Er sei sehr fähig und manchmal angenehm gewesen, aber das habe sich schnell wieder ändern können.

Eines Tages stritten sie sich furchtbar, weil sich Franz

schlecht bezahlt fühlte. Dabei soll das Geschäft des Mannes so wenig abgeworfen haben, dass er ihm kaum mehr habe geben können. Als er am nächsten Morgen aufgewacht war, habe er den Burschen am Bettende vorgefunden, wie er ihn anstarrte. Er sei darüber so erschrocken gewesen, dass er ihn auf der Stelle entlassen habe.

Zuerst hatte es so ausgesehen, als ob es Franz gar nichts ausmache. Er behauptete sogar, dass es ihm gelegen käme, denn er würde bald reich heiraten. Soviel der Fremde sagen konnte, habe Franz eine Anstellung im Stoffladen eines Juden gefunden. Dann aber, nach etwa einem Monat, sei der Fremde in der Nacht aufgewacht und habe seinen Stall brennen gesehen. Man habe fast nichts mehr retten können. Von Franz habe seitdem jede Spur gefehlt, bis er vor einigen Tagen die Zeitung aufgeschlagen habe.

«Da kann ja jeder kommen», mischte sich Mutter ein. «Wer sagt uns, dass Sie nicht ein Hochstapler sind und einfach nur Geld wollen?»

«Das stimmt. Jakob hat die Zeitung gelesen und wollte danach heiraten. Sie lesen die Zeitung und wollen bestimmt Bargeld», fand Großvater. Er war schon aufgestanden, um den wahren oder falschen Jakob hinauszubegleiten, als dieser sich verteidigte:

«Aber, Herrschaften, was sagen Sie da? Ich bin hier der Geschädigte. Mir wurde der Stall abgefackelt und die goldene Uhr des Vaters gestohlen.»

Mutter stammelte: «Eine goldene Uhr?»

«Genau. Erbstück.»

Mutter ging ins Schlafzimmer und kehrte mit der Uhr zurück, die sie von ihrem Mann zur Vermählung hatte. «Ist sie das?» Der Fremde nickte.

In jenem Augenblick kam Vater in den Vorraum, zog sich die Stiefel aus und rief: «Es wird eine prächtige Mühle werden, alles nach dem neuesten Stand. Damit haben wir das Monopol in der Gegend. Wem gehört die Kutsche draußen?» Er trat ein und blieb in der Tür stehen. Mutter, die bisher auf ihre Hände gestarrt hatte, schaute zu ihm auf.

«Wir haben Besuch. Jemand, der behauptet, dass er Jakob heißt und dass Sie gar nicht Sie sind.»

Erst jetzt stand der Fremde auf und drehte sich zur Tür, sodass Vater ihn sehen konnte. Vaters Hände ballten sich zu Fäusten zusammen, dann entspannten sie sich wieder. Sein Blick wanderte vom Fremden zur Uhr, die auf dem Tisch lag, und wieder zurück.

«Du hast mich also gefunden. Was willst du jetzt? Geld?»

«Ich will nur diese Leute vor dir warnen.» Vater machte einen Schritt in den Raum, fing sich aber wieder. Seine kräftigen Hände packten eine Stuhllehne, als wollten sie das Holz zermalmen.

«Was hat er euch erzählt?»

«Dass du gar nicht Jakob, sondern Franz heißt und seinen Stall in Brand gesetzt hast. Dass du kein verarmter Bauernsohn, sondern ein Stallbursche bist. Dass du ihm seine Uhr gestohlen hast», erklärte Großvater.

«Hat er auch gesagt, dass er mich monatelang nicht bezahlt hat und ich auch bei größter Kälte im Stall schlafen musste?» Vater wurde von Sekunde zu Sekunde sicherer, er kam so richtig in Fahrt, nahm die Uhr an sich und hielt sie dem Mann hin.

«Die willst du? Du kriegst sie nicht. Ich habe sie als Entschädigung mitgenommen. Außerdem gehört sie jetzt meiner Frau, als Hochzeitsgeschenk.» Er packte ihn am Arm und zog ihn zu sich. «Hör mal gut zu. Alles, was du hier siehst, gehört mir. Soeben habe ich einen Vertrag für ein Grundstück unterschrieben, das doppelt so groß ist wie alles, was du besitzt. Ich habe jetzt alles, was ich will, Nutztiere, Kornland und einen gut gehenden Hof. Wenn du denkst, dass du hier einfach so hineinplatzen und dich zwischen mich und meinen Besitz stellen kannst, dann bist du schief gewickelt. Wenn du deine Lügen auch bei anderen loswerden willst, dann komme ich wieder nach Bokschan und suche dich. Und jetzt raus! Das ist mein Haus, und das ist meine Familie. Das ist alles, was du nicht hast. Bruder.»

Als der Mann sich weiterhin nicht von der Stelle rührte, sondern unschlüssig von einem Bein aufs andere trat, packte ihn Vater am Kragen.

«Der Stall», murmelte der Mann.

«Du willst also Geld. Nun gut, du sollst Geld bekommen.» Er wandte sich an Mutter. «Holen Sie Geld aus der Schatulle. Genug!», befahl er. Mutter versuchte etwas dagegen einzuwenden, aber Vater herrschte sie an: «Hören Sie nicht, was ich sage?» Er sprach nicht laut, Großvater musste sich sogar anstrengen, um ihn zu verstehen. Aber er sprach so, dass man sich nur ungern widersetzte.

Er nahm die Scheine aus Mutters Hand und steckte sie dem Fremden in die Manteltasche. «Das ist mehr als fürstlich für so einen kaputten Stall und die paar mageren Tiere.» Dann hakte er sich bei ihm ein und zwang ihn, ihm bis zur Straße zu folgen. Dort setzte er ihn in die Kutsche, versetzte den Pferden einen Peitschenhieb und kehrte erst ins Haus zurück, als die Kutsche in die Hauptgasse einbog.

«Das wäre also erledigt», sagte er, wieder gut gelaunt. «Was essen wir heute?» Er rieb sich zufrieden die Hände.

«Wer sind Sie wirklich?», fragte ihn Mutter.

Er wurde wieder ernst. «Habe ich Sie etwa gefragt, wer Sie sind? Wie Sie in Amerika zu Geld gekommen sind? Die ganze Welt redet davon, dass Sie sich dafür flachgelegt haben.»

«Mein Geld aber gefällt Ihnen. Sie geben es mit beiden Händen aus.»

«Nicht für mich, für die Obertins. Es sieht ja ganz so aus, dass ich eine Hure geheiratet habe. Aber mache ich Ihnen deshalb irgendwelche Vorwürfe? Ich stelle keine Fragen, denn ich habe gewusst, worauf ich mich einlasse. Sie haben es auch gewusst. Wenn Sie sich einen Mann von der Straße nehmen, ihn ins Bett lassen und dann heiraten, dann wissen Sie das. Aber natürlich würde es Ihnen besser gefallen, wenn ich zwar Laufbursche gewesen wäre, aber von einem armen Bauer abstammen würde, statt Stallbursche ohne respektable Herkunft zu sein. Ihr Wunsch nach Familie und Erben ist größer als Ihre Vorsicht gewesen. Gut so, gut für mich. Ich bin einer, der will, dass es ihm gut geht. Ich tue alles dafür. Darauf können Sie Gift nehmen.»

«Ich will, dass du mein Haus verlässt. Nimm, was du willst, und geh weg», sagte Großvater.

«Dein Haus, Großvater? Es gehört mir schon lange. Weißt du, was man sagen wird, wenn ich weggehe? Dass deine Tochter es nicht schafft, einen Mann an sich zu binden. Eine Frau mit Kind und ohne Mann. Das kann nur eine Hure sein. Man würde euch nicht einmal mehr grüßen. Und was soll aus dem Hof werden? In ein paar Jahren bist du tot, und alles zerfällt. Ich weiß, dass du mich von Anfang an nicht gemocht hast, obwohl ich mir Mühe gegeben habe. Ich habe dir neue Pferde beschafft und den Hof nach dem Brand wieder aufgebaut. Aber ich war nicht so vornehm wie die Obertins. Ich habe kein Dorf gegründet und bin nicht Richter gewesen wie euer Frederick. Pech gehabt, alter Mann, du musst dich mit mir abfinden.»

Großvater lief hinaus und kam mit der kurzen Reitpeitsche zurück. Er hob den Arm, aber Vater packte ihn am Handgelenk und drückte seinen Arm wieder nach unten. «Ich glaube jetzt auch, dass wir nicht mehr unter demselben Dach wohnen können. Aber nicht *ich* werde gehen, sondern du. Ab heute schläfst du im Gesindehaus, Großvater. Die Mahlzeiten kannst du aber weiterhin hier mit uns einnehmen.» Großvater blickte ungläubig Mutter an.

Auch Vater wandte sich an sie, ohne Großvater loszulassen. «Sind Sie damit einverstanden, Elsa? Wenn nicht, dann gehe ich weg, und Sie können mit Ihrer Missgeburt allein bleiben. Man wird Sie auslachen. Man wird sagen, dass ich weggelaufen bin, weil Sie wieder herumgehurt haben. Sie werden sich kaum noch ins Dorf trauen. Man wird Sie noch mehr meiden als jetzt schon. Wollen Sie das?», fragte Vater mit Nachdruck. Mutter senkte den Blick. «Wollen Sie das?», herrschte er sie an. Sie zuckte zusammen.

«Nein», erwiderte sie leise.

«Lauter, damit es Großvater auch richtig hört.»

Sie sah diesmal Großvater direkt in die Augen, und während sie laut und deutlich ihre Antwort wiederholte, hob sie Schultern und Augenbrauen und machten, einen Schritt auf ihn zu. Sie breitete ihre Arme aus, als wollte sie ihn umarmen oder sich an ihm festhalten.

«Das hätten wir dann geklärt», sagte Vater zufrieden. «Lasst uns jetzt essen.»

Doch Großvater rächte sich auf die einzige Art und Weise an Vater, die ihm noch geblieben war. Mutter hatte entschieden, dass ich nach der Tradition auch Jakob heißen sollte. Sie hatte darauf beharrt, denn der erste Sohn hieß immer nach seinem Vater. Sie ließ sich nicht einschüchtern, denn das war das Letzte, was Vater sich wünschte. Wieder einmal blitzte ihre frühere Kraft auf, bei den Obertins sollte es nicht anders als bei den anderen sein. Der Erstgeborene führte den Namen und den Hof weiter.

Als Großvater dafür zum Franzosen-Tuttenuy ging und dieser den Namen in die Formulare eintrug, schrieb er ihn wie im Französischen mit *c*. Er bemerkte seinen Fehler und fragte Großvater, ob er das *c* durch ein *k* ersetzen solle.

Großvater dachte kurz nach, dann sagte er: «Natürlich nicht. Unser Junge soll Jacob heißen, aber Jacob mit *c*.» Der Dorfschreiber steckte das Formular in einen Briefumschlag, klebte ihn zu und übergab ihn kurze Zeit später dem Postboten, der ihn nach Temeschwar zur Verwaltung mitnahm. Großvater kehrte lächelnd nach Hause zurück oder in das, was ihm davon geblieben war. Das war seine süße, ohnmächtige Rache an Vater.

* * *

Ich saß seit über einer Stunde in meinem bewährten Versteck unter der Marmorplatte der Gruft der Damas. Jedes Mal, wenn ich die Platte ein wenig beiseitehob, lauschte und meinte, die Gefahr sei vorbei, geschah etwas, das meine Hoffnung zerschlug. Ich hörte Gewehrsalven, Motoren heulten auf, Menschen schrien, und irgendeiner rief etwas auf Russisch. Dann fing das Warten von Neuem an.

Ich hatte die Jacke enger gerafft und Großvaters Mütze tiefer ins Gesicht gezogen. Mit klammen Fingern hatte ich meine letzte Kerze angezündet, aber sie gab kaum Wärme ab. Ich hatte auch alles gegessen, was Mutter mir mitgegeben hatte.

Um mich herum lagen die Toten. Ich versuchte an ihre Geschichten zu denken, um mich abzulenken. Es gab die alten Toten, die schon zu Zeiten von Frederick Obertin gestorben waren, an Cholera, Hunger und an den Überschwemmungen. Deutsche und französische Lothringer, Elsässer, Luxemburger, Pfälzer, Badener, später auch Rumänen und Ungarn. Völlig den Launen der Natur ausgeliefert und ohne Unterstützung der Provinzregierung in Temeschwar, wurden sie zu Dutzenden hinweggerafft.

Es gab auch mittelalte Tote, die einfach Pech gehabt hatten, so wie Stoffles Frau, die 1890 von einem Pferdewagen überfahren worden war. Eine echte Leistung bei einer Dichte von wenigen Wagen pro Stunde auf der Hauptgasse. Es gab auch Leute, die auf der Durchreise gewesen und hier verstorben waren.

Der Kraftkünstler Fischer war einst an der Dorfgrenze erschienen, hatte Großvater erzählt, mit nichts anderem im Gepäck als einigen armdicken Eisenketten, die er in einem kleinen Karren hinter sich herschleppte. Auf seinem Weg durchs Dorf liefen die Bauern auf die Gasse, um ihn zu bestaunen, denn er war nackt. Manche sagten, am ganzen Körper, aber wahrscheinlicher ist, dass er nur den Oberkörper entblößt hatte. Die beste Werbung für sein Vorhaben.

Vor Seppls Wirtshaus – sie hießen alle Seppl, unsere Wirte, sie waren alle Erstgeborene – machte er halt. Aus seinen Hosentaschen holte er eine Handvoll Münzen und warf sie in den Gastraum. Zuerst geschah gar nichts, dann hörte er, wie sich die Säufer darum stritten. Einer nach dem anderen kamen sie heraus, um die Quelle ihres Glücks in Augenschein zu nehmen. Fischer versprach ihnen mehr, wenn sie von Haus zu Haus gehen würden, um anzukündigen, dass er, der Kraftkünstler Fischer, am nächsten Tag vor dem ganzen Dorf beweisen würde, wozu ein Mensch fähig sei. Die Bauern sollten einige Münzen mitnehmen, seine Kunst sei nicht gratis.

Danach suchte er nach jemandem, der ihm sechs Pferde leihen würde, und stieß auf Großvater, der damals erst zwanzig Jahre alt war. Als er und Großvater am nächsten Tag eintrafen, hatte sich bereits viel Volk versammelt. Auch Leute aus den umliegenden Dörfern waren da, denn es hatte sich schnell herumgesprochen, dass es in Triebswetter etwas zu bestaunen gab.

Sie waren zu Fuß, mit ihren Karren oder auf ihren Pferden gekommen und hatten draußen vor dem Dorf einen weiten Kreis gebildet. Als Fischer und Großvater auftauchten und Großvater damit begann, die Ketten an den Pferden anzubringen – eine für jedes Tier –, reckten sie die Köpfe, um besser sehen zu können. Als Fischer eine Ansprache hielt, wurden sie ganz still.

«Ich bin der Kraftkünstler Fischer. Früher habe ich beim Zirkus gearbeitet, jetzt bin ich selbstständig. Ich habe übermenschliche Kräfte, Gott hat mich damit gesegnet. Ich kann Lokomotiven schieben und Karren mit zehn Mühlsteinen heben. Heute werde ich diese Pferde nur mit der Kraft meiner Muskeln halten. Doch auch Kraftkünstler müssen essen. Wenn Sie also so nett wären, ein paar Münzen in diesen Topf zu werfen, wäre ich überaus dankbar.»

Er stellte den Topf ins Gras, und die Zuschauer traten vor und warfen ihre Münzen hinein. Dann half Großvater ihm, sich selbst anzuketten. Die längste Kette wickelte sich Fischer um den Hals, die drei kurzen auf jeder Seite um seine Arme. «Wenn ich nicht stark genug bin, brechen sie mir das Genick», kündigte er an. Das taten die Pferde dann auch.

Auch für ihn wurde die große Glocke geläutet. Bei seinem Begräbnis zog der Vorgänger von Pfarrer Schulz so fest an dem Glockenseil, dass es ihn in die Luft hob. Es erklang ein schöner, klarer Ton, da waren kein Riss und keine Unebenheit im bronzenen Guss. Der Pfarrer liebte es, im Klang, von dem der Raum erfüllt war, zu schweben. Noch viele Jahre danach würde er die Menschen erschrecken, weil er die Glocke schlug, nur um sie zu hören.

Mechanisch und routiniert ging ich die Liste unserer Toten durch, wie einer, der sich damit bestens auskannte. Jedes Mal, wenn Vater zu Hause den Gurt ausgezogen hatte, hatten sie mich anschließend geduldig empfangen. Jetzt mussten sie noch geduldiger sein, da doch durch die Russen nicht nur die Ruhe der Lebenden, sondern auch ihre eigene gestört wurde.

Ich dachte auch an die neueren Toten, jene, die seit meiner Geburt gestorben waren. Wie Ernst Renard, Vaters erster Verwalter, der an der Tollwut erkrankt war und sich lange gequält hatte, ohne dass ihm Nepers Medikamente hatten helfen können. Oder an Dampfmühlendirektor Ludwig, den Vater aus dem Geschäft gedrängt und der sich am 1. Februar 1934 erschossen hatte.

Aber am längsten blieb ich bei einem Namen hängen: Katica. Die letzte, frischeste Tote auf unserem Friedhof. Wann hatte ich sie nach jener peinlichen, ersten Begegnung auf dem Feld wiedergesehen?

Kurze Zeit nach Kriegsausbruch wurde die Versammlung der Männer einberufen. Der Trommler zog langsam durchs Dorf, blieb alle Hundert Meter stehen und verkündete: «Hört, Bauern, hört. Der Krieg ist ausgebrochen. Noch ist bei uns nicht viel passiert, aber das kann sich schnell ändern. Der Bürgermeister hat für morgen nach der Feldarbeit die Versammlung aller schwäbischen Männer einberufen. Das Erscheinen ist obligatorisch. Fehlen dürfen nur die, die krank sind und deren Tiere werfen müssen.»

Am nächsten Tag zogen Vater und Großvater die Festtagskleider an, denn es war undenkbar, anders als so gekleidet zu erscheinen. Mutter hatte die Stiefel frisch gewichst und die Hemden gewaschen und gestärkt. Sie zupfte die Fussel von den Mänteln, dann spannte sie das prächtigste Pferd vor die Kutsche. Als sie fort waren, wandte sie sich an mich, fuhr mir mit der Hand durch das Haar und sagte:

«Hast du an Ramina gedacht? Mach dich bald auf den Weg, sie wartet bestimmt schon auf dich. Und vergiss das Huhn nicht.»

«Mutter, wieso füttern wir eigentlich Ramina durch?»

«Willst du, dass wir es nicht mehr tun?», fragte sie zurück.

«Im Gegenteil! Es soll immer so sein. Ich möchte Ramina, bis ich alt bin, jeden Freitag ein Huhn bringen.» Mutter ging in die Küche, um den Sack zu füllen, und ich folgte ihr.

«Was willst du noch?»

«Wie bin ich wirklich geboren worden?»

Sie gab keine Antwort, stellte den Sack vor die Tür und begann, Gemüse zu rösten. Sie vergaß mich für eine Weile, und als sie wieder den Kopf hob und mich erblickte, fragte sie: «Was ist heute los mit dir?» Dann setzte sie ihre Tätigkeit fort.

«Ist Vater wirklich mein Vater?» Sie schaute nicht auf, sie unterbrach ihre Arbeit nicht, sie tat sie nur mit mehr Nachdruck. Ansonsten verriet nichts an ihr, dass sie von mir überrascht worden wäre. Im selben Ton, vielleicht ein wenig gepresster, antwortete sie:

«Er ist dein Vater, so sehr, wie er mein Mann ist.»

«Kann man das ändern?»

Darauf folgte nichts mehr.

Vor dem Gemeindehaus, wo Kutschen, Karren und Pferde die Gasse verstopften, legte ich meine Last ab und setzte mich ans Fenster, um auszuruhen. Das Huhn versuchte auszureißen, wie alle anderen vor ihm, aber ich legte mein Bein auf den Sack, der sich bewegte, als spukte darin ein Geist umher. Ich konnte das Stimmengewirr im Gemeindehaus gut hören und erkannte sogar manche davon. Den Rosshändler Materni, einen bärtigen, listigen Mann, der nach uns aber der reichste Bauer im Dorf war. Seppl, den Wirt, der in siebter Generation die Kneipe führte und genauso hieß wie alle anderen sechs vor ihm. Den Franzosen-Dimansch, der unser Bürgermeister war, dessen Vorfahren aus Metz gekommen waren. Natürlich auch Vater und Großvater.

Der Bürgermeister musste sie mehrmals zur Ruhe auffordern, bis der Lärm allmählich abebbte, die letzten Stühle gerückt wurden und schließlich gespannte Aufmerksamkeit herrschte. Dann räusperte er sich, bevor er mit seiner Ansprache begann:

«Brüder, wie ihr wisst, herrscht Krieg. Polen hat Deutschland so lange provoziert, bis man gar keine andere Wahl hatte, als sich zu verteidigen. Was das für uns bedeutet, weiß ich noch nicht. Wir leben seit 170 Jahren hier, ohne uns wäre dieses Land nicht das, was es ist. Wir haben hier Sümpfe und Morast vorgefunden, ein unwirtliches, menschenleeres Land. Die wenigen Rumänen, die vor uns hier waren, hätten niemals geschafft, was uns gelungen ist. In kurzer Zeit sind wir eine der reichsten Provinzen der Monarchie geworden. Nicht die Rumänen oder die Ungarn haben das geschafft, sondern die Schwaben. Wäre es nach denen gegangen, so würden hier immer noch nur ein paar magere Schafe grasen, und es würde nur Dornengestrüpp geben. In dieser wichtigen Stunde müssen wir alle zusammenhalten und zu unserer Heimat und unseren Wurzeln stehen. Ich schlage vor, dass wir die Deutsche Volksgruppe Triebswetter gründen, das Frauenwerk, den Bund Deutscher Mädchen und den Jugendbund. Der Jugendbund soll die militärische Ausbildung der jungen Männer unter der Leitung von Herrn Kirsch fortsetzen und beschleunigen. Damit sie sobald als möglich für unsere Sache in den Krieg ziehen können.»

Ein zustimmendes Raunen ging durch den Saal, dann hörte ich, wie ein Stuhl gerückt wurde und einer das Wort ergriff. «Mit Verlaub, aber wer ist hier überhaupt Schwabe? Die wenigsten. Meine Vorfahren und die von vielen unter euch sind aus Lothringen gekommen, einige aus dem Elsass, aus Luxemburg, aus Bayern. Man hat uns doch bloß Schwaben genannt, weil Frederick Obertin und alle anderen bei Ulm auf die Flöße gestiegen sind, die sie hierhergebracht haben. Mein Vater hat immer behauptet, dass die Holzbalken in unserem Haus von einem jener Flöße stammen. Aber reicht das schon aus, um uns Schwaben zu nennen? Ich weiß nicht, unser Blut hat sich in 170 Jahren so vermischt, dass man kaum Klarheit haben kann, wer deutsch ist und wer nicht.» Erneutes, diesmal unruhiges Raunen war zu hören.

«Das ist nicht wahr!», rief einer. «Meine ersten Vorfahren waren Franzosen, aber alle anderen Deutsche. Egal, ob Schwaben oder nicht Schwaben, sie waren deutsch. Das genügt mir.» Es gab einige Zustimmung im Saal.

«War Frederick Obertin überhaupt deutsch?», fragte ein anderer.

«Natürlich!», hörte ich Großvater sagen. «Was denn sonst?»

«Wie wurde sein Name denn geschrieben?», fragte jemand.

«Es klingt wie Aubertin mit *A* und *u*, und das wäre Französisch. Und Frederick? Mit *k* oder ohne *k*?»

Ich hörte jetzt, wie jemand aufstand und durch den Raum ging, dann wurde ein Schrank geöffnet, etwas hervorgeholt und mit dumpfem Geräusch auf den Tisch fallen gelassen. «Das ist die Dorfchronik», hörte ich den Franzosen-Dimansch sagen, dann blätterte er sie durch. «Sie beginnt im Mai 1772. Fredericks Name müsste ganz am Anfang stehen. Hier ist es, gleich auf der ersten Seite: *Es ist nun ein Monat vorbei, seitdem unser erster Richter, Frederick Obertin, der uns in das Banat geleitet hat, bei heftigem Regen vor den versammelten Honoratioren und Ingenieuren aus Temeschwar und in Anwesenheit seiner Erlauchten Exzellenz, Baron Alvincsy, uns allen, die an der Dorfgrenze darauf warteten, unsere Häuser in Besitz zu nehmen, zugeru-*

fen hat: Willkommen in Triebswetter! Arbeitet hart, und vermehrt euch, dann haben wir hier auch eine Zukunft!

«Du brauchst uns nicht das ganze Buch vorzulesen. Wie wurde sein Name geschrieben?», fragte Großvater.

«Obertin mit *O*.»

«Na also», sagte Großvater. «Und sein Vorname?»

«Nicht mit *c*, mit *k*.»

Der Bürgermeister klopfte mit der Faust auf den Tisch, er brauchte seine ganze Kraft, um sich Gehör zu verschaffen.

«Brüder, wir machen Geschäfte mit Ungarn, Bulgaren und Rumänen. Sogar mit Juden. Bis vor Kurzem haben Zigeuner unsere Kessel geflickt, und wir geben diesem Zigeunerjungen, Sarelo, unsere Messer zum Schleifen. Sogar ein Serbe lebt hier, und manche unter euch tragen die Anzüge, die seine Frau genäht hat. Aber das ändert nichts daran, dass wir zwar einmal Lothringer, Elsässer, Franzosen und Deutsche gewesen, aber später Schwaben geworden sind. Ich beantrage, dass wir jetzt über meine Vorschläge abstimmen. Und dass wir im kommenden Mai eine Fahnenweihe veranstalten.»

Jetzt mischte sich Pfarrer Schulz ein: «Ich kenne euch alle. Viele habe ich getauft, konfirmiert und getraut. Viele eurer Kinder ebenso, die vielleicht bald für unsere Sache in den Krieg ziehen müssen. Deshalb fällt es mir nicht leicht zu sagen, dass ich als Diener Gottes diesen Krieg für notwendig halte. Wir haben den besten Feldherrn aller Zeiten, und deshalb und mit Gottes Hilfe wird er auch bald für uns entschieden werden. Heil Hitler!» Nun wurden jede Menge Stühle gerückt, und Hitler wurde zuerst von wenigen, dann aber von immer mehr Männern geheilt.

Inmitten dieses Lärms konnte ich deutlich Vaters

Stimme hören: «Habt ihr euch auch gut überlegt, was es bedeutet, wenn der Krieg zu uns kommt? Es ist einfach, sich den Krieg zu wünschen, wenn der Krieg in Polen ist. Aber wer soll sich um die Erde hier kümmern, wenn unsere Söhne alle weg sind? Ich verstehe euch nicht, vielleicht, weil ich nie einer von euch war. Aber ich weiß, dass mir meine Erde wichtiger ist als euer Krieg. Ich bin Bauer, nicht Soldat, deshalb kann mich der beste Feldherr …»

Weiter achtete ich nicht mehr auf Vaters Worte, denn Katica kam die Gasse entlang, barfüßig wie ich, die Haare zu Zöpfen geflochten. Sie packte das Huhn, das sich inzwischen befreit hatte, und brachte es mir. Ohne ein Wort zu sagen, kramte sie ein Stück Nähgarn aus einer Tasche hervor, band das eine Ende um den Hals des Huhns, das andere um mein Fußgelenk. «So, jetzt hast du dein Huhn immer bei dir», sagte sie auf Rumänisch.

Ich hielt mir den Zeigefinger an den Mund, sodass sie verstummte und sich noch tiefer duckte. «Die Männer reden vom Krieg», flüsterte ich.

«Vater redet auch immer davon. Er sagt, dass es für die Serben schlimm enden wird», erwiderte sie.

«Bist du die Serben-Katica?», fragte ich, als ob ich es nicht schon wüsste.

«Ich habe das Kleid einer Kundin nach Hause geliefert. Und du bist Jacob?», fragte sie.

«Jacob Obertin.»

Das Huhn scharrte ruhig am Ende des Fadens, ich winkelte langsam das Bein an und zog es sanft zu mir, entfernte den Faden, packte es unterm Arm und stand auf.

«Wo bringst du deine Hühner hin?»

«Zu Ramina. Das kriegt sie von uns für meine Geburten.»

Katica begann zu lachen. «Wie viele hast du denn gehabt?»

«Zwei. Willst du mitkommen?»

Ich stopfte das Huhn in den Sack, hob ihn mir auf die Schulter, und wir machten uns gemeinsam auf zum Zigeunerhügel. Diesmal gelang mir fast alles, ich schaffte den Sprung über den Graben und schleppte auch ganz allein den Sack hoch. Ich kam verschwitzt und außer Atem oben an.

«Was hast du?», fragte sie.

«Ich habe eine schwache Konstitution.»

«Was ist das, eine Konstitution?»

«Das sagen die Ärzte aus Temeschwar und Neper. Das bedeutet, dass jemand mehr krank als gesund ist.»

Sie zuckte mit den Achseln, und wir betraten Raminas dunkles, dunstiges Reich.

* * *

Herr Kirschs Hände waren so groß wie Bärentatzen. Man erzählte sich, dass er einst Boxer gewesen war und kein untalentierter dazu, dass aber das Asthma ihm einen Strich durch die Rechnung gemacht hatte. Alle paar Sätze stockte er und musste nach Luft schnappen. Es schien, als stauten sich die Worte in seinem Mund, bevor sie einzeln durch die schmale Öffnung ins Freie fanden. So geriet jeder seiner Monologe über unsere Überlegenheit und die der deutschen Armee zu einem Hürdenlauf.

Lehrer Kirschs Konstitution erinnerte mich andauernd an meine eigene. Ich war kaum fünf Jahre alt, als Mutter mich nach Atem ringend im Bett fand. Vater holte Neper, aber der gab sich schnell geschlagen. «Wenn wir nicht einen Arzt aus Temeschwar holen, stirbt er», sagte Großvater. «Bis der Arzt hier ist, ist er schon tot», meinte Neper.

Ich hatte Fieber, das immer weiter anstieg, sie legten mir kalte Kompressen auf meinen ausgezehrten Körper und befeuchteten meine aufgesprungenen Lippen. Ich hustete, schrie vor Schmerzen und atmete nur noch mühsam. «Soll ich den Pfarrer holen?», fragte Großvater. «Ramina und den Pfarrer», meinte Mutter.

Der Erste, der eintraf, war Pfarrer Schulz. Er setzte sich auf meine Bettkante, nahm meine verschwitzte Hand in die seine und begann zu beten. Dann bereitete er alles für die Krankensalbung vor. Er berührte meine Augen, Ohren und Nase, meine Stirn und Hände mit dem Öl. *Durch diese heilige Salbung helfe dir der Herr in seinem reichen Erbarmen, er stehe dir bei mit der Kraft des Heiligen Geistes: Der Herr rette dich, in seiner Gnade richte er dich auf.*

«Und die Beichte?», fragte Mutter.

«Was soll dieser Junge schon gesündigt haben?», fragte der Pfarrer zurück.

«Wenn Gott ihn zu sich ruft, dann weiß er, wieso», sagte Großvater. Doch Gott hatte andere Pläne mit mir.

Ramina, die es geschafft hatte, sich durch ihre Tür zu schieben, war von ihrem Hügel herabgestiegen. Sie hatte sich auf Sarelo gestützt, der zuvor zwei Holzbretter über den Graben gelegt hatte. Die Bretter bogen sich bedrohlich unter ihrem Gewicht. Auf ihrem Gang durchs Dorf bestaunte man sie von allen Seiten, manch einer hatte sie für tot geglaubt. Dann stand sie endlich verschwitzt und wie ein Ochse schnaubend vor unserer Tür. Mit der Hilfe ihres Sohnes konnte sie sogar über die Türschwelle treten.

«Herr Pfarrer, bevor Gott zum Zuge kommt, schaut lieber Ramina nach», sagte sie auf Rumänisch.

«Wieso habt ihr die Zigeunerin geholt? Gute Christen haben mit dem Aberglauben nichts am Hut», mahnte der Pfarrer.

«Auch wenn der Junge gesund wird, wird er ein Schwächling bleiben», sagte Vater.

«Er ist immerhin auch Ihr Sohn», sagte Mutter.

«Da bin ich mir nicht so sicher, bei Ihrem früheren Lebenswandel. So etwas Schwaches kann unmöglich von mir stammen.»

Ramina stellte drei kleine Bündel auf den Tisch. Im ersten war Knoblauch. Sie halbierte die Knollen, die eine Hälfte legte sie mir zwischen die Lippen, mit der anderen rieb sie meinen Oberkörper ein, den sie zuvor frei gemacht hatte. Im zweiten Bündel waren die getrockneten Blätter und Wurzeln einer Pflanze, über deren magische Fähigkeiten ich erst viel später etwas erfahren sollte. Sie gab ein wenig davon auf einen Teller, stellte diesen auf meine Brust und zündete die Kräuter an. Bald war ich in einen übel riechenden Rauch gehüllt, der mir in Nase, Mund und Augen drang, sodass ich heftig zu husten begann. «Sie wird ihn noch umbringen», flüsterte Neper.

«Wenn ein böser Geist in ihm ist, dann wird er den Jungen jetzt verlassen», sagte Ramina. Aber damit war sie noch nicht zufrieden. Dem dritten Bündel entnahm sie noch mehr Gräser und legte sie in die Mitte des Raums, dann zündete sie auch diese an. Sie bat Mutter um einen Besen, und während alle husteten und sich die Augen rieben, fegte sie damit bis in die hinterste Ecke. *Ich fege den Hass aus diesem Haus heraus. Ich fege den Neid und die Gier weg. Ich fege den Geist weg, der Jacob quält.* Dann schob sie den ganzen Dreck auf Zeitungspapier und verbrannte alles im Hof. Es ist fast überflüssig zu erwähnen, dass ich gesund wurde. Aber das war vor langer Zeit gewesen.

Eines Tages brachte Lehrer Kirsch ein gerahmtes Hitlerbild ins Klassenzimmer, schlug einen Nagel in die Wand und hängte es auf. Er strich so zärtlich über das Bild, wie man es wegen seiner Riesenhände nicht für möglich gehalten hätte. «Das ist der Hitler», sagte er, begutachtete sein Werk, und weil er noch nicht zufrieden war, fummelte er an dem Rahmen herum, bis das Bild gerade hing.

«Wer es anfasst, kriegt es mit mir zu tun. Verstanden?»

«Jawohl, Herr Lehrer», antworteten wir.

«Ihr seid noch Jungvolk, aber das Schönste kommt später.»

Er hielt inne, und weil wir wussten, dass es nun an uns war nachzufragen, stellte einer die immer gleiche Frage: «Herr Lehrer, wann haben Sie zum ersten Mal deutsche Soldaten gesehen?»

«Es war 1935, und ich hatte einen Kampf in Berlin. Einige SS-Männer saßen in der ersten Reihe. Wisst ihr, was auf dem Koppelriemen der SS steht?» Auch wenn wir es bereits schon wussten, antworteten wir mit Nein.

«*Meine Ehre heißt Treue*, steht darauf. Merkt es euch. Und auf dem der Wehrmacht steht: *Gott mit uns*.» Er röchelte, öffnete weit das Fenster und atmete tief und geräuschvoll ein. «Wenn ich kein Asthma hätte, wäre ich wohl in Polen. Oder ich wäre ein erfolgreicher Boxer geworden. Ich hatte alles, was man dazu braucht. Ich war auf dem Weg, der beste meiner Gewichtsklasse zu werden. Stattdessen bin ich hier gelandet und muss einem Haufen Bauernlümmel das Schreiben beibringen.»

Wieder litt er unter Atemnot und eilte ans Fenster. Er

strich mit dem Zeigefinger über seine Nase, wie um sich zu vergewissern, dass das Organ, das ihn so quälte und sein Lebensglück verhindert hatte, noch an seinem Platz war.

«Was ist das Schönste, das noch kommen wird, Herr Lehrer?», fragte ein anderer.

Er ließ sich Zeit mit der Antwort, schloss das Fenster, ging zum Vorhang, der das Klassenzimmer teilte, und zog ihn beiseite. Die Lehrerin, die Katica und einige andere Kinder dahinter auf Rumänisch unterrichtete, verstummte. Bei ihnen hing nicht der Führer an der Wand, sondern der rumänische König.

«Wenn alles deutsch sein wird, wird es so etwas nicht mehr geben. Das Schönste, fragst du? Dass ihr in ein paar Jahren auch in einer Uniform steckt und für unsere Sache Krieg führt. Vielleicht nicht mehr diesen Krieg, aber einen anderen. Ein Krieg lässt sich immer finden, daran mangelt es nicht.»

Am Abend bastelte Vater in unserer Stube an einem Radio Marke Eigenbau. Er sang vor sich hin, während er zwei Kabel zusammenlötete: *Du hast Glück bei den Frau'n, Bel Ami! / So viel Glück bei den Frau'n, Bel Ami! / Bist nicht schön, doch charmant, / bist nicht klug, doch sehr galant, / bist kein Held, / nur ein Mann, der gefällt. / Doch die Frau, die dich liebt, / machst du glücklich wie noch nie.*

«Für irgendetwas müssen die zwei Jahre Elektronikschule ja gut sein», pflegte er zu sagen, wenn Mutter sich beklagte, dass er wieder einmal für Stunden unansprechbar war. Er rief mich zu sich, zündete sich eine selbst gedrehte Zigarette an und lehnte sich zurück. Er legte den Arm um mich.

«Wenn wir erst mal unser eigenes Radio haben, müssen wir nicht mehr beim Pfaffen den Soldatensender aus Belgrad hören. Unser Gerät wird besser sein als sein Blaupunkt. Was denkst du, was können wir dann hören?», fragte er.

«Ich weiß nicht. Amerika vielleicht?»

Er lachte und zwinkerte mir zu: «Klar doch, Amerika. Aber nur bei gutem Wetter. Jetzt leg mal eine von Mutters Platten auf, da hören wir dann gleich die amerikanische Musik.»

Das Grammophon stand in einer Ecke auf einem kleinen Tisch, und die Platten wurden von Mutter in einem Schrank aufbewahrt. Jedes Mal, wenn sie eine herausholte und auflegte, wendete sich ihr Blick nach innen, auf Pfaden, die uns verborgen blieben.

Mutter schloss den Schrank auf und erlaubte mir, die Musik auszusuchen. Vater näherte sich ihr von hinten und packte sie an den Hüften. Es war sehr selten, dass er so etwas tat, und Mutter und ich erschraken. Er umfasste sie schließlich, und sie versuchte ohne große Überzeugung, sich zu befreien. Ihr blieb keine andere Wahl, als ihm zu folgen, und sie drehten sich eine Weile durch die Stube, während die Nadel immer wieder stecken blieb und ich sie neu aufsetzen musste.

Vater lachte, er war nur mit ein Paar Hosen und Stiefeln bekleidet, hatte etwas Speck angesetzt, war aber immer noch ein ansehnlicher Mann. Wenn er Mutter drehte, hob sich wirbelnd ihr Rock.

«Haben Sie in Amerika auch so getanzt?», fragte er sie. «Sagen Sie uns doch endlich, was Sie drüben getan haben. Bei diesem Mr. McCain.»

«Erst wenn Sie uns erzählen, wer Sie wirklich sind», erwiderte sie.

Sie versuchte sich loszureißen, stemmte sich gegen ihn, aber seine Umklammerung wurde fester. Dann aber gab er sie unerwartet frei, und sie verlor beinahe das Gleichgewicht. «Hat Sie Mr. McCain auch siezen müssen?» Sie streckte die Arme nach mir aus und forderte mich zum Tanzen auf, aber Vater hatte sie bald wieder fest im Griff. Der Tanz wurde zu einem stummen Kampf. Das Lied trat seit Langem auf der Stelle, und ich wusste nicht, was ich tun sollte.

Ich sah, dass Mutter keuchte und von ihm loszukommen versuchte, während sich seine Arme wie eine Zange um sie schlossen. Mehrmals wollte ich davonlaufen, doch um ihr zu helfen, machte ich einige Schritte auf die beiden zu und rief: «Ich habe eine Frage!»

Es dauerte lange, bis er mich wahrnahm, Mutter losließ und sich mir zuwandte. «Ich höre.» Ich hatte nicht überlegt, was ich fragen wollte, also trat ich unentschlossen von einem Bein aufs andere. Ich grübelte darüber nach, was wohl besser wäre, mich aus dem Staub zu machen oder zuzugeben, dass ich ihn umsonst gestört hatte.

Plötzlich hatte ich die rettende Idee: «Ich wollte fragen, was das ist, *unsere Sache*? Der Lehrer redet immer davon.»

Vater zog seine Hose hoch, während sich sein Blick verdunkelte. «Und was sagt er noch?» Er kam näher.

«Dass bald alles deutsch sein wird und wir alle in einer Uniform stecken werden. Dass wir dann alle in den Krieg ziehen.» Er war keine Armlänge mehr von mir entfernt, und ich wurde immer unruhiger.

«Und willst du Soldat werden?»

«Nicht nur ich, alle in meiner Klasse wollen es.»

Der Schlag traf mich unvorbereitet, sodass ich zu Boden fiel. Er zog einen seiner Stiefel aus und drückte ihn mir ins Gesicht. «Du willst Soldatenstiefel anziehen? Dann kannst du jetzt mal sehen, wie es ist, unter solchen Stiefeln zu liegen. Denn so wird es dir ergehen, du überlebst keinen einzigen Tag.» Mutter verschwand ins andere Zimmer, um sich unters Kruzifix zu legen.

«Mutter!», rief ich.

«Du kannst rufen, solange du willst. Sie wird dir nicht helfen.»

«Es tut weh!»

«Das ist gut so. Meinst du, du kannst Soldat werden, wenn du nicht den kleinsten Schmerz aushältst?»

«Du bist nicht mein Vater, du bist niemand!», rief ich ihm zu.

Dann versuchte ich, unter den Tisch zu flüchten, wo ich seinen Schlägen besser ausweichen konnte. Von dort aus waren es nur wenige Schritte bis zur Tür, und wenn ich schnell genug gewesen wäre, hätte ich sogar Zeit gehabt, meine Schuhe zu packen, um sie dann auf der Gasse anzuziehen und mich zum Friedhof aufzumachen.

Aber er legte den Stiefel weg, konnte mich in letzter Sekunde zurückhalten und drosch nun mit der Hand auf mich ein. Ich versuchte, meinen Kopf zu schützen, aber er fand immer eine Lücke. Er zwang mich aufzustehen und zog seinen Gürtel aus. Die Schläge kamen ganz regelmäßig, als ob der Takt von einem verborgenen Mechanismus bestimmt würde. Es hörte sich nicht anders als die Rumäninnen an, wenn sie am Fluss ihre feuchte Wäsche auf einen Stein klatschten.

Ich hatte längst aufgegeben, mich dagegen zu wehren. Meine Arme hingen leblos herab, und ich starrte durch ihn hindurch, was ihn noch mehr anstachelte. In einer Ecke zwischen der Kommode und dem Tisch, der Vater als Werktisch diente, sah ich einen Menschenwinzling, einen eben erst Geborenen, der, wie von unsichtbaren Händen getragen, in der Luft schwebte und lautlos zu lachen schien. Schlag nur, denn ich bin sowieso nicht da, dachte ich. Es musste sich um jemand anderen handeln, der zufällig meinen Namen trug.

Ich hörte ihn sagen, dass er mich nicht deshalb ernährte, damit ich als Soldat an der Front krepierte, sondern um vielleicht einst seinen Grund und Boden zu übernehmen. Als er müde wurde, ließ er den Gürtel fallen und setzte sich hin.

«Willst du immer noch Soldat werden?», fragte er.

«Nein», antwortete ich, ohne zu zögern.

«Was dann?»

«Ich will sein wie du.»

«Das klingt schon besser, obwohl ich nicht glaube, dass es dir gelingen wird. Du riechst zu sehr nach deiner Geburt. Jetzt kannst du gehen.»

Sobald er mir die Erlaubnis gab, drehte ich mich um und wollte so schnell wie möglich verschwinden. Ich war schon bei der rettenden Tür, aber er rief mich wieder zurück.

«Du hast etwas vergessen», sagte er so ruhig und entspannt, als ob sich das Ganze gar nicht zugetragen hätte.

«Gute Nacht, Vater.»

«Gute Nacht.»

Am nächsten Tag hatte Lehrer Kirsch wieder zu einer seiner Reden angesetzt, als ich Vater durch die Gasse gehen sah. Er riss das kleine Lattentor auf und kam mit entschlossenen Schritten durch den Vorgarten auf das Schulhaus zu. Die Eingangstüre wurde geöffnet, aber nicht wieder geschlossen, seine Schritte hallten auf dem Flur wider, sie machten kurz vor dem Schulzimmer halt, dann wurde die Tür aufgerissen, und er trat ein. Ohne mich, der glaubte, sein Kommen verschuldet zu haben, auch nur anzuschauen, ging er direkt auf den Lehrer zu, der vor ihm zurückwich. Hinter dem Vorhang tauchten die neugierigen Gesichter der rumänischen Schüler – unter ihnen Katica – und ihrer Lehrerin auf.

«Herr Lehrer, Sie haben keine Kinder, nicht wahr?»

Der Mann machte eine ausladende Bewegung. «Das sind meine Kinder», antwortete er mit einer feierlichen Stimme.

«Falsch, Herr Lehrer. Das sind die Kinder von Bauern, alles anständige Leute. Den meisten würde es nicht in den Sinn kommen, sie in eine Uniform zu stecken.»

«Das werden wir sehen.» Vater machte einen Schritt auf ihn zu.

«Ich glaube, wir verstehen uns nicht, Herr Lehrer. Sehen Sie den Lümmel dort?» Er zeigte auf mich. «Der gehört mir. Vielleicht wird kein Bauer aus ihm werden, er ist zu schwach dafür. Eigentlich ist er zu schwach für so ziemlich alles. Als Soldat würde er gleich zusammenbrechen. Aber er ist der Einzige, den ich habe, bis etwas Besseres kommt. Sollten Sie sich zwischen ihn und mich stellen, sorge ich dafür, dass auch Ihre zweite Karriere bald zu Ende sein wird. Dem Schulamtvorsteher in Temeschwar liefere ich zweimal im Jahr ein Schwein ins Haus.»

Der Lehrer stammelte. «Aber Herr Obertin!»

Vater schien nun das Interesse an ihm verloren zu haben und wieder weggehen zu wollen, als er dann auf der Türschwelle doch noch einmal stehen blieb und sich erneut zu uns umdrehte. «Ich habe mich erkundigt, Herr Lehrer. Es heißt, dass Sie Ihre Boxerkarriere von einem

Tag auf den anderen abgebrochen haben. Wieso denn eigentlich?»

«Wegen meines Asthmas.»

«Das hat etwas mit schlechter Atmung zu tun, nicht wahr? Ich habe es aber anders gehört. Es heißt, dass Sie die Hose voll gehabt haben. Plötzlich konnten Sie nicht mehr in den Ring steigen. Tz, tz, da soll mal einer schlau draus werden. Sie predigen diesen Kindern das Soldatenleben, haben aber Angst vor ein wenig Prügel. Was meint ihr, Kinder? Geht das gut zusammen, ein Angsthase und gleichzeitig ein Soldat zu sein?»

Wir wagten nicht einmal zu atmen. Erst als er das zweite Mal fragte, antworteten wir im Chor: «Nein!», während unsere Blicke den Lehrer verfolgten, der sich am Tischrand festhielt und dessen Kinn leicht zitterte. «Und dir», fuhr Vater fort und starrte mich an, «breche ich beide Arme, wenn du noch einmal damit kommst.»

Da der Lehrer sich nicht weiter um uns kümmerte, setzten wir Kinder zögerlich zu jenem Lied an, das wir immer am Ende des Unterrichts sangen. *Ist die Schulzeit verflossen, gehen wir fröhlich nach Haus / Mutter heißt uns willkommen, teilt das Abendbrot aus / Oh, wie freuen sich die Kinder, wenn sie heimwärts gehen.* Dann warteten die Kinder vergeblich auf ein Zeichen, doch weil dieses nicht kam, schlichen sich alle aus dem Schulzimmer.

Gefangen zwischen der Angst vor Vater und der Bewunderung für ihn, der den stärksten Mann, den ich kannte, bloß mit Worten ins Wanken gebracht hatte, blieb ich sitzen. Ein Teil von mir flog ihm zu, heute noch, nach so vielen Jahren, kann ich es nicht ändern, dass ich so fühle.

Ihm, dem fast alles zu gelingen schien, traute ich zu,

dass er sogar den Krieg aus unserer kleinen, abgeschiedenen Welt fernhalten konnte. Dann wiederum, um ihn zu meiden, verbrachte ich manche Nächte auf dem Friedhof und überprüfte, ob ich nicht doch nach meiner Geburt roch.

Ich merkte, dass auch der Lehrer und Katica noch im Raum waren. Er schaute zum Fenster hinaus und wirkte gealtert und geschrumpft. Sie hielt sich im Hintergrund auf, schien mit mir reden zu wollen, aber sie traute sich nicht. Sie hatte nichts von dem verstanden, was da gerade gesagt worden war, und doch hatte sie auf ihre Art begriffen. In mir wuchs ein mörderischer Wunsch, doch es fehlte dazu der letzte Tropfen, der Anstoß, der alles ins Rollen bringen würde.

Der Lehrer atmete tief ein und aus, bei jedem Einatmen wurde sein Brustkorb breiter, und das Hemd spannte so sehr, dass beinahe die Knöpfe absprangen. Er drehte sich um und schaute mit verlorenem Blick im Raum umher, doch als er mich entdeckte, verzog sich sein Gesicht und wurde zu einer einzigen Hassgrimasse. «Hau ab, du schlechte Brut!»

Jetzt endlich lief ich davon, verfolgt von Katica, die ich auch dann nicht abwimmeln konnte, als ich ihr drohte. Wenn ich mich umdrehte und einen Stein nach ihr warf, blieb sie einfach stehen. Wenn ich wieder weitermarschierte, hielt sie sich nur wenige Meter hinter mir. Sie blieb vor dem Hof stehen, ich ging geradewegs ins Haus, holte eine lange Schnur und ein Taschentuch von Großvater, dann zwei dünne Holzlatten aus dem Geräteschuppen. Mit ihnen unterm Arm packte ich unseren alten, stolzen Hahn und ging durch die kleine, schmale an der Hinterseite des Stalls angebrachte Tür aufs Feld.

Als ob sie erahnt hätte, was ich vorhatte, wartete Katica dort auf mich. «Du brauchst es nicht zu tun. Er ist alt. Er wird sowieso bald sterben», sagte sie. «Ebendeshalb kann ich es auch gleich erledigen.» Ich lief entschlossen über das Feld, ohne auf ihr Jammern zu achten, weil sie sich ihre Fußsohlen auf dem harten Acker aufriss. Als ich einen geeigneten Ort gefunden hatte, rammte ich eine der Latten in den Boden, dann band ich den Hahn daran fest. Ich band mir auch das Taschentuch um die Augen, dann hob ich die zweite Latte über meinen Kopf und wartete. Wenn der Hahn schlau war, würde er die ersten paar Male entwischen können.

Der erste Schlag traf ihn nicht, der zweite ebenso wenig. Ich riss mir das Tuch von den Augen, packte die Schnur und wand sie noch einmal um die Latte, sodass der Hahn nur noch einen Spielraum von höchstens einem halben Meter hatte. Erneut legte ich mir die Augenbinde an, hob die Latte und schlug zu. Der Hahn fiel benommen um. Ich zog das Tuch ab und schlug auf ihn ein, bis er nur noch ein blutiger Haufen war. Katica hob ihn hoch und sagte: «Daraus kann Mutter eine Suppe kochen. Darf ich ihn mit nach Hause nehmen?»

Mutter saß auf der Eingangstreppe. Sie hatte ihren Rock hochgezogen und hielt eine Gans zwischen den Schenkeln. Sie stopfte ihr Körner in den Schnabel, das Tier wehrte sich nicht. Es hatte verlernt, sich selbstständig zu ernähren und wartete jeden Tag auf die Portion aus Mutters Hand. Sobald Mutter in den Hof trat, folgte ihr die Gans überallhin.

«Unser Hahn ist verschwunden», sagte sie unbeteiligt. Ich setzte mich neben sie und merkte, wie die Spannung aus mir wich.

Vater hatte es nach und nach aufgegeben, mich als seinen Nachfolger zu sehen. Die erste Probe hatte ich schon mit vier Jahren nicht bestanden. Er hatte mich in den Sattel eines unserer lahmsten Pferde gesetzt, das sich sein Leben lang im Kreis bewegt und die Mühlsteine der alten Dorfmühle angetrieben hatte. Es kannte nur diese Welt, in der es so lange im Kreis gegangen war, bis es nur noch Haut und Knochen war. Wenn man nicht aufpasste, blieb es mittendrin stehen, wie ein alter Mensch, der vergessen hat, was er eigentlich tun wollte.

Ich war beim gleichmäßigen Schaukeln auf dem Pferderücken eingeschlafen, wie auf einem Schiff auf hoher See. Das Pferd war stehen geblieben und hatte friedlich an den Körnern in seinem Futtersack herumgekaut. So fand mich Vater vor. Damals hob er das erste Mal die Hand und schlug mir auf den Kopf.

Dann, mit neun Jahren, nahm er mich mit zu den Feldarbeiten. Obwohl sich Großvater und er inzwischen die anstrengende Arbeit hätten sparen können, bestanden sie darauf, sich weiterhin selbst um ihre Erde zu kümmern. Wie ihre Landarbeiter standen sie um fünf Uhr auf und marschierten aufs Feld, wo sie manchmal bis zum Abend blieben. Am Mittag brachte Mutter ihnen allen das Essen.

Es war die Zeit des Heumachens, die Frauen und Kinder halfen aus, so gut sie konnten, und das Dorf war von der Morgendämmerung bis zum Abend fast leer. Trotz der Proteste Mutters und Großvaters, die mich noch für viel zu klein hielten, weckte er mich eines Morgens in aller Frühe und bestand darauf, dass ich mich der Kolonne anschloss, die zu den Feldern aufbrach. Dort stellte er mich auf einen Pferdekarren, hielt mir eine Heugabel hin, die um einiges größer war als ich, und wollte, dass ich wie die anderen das Heu auf der Ladefläche verteilte. Es dauerte nicht lange, und er musste einsehen, dass ich damit überfordert war. Unter allgemeinem Gelächter schickte er mich wieder nach Hause.

Später, als ich elf war, wollte er meine Muskeln stärken und trieb mich schwer beladen durch den Hof, bis meine Knie nachgaben und ich unter dem Gewicht des kleinen, aber randvoll gefüllten Fasses oder eines frisch geschlachteten Schweins zusammenbrach. Er stand am Fenster und spornte mich an: «Das kannst du besser. Steh auf.»

Großvater saß in einer Ecke des Hofes und wandte ein: «Lass doch den Jungen in Ruhe. Er ist nicht dafür gemacht.»

«Wenn ich nur wüsste, wofür er gemacht ist», zischte Vater. «So überlebt er nicht einmal seine Jugend.»

«Er hat bisher alles überlebt. Er ist ja noch da, daran wird sich so schnell nichts ändern. Du bringst ihn mit solchen Übungen um.»

Als Vater auch diesmal einsehen musste, dass er keinen Erfolg hatte, sondern nur mein Leben gefährdete, änderte er seine Strategie. «Vielleicht kannst du keine körperliche Arbeit erledigen, aber das können andere übernehmen. Hauptsache, du kennst dich mit dem Geschäft aus.»

Er begann mich nach Temeschwar, zum Hafen und zu seinen Geschäftspartnern mitzunehmen, die er in den Wirtshäusern rund um den Josefsplatz traf. Er war der Meinung, dass es nie zu früh sein könnte, sich List und Geschäftssinn anzueignen. Ich saß mit einer Limonade vor mir neben ihm in dunklen, rauchigen Räumen, wo lange Verhandlungen stattfanden. Zuerst wurde die eigene Ware angepriesen, dann wurden die hohen Preise bedauert, und alles fing von Neuem an. Zum Schluss wurde das Geschäft per Handschlag besiegelt. Wenn wir hinausgingen, flüsterte mir Vater zu: «Den haben wir jetzt ausgenommen.» Oder: «Der hat uns über den Tisch gezogen, der Teufel.»

Wir waren auch oft am Hafen, wo er mich an Bord der Schiffe aus Österreich mitnahm, während seine Leute unsere Tiere, unser Getreide oder Gemüse aufluden, die später die Bäuche der Menschen in Wien füllten. «Wenn es uns nicht geben würde, würde der Wiener hungern und könnte kaum Krieg führen», pflegte er zu sagen.

Durch den Krieg war alles komplizierter und unsicherer geworden, doch Vater hatte einen Rohstoff anzubieten, der im Krieg gesuchter und teurer war als im Frieden: Nahrung. Vater entdeckte bald, dass ich mich auch dafür nicht eignete. «Wenn ich nur wüsste, was ich mit dir anfangen soll», murmelte er immer wieder. Er ließ mich wieder öfter zu Hause, während er für Tage oder Wochen verschwand. Manche meinten, dass er Geschäfte anderer Art hatte, solche mit wohlklingenden weiblichen Namen.

Jeden Samstag begleitete ich Großvater auf den Wochenmarkt, wo er Geflügel, Ferkel, Kälber und manchmal sogar – aber widerwillig – ein Fohlen verkaufte. Von seinen Pferden trennte er sich ungern, er bestand darauf, die Höfe genau kennenzulernen, auf die seine Tiere kommen sollten. Wenn ihm jemandes Gesicht nicht gefiel, wenn dieser das Pferd falsch oder grob anfasste, platzte das Geschäft. Seitdem er im Gesindehaus neben dem Stall schlief, war er noch öfter bei ihnen. Als ich ihn einmal fragte, wieso es ausgerechnet Pferde seien, in die er so vernarrt war, antwortete er: «Sie hat Pferde geliebt. Wenn ich sie anschaue, sehe ich sie.» Dass damit Großmutter gemeint war, wusste ich längst.

So kam es, dass ich mich an jenem Tag, als Ramina die Verfügung zu ihrer Deportation an den Bug erhielt, auf dem Markt herumtrieb.

Mütter, die heiratswillige Söhne hatten, schauten sich nach jungen Frauen um. Fanden sie eine, und zeigte sich diese interessiert, luden sie sie mit ihren Eltern zu sich nach Hause ein. Frauen reicher rumänischer Bauern spazierten umher und trugen goldene Halsketten aus Franz-Josef-Talern. Wollten sie wirklich auffallen, spielten sie mit einer Goldmünze, die an einem langen Faden hing und die sie, als eine Art nach hinten gerichtetes Augenzwinkern, immer wieder über die Schultern warfen. Die Männer schauten auf die Hüften, dann aufs Gold, und beide Male wurde ihnen schwindlig.

Es gab fliegende Händler aller Art, Schuster und Hutmacher, Tischler und Wagner, Gaukler und Feuerschlucker, Herumstreuner und Neugierige. Eine Frau verkaufte Lebkuchen und Biskotten, die sie in Zeitungspapier einwickelte. Ihr Mann, der vor dem Pferdewagen herging, kündigte sie mit Trommelschlägen an. Der Weber bot Wollstoffe und Pullover an, der Gerber Leder für die Schuhsohlen. Manchmal sah man auch Verlobte, die unter Bewachung ihrer Eltern Brautschuhe suchten. Fifa, der Dorfschmied, verkaufte Knödelwürger, das waren Taschenmesser mit Holzgriff, die bei den jungen Männern hoch im Kurs standen.

Manchmal, wenn der Menschenstrom dünner wurde, konnte ich Katica erblicken, die Anzüge und Kleider hochhielt, während ihre Mutter sie den Kunden anpries. Auch Sarelo war da und fuchtelte mit den Messern herum. Seine Messer schnitten auch durch den Wind, wenn es sein musste, behauptete er wie immer. Die Menschen lachten, und damit hatte er sie schon auf seiner Seite. Wenn jemand nicht zugriff, obwohl er sich aufs Feilschen eingelassen hatte, verfluchte er ihn. Seine Zigeunerflüche waren gefürchtet.

Doch an jenem Tag war etwas anders, er war zerstreut und verlor viele Kunden. Meistens saß er mit gespreizten Beinen da und stocherte abwesend mit einem Messer in der Erde herum. Ich blieb bei ihm stehen, an seinen Fußsohlen klebte eine dicke Dreckkruste, seine hellen Haare waren verfilzt und struppig.

«Deine Mutter hätte bestimmt etwas dagegen, dass du die Erde so plagst», sagte ich.

«Sei still, ich habe andere Sorgen.»

«Was für welche?»

«Wir haben heute Morgen einen Brief erhalten, den wir nicht lesen können. Wir kriegen nie Post. Ein einziges Wort konnten wir verstehen, weil wir es in der Stadt oft gesehen haben: Gendarmerie. Das ist nicht gut.»

«Ich kann aber lesen», sagte ich.

«Rumänisch lese ich besser als du», mischte sich Katica ein, die sich unbemerkt genähert hatte.

Wir ließen den lärmigen Markt hinter uns und machten uns zu dritt auf zu Ramina. Sarelo lief einige Schritte vor uns her und trug alle Messer bis auf eines in einem Lederbeutel am Gürtel. Das eine aber benutzte er, um eine Art Schattenkampf mit Mächten zu führen, die nur für ihn sichtbar waren. Er stach immer wieder zu, als ob die Luft ein fester Stoff wäre.

«Pass auf mit dem Messer», sagte ich.

«Aufpassen muss man nur, wenn der Wind aufzieht», antwortete er. «Mutter sagt, dass er früher einmal ganz wild gewesen ist und alles verwüstet hat, was der Mensch aufgebaut hat. Seitdem hat ihn Gott in eine Höhle verbannt und eine alte, blinde Frau davorgestellt, die immer strickt, um sich die Zeit zu vertreiben. Mit dem Wollknäuel stopft sie den Höhleneingang zu, aber wenn er einmal runterfällt und sie ihn suchen muss, kann der Wind entweichen. Dann müssen wir aufpassen, dass wir ihn nicht ärgern, sonst macht er alles wieder kaputt.»

«Glaubst du das, was deine Mutter sagt?», fragte Katica.

«Ich glaube, dass sie verrückt ist, aber ein wenig glaube ich ihr auch. Sie sagt zum Beispiel, dass ich gar keinen Vater habe, sondern der Wind sie geschwängert hat», sagte Sarelo.

«Das sagt sie auch über mich. Wolltest du nie wissen, wer dein Vater ist?», fragte ich ihn.

«Wieso das denn? Ich habe hier alles, was ich brauche. Von euch kriegen wir zu essen, und mit meinen Messern verdiene ich was dazu. Es gibt nur etwas, das ich gerne hätte. Ein wenig Land, wo ich mein eigener Herr sein kann. Dann müssen wir nicht mehr auf so einem dummen Hügel sitzen.»

«Ich aber will Schneiderin wie Mutter werden und in Temeschwar bei Madame Liebmann in die Lehre gehen. Sie näht für reiche Herrschaften», meinte Katica.

«Bald näht sie nicht mehr, meint Vater. Sie ist Jüdin, und sie machen die Läden der Juden dicht. Sie schreiben drauf: *C.N.R*», sagte ich.

«Die Deutschen?»

«Nein, die Rumänen.»

Ramina hielt den Brief immer noch in der Hand, als ob sie ihn, seit sie ihn erhalten hatte, nicht mehr weggelegt hätte. Er war zerknittert, sie hatte ihn zusammengeknüllt und dann wieder auseinandergefaltet, denn auch sie ahnte die schlechte Nachricht.

«Heute ist gar nicht dein Tag, Jacob. Was willst du hier?», fragte sie, als sie mich sah.

«Katica kann dir den Brief vorlesen», sagte ich.

«Diesen Brief?», fragte sie erstaunt, als ob sie längst vergessen hätte, was sie zwischen den Fingern hielt. «Na dann, lies mal vor.»

Generalinspektorat der Polizei von Temeschwar

An den Bulibaşa Gigi Pescaru der Zigeunergemeinde des Dorfes Triebswetter

Aufgrund der dauerhaften Gefahr, die das zigeunerische Element für die rumänische Rasse darstellt, zum Schutz des eigenen Blutes und zur Beseitigung fremdrassiger Schmarotzer wird mittels königlichem Dekret und den Verfügungen des Innenministeriums und des Ministerrats bestimmt, dass sämtliche Zigeuner unverzüglich an den Bug verschickt werden, die gerichtlich verurteilt worden sind, die sich als Taschendiebe und Beutelschneider auf den Eisenbahnen und Märkten betätigen, und solche, die keiner geregelten Arbeit nachgehen und somit von Diebstahl und Betteln leben.

Sie dürfen ihre Wohnadresse nicht mehr verlassen und haben sich bereitzuhalten für ihre Evakuierung, die am 12. September 1942 stattfinden wird. Alle Bulibassen haben die Pflicht, für eine ruhige und schnelle Abwicklung der Deportation ihrer Zigeuner zu sorgen.

Colonel N. Diaconescu

Generaldirektor der Gendarmerie

Ramina stand auf, wischte sich die Hände am speckigen Rock ab, und um ihre Aufregung zu verbergen, befahl sie Sarelo, Feuer zu machen. Sie setzte Wasser für eine Suppe auf. Minutenlang kehrte sie uns den Rücken zu, schien in ihrer Beschäftigung versunken zu sein, doch als sie sich dann doch zu uns umwandte, hatte sie einen solch hoffnungslosen Blick, wie ich ihn bei ihr oder einem anderen Menschen noch nie gesehen hatte.

Ich hatte sie für unbesiegbar gehalten, ein wenig wie Vater. Und ich war mir sicher, dass, wenn nichts anderes mehr helfen würde, sie immer noch ihre Zauberei zur Hand haben würde. Ich hatte mich geirrt. Als hätte sie meine Gedanken gelesen, murmelte sie: «Ich fürchte, dass dagegen kein Kraut gewachsen ist. Lasst mich mal allein, Kinder. Ich muss nachdenken.»

* * *

Ich kam zu Hause verstört an, durch die Aussicht, die Säcke nicht mehr zu Ramina schleppen zu können, um mit einer weiteren Variante meiner Geburt belohnt zu werden. Mich vom einzigartigen Geruch ihrer Anwesenheit in meinem Leben trennen zu müssen, jener Mischung aus Schweiß, abgestandener Luft und dem Duft ihrer Brühen. Sie war neben den Toten und Großvater der einzige sichere Zufluchtsort meiner Kindheit gewesen, und kein schwerer Sturm, nicht tausend Teufel, hätten mich davon abgehalten, sie einmal wöchentlich zu besuchen.

«Sie schicken Ramina weg! In ein paar Tagen kommt die Gendarmerie und bringt sie weg!», rief ich Mutter zu, die in der Stube häkelte.

«Ich weiß, man redet davon, dass die Zigeuner an den Bug deportiert werden. Sie haben in der Stadt schon damit angefangen», antwortete sie.

«Was ist der Bug?»

«Das ist ein Fluss in Transnistrien. Und Transnistrien ist ein Landstrich in der Ukraine.»

«Warum tut man so was?»

«Weil die Rumänen die Zigeuner für faul und diebisch halten.»

«Und sind sie es?», fragte ich.

«Natürlich sind sie es.»

«Aber Ramina ist es nicht. Sie hat mich auf die Welt gebracht und dafür gesorgt, dass ich nicht sterbe.»

«Dafür füttern wir sie seit sechzehn Jahren durch. Außerdem erzählt sie dir bloß Geschichten. Es heißt, dass die Zigeuner die Häuser der Juden kriegen werden, die man von dort vertrieben hat. Es wird ihr schon nicht schlecht gehen. Dein Vater wollte sowieso bald all den Geschenken ein Ende machen.»

«Hättest du das zugelassen?»

«Dein Vater hat recht. Alles hat ein Ende, Jacob.»

«Das glaube ich nicht! Du hast nie etwas für mich getan! Ramina schon!», schrie ich sie an und lief in den Hof. Aus dem Geräteschuppen holte ich einen leeren Sack und stopfte ihn mit allem voll, was ich in der Speisekammer fand, und dazu mit zwei Hühnern. Weil ich den Sack nicht mehr heben konnte, zog ich ihn auf die Gasse und dann den ganzen Weg bis zu Ramina. Ich gab sogar dann nicht auf, als ich keuchte, als ob der ganze Himmel auf mir lastete. Mit letzter Kraft schob ich meine Last über die Schwelle zu ihrem Haus, dann ließ ich mich auf das Sofa fallen.

«Ich habe dir zu essen gebracht, Ramina. Hühner, Kartoffeln, Zwiebeln, Rüben. Du sollst immer mehr als genug haben.» Sie sprach mit sich selbst, als sie aus dem Nebenraum herauskam. Als sie mich sah, wurde sie nicht wütend, sondern setzte sich neben mich und zog mich an sich. Das immer dünnere Licht des Abends drang hinein.

«Was du mir immer erzählst, sind doch nur Geschichten, nicht wahr, Ramina?», fragte ich mit dem Kopf auf ihrem Bauch.

«Wer behauptet das?»

«Mutter», antwortete ich.

«Soll sie doch sagen, was sie will.»

Ich hörte die Geräusche aus Raminas Bauch wie von einem unterirdischen, nur mir zugänglichen Kontinent. Ich hob leicht den Kopf, dann senkte ich ihn wieder, so wie ich es nachts tat, wenn meine Herzschläge der einzige Laut in einer stillen, auf sich selbst zurückgefallenen Welt waren.

«Wie hast du mich gesund gemacht?», fragte ich sie nach einer Weile, und sie begann zu lachen.

«Meinst du, dass das etwa auch erfunden ist?»

Sie schob meinen Kopf beiseite, stemmte sich hoch, doch sie brauchte mehrere Anläufe, bis sie sicher auf ihren dicken, unförmigen Beinen stand. Wankend ging sie zur Truhe, die neben dem Sofa das einzige Möbelstück im ganzen Raum war. Sie bedeutete mir, zu folgen und die Truhe zu öffnen. Darin lagen unzählige Tüten, die zugeschnürt waren. Sie forderte mich auf, zwei davon mitzunehmen, dann kehrten wir zum Sofa zurück, wo sie sie aufband und vorsichtig zwischen uns leerte. In einer befanden sich die Stiele, Wurzeln und Blättern ihrer Heilpflanzen, in der anderen waren die zerhackten oder zermalmten Pflanzenteile.

«Du hast Glück, dass ich dir das zeige, sonst lasse ich niemanden daran.»

«Wie bei den Sachen, die du nebenan versteckst?»

«Frag nicht so dumm. Das hier ist alles, was ich damals gebraucht habe. Und frischen Knoblauch natürlich. Diese

Pflanze hier heißt *Gottes Fleisch*. Wer sie achtlos pflückt, stirbt oder verliert den Verstand. Bei dir war sie gut, um deine Säfte zu beruhigen. Man findet sie nicht überall, sie versteckt sich vor dem Menschen. Die andere wird *Die Feder des Fliegers* genannt. Man findet sie an trockenen, steinigen Orten, und ihre Blüten riechen nach Honig. Man sagt, dass sie einen Kopf wie ein Mensch hat und herumläuft, ohne Wurzeln, aber mit zwei Flügeln und einem Schwanz. Man muss sie bitten und ihr versprechen, dass man sie nicht gegen ihre Natur verwendet, sonst tut sie gar nichts. Wer sie aber besitzt, der zieht das Geld an, findet Schätze und versteht die Tiere. Sie hat deiner Leber und deinen Lungen geholfen.»

Bald verlor Ramina das Interesse an ihren Erklärungen, schob alles zurück in die Tüten und befahl mir, sie wieder zurückzulegen. Bevor ich die Truhe schloss, holte ich noch aus einer anderen Tüte etwas, das wie Baumrinde aussah, heraus.

«Wofür ist das gut?», fragte ich.

«Du magst deutsch sein, Jacob, aber für mich bist du nur ein *Gadžo*. Ein Nichtzigeuner, also unrein. Jedes Mal, wenn du weg bist, verbrenne ich ein wenig davon, um meine Hütte von dir zu reinigen. Jetzt husch mal nach Hause, und sag deinem Vater, dass ich morgen zu euch komme. Ramina hat noch nicht das letzte Wort gesprochen.»

Es regnete stark, als ich in der Dunkelheit heimwärts ging. Ich war noch nie so spät unterwegs gewesen. Durchnässt und jederzeit zur Flucht bereit, eilte ich auf das Dorf zu, das sich, anstatt sich zu nähern, mit jedem meiner Schritte immer weiter von mir zu entfernen schien. Der Regen prasselte nieder, verbissen und laut, ein dichter

Vorhang aus Wasser, das alles bis auf die Sünden auswaschen konnte. So kam es, dass ich das sich nähernde Auto nicht hörte und erst in letzter Sekunde zur Seite springen konnte. Vater, der aus der Stadt zurückkam, hielt an, öffnete die Tür und ließ mich einsteigen.

«Was tust du hier um diese Zeit?», fragte er mich.

«Ich war bei Ramina, sie und Sarelo werden an den Bug geschickt.»

«Es musste so kommen. Dann hat sich das Problem von allein gelöst, sonst hätte ich dir den Umgang mit ihnen verbieten müssen. Er bringt nur Schande über uns», sagte Vater.

«Kannst du ihnen nicht helfen? Du kennst so viele Leute.»

«Ich tue nichts für eine Zigeunerin, da kannst du hundert Mal betteln.»

«Ich werde alles tun, was du sagst. Ich werde sogar Geschäftsmann werden, wenn du es willst!», rief ich.

Nun bremste er abrupt und wandte sich an mich. «Hör gut zu, mein Junge. Dafür ist es zu spät. Du bist nicht fürs Geschäft gemacht. Ich habe beschlossen, dich nach Temeschwar in die deutsche Schule zu schicken. Deshalb war ich jetzt auch in der Stadt. Ich halte nicht viel vom Geschwätz der Gebildeten, aber vielleicht ist das etwas für dich.»

Mutter ging besorgt vor der Haustür auf und ab, und als sie mich sah, klatschte sie in die Hände und rief: «Jesusmariaundjosef!» Das sagte sie immer, wenn sie Angst hatte, wie auch, wenn sie sich empörte, es war ihr Allerweltsspruch. Sie führte mich ins Haus, zog mich aus und trocknete mich mit einem Handtuch ab. Dann schob sie mir zwei warme Ziegelsteine unter die Bettdecke und brachte mir etwas zu essen. «Bei solchem Wetter darfst du doch nicht raus, sonst holst du dir den Tod. Jetzt sprich mir das Gebet nach», sagte sie, aber ich winkte ab. Sie packte meine Handgelenke und führte meine Hände zusammen. «*Ich bin klein, mein Herz ist rein*», setzte sie an. «Aber ich bin nicht mehr klein», widersetzte ich mich. «Vor Gott sind wir es alle. Jetzt zusammen: *Ich bin klein, mein Herz ist rein. Es soll niemand drin wohnen als Gott allein. Vater, lass die Augen dein über meinem Bette sein.*»

Ich sprach ihr nach, dann deckte sie mich zufrieden bis zum Kinn zu, küsste mir die Stirn und flüsterte: «Wenn du Fieber kriegst, schicken wir nach Neper. Damit kennt er sich aus. Gute Nacht, Jacob.»

* * *

Am nächsten Tag stieg Ramina von ihrem Hügel hinunter, ein großes Ereignis für das Dorf, wo sie seit Jahren nicht mehr gesehen worden war. Seit der Zeit, als sie mich geheilt hatte. Und wie damals stützte Sarelo sie nach Kräften. Hinzugekommen war ein Stock, den ihr Sarelo geschnitzt hatte und den sie jedes Mal wuchtig in den Boden rammte.

So wie der Kraftkünstler Fischer wurde auch sie von allen Seiten bestaunt. In meiner Erinnerung bebte sogar die Erde, als sie sich dem Haus näherte, und das Glas, in das Mutter Nepers Medizin geschüttet hatte, wanderte über den Tisch. Als sie sich vor unserem Tor ausruhte, blieb es kurz vor der Tischkante stehen. Als sie sich wieder in Bewegung setzte und in den Hof trat, fiel es doch noch vom Tisch.

Ich lag fiebrig in meinem Bett und konnte nur durch den schmalen Türspalt verfolgen, was sich in der Stube abspielte, wo Vater, Mutter und Großvater sie empfingen. Sarelo war vor der Tür geblieben. Ich stellte mir vor, wie sie sich auf den solidesten Stuhl setzte und sich das Kopftuch lockerte, bevor sie nach mir fragte.

«Ist Jacob krank? Er ist bei starkem Regen weggegangen. Braucht er mich?»

«Neper hat für alles gesorgt. Wieso bist du hier, Ramina? Was ist so wichtig, dass du den Hügel verlässt?», fragte Großvater.

«Verlassen muss ich ihn sowieso, Großvater. Sie haben recht, es ist etwas Wichtiges. Aber schenkt doch Ramina vorher ein wenig Schnaps ein. Es ist so kalt draußen.» Sie trank alles auf einmal aus, stellte ich mir vor, und wischte sich mit dem Ärmel den Mund ab. «Übermorgen werde ich abgeholt und nach Transnistrien gebracht. Da komme ich nicht mehr lebendig weg.» Ihre Stimme wurde rau wie Schmirgelpapier.

«Du kriegst dort ein Haus, Ramina, wie du noch nie eines gehabt hast. Die Juden haben gute, solide Häuser. Es heißt, dass man sie euch überlässt», versuchte Großvater sie zu trösten.

«Ich habe etwas anderes gehört, Großvater. Vor Kurzem hat mich einer besucht, der von dort geflüchtet ist. Er hat erzählt, dass er früher nicht gewusst hat, wo die Hölle ist, aber dass er es jetzt weiß. Er hat erzählt, dass sie mit ihren Pferdewagen in eine menschenleere Gegend gebracht worden sind, wo man ihnen befohlen hat, sich in die Erde einzugraben, wenn sie den Winter überleben wollten. Ihr Bulibaşa hat protestiert und verlangt, dass man ihnen die versprochenen Judenhäuser gibt, aber die Soldaten haben ihn nur ausgelacht. Dann sind sie abgezogen, und die Leute waren sich selbst überlassen. Sie haben Frauen mit Kleinkindern, Schwangere und Alte dabeigehabt, und viele sind schon in den ersten Wochen gestorben. Als sie nichts mehr zu essen hatten, haben sie ihre Pferde gegessen, das ist schlimm für einen Zigeuner, seine Pferde zu töten. Als sie nichts mehr zu heizen gehabt haben, haben sie ihre Wagen verfeuert. Dann sind einige junge Männer in die nächste Stadt marschiert, aber dort war es genauso schlimm. Tausende sind in Hallen und Häusern zusammengepfercht worden und haben verbrannt, was sie gefunden haben. Türen, Tische, Bäume. Niemand weiß, wohin mit all den Zigeunern, denn auch die Ukrainer, die dort leben, haben nicht viel. Die Leichen liegen auf der Straße, und niemand kümmert sich um sie. Was ist das für eine Welt, wo man Tote nicht mehr begräbt?»

Mutter atmete kräftig durch: «Das sind Geschichten, Ramina, wie du sie auch erzählst. Der Mann wollte dir nur Angst machen, das ist alles.»

«Vielleicht haben Sie recht, vielleicht nicht. Ich glaube aber, dass es schlimm für mich enden wird. Wo soll ich dort so viel zu essen finden, wie ich brauche, wenn das nicht einmal ein dürrer, mickriger Zigeuner schafft?» Sie seufzte herzzerreißend.

«Du hast mehr Reserven als andere, und du wirst abnehmen», mischte sich Großvater ein.

«Was willst du eigentlich?», fragte Vater unwirsch. «Ich kann leider nichts für dich tun. Ich kenne zwar den Gendarmeriekommandanten, aber solche Verfügungen kommen von ganz oben.»

«Keine Angst, gnädiger Herr, für mich müssen Sie nichts tun. Ich aber werde etwas für Sie tun.» Ich stellte mir vor, dass Vater in jenem Moment sehr überrascht war.

Ramina fuhr fort: «Ich habe einen Sohn, den Sie alle kennen. Er ist nicht der Intelligenteste, aber er ist geschickt mit den Händen, und er ist hartnäckig. Was er erreichen möchte, erreicht er auch. Er verkauft die meisten Messer, die er macht. Nicht einmal Sie, Großvater, schaffen es, all Ihre Tiere auf dem Markt loszuwerden. Der Junge kann etwas, und er könnte noch mehr, wenn man ihn anleiten würde. Ich will nicht, dass er so jung sterben muss …»

«Komm zur Sache, Ramina. Ich habe nicht den ganzen Tag Zeit», ermahnte sie Vater.

«Aber ich bin schon dabei. Jacob ist kränklich und nicht fähig, später den Hof zu führen. Er hat wohl auch kein Talent zum Geschäftsmann, ich kenne ihn gut. Um es kurz zu machen, ich biete Ihnen meinen Sohn an. Er soll nicht am Bug sterben wie seine Mutter. Sie würden auch nicht wollen, gnädige Frau, dass Jacob stirbt, bloß weil jemand entschieden hat, dass er sterben muss.» Raminas Stimme wurde flehentlich.

Ich stelle mir vor, dass Vater es war, der auf den Tisch klopfte, als er wütend sagte: «Ist es das, was du mir anbieten willst, du Unverschämte? Deinen Sohn? Soll ich ihn auch noch durchfüttern, so wie ich dich durchgefüttert habe? Hört das nie mehr auf?» Ich stelle mir vor, dass Ramina ruhig sitzen geblieben ist und sich mit ihren vor List funkelnden Augen die Szenerie angesehen und gewartet hat, bis sich diese erste Woge der Empörung gelegt hatte.

«Mein Sohn wird Ihnen gut dienen, besser als Jacob. Er könnte sogar Ihre rechte Hand werden. Sie brauchen doch irgendwann einmal einen Nachfolger hier.» Ich stelle mir vor, dass Ramina die Wirkung, die sie mit ihren Sätzen erzielte, genoss. Und sie wusste bestimmt, wer da aus dem Nebenzimmer mithörte und, ob solchen Verrats seinen Ohren nicht traute. Doch ich denke ebenso, dass sie nicht anders konnte, als so hoch zu pokern und ihrem Sohn das Leben zu retten. Wer könnte es ihr verübeln?

Ein Stuhl kippte um, und Vater ging mit seinen schweren Stiefeln in der Stube auf und ab. Seine Stimme war einmal näher, dann wieder weiter weg. «Mein Nachfolger? Ein Zigeunerjunge? Einen deutschen Hof? Mach, dass du wegkommst! Raus!», rief er.

«Beruhigen Sie sich. Sie werden sehen, es lohnt sich», antwortete Ramina, ohne sich von der Stelle zu rühren. «Ich habe erwartet, dass Sie die ganze Sache so sehen, obwohl Sie anders darüber denken werden, wenn Sie ihn einmal besser kennen. Er ist anspruchslos und kann sogar im Stall schlafen. Aber ich habe zwei gute Gründe, wenn das nicht genügt», fuhr sie fort.

«Raus!», wiederholte Vater und öffnete die Eingangstür.

«Gnädiger Herr, machen Sie bitte die Tür wieder zu, denn es zieht. Ich sagte schon, dass es sich für Sie lohnen wird.»

«Ich sehe nicht, wie!»

Ramina wartete ab, und ich stelle mir ebenfalls vor, dass sie den Augenblick auskostete, bis sie schließlich sagte: «Ich gebe Ihnen nicht nur meinen Sohn, ich gebe Ihnen auch mein ganzes Gold.»

Leise wurde die Tür wieder zugemacht, dann kehrte Vater mit langsamen Schritten an den Tisch zurück. «Gold? Seit Jahren lebst du von unseren Gaben, Ramina. Das einzige Gold, das du hast, steckt in deinen Zähnen», erwiderte Mutter. Aber sie täuschte sich.

Ihr Mann, der Bulibaşa, erzählte Ramina, hatte sein

ganzes Vermögen in Gold angelegt. Tausende von Franz-Josef-Talern, die er in den Rädern und dem Boden seines Planwagens versteckt hatte. Er fuhr, arbeitete und schlief auf seinem Reichtum und ging nur ins Haus, um zu essen oder wenn Ramina seine Säfte wieder einmal in Schwung bringen sollte.

Als er dann Ramina verlassen wollte und seine neue junge Frau schon auf dem Pferdewagen auf ihn wartete, hatte sie ihm mit der schlimmsten Waffe neben jener, ihn mit Monatsblut zu berühren, gedroht. Mit der Einberufung einer *Kris*, einer Versammlung aller seiner Zigeuner, die ihn nicht nur hätten ausschließen, sondern seinen Namen und die Erinnerung an ihn für alle Zeiten aus ihrer Gemeinschaft hätten verbannen können. Vor solch eine Alternative gestellt, die schlimmer war als der Tod, hatte Raminas Mann ihr das ganze Gold überlassen.

Als der Bulibaşa sich dann davongemacht hatte, hatte die Wut Ramina doch noch überwältigt, und sie hatte sich entschieden, ihn, wenn schon nicht die stärkste Waffe, dann die zweitstärkste spüren zu lassen. Sie hatte sich von einer anderen Zigeunerin ein mit Monatsblut durchtränktes Tuch geben lassen und war ihnen nachgeeilt, aber die beiden waren wie von der Erde verschluckt.

Seit sechzehn Jahren lagerte das Gold in Raminas Haus, in jenem Raum, den ich nicht betreten durfte, in Seifen versteckt, die sie mit unserem Fett angefertigt hatte. In jeder Seife steckten zwei, drei Taler, Ramina hielt das für sicher, denn jeder Einbrecher hätte sie bloß für eine Seifenhändlerin gehalten.

Die Rede hatte ihre Wirkung nicht verfehlt, und ich versuchte, mir die verdutzen Gesichter meiner Eltern und Großvaters vorzustellen. Alle schwiegen sehr lange, und wenn jemand dazu ansetzte, etwas zu sagen, brach er sein Vorhaben gleich wieder ab. Die Pendeluhr tickte weiter, ein leises, fast unmerkliches Geräusch, als ob sie rücksichtsvoll sein und die Menschen nicht mehr als nötig stören wollte.

Erst nach einer Weile meldete sich Vater wieder mit einer viel weicheren, fast samtigen Stimme: «Wir könnten schon heute Nacht alles rüberbringen und im Stall vergraben.»

«Solange ich noch dort wohne, kommt mir keiner ins Haus. Ihr seid alle unrein, das geht nicht. Aber danach könnt ihr tun, was ihr wollt. Die Soldaten werden sich nicht um einen Haufen Seife kümmern. Außerdem, woher soll ich wissen, ob Sie dann noch Wort halten? Kommen wir ins Geschäft, gnädiger Herr?» Vater antwortete nicht, er muss ihr einfach zugenickt haben, dann wurde wieder Schnaps eingeschenkt.

«Sag uns jetzt auch den zweiten Grund, Ramina. Nur so aus Neugierde», verlangte Großvater.

«Das wollt ihr lieber nicht hören. Es hat ja auch so geklappt.»

«Doch, doch, sag es nur ruhig», ermutigte Mutter sie.

«Also gut, wenn ich es jetzt nicht sage, dann habe ich bald keine Möglichkeit mehr dazu. Aber macht zuerst die Tür zum Zimmer von Jacob zu. Er braucht es nicht zu wissen.» Eine unsichtbare Hand drückte die Türklinke herunter. Sosehr ich mich auch bemühte, vom restlichen Gespräch hörte ich bloß ein Flüstern, unterbrochen von Mutters Seufzern. Das zweite Argument, das für Sarelo sprechen sollte, erfuhr ich erst nach vielen Jahren.

Am Tag, als Ramina für immer aus meinem Leben verschwand, war ich nicht dabei. Ich war zu Hause gelassen worden, weil ich immer noch krank war. Mutter kam als Erste zurück, setzte sich an den Bettrand und legte mir prüfend die Hand auf die Stirn.

«Wo sind die anderen?», fragte ich.

«Sie laden alles auf unseren Pferdewagen auf. In der Nacht bringen sie es nach Hause.»

Mutter erzählte, dass in aller Frühe mehrere Lastwagen gekommen waren, eine halbe Kompanie mit ihrem Hauptmann. Niemand hatte ihnen gesagt, dass der Hügel bis auf Ramina von den Zigeunern aufgegeben worden war. Sarelo saß bereits zwischen Vater und Großvater auf dem Pferdewagen, als hätte er immer schon dorthin gehört.

Der Hauptmann hatte sich ratlos umgesehen, dann hatte er Vater gefragt, wo denn die Zigeuner, die er abtransportieren sollte, geblieben seien. Vater hatte ihm erklärt, dass außer Ramina keiner mehr da sei und dass man sich bei ihr vergeblich bemühen würde, sie aus dem Haus zu holen. Keine zehn Pferde würden es schaffen, wenn Ramina sich anders entschieden hatte. «Zehn Pferde nicht, aber die rumänische Armee», entgegnete der Hauptmann.

Er machte sich zur Hügelspitze auf, während sich seine Soldaten unschlüssig die Beine vertraten. Großvater bot ihnen Zigaretten an, die sie gierig rauchten. Nach einiger Zeit kam der Hauptmann aus Raminas verfallenem Haus, noch ratloser als zuvor. Das war ihm auch aus der Ferne anzusehen, betonte Mutter. Er kam den Hügel herunter und rief vier Soldaten zu sich.

Inzwischen hatte sich herumgesprochen, dass man Ramina wegbringen wollte, und viele Bauern und Kinder waren aus dem Dorf herbeigeeilt, um dieses Ereignis zu sehen. Sie blieben aber auf Distanz, eingeschüchtert durch die Uniformen. Die Soldaten legten ihre Waffen ab, liefen nun ihrerseits den Hügel hoch, dann verschwanden auch sie im Hausinnern.

Eine Weile geschah gar nichts, dann kam einer von ihnen heraus, er wirkte hilflos und machte dem Hauptmann Zeichen. Dieser fluchte – die breiten, saftigen Flüche der Rumänen –, dann zeigte er auf einen Bauern: «Du dort! Geh nach Hause und hol etwas Werkzeug, damit wir eine Wand einreißen können.» Der Bauer rührte sich zunächst nicht von der Stelle. «Worauf wartest du noch? Ich habe nicht den ganzen Tag Zeit.» Der Offizier fluchte wieder.

Als der Bauer zurück war, nahmen ihm die Soldaten das Werkzeug ab und machten sich an die Arbeit. Es dauerte nicht lange, und sie hatten ein Loch in die marode Mauer gerissen, durch das sie nicht nur Ramina, sondern ein ganzes Pferd hätten hinaustragen können. Dann gab der Hauptmann weitere Befehle, die Soldaten, die drinnen nicht benötigt wurden, bildeten ein Spalier, und aus dem Haus drang bis zur Gasse die Aufforderung: «Männer, auf drei hebt sie hoch!»

Zuerst tauchte eine Ecke des Sofas auf, dann drei oder vier kräftige Soldaten, dann Ramina, die wie auf einem Thron dasaß. Sie wurde mit solcher Vorsicht durch die aufgerissene Wand geschoben, als ob man ihr nichts Böses wollte, sondern ihr zu Diensten stünde. Treu und geduldig hielt das Sofa ihr Gewicht aus. Als die ganze Ramina mitsamt dem Sofa draußen war, übernahmen andere Schultern die schwere Last. Dann folgten wieder andere auf dem Weg nach unten. Von vielen Armen und Schultern getragen, schwebte Ramina durch die Luft und schien für einen Augenblick federleicht zu sein. «Wie eine Königin hat sie ausgesehen», meinte Mutter.

Mit Mühe brachten sie sie über den Graben hinweg, dann hoben sie sie auf einen der Lastwagen. «Sollen die in der Stadt sehen, was sie mit ihr anfangen wollen», zischte der Hauptmann. Stur und unbeweglich saß sie dort oben und schaute zu den Menschen hinunter. Dann geschah etwas Überraschendes. Eines der Kinder rief: «Auf Wiedersehen, Ramina!» Einige Bauern taten es ebenfalls, Mutter und Großvater auch. «Auf Wiedersehen, Leute», antwortete sie. «Wir sehen uns im Himmel. Ich weiß nicht, wie es um euch steht, aber ich komme bestimmt dorthin.»

Die Lastwagenkolonne setzte sich in Bewegung, bis zuletzt blickte Ramina zurück und sah, wie sich der Hügel, das Dorf, ihr ganzes Leben unwiederbringlich von ihr entfernten. Großvater musste Sarelo zurückhalten, damit er nicht hinterherlief und sich verriet. In Großvaters Armen wurde er zuerst hart wie ein Stein, dann aber weich wie ein Stück Teig.

In der Nacht erwachte ich, weil ich seltsame Geräusche aus dem Stall hörte. Die Umrisse des Pferdewagens, auf dem Raminas Schatz auf ein neues Versteck wartete, zeichneten sich deutlich in unserem Hof ab. Im schwachen Licht einer Lampe schaufelten Vater und Sarelo, so viel konnte ich durch das halb geöffnete Stalltor sehen, dort, wo sonst Großvaters Pferde standen, ein Loch in den Boden.

Einige Tage nach Raminas Evakuierung fuhr ich dick eingehüllt mit Großvater aus dem Dorf, damit ich den nun verlassenen Hügel sehen konnte. Großvater, der seine Pferde selten auspeitschte, sondern meist nur mit einigen leisen Ausrufen führte, saß mürrisch neben mir. Wir hatten erfahren, dass Vater uns bald in die Verbannung nach Temeschwar schicken wollte, mich in die deutsche Schule und ihn als meinen Begleiter. Wir würden in unserem Stadthaus wohnen und vom Hof regelmäßig mit allem beliefert werden, was wir dort zum Leben brauchten.

«So erledigt dein Mann zwei Fliegen mit einer Klappe», hatte Großvater zu Mutter gesagt. Mutter hatte mit den Achseln gezuckt und sich ins Schweigen geflüchtet. «Sag doch was!», hatte er sie herausgefordert. «Du sagst nie etwas.»

«Was soll ich schon sagen? Er hört auf niemanden. Außerdem braucht der Junge Bildung und jemanden, der für ihn sorgt. Es ist gut, wenn du bei ihm bist, Vater. Du wohnst dort bequemer als im Gesindehaus. Glaube mir, es ist für alle besser so.»

Großvater schüttelte den Kopf. «Ich erkenne meine Tochter nicht mehr wieder.»

Weit draußen auf dem Acker exerzierten einmal mehr Männer, den knappen Befehlen des Lehrers Kirsch folgend. An Pfählen hatten sie mehrere Vogelscheuchen befestigt und feuerten aus einiger Entfernung darauf los. Ich kann nicht behaupten, dass ich, dessen Beine wie Zahnstocher aus den kurzen Hosen ragten, mir nicht manchmal gewünscht hätte, als ein fähiger und zu allem fähiger, kräftiger deutscher Junge bei ihnen zu sein.

Großvater drehte sich eine Zigarette, dann zeigte er auf sie. «Ich bin froh, dass du nie Soldat sein wirst, Jacob.»

«Kommt der Krieg bis zu uns?», fragte ich ihn.

«Das weiß nur der Krieg. Jedenfalls kann er gar nicht schnell genug sein, so wie manche von uns Lust auf ihn haben.» Er schwieg. «Siehst du dort deinen Lehrer, den Kirsch?», fragte er nach einer Weile. «Ich habe seinen

Großvater gut gekannt. Er war ein verschlossener Mann, der nur einen Traum hatte: zu fliegen. Dafür hat er alles vernachlässigt, seinen Hof, seine Pflichten im Dorf und seine Frau, die ihn dann verlassen hat. Jede freie Minute hat er in der Scheune verbracht und an seinem Flugapparat herumgebastelt. An einem Sonntag, gleich nach dem Kirchgang, hat er ihn mit zwei Pferden auf die Gasse und dann bis auf den Hügel gezogen, der damals noch keinen Namen hatte, weil noch kein Zigeuner dort wohnte. Von dort, wo jetzt Raminas Hütte steht, hat er Anlauf genommen, und er ist tatsächlich geflogen, ein paar Fuß hoch, und das lange vor diesem anderen, Otto Lilienthal. Bei der Landung hat er sich genauso das Genick gebrochen wie der Kraftkünstler Fischer. Aber sag mir jetzt, was ist eigentlich dümmer? Im Krieg zu fallen oder vom Himmel?»

«Tot ist tot, Großvater. Glaubst du, dass auch Ramina sterben wird?»

«Gut möglich. Die Zeiten sind für solche wie sie besonders schlecht. Komm, ich will dir etwas anderes zeigen.» Er fuhr von der Straße ab und dann auf die klumpige, schwarze Erde, auf der man vor Kurzem die Maisstauden verbrannt hatte. Im Herbst sagten wir Kinder immer, dass die Erde männlich sei, so wie im Rumänischen, denn ihr wuchsen Bartstoppeln.

Wir blieben vor einer riesigen Mulde stehen, die fast vollständig mit Gestrüpp überwachsen war und wie eine alte, schlecht verheilte Narbe aussah. Als ob man dort in den Eingeweiden der Erde herumgewühlt hatte. Solche Vertiefungen gab es an allen vier Ecken des Dorfes, sagte Großvater. Sie stammten aus der Zeit, als man hier in aller Eile und aus purer Not im nicht enden wollenden Regen des Frühjahrs 1772 zweihundert Häuser hochgezogen hatte.

Die Nachzügler aus Lothringen hatten in Mercydorf, einem der wenigen schon bestehenden Dörfer, provisorisch Platz gefunden. Lange hatten sie zusammengepfercht gelebt und auf Hilfe aus Temeschwar gehofft, und als diese nicht kam, waren viele weitergezogen. Nach einem klirrend kalten Winter kam ein milder, regnerischer Frühling, wenn man nicht bald handelte, würde man nichts mehr anbauen können und weiter hungern müssen. Frederick Obertin hatte gesagt: «Wir bauen unser Dorf selber, wenn es sein muss, mit bloßen Händen.» Dann war er nach Temeschwar geritten, um bei der Administration vorzusprechen.

«Hat es ihn wirklich gegeben?», fragte ich Großvater.

Er schaute mich verärgert an: «Wie kannst du daran zweifeln? Das ist keine Geschichte aus Raminas Mund. Das steht in unserer Dorfchronik. Und wenn du willst, erzähle ich es dir einmal genauer.» Danach kehrten wir ins Dorf zurück.

Vater hatte Raminas Haus schnell abreißen wollen, als ob er ihre letzten Spuren auslöschen wollte, die ihn an das zweifelhafte Geschäft erinnerten, das er eingegangen war. Doch Sarelo hatte sich gewehrt, das einzige Mal, dass er es tat. Er flehte Vater an, alles so zu lassen, wie es war, denn vielleicht würde sie doch noch zurückkommen.

In der ersten Zeit schnitt Sarelo allen unseren Hühnern den Kopf ab. Wir fanden sie morgens ausgeblutet im Hof, und von ihm fehlte jede Spur. Er trieb sich mit anderen Kindern oder auf dem Dorfmarkt herum. Mutter stellte eine Schüssel mit Essensresten neben seinen Schlafplatz, und wenn wir später nachsahen, war sie immer leer. Er sprach noch weniger als sonst, und wenn Vater ihm etwas auftrug, nickte er nur, aber starrte bloß auf seine Zehen. Manchmal huschte er wie ein Schatten umher, manchmal tauchte er so plötzlich auf, dass man erschrak.

Man wusste nie, was er dachte oder plante, aber seine Zuverlässigkeit und sein Fleiß stimmten Vater milde. Die Schweine und Kühe wurden täglich um fünf Uhr herausgeführt, der Stall wurde ausgemistet und der Hof gekehrt. Er lernte schnell, den Traktor und die Dreschmaschinen instand zu halten, überhaupt war er immer bereit zu helfen, wo man ihn brauchte.

Er begleitete inzwischen Vater sogar in die Stadt, und bei seiner Rückkehr sagte dieser: «Er muss nur noch ein wenig auftauen, dann taugt er eines Tages sogar als Verwalter. Ich muss sowieso bald den alten ersetzen. Bis dahin aber soll er alles lernen, was er dazu braucht.» Vater wirkte wie verwandelt, im Haus kehrte eine Ruhe ein, die wir so nicht kannten. Die Abende verbrachte er mit Sarelo am Stubentisch und brachte ihm bei, was ein Bauer an Rechnen und Schreiben wissen musste.

Was wir bisher nicht gekannt hatten, erlebten wir jetzt jeden Tag: Vaters Geduld. Er pfiff die Lieder von Zarah Leander oder Lale Andersen vor sich hin, die wir alle vom Soldatensender her kannten. Wenn sich die beiden nicht über Bücher oder Rechnungshefte beugten, bastelten sie an Uhren, Radios oder Möbelstücken herum, die ihnen unsere Nachbarn zur Reparatur brachten.

Sie nahmen alles, was ihnen in die Hände fiel, auseinander und fügten es wieder zusammen. Bis tief in die Nacht hörte man sie hämmern, sägen, löten und immer wieder fluchen, wenn etwas nicht gelang. An Sarelos rumänischen Flüchen fand Vater Gefallen. Aus einem Wecker bauten sie einen Selbstauslöser für eine Fotokamera, die sie in der Stadt gekauft hatten. Wir stellten uns alle davor, sauber gekleidet und gekämmt, dann wurde auf den Knopf gedrückt.

Vater mochte Sarelo, und dass dieser mit seiner hellen Haut und den blonden Haaren nicht wie ein gewöhnlicher Zigeuner aussah, förderte noch mehr seine Zuneigung. Ich erinnere mich nicht mehr, ob ich eifersüchtig war oder ob es mir sogar gefiel. Ich war einfach nicht mehr in der Schusslinie. Das genügte.

Im Januar 1943 zogen Großvater und ich in die Stadt. Vater hatte dafür gesorgt, dass ich dort die Schule fortsetzen konnte. «Eine viel bessere, angesehene Schule», sagte er. «Es war sowieso Zeit, dass ein Obertin wirklich etwas für seinen Kopf tut. Kann nicht schaden.» Obwohl es eiskalt war, verbrachte Großvater die letzte Nacht bei seinen Pferden, während es sich Sarelo schon längst im Gesindehaus bequem gemacht hatte. Er musste Großvater versprechen, sich um die Pferde zu kümmern, als wenn sie seine eigenen wären. Bei der Abfahrt flüsterte Großvater: «Ohne mich werden sie sterben.»

Sarelo stand bereit, um uns mit dem Karren voller Lebensmittel zu begleiten. Wir hatten die Mäntel fester um die Körper geschlungen, Mützen und Schals ließen nur die Augen frei. Bevor wir das Tor öffneten, blickte ich noch einmal zurück und sah Mutter mit verschränkten Armen auf unserer Veranda stehen. Sie öffnete sie leicht und rief mich zu sich. Auf dem Weg zu ihr starrte ich auf ihre Arme und fragte mich, ob sie sich wohl ganz öffnen würden. Doch als ich bei ihr war, steckte sie die Hände in die Manteltaschen.

«Hast du auch wirklich nichts vergessen? Hast du alles eingepackt, was du in der Stadt brauchen wirst?»

«Jawohl, Mutter.»

«Du wirst sehen, bald hast du dort neue Freunde und willst gar nicht mehr zurück. Du wirst so viele neue Dinge kennenlernen. Du wirst ein feiner, junger Mann werden.»

«Aber ich möchte viel lieber hierbleiben.»

«Als ich sehr jung war, Jacob, bin ich nach Amerika gezogen, um meiner Familie zu nützen. Jetzt musst du schauen, wie du nützlich sein kannst. Dein Vater ist bereit, dich bei deiner Ausbildung zu unterstützen. Du könntest ihm ein wenig dankbar sein.»

«Dankbar?», fragte ich.

«Er ist ein schwieriger Mensch, aber wo wären wir jetzt ohne ihn? Ohne ihn wärst du gar nicht da. Pass auf Großvater auf, er ist nicht mehr der Jüngste. Ihr müsst aufeinander aufpassen, hörst du? Sarelo wird euch regelmäßig zu essen bringen, und ich werde jedes Mal einige Leckereien dazugeben. Wir sehen uns im Sommer wieder, Jacob. Und jetzt geh schon, sie warten auf dich.»

Sie strich mit der Hand über meine Schulter, als ob sie einen Fussel entfernen wollte. Als ich zum Karren zurückging, rief sie mich noch einmal zu sich. Sie machte einige Schritte auf mich zu, dann fuhr sie mir mit den Fingern durch das Haar. «Deine Haare sind gewachsen. Ich habe Großvater gesagt, er soll sie dir kürzer schneiden. Ich habe vor einigen Wochen bei der serbischen Schneiderin etwas für dich in Auftrag gegeben. Ich habe gestern Katica getroffen, und sie hat mir versprochen, dass sie heute Morgen am Dorfausgang auf euch wartet, um es dir zu geben. Ich hoffe nur, es passt.» Ihr Kinn zitterte unmerklich. «Sagst du nicht Auf Wiedersehen zu deiner Mutter?»

«Auf Wiedersehen, Mutter!»

An der Dorfgrenze kam uns Katica entgegen. «Länger hätte ich nicht warten können», sagte sie. «Ich weiß nicht, ob sie passen, aber du kannst sie in der Schule tragen.» Ich sprang vom Karren hinunter und nahm das in Zeitungspapier gewickelte Geschenk, das sie mir hinhielt. So, wie ich größer geworden war, wenn auch hager und krumm, so war sie weiblicher geworden, aber dafür hatte ich noch keinen Blick.

«Deine Mutter hat uns eine Hose und ein Hemd für dich in Auftrag gegeben, die du in der Stadt tragen kannst. Es sollte eine Überraschung sein.» Ich bedankte mich und schaute verlegen zu Boden.

«Na dann», sagte ich.

«Na dann», sagte sie. Ich stieg wieder auf.

Der Karren setzte sich in Bewegung, während mir Großvater zuflüsterte: «Jacob, du bist Schwabe. Ich habe nichts gegen das Serbenmädchen, aber vergiss das nicht.»

Ich blickte zurück und merkte, dass Katica uns hinterherlief. Sarelo brachte die Pferde wieder zum Halten. «Im Frühling fange ich in Madame Liebmanns Schneiderei an. Am Anfang ohne Lohn, aber nur so wollte sie mich nehmen. Vielleicht sehen wir uns dann wieder.» Unsere Blicke begegneten sich, und Großvater fuchtelte ungeduldig mit den Armen.

Ein drittes Mal musste Sarelo anhalten, als wir am verlassenen Hügel vorbeizogen, auf dem Ramina gewohnt hatte. Sarelo hätte die Pferde am liebsten zum Galoppieren gebracht, aber ich riss ihm die Zügel aus der Hand und brachte den Karren zum Stehen. Sarelo wollte sich nicht geschlagen geben, aber Großvater legte ihm sanft die Hand auf die Schulter und gab mir ein Zeichen. «Geh», flüsterte er.

In Raminas Haus hatte es durch das Loch geschneit, das die Armee in die Wand geschlagen hatte. Außer dem Sofa und den Seifen war alles noch an seinem Platz, die Truhe mit den Heilpflanzen, die Töpfe und die Kleider. Ich wusste nicht, was ich fühlen sollte, denn sie hatte mich verraten. Ich ging ziellos umher und blieb vor dem Fenster stehen, aus dem sie und ich jahrelang einmal die Woche auf den Himmel geschaut hatten.

«Auf Wiedersehen, Ramina!», rief ich in den kühlen Raum hinein, schloss die Tür und kehrte zur Straße zurück.

* * *

Fern von Vater blühte ich auf, doch Großvater alterte vor meinen Augen. Ohne seine geliebte Erde und seine Pferde, ohne seine Hunderte von Verrichtungen, die sein Leben im Dorf bestimmt hatten, schrumpfte er, saß schweigsam am Tisch und ging ebenso schweigsam zu Bett. In den Winter- und Frühlingsmonaten verstrich die Zeit nur langsam, als wäre sie eine alte, gebrechliche Frau, die mit letzter Kraft die Straße überquerte. Manchmal fiel für Stunden der Strom aus, und weil wir auch nur wenig Holz hatten, herrschte im Haus eine kalte, unangenehme Dunkelheit.

An gewöhnlichen Abenden aber saßen wir in der Stube, und der Soldatensender gab Auskunft über den Krieg. Das Kriegsglück schien sich gewendet zu haben, denn nun waren die Russen auf dem Vormarsch. Jedes

Mal, wenn sich die Deutschen zurückzogen, nannte man das *Frontbegradigung*. Als ob der Krieg ein Brotlaib wäre, aus dem man bei jeder Niederlage größere Stücke herausriss. Um das zu verbergen, schnitt man anschließend die Ränder wieder gerade. Wenn das Brot aufgebraucht sein würde, wäre der Krieg verloren, aber niemand hätte etwas gemerkt.

Wir hörten auch noch Radio, wenn wir längst im Bett lagen. «Der Krieg ist verloren, das sage ich dir, Jacob. Da bin ich mit deinem Vater einig. Wir werden teuer büßen müssen, auch wenn wir nichts dafür können!», rief mir Großvater aus seinem Zimmer zu. Wir lagen im Dunkeln, jeder auf seiner Seite der Wand, und die Radiomusik erklang durch die stillen Räume. Wir kannten alle Lieder, aber die Zeit, als wir vergnügt mitgesungen hatten, war vorbei.

Einmal fragte ich ihn, was denn das eigentlich sei, *unsere Sache*. Nebenan raschelte die Bettwäsche, die Dielen quietschten, dann stand er im Nachthemd vor meinem Bett. «Wir haben Lothringen verlassen, weil es dort Krieg und Hunger und die Pest gegeben hat. Wir haben nicht einen neuen Krieg gesucht, sondern Frieden und ein Stück Erde. Mir scheint, dass uns der Hunger und der Krieg nun wieder eingeholt haben. Aber im Gegensatz zu früher haben wir keinen Ort mehr, wo wir hingehen können.»

Großvater sollte recht behalten, denn erst nach dem Krieg sollte unser eigentlicher Krieg beginnen. Zwei Jahre noch, dann sollte die Welt, so wie wir sie kannten, zu Ende sein. Solche Abende endeten immer damit, dass er mir Geschichten aus dem Dorfleben oder die große Geschichte der allerersten Siedler, mit denen alles angefangen hatte, erzählte. Irgendwann schaltete Großvater das Radio aus oder unterbrach seine Erzählung. An seinem Atmen merkte ich, dass er eingeschlafen war.

Ob er dabei improvisierte, wie Ramina es getan hatte, weiß ich bis heute nicht, aber es war mir auch nicht wichtig. Ganze Generationen von Obertins, die einen reich, die anderen arm, hatten sich in diese uralte, mächtige Erzählung verwoben und sie jedes Mal von Neuem erfunden. Nacht für Nacht rutschten Großvater und ich aus Lothringen direkt in den Schlaf.

Großvater bestand darauf, mich täglich in die Schule zu bringen und auch wieder abzuholen, weniger aus Sorge um mich als vielmehr, um seinem Tag einen Inhalt zu geben. In seiner bäuerlich anmutenden Kleidung wirkte er unter all der feinen Herrschaft in der Elektrischen, den Beamten, Offizieren und Handelsreisenden, wie ein Eindringling. Manchmal standen da auch ärmlich gekleidete junge Frauen, die um nichts in der Welt auf einem der freien Sitze Platz genommen hätten. Egal, wie beladen sie mit Einkäufen waren, ihre Stellung schien ihnen so natürlich und widerspruchslos zu sein, dass sie es vorzogen zu stehen, als etwas zu tun, was sich in ihren Augen nicht schickte. Die Ehre ihres Standes, so niedrig er auch war, war ihnen teuer.

Es waren Mädchen vom Lande, die irgendeine bemittelte Familie angestellt hatte und die gewohnt gewesen waren, kilometerweit zu Fuß zu gehen, um dem Acker den allerletzten Rest Nahrung zu entreißen. Als der allerletzte Rest nicht mehr genügt hatte, beschlossen sie, sich ihren Lebensunterhalt in der Stadt zu verdienen. Sie sahen immer zu Boden, als ob die befristete Gleichheit, die zwischen ihnen und den anderen herrschte, von ihnen ungewollt und unverdient war. Denn die Elektrische beförderte gleichgültig und unterschiedslos alle.

So hatte womöglich auch Mutter in Amerika ausgesehen, am Anfang zumindest. Wenn Großvater bei dem Anblick der Landmädchen lächelte, wusste ich nicht, ob er sich dasselbe wie ich vorstellte. Vielleicht lächelte er, der jetzt so viel Geld besaß, bloß weil er in ihnen seine eigene Herkunft erkannte.

Schuldirektor Sturz hatte mich mit einem bestimmten «Heil Hitler!» begrüßt, doch weil ich mit einem schwachen «Küss die Hand» geantwortet hatte, hatte sich sein Blick mitleidsvoll und streng auf mich gesenkt. Ein deutscher Junge küsse keine Hände, meinte er, er küsse höchstens Vater und Mutter, wenn er in den Zug zur Front einsteigen müsse. Höchstens die Hände schöner Frauen würde ein deutscher Mann küssen. Er sog an der Zigarre und schien ganz zufrieden mit dieser ersten pädagogischen Maßnahme. Mir blieb nicht anderes übrig, als das zu rufen, was er hören wollte. Das stimmte ihn milde, wie bestimmt auch das Schwein, das Vater ihm hatte zukommen lassen.

In dieser Zeit, als der Krieg uns erreichte und die Züge nur noch voller Soldaten und Waffen waren, während sich die Geschäfte und die Märkte leerten, war ein Schwein eine halbe Lebensversicherung. Einer von Vaters Knechten hatte es ihm gebracht, und weil sich hinter ihm vom Pferdekarren bis zur Direktorswohnung in der Temeschwarer Altstadt eine Blutspur gebildet hatte, wurde die Frau Direktor hysterisch. Sie fürchtete Einbrecher, Fleischdiebe, und die Missgunst der Nachbarn. Sie hatte sich hingekniet und Treppenstufe für Treppenstufe geputzt.

Dann hatte Schuldirektor Sturz die Hand auf meinen

Hinterkopf gelegt und mich ins Schulzimmer geführt, wo es weitere «Heil Hitler!» zu hören gab, vom Lehrer und von den Schülern, alle im Chor. Der Direktor erklärte in einer kurzen Rede Hitler zum Gröfaz und den Krieg für gewonnen, auch wenn man momentan gezwungen war, die Front zu begradigen. Den Russen würde bald die Puste ausgehen, da war er sich sicher.

Er empfahl einigen Kindern, ihre Eltern daran zu erinnern, dass sie für die deutsche Winterhilfe spenden mussten. Der Vater eines Jungen war soeben gefallen, das teilte er mit bebender Stimme mit. Der Junge saß da mit geröteten Augen und kämpfte mit den Tränen. Der Mann habe leider für die falsche Seite gekämpft. Die rumänische Armee sei schlecht ausgerüstet und feige, auch wenn sie Seite an Seite mit der Wehrmacht kämpfe. Wenn aber die Deutschen in Rumänien endlich die richtige Uniform anziehen und für ihre Sache kämpfen würden, dann werde alles ganz anders aussehen. Dann würden deutsche Tränen selten vergossen.

Er erinnerte sich an den wahren Zweck dieses Besuchs, rief mich zu sich und legte mir die Hand auf die Schulter. «Das ist Jacob Obertin. Er ist ein kränklicher Junge und kommt vom Lande. Wer ihn aber hänselt oder auslacht, bekommt es mit mir zu tun. Heil Hitler!»

Es wurde viel Sport getrieben, von dem ich aber dispensiert war, sodass ich meiner liebsten Beschäftigung nachhing: in irgendeiner einsamen, vernachlässigten Ecke des weitläufigen Schulhauses zu lesen. Ich hatte die Bücherei bei einem meiner Streifzüge durch die langen Flure eher zufällig entdeckt, und obwohl viele Bücher als undeutsch entfernt worden waren, waren noch genug da, um meine Neugier zu stillen.

Um mich nicht zu bevorzugen, schrieb mir der Klassenlehrer eine ganze Liste von Büchern auf, die ich während der Sportstunden zu lesen hatte. Hatte ich ein Buch gelesen, fragte er mich aus. Er war ein klein gewachsener Mann, dessen Haut gelblich schimmerte. Er war nicht halb so eifrig wie der Direktor, er wusste um seine Krankheit und ahnte seinen baldigen Tod. «Die Leber, mein Junge», sagte Großvater, als ich ihm davon erzählte. «Der Mann lebt nicht mehr lange.» Tatsächlich starb er noch vor Kriegsende.

Wenn wir zusammensaßen und ich ihm irgendein Buch, das ich kaum verstanden hatte, zusammenfasste, war ich mir fast sicher, dass er gar nicht zuhörte. Er sah durch mich hindurch, als ob ich in einer Welt lebte, zu der er schon nicht mehr gehörte. Doch dieser pflichtbewusste, strenge Mann sorgte dafür, dass ich las.

Nach Schulschluss streiften Großvater und ich ziellos durch die Stadt, als ob wir den Augenblick aufschieben wollten, an dem wir wieder in unser leeres Zuhause zurückkehren würden. Er trug meine Schultasche und ließ mich immer vorangehen, um sich in die Auslagen irgendeines Geschäfts zu vertiefen. Er ging langsam, als ob er keinen Anlass mehr für Eile hätte, da die Erde nicht mehr auf ihn wartete. Ebenso wenig warteten die Tiere oder einer seiner Kunden. Seine Stadtschritte hatten sich im Takt seiner Sehnsucht nach seinem Dorf verlangsamt.

Nachmittags stand er vor der Schule und wartete, wie einer der Bäume, die die Allee säumten. Wie eines seiner Pferde, das jahrelang am Rand des Feldes auf ihn gewartet hatte. Fast immer hatte er eine Packung *Bosambos* bei sich, jene muschelförmigen Oblaten, die mit Schokolade überzogen und mit Kakao gefüllt waren und die man nur in der Bäckerei *Österreicher* kaufen konnte. Wenn ich nach dem Unterricht aus dem Schulhof kam, bot er mir eine Bosambo an. Die anderen folgten auf den vielen Stationen unserer labyrinthischen Gänge, bei der letzten Station standen wir oft schon vor unserem Haus.

Wir zogen eine süße Spur durch die Stadt, die nie gleich war, sondern sich immer wieder veränderte, je nachdem, ob irgendwo Markt gehalten, ein Laden eröffnet wurde oder ein neues Buch zu kaufen war. Darin sah er seine wahre Aufgabe, darauf hatten ihn nicht erst Vater und Mutter bringen müssen. «Du musst viel lesen, Jacob, denn du bist schutzlos. Jeder kann mit dir machen, was er will, aber wenn du genug weißt, bist du gewappnet.» Er hob seinen Finger. «Wer genug weiß, kann seine Erde hinter sich lassen. Wer nicht, der braucht ein Stück Erde, das ihn ernährt.» Zufrieden über seine kurze Rede, steckte er sich eine Bosambo in den Mund. Im Gegensatz zum Klassenlehrer interessierten ihn nicht die Titel meiner Bücher. Zwei Buchdeckel genügten, damit er Vertrauen in meine Zukunft schöpfte.

Immer öfter aber verspätete er sich oder kam gar nicht mehr zur Schule. Als ich einmal lange genug gewartet hatte, machte ich mich allein auf den Weg nach Hause. Vor der Bosambo-Bäckerei blieb ich stehen, um die Torten und Kuchen zu betrachten, die sich hinter dem Schaufenster türmten, als ob sie Gott erreichen sollten. Hinter der Wand aus Zucker, Sahne und Schokolade sah ich Großvater, der in seinem besten Anzug am einzigen Tisch saß.

Es war kurz vor Ladenschluss, und kein anderer Kunde betrat das Geschäft. Neben ihm saß Frau Österreicher, eine mollige, freundliche Frau. Wenn sie sich unbeobachtet fühlte, pflegte sie immer in den Spiegel zu schauen und an ihren Haaren zu zupfen. Sie schwebten wie eine Wolke von undefinierbarer Farbe um ihren Kopf. Wie alle Frauen in der Gegend ließ sie ihre Haare bei *Metzel* frisieren. Was alle Geschäfte des Viertels einte, waren die schwungvollen, verzierten Schilder, die über den Türen der Läden hingen. Sie wurden alle von der Werkstatt *Berger* gleich ums Eck hergestellt.

Großvater war ausgelassen, ich sah, dass er lachte, was sie besprachen, schien ihm großen Spaß zu machen. Frau Österreicher trug noch immer ihre Schürze, richtete gelegentlich ihre Frisur, dann legte sie die Hand auf den Tisch. Großvater beugte sich nach vorn und legte seine Hand auf ihre, und es schien ihr nicht zu missfallen. Sie zog sie nicht zurück, und sie führten so ihr Gespräch weiter.

Ich wich erstaunt zurück. Großvater sollte sein Geheimnis für sich behalten. Als er am Abend zurück war, räusperte er sich, und man sah ihm an, wie peinlich es ihm war. «Ich habe vergessen, wie spät es war», sagte er. «Du brauchst mich doch nicht von der Schule abzuholen, Großvater. Ich bin siebzehn. Tu, was du willst», antwortete ich, ohne den Kopf vom Buch zu heben. Beim Essen sah ich, dass er seine Fingernägel gereinigt hatte. Unvermittelt fragte er mich: «Was hältst du von der Österreicher?» Ohne meine Antwort abzuwarten, fuhr er fort: «Eine lustige Witwe ist sie.»

Großvaters Bekanntschaft mit der Bäckerin hatte angenehme Folgen. Als ich einmal an ihrem Laden vorbeiging, kam sie heraus und rief nach mir: «Du bist doch der Enkel von Herrn Obertin, nicht wahr?» Sie kehrte hinter die Theke zurück, legte einige Bosambos auf eine Serviette und brachte sie mir. «Mach mal den Mund auf!», befahl sie mir, und als ich ihrer Aufforderung folgte, schob sie mir eine Süßigkeit zwischen die Lippen. Ich wollte nach Münzen fischen, aber sie unterbrach mich. «Das ist umsonst, mein Lieber. Mit oder ohne dein Geld geht hier sowieso bald alles vor die Hunde.» Ich verstand nicht, wie sie das meinte.

Als ich einmal von ihr so beschenkt worden und damit beschäftigt war, die Tüte mit Bosambos in die Tasche zu stecken, stand plötzlich Katica vor mir. Sie war mit einigen Stoffballen beladen. In den Monaten seit unserem letzten Aufeinandertreffen hatte sie sich verändert. Oder ich. Oder etwas. Mit ihren lebhaften Augen musterte sie mich. «Wie lange bist du schon in der Stadt?», fragte ich.

«Seit einigen Wochen.»

«Bei Madame Liebmann?»

Sie nickte.

«Man erzählt sich, dass die Judengeschäfte bald geschlossen werden», fuhr ich fort.

«Die Madame hat viel zu viele wichtige Kunden», meinte sie. Weil ich nicht weiterwusste, trat ich unschlüssig von einem Bein aufs andere, bis ich mich an die Bosambos erinnerte. Ich griff nach der Tüte und wollte sie ihr überreichen, aber ihre Arme waren schon mit den Stoffen beladen.

«Gib sie her», sagte ich und nahm ihr die Last ab, während die Bosambos den Besitzer wechselten. Ich begleitete sie bis unter das Schild von Madame Liebmanns Nähatelier, dort nahm sie wieder alles an sich. «Mit diesem Kleid siehst du wie ein Mädchen aus der Stadt aus», sagte ich.

«Wenn man zu Kunden nach Hause geht, muss man so etwas tragen.»

Ich überlegte, was ich noch sagen könnte, dann fielen mir die Sachen ein, die sie mir gegeben hatte, als Großvater und ich das Dorf verließen.

«Die Hose sitzt wie angegossen.»

«Kneift sie nicht?», fragte sie.

«Nein. Überhaupt nicht! Bis morgen dann?»

Sie antwortete wie selbstverständlich: «Wenn du an der Straße ein paarmal auf und ab gehst, sehe ich dich von meinem Fenster aus.» Dann verschwand sie im Innenhof, der Madame Liebmanns Nähatelier beherbergte. So begann meine Zeit mit Katica.

Wir trafen uns vor dem Hofeingang zur Schneiderei und spazierten den Begakanal entlang. Man konnte sich im Frieden wähnen und nicht im Krieg. Die Sommergärten waren gut besucht, es wurden Wein aus Bakowia und Bier getrunken, das in einer Fabrik am Stadtrand gebraut wurde.

An regnerischen Tagen suchten wir *Mosis Kino* auf, in dem nicht mehr amerikanische, sondern deutsche Filme gezeigt wurden. Mosi besaß als Einziger in der Stadt einen Rolls-Royce. Er kannte die Länge der Filme und tauchte genau in der Pause mit seinem Wagen auf, wenn wir alle auf der Straße standen. Von Weitem, noch bevor er ums Eck gebogen war, hupte er und erschreckte die wenigen Pferde, die ihre Karren durch die Hitze zogen. Kurz vor der versammelten Menge gab er Gas, um dann umso effektvoller direkt vor uns bremsen zu können. Das Auto blitzte wie das Gold im Mund der Zigeuner.

Wenn er dann in seinem makellosen, weißen Anzug ausstieg, war er immer eine Sensation. Manche ließen den zweiten Teil aus, nur um das Wunderwerk zu begutachten. Einer wollte einmal wissen, wieso es ein Rolls-Royce sein müsse und nicht etwas Deutsches. Denn Mosis Filmgeschmack war eindeutig deutsch, aber sein Autogeschmack englisch. «Der Film ist etwas für die Seele, der Wagen aber fürs Auge», erwiderte er. Wir haben nie verstanden, warum seine Seele deutsch, sein Auge aber englisch sein musste.

Weil er Angst hatte, sich zu beschmutzen, durfte niemand Mosi anfassen. Einmal breitete er ein Taschentuch auf dem Boden aus, kniete nieder und atmete die Abgase seines Autos ein. Er hustete, klopfte seine Kleider ab und sagte mit dramatischem Tonfall: «So riecht die Zukunft, meine Lieben.»

Katica und ich berührten uns nie, weder im Kinosaal, wo es alle taten, noch auf unseren Spaziergängen durch die Parks des Begaufers, wo alle anderen die späteren Berührungen vorbereiteten. Es war nicht nötig, denn alles war ein ruhiger Fluss, der uns sanft mit sich trug und uns nach einigen Stunden wieder ans Land spülte.

Anschließend begleitete ich sie zu ihrem kleinen, feuchten Zimmer über dem Nähatelier, das ihr die Madame zur Verfügung gestellt hatte. Doch die Tage, die wir auf den Straßen, im Park, am Kanal verbringen konnten, waren gezählt. Die ersten Herbststürme waren schon über das Land gezogen und hatten in Triebswetter großen Schaden angerichtet, wie uns Woche für Woche Sarelo berichtete. Manchmal hatten der Regen und der Wind die Stadt tagelang im Griff, und man musste Pferde holen, um im Schlamm steckende Wagen herauszuziehen.

Großvater ließ mich gewähren, aber er beobachtete argwöhnisch meine neu entdeckte Heiterkeit. «Ist sie wenigstens Schwäbin?», fragte er eines Tages. «Du kannst es doch vor mir nicht verbergen.»

«Es ist das Serbenmädchen, Großvater. Unsere Katica.»

Er schwieg sich lange dazu aus, aber irgendwann rief er mich zu sich. «Bring sie nach Hause. Das ist kein Wetter, um sich draußen herumzutreiben. Ihr könnt auch hier …» Er überlegte kurz. « … lesen oder was auch immer. Sonst wirst du noch krank.»

Doch ich wusste, dass das nicht der einzige Grund war, warum er uns bei sich haben wollte. Mit einem Ohr hörte er die schlechten Nachrichten aus Russland, mit dem anderen aber horchte er Katica und mich aus. Er tauchte unvermittelt in meinem Zimmer auf und gab vor, etwas zu suchen. Etwas, das ihm bald nicht mehr einfiel. Katica nähte meistens auf dem Bett, das eine Bein hatte sie angewinkelt, das andere hing locker hinunter, ihre Wade und ihr Knöchel irritierten mich immer wieder beim Lesen.

Wenn ich las, spürte ich manchmal ihre Blicke auf mir, aber worauf ein Mädchen am liebsten schaute, wusste ich nicht. Zwischen den plötzlichen Besuchen Großvaters, dem Nähen und dem Lesen, dem Schauen und dem absichtlichen Wegschauen, das fast so intensiv war wie das Schauen, verstrich die Zeit.

Am späten Nachmittag wurde Großvater immer unruhig. Er ging wie in einem Käfig, zu dem er keinen Schlüssel hatte, umher. Es war die Zeit, die er am meisten herbeisehnte, denn er hatte sie immer bei der Österreicher verbracht. Wenige Minuten nur, aber genug, um seine Hand auf ihre zu legen. Er ging zur Tür, trat vors Haus, dann kehrte er wieder zurück, bis ich einmal, an einem regnerischen Tag, zu ihm sagte:

«Du kannst gehen, Großvater. Mach dir keine Sorgen.»

Er fragte nicht, woher ich wusste, dass er irgendwohin wollte, er flüsterte nur: «Du machst ihr doch keinen

Bauch, nicht wahr?» Er zeigte mit dem Kopf auf mein Zimmer.

«Keinen Bauch, Großvater. Geh jetzt.»

Er zog die Stiefel und den Regenmantel an, drückte sich den Hut tief ins Gesicht und verschwand. Ich ließ mir viel Zeit, bis ich zu Katica zurückkehrte. Als ich es endlich tat, hatte sie sich auf der Matratze zurückgelehnt und stützte sich auf die Ellbogen. Nun hingen beide Beine über den Bettrand. Die mickrige, unscheinbare Katica hatte sich plötzlich in jemanden verwandelt, der mein Zimmer, mein Bett und meine Gedanken besetzte, und es gab kein Entrinnen.

«Was liest du da?», fragte sie und richtete sich auf, als sie sah, dass ich wieder mein Buch hervorgeholt hatte.

«Eine Geschichte, die in Amerika spielt, am Mississippi.»

Sie spreizte die Zehen, und da waren sie wieder, ihre Waden. «Was ist das?»

«Ein Fluss, der größer und breiter ist als unsere Donau.» Ihr Bauch, den ich ihr nicht machen durfte, hob und senkte sich und mit ihm auch alles, was sich darüber befand. Dieses sanfte Schwingen erschütterte mich mehr als ein Erdbeben.

Ich verließ meinen Posten, um das Licht einzuschalten, als die Haustür aufgerissen wurde und wir Großvater fluchen hörten, Rumänenflüche, wie er sie noch nie von sich gegeben hatte. Ich dachte, dass es etwas mit Katicas Bauch zu tun hatte, und wollte mich schon verteidigen, aber ich täuschte mich.

«Verflucht noch mal, die Bäckerei ist zu. Ich gehe mehrere Tage nicht hin, und dann ist sie zu. Ausgeräumt und zugesperrt.» Er warf Stiefel und Mantel in eine Ecke. «Es sind überall Bretter vor den Schaufenstern, und niemand weiß, wo sie geblieben ist.»

«War sie Jüdin?», fragte Katica.

«Natürlich war sie das», erwiderte Großvater.

«Mit einem solchen Namen?», mischte ich mich ein.

«Junge, du kannst mit jedem Namen Jude sein.» Er schüttelte den Kopf. «Es ist nur noch eine Torte da, die vergammelt.»

Er fluchte, bis er nicht mehr fluchen konnte, danach schwieg er tagelang und weigerte sich, das Haus zu verlassen. Es dauerte Wochen, bis jene Geschichte, wenn nicht vergessen, so doch endgültig abgelegt zu sein schien. Er sprach nie wieder darüber, und sosehr er sich auch bemühte, Frau Österreicher ausfindig zu machen, etwas über ihr Schicksal zu erfahren, so wenig gelang es ihm. Also gab er sie Stück für Stück auf.

Anfang 1944 fror der Kanal zu, auf einige schneereiche Tage folgten mehrere frostige Wochen. Manche Stellen waren so dick, dass man mit dem Pferdewagen darüberfahren konnte, andere wiederum waren trügerisch und zur Falle für Übermutige geworden. Katica ging inzwischen bei uns ein und aus, und Großvater hatte wieder die Gewohnheit angenommen, uns nie ganz allein zu lassen.

Sosehr ich mir das wünschte, so sehr war ich ihm auch dankbar. Denn ohne ihn hätten mich ihre Zehen und Waden und ihr Bauch belagert. Katica aß auch häufig mit uns zusammen, und Großvater gab ihr die Essensreste mit und noch etwas dazu. «Trotzdem, Jacob», murmelte er, nachdem ich sie nach Hause gebracht hatte, «sie ist Serbin und du Schwabe. Vergiss das nicht.»

Keiner von uns bemerkte Vaters Ankunft an jenem

strahlend blauen Februartag. Er war mit dem Automobil gekommen und hatte alles darin verstaut, was uns normalerweise Sarelo brachte. Es war nicht mehr viel, denn der Krieg, hungrig auch er, hinterließ in Triebswetter nur leere Speicher und Ställe. Die rumänischen Soldaten holten von den Bauern, was diese vor ihnen nicht rechtzeitig hatten verstecken können.

Vater klopfte sich vor der Tür die Stiefel ab und trat ein. Katica und ich waren in meinem Zimmer.

«Was sagt das Radio, Großvater?», hörten wir ihn in der Stube fragen. «Verlieren wir den Krieg? Ich höre mir zu Hause nur noch die Platten deiner Tochter an, weil ich alles andere nicht mehr ertrage. Hast du keinen Schnaps mehr im Haus? Ich muss mir mal die Knochen wärmen.»

Wir hörten, wie Großvater aufstand und in den Keller ging, dann kam er zurück und schenkte Vater stumm ein. «Wie sieht es in Triebswetter aus?», fragte er.

«Schlimm. Die Jungen haben die deutsche Uniform angezogen und sind an die Front gefahren. Die Alten weinen sich jetzt die Augen aus. Ich habe ihnen bei der letzten Versammlung gesagt: ‹Wenn ihr früher klüger gewesen wärt, dann müsstet ihr jetzt nicht weinen.› Auch der Neper ist mit, aber er ist inzwischen tot zurückgekommen. Ich habe ihm oft gesagt, dass er zu alt ist, aber er hat immer nur geantwortet, dass niemand zu alt sei für unsere Sache. Dann hat er seine Waffe geschultert und ist in den Zug gestiegen. Er wurde gleich in Serbien von einer Bombe zerfetzt. Wir haben ihn mit Glockengeläut über die Dorfgrenze gebracht, wie es sich gehört. Aber jetzt kommen wir zum eigentlichen Grund meines Besuchs. Wie macht sich denn der Junge in der Schule?»

«Er ist ein guter Schüler. Das Lernen fällt ihm leicht.»

«Besser so. Wo ist er? Ich habe eine Neuigkeit für euch beide.»

Ich holte mein letztes Zeugnis aus der Schublade und ging in die Stube, Katica folgte mir. Er kümmerte sich überhaupt nicht um sie, sondern streckte den Arm nach mir aus. Ich legte das offene Zeugnisheft vor ihn hin, aber er klappte es wieder zu. Katica blieb auf der Türschwelle stehen.

«Nimm Platz, Junge!», befahl er mir. «Ich habe dir etwas Wichtiges zu sagen. Ich werde ohne Umschweife reden, ich muss nachher wieder los. Sarelo ist nun seit anderthalb Jahren bei uns, und schon jetzt kennt er sich mit allem aus, was ein Bauer wissen muss. Er ist im Gegensatz zu dir sehr begabt, und ich habe beschlossen, ihn als meinen Erben einzusetzen. Dich interessiert das Land sowieso nicht, du bist mehr für die Schule und die Bücher gemacht.»

Er nahm ein Buch, das auf dem Tisch stand, an sich, blätterte es durch und legte es wieder zurück. «Wenn er zwanzig ist, werde ich ihn als Verwalter einsetzen. Er macht seine Arbeit schon jetzt so gut, dass ihn sowohl die Bauern als auch die Landarbeiter respektieren. Ich wollte dir das früh genug sagen, damit du dir keine Hoffnungen machst und dich auf die Schule konzentrierst.»

Er setzte sich hin, stellte ein Bein übers andere, spuckte auf den einen Stiefel und polierte ihn mit dem Ärmel seines Mantels.

«Aber er ist nur ein dreckiger Zigeunerjunge!», platzte es aus mir heraus.

«Das ist er nicht», erklärte Vater mit Nachdruck.

Ich blickte Großvater an, denn wenn überhaupt jemand mich verteidigen konnte, dann er. Sein schwaches: «Das kannst du dem Jungen doch nicht auch noch antun» verhallte ungehört.

Ich brach in Tränen aus, ich versprach Vater, dass ich dazulernen würde, dass ich mich um unsere Erde kümmern würde, besser sogar als Sarelo. Ich flehte ihn an, doch er polierte nur weiter die Stiefel. Schließlich murmelte er: «Die sehen wie neu aus.» Er stand auf, ein Berg von einem Mann, an dem nichts mehr – weder seine Stiefel, seine Mütze noch sein Mantel – etwas von jenem Mann verrieten, der sich einst wie ein Dieb ins Dorf geschlichen hatte.

«Ich bin dein Sohn, nicht er!», rief ich erneut. «Er ist nur ein Zigeuner, der an den Bug gehört. Ich werde es den Gendarmen melden, wer er wirklich ist, dann werden wir sehen …» Mitten im Satz senkte sich seine Hand mit solcher Gewalt auf mich, dass mich der Schlag aus dem Gleichgewicht brachte. Er machte einen Schritt auf mich zu, doch einem weiteren Schlag wich ich rechtzeitig aus.

«Ramina hatte recht, du bist gar nicht mein Vater!» Ich schlich mich an ihm vorbei, zog im Vorraum meine Schuhe an und stürmte aus dem Haus. Ich wusste nicht, wohin, aber meine Beine wussten es. Sie trugen mich durch die ganze Josefstadt, vorbei an Menschen und Geschäften, die ich gar nicht wahrnahm, zum Kanal.

Als Katica, die mir nachgelaufen war, dort ankam, stand ich schon weit draußen auf dem Eis und lief aufgeregt und vom Gedanken besessen, dass es endlich brechen sollte, hin und her. Dass es sich öffnen und mich in das darunter wartende Wasser fallen lassen sollte. Ich trampelte auf den dünnsten Stellen herum, aber das Eis gab nicht nach. Es hatte andere Pläne mit mir, wie früher einmal Gott.

Ich kauerte mich frierend und erschöpft nieder, während sich am Ufer und auf der nahen Brücke Menschen versammelten, die mir zuriefen, vernünftig zu sein und mich nicht ins Unglück zu stürzen. Sogar ein Polizist war aufgetaucht und versuchte vorsichtig zu mir zu gelangen, aber er fiel alle paar Meter hin. Auf Katicas breitem, gerötetem Gesicht zeigte sich die Furcht, die sie an meiner Stelle hatte.

Wenn ich mich heute an sie erinnere, dann sehe ich sie dort mit aufgerissenen Augen und kleinen Händen, die sie zu Fäusten zusammengeballt hatte, stehen, nicht anders als in einem typischen amerikanischen Film. Weil nichts half und der Fluss mich nicht wollte, kauerte ich mich schließlich hin, bis ich vor Kälte schlotterte. Die Zuschauer waren enttäuscht, weil nichts mehr passierte, und zerstreuten sich. Auch der Gendarm war verschwunden, als ich ans Ufer zurückkehrte. Katica wollte mich umarmen, doch ich wich zurück.

«Lass das, ich rieche schlecht», murmelte ich.

Sie begann auf eine Art und Weise zu lachen, die es mir leicht machte, den Blick zu heben und ihr in die Augen zu schauen. «Jacob, du treibst dich zu viel bei Mosi herum. Auch der lässt sich nicht anfassen, aber weil er zu sauber ist.»

«Du sagst es nicht weiter, nicht wahr?»

«Schon das erste Mal habe ich mich daran gehalten.»

In den nächsten Monaten wurden Katica und ich unzertrennlich. Wenn sie nicht im Nähatelier oder ich nicht in der Schule war, wenn Großvater uns nicht in seiner Nähe haben wollte, streiften wir umher, wie ich es früher mit ihm getan hatte. Es konnten viele Stunden verstreichen, in denen wir fast nichts sprachen. Ich hatte ihr alle

Geschichten von Ramina und Großvater erzählt. Aber das war es nicht, was sie wirklich interessierte. Sie meinte, solche Menschen wie Caspar und Frederick verdienten es gar nicht, dass man von ihnen erzählte. Sie seien schließlich nur Mörder gewesen. Und sie begriff, da war ich mir sicher, dass ich sie damit nur aufhalten und weglocken wollte von etwas, was nur mit uns beiden zu tun hatte.

In irgendeiner Gegend, wo uns niemand kannte, auf einer unbelebten Straße, hinter einer Mauer, griff ich manchmal nach ihrer Hand. Nur das. Und fast am Schluss, kurz bevor sie Temeschwar verlassen musste, als ich sie zum letzten Mal sah, habe ich sie auch geküsst. Aber viel lieber erinnere ich mich an unsere Hände.

Katica erwähnte Vater so gut wie nie und auch nicht, was sie bei uns gesehen und gehört hatte. Nicht aus Rücksicht, sondern weil es in ihrer Welt ohne Bedeutung war. Ihre Eltern waren so arm, dass sie nichts außer der Schneiderbüste und den alten Modezeitschriften ihrer Mutter erben würde. Einen Hof und eine große Vergangenheit hatten sie nie gehabt, nur ein armseliges, kleines Haus. Was zählte, war der Augenblick, noch nie habe ich jemanden gekannt, dem die Vergangenheit oder die Zukunft so wenig bedeuteten. Wichtig war, was greifbar war, so wie ich.

Es gab in der Stadt inzwischen nur noch einen einzigen, allgegenwärtigen Gedanken: Nahrung zu finden, und das, bevor ein anderer sie fand. Rastlos streiften die Menschen für altes Fleisch oder verwelktes Gemüse umher. Sie standen widerwillig Schlange, denn das Einzige, was aus ihrem früheren Leben überdauert hatte, war die Überzeugung, dass ihnen mehr zustand als anderen.

Wenn die Ware knapp wurde oder ganz ausging, brach Streit aus. Nicht selten hatte ich gesehen, wie sich feine Herrschaften um ein paar Knochen prügelten. Der Krieg mied uns immer noch, aber sein Atem wurde von Tag zu Tag hörbarer.

Großvater und mir ging es besser, denn nie blieb Sareïos Besuch aus. Es reichte sogar für Katica, der ich regelmäßig ein Paket mit Würsten und Käse brachte. Doch die Stadt quoll über vor Dieben und Bettlern. Sie standen vor den Kirchen, vor allem dort, und vor den Wirtshäusern und Geschäften, in denen die verkehrten, die es sich noch leisten konnten. Sie standen vor dem Theater und an jeder großen Straßenkreuzung, in den Parks und am Kanal. Ihre jammervollen Stimmen, ihre zerknitterten Gesichter verfolgten einen bis in die Träume. Sie waren die Besatzer, die wahren Herren der Stadt. Sich ihnen zu entziehen hieß, nicht mehr aus dem Haus zu gehen.

Einem der Bettler fehlten die Beine, er tauchte immer auf dem Rücken eines drahtigen, schweigsamen Mannes auf, der ihn überall hintrug. Im Gegensatz zu allen anderen, die auf der Straße und von der Straße lebten, war der Beinlose immer frisch rasiert und sauber angezogen. Als ob das saubere Betteln ehrenhafter gewesen wäre als eines in Lumpen.

Katica und ich hatten die beiden oft beobachtet, die nie planlos vorgingen. Sie spähten zuerst die Orte aus, berieten kurz, aber das letzte Wort hatte immer der Krüppel. Wenn sie einen Ort für vielversprechend hielten, setzte der Träger den Beinlosen ab, der sich auf dem letzten Stück zu seinen Opfern allein über den Boden schleifte. Vielleicht durch seine Erscheinung, vielleicht durch sein Geschick nahm er am meisten von allen ein. Einmal hatten wir die beiden sogar in einem ziemlich teuren Lokal sitzen sehen, vor sich Teller voller köstlicher Speisen.

Mitte Juni – ein goldener, überhitzter Monat – saßen Katica und ich am Kanal, wie viele andere auch. Etwas schien sie zu beschäftigen, doch sie fand keine Worte dafür. In dem Augenblick hörten wir eine Stimme neben uns: «Wenn du sie nicht bald küsst, läuft sie dir davon, bei dem Gesicht, das sie macht.» Der Krüppel schleppte sich näher, bis er direkt vor uns stand, dann sagte er: «Oder du gibst mir ein paar Münzen. Das wirkt genauso wie das Küssen.»

«Wieso denn das?», fragte ich ihn, während ich etwas Geld aus der Tasche kramte.

«Ganz einfach, weil ich dann etwas nicht tue.»

«Was?»

«Euch verfluchen.»

Als er die Münzen an sich genommen hatte, schien er uns auf einen Schlag vergessen zu haben und wandte sich einem anderen Paar zu, während sein Begleiter in der Nähe blieb.

«Was ist los?», fragte ich Katica.

«Die Madame schickt mich ins Dorf zurück. Sie muss dichtmachen, aber nicht, weil sie jüdisch ist, sondern weil die Kunden ausbleiben. Die Leute kaufen lieber etwas zu essen als neue Kleider.»

Auf dem Weg zu ihrem Zimmer küsste ich sie im Hauseingang neben der Bosambo-Bäckerei. Auf den Brettern, mit denen man die Schaufenster zugenagelt hatte, stand mit weißer Farbe *C.N.R*, und die auf dem Regal zurückgelassene Torte war längst zu einem kleinen, grauen Haufen zusammengeschrumpft. Mit einem völlig neuen Gefühl im Bauch kehrte ich nach Hause zurück.

In dieser Nacht wurden Großvater und ich von Bombeneinschlägen rund um den Nordbahnhof geweckt. Wie alle anderen gingen auch wir auf die Straße und erblickten den lodernden Himmel über den Hausdächern. Er kündigte die Ankunft des Krieges an. Die Sirenen heulten viel zu spät los, als ob unser besoffener Strubert sie bedient hätte. Ich lief ins Haus zurück, zog mich an, und als ich mich draußen an Großvater vorbeischleichen wollte, fragte er: «Wo willst du hin? Es ist zu gefährlich.» Meine Antwort ging in einer Serie von Explosionen unter. Nachdem die Flugzeuge abgedreht hatten, flogen Munitions-, Erdöldepots und Fabriken in die Luft.

Ich brachte Katica, die ich zusammengerollt in einer Ecke ihres Zimmers gefunden hatte, zu uns. Das erste Tageslicht kündigte einen so blauen Himmel an, als wollte er uns verhöhnen. In Decken gehüllt, saßen Katica und ich auf der Veranda und hielten uns an der Hand, überzeugt davon, dass wir bald sterben würden. Dann hörten wir die ersten Nachrichten über verkohlte, erstickte, verschüttete Menschen. So ging das einige Wochen lang, wir verbrachten viel mehr Zeit im Schutzraum als im Haus. Am Tag spürte ich auf der Hand den nächtlichen Druck von Katicas Fingern.

Das letzte Mal, als ich Katica sah, saß sie auf unserem Pferdewagen, und Sarelo peitschte auf die Pferde ein, um vor der Dunkelheit wieder im Dorf zu sein. «Ohne Peitsche, nur mit dem Zaumzeug!», rief ihm Großvater hinterher, doch Sarelo kümmerte sich nicht darum. Katica hob die Hand zum Gruß, und diesmal lief ich hinter dem Pferdewagen her.

* * *

Wenn die Russen nicht bald abziehen würden, würde ich erfrieren und sterben müssen. Das Eis hatte nicht nachgegeben, weil es mich länger am Leben halten wollte, für einen anderen Tod, den irgendwer, Gott vielleicht, sich für mich ausgedacht hatte. Schade, dass Ramina ständig über meine zwei Geburten erzählt hatte, aber nie über meinen Tod. Dass ich jetzt nicht eine größere Auswahl zur Verfügung hatte, um mir einen mir angemessenen aussuchen zu können. Denn ob es in Sibirien geschehen würde oder gleich an Ort und Stelle, auf unserem Friedhof, konnte ich ohne Raminas Hilfe nicht sagen.

Ich nahm all meinen Mut zusammen, schob die Grabplatte beiseite und hob meinen Kopf. Es schneite nicht, und auch der Wind hatte sich gelegt. Die Gruften und die Grabsteine waren mit einer dicken, weißen Schicht überzogen. Sogar der Zaun, der den Friedhof vom Feld abgrenzte, war kaum noch auszumachen. Ich streckte mich und klopfte mich ab, dann spürte ich, wie meine steifen Glieder wieder zum Leben erwachten. Ich schlich mich über die kaum sichtbaren Wege zum Friedhofstor.

Im Dorf, vielleicht sogar vor unserem Hof, bewegten sich Lichter, und erneut drangen die Rufe der Russen an mein Ohr, die wohl zur Eile ermahnten, dann wurde geschossen, und eine Frau schrie auf. Die Nacht war nicht dunkel, denn der Schnee erhellte sie. Sie war nicht dunkel genug, um mich zu verbergen.

Seit einigen Augenblicken war es still geworden, als ob das ganze Dorf schliefe und alles nur ein böser Traum gewesen wäre. Nur dort, wo der Dorfplatz sein musste, leuchteten einige Scheinwerfer. Dann wurden Motoren angelassen, und es dauerte nicht lange, bis sich einige der Lastwagen auf den Weg aus dem Dorf machten.

In diesem Augenblick riss die Wolkendecke auf, und der Mond tauchte alles in sein mattes Licht. Ich kehrte in mein Versteck zurück und war überzeugt, dass bald auch die letzten Russen abziehen und man mich zurück ins Haus holen würde. Ich nickte ein, als ich plötzlich Stimmen hörte, die sich dem Friedhof näherten, doch ich verstand nicht, in welcher Sprache sie redeten. Durch einen Spalt sah ich das Licht mehrerer Petroleumlampen, die Leute schienen sich abzusprechen. Dann schlug man den Weg zur Gruft der Damas ein. Jetzt hörte ich auch deutlich die Sprache, die mir seit den Tagen in Temeschwar geläufig war, als die Russen bei uns Schnaps gesucht hatten.

Das Schicksal sprach Russisch, doch als es dann vor der Gruft stehen blieb, hörte ich eine vertraute Stimme: «Komm heraus, Junge. Es ist vorbei», forderte Vater mich auf. Ich schob die Platte beiseite, dann leuchtete mir eine Lampe so grell ins Gesicht, dass ich mir den Arm vor die Augen hielt. Ich spürte, wie mich zwei kräftige Hände herauszogen, ohne dass ich mich widersetzen konnte.

Die erste Gestalt, die ich bemerkte, war die Sarelos, die zweite die Vaters, der sagte: «Es tut mir leid, Junge. Sie haben Sarelo für dich gehalten, sie wollten ihn mir wegnehmen. Auch der Pfarrer konnte sie nicht überzeugen. Es ist mir nichts anderes übrig geblieben. Auf dich kann ich verzichten, aber nicht auf ihn.»

Zwei russische Soldaten griffen mir unter die Arme und zwangen mich, ihnen zu folgen, dahinter kamen in einigem Abstand Vater und Sarelo. Ich wurde unsanft auf die Scheinwerfer zugetrieben, doch ich sträubte mich nicht, wie Ramina es getan hatte, indem sie sich ganz auf ihr Gewicht verlassen hatte. Ich schwebte nicht wie sie über den Köpfen der Soldaten, ich zog meinen Kopf ein. Ich würde auch nicht auf dem Lastwagen sitzen wie auf einem Thron. Ein kleiner Triumph im Augenblick der größten Niederlage.

Benommen – eine Benommenheit, die seit Katicas Tod von mir Besitz ergriffen hatte – steuerte ich auf den Platz zu, wo ich meine halbe Kindheit verbracht hatte. Wo Großvater seine Tiere, Sarelo seine Messer und Katicas Mutter Röcke und Anzüge verkauft hatten. Wo sich Mütter nach künftigen Schwiegertöchtern umgeschaut hatten. Wo jetzt zwei Lastwagen auf die Letzten warteten, die man noch eingefangen hatte.

Männer und Frauen wurden so wie ich durch die Gassen getrieben. Man hatte sie in Gärten und Scheunen, in Kellern und auf Dachböden aufgegriffen. Sie versuchten sich ohne viel Erfolg mit ihren Schals, den Fellmützen und hochgezogenen Krägen vor der Kälte zu schützen. Als wir alle auf einem der Lastwagen standen, sah ich mich um. Lehrer Kirsch stand da, stumm und grimmig, und einige seiner beim Exerzieren fleißigsten Jungen.

Zwei Männer erzählten, dass sie sich in der Mühle versteckt hatten, eine Frau wurde in einem Fass voller Mistlake gefunden. Ihr Geruch sollte uns bis in die Stadt begleiten. Eine andere Frau war schwer verletzt worden, als die Soldaten mit dem Bajonett ins Heu gestochen hatten. Trotzdem wurde sie halb tot neben uns abgelegt. Inmitten von all dem stand ich, Jacob, Jacob mit *c*.

Langsam versammelte sich das Dorf um die Lastwagen. Die Menschen standen stumm da. Sie hatten, was sie ihren Kindern, Brüdern und Schwestern mitgeben wollten, mitgebracht: Kleider, Essen, ein Foto zur Erinnerung.

Doch der rumänische Übersetzer ermahnte sie, sich nicht zu nähern, und die Soldaten drängten sie zurück.

Ich schaute mich nach Vater und Sarelo um, die mir gefolgt waren, aber sie waren verschwunden. Ich suchte nach Großvater, aber auch er war nicht da. Doch in einer dunklen Ecke sah ich eine Gestalt, die mir bekannt vorkam. Sie trat einen Schritt vor, dann noch einen, und plötzlich erkannte ich Mutter. Ich rief ihr nicht zu, ich starrte sie nur an, so überrascht war ich, dass sie da stand. Sie, die noch nie für mich eingestanden hatte.

In ihren Armen hielt sie ein Bündel, sie ließ sich von den Soldaten nicht wegdrängen und verteidigte mit ihrer ganzen Kraft, was sie an ihre Brust drückte. Als sich ihr die Möglichkeit bot, lief sie auf unseren Lastwagen zu, doch ein Russe packte sie am Arm und riss sie um, sodass sie zu Boden fiel. Doch sie gab ihr Vorhaben nicht auf. Als der Hauptmann nach dem Soldaten rief und dieser sich entfernte, ergriff sie ihre Chance, und dieses Mal gelang es ihr, mir das Bündel zu überreichen.

«Gott ist mit dir, Jacob», sagte sie, dann wurde sie endgültig zurückgedrängt. Als die Russen in die anderen Lastwagen gestiegen waren, während vier von ihnen bei uns blieben, schafften es auch andere, ihre Bündel loszuwerden. Dann setzte sich die Kolonne in Bewegung. Der Fahrer gab Gas, und der Fahrtwind blies uns unbarmherzig ins Gesicht.

Mutter hatte in einen kleinen Sack einen Pullover, Brot, Käse und Speck eingepackt. Ich streifte den Pullover über und sah zu, wie sich die Lichter von Triebswetter immer weiter entfernten. Dann hockte ich mich wie alle anderen hin, und wie Welpen, die Wärme suchten, drückten wir uns aneinander.

4. Kapitel

Die Tiere wärmten ihn, wie sie auch Jesus gewärmt hätten. Frédéric holte seine Schafe und das Schwein immer ins Haus, wenn der eisige Oktoberwind wehte und sich die ersten frostigen Nächte ankündigten. Treu und zahm standen sie um sein Strohbett herum, und Frédérics klammer Körper taute auf, bis er endlich einschlafen konnte.

An jenem Morgen des Jahres 1769, als er zum ersten Mal etwas über das Banat hören sollte, erwachte er vom heftigen Klopfen an seiner Tür. Wie ein Ertrinkender, der sich in letzter Minute retten konnte, fand er zurück ins Leben. Er schnappte nach Luft, und weil sich das Klopfen bis in seinen letzten Traum fortgesetzt hatte, wusste er nicht, ob er es sich womöglich nur eingebildet hatte. Er blieb liegen und lauschte, während seine Hand unter dem Kissen nach dem Messer suchte.

Denn obwohl der Große Krieg seit über einem Jahrhundert beendet war, war die Gegend um Dieuse, ja ganz Lothringen nie wirklich zur Ruhe gekommen. Noch in seiner Jugend hatte Frankreichs König weitere Kriege geführt, und seine Eltern hatten ihn vor den Aushebungskommandos der Armee verstecken müssen. Kaum wurden auf der Straße nach Marsal Reiter gesichtet, flüchtete er ins nahe Wäldchen. Inzwischen brauchte man sich vor so etwas nicht mehr zu fürchten. Wenn ein Bauer aufs Feld ging, konnte er damit rechnen, abends auch wieder nach Hause zu kommen. Im Vergleich zu jener Zeit, als Caspar hier aufgekreuzt war, der, wie sein Vater es ihm erzählt hatte, sich auf seinem früheren Hof geglaubt und die ganze Familie bis auf ein Mädchen ausgelöscht hatte, war es friedlicher geworden.

Caspar hatte gleich das Haus niedergebrannt wegen der Pest, die sich darin eingenistet hatte. Dann hatte er ein neues gebaut, das, in dem Frédéric jetzt wohnte. Caspar und das Mädchen waren darin eingezogen, hatten einige Tiere und etwas Saatgut erworben, und als sich die Gegend nach und nach wieder belebt hatte, als sich einige Bauern in den verlassenen Häusern niedergelassen hatten, hatten sie jahrelang friedlich auf ihrem Land gewohnt. Sie hatten es sogar so weit gebracht, dass sie nur noch selten hungern mussten.

Sie gingen fast nie ins Dorf, sie genügten sich selbst. Die Überreste der Familie hatten in ein kleines Grab gepasst, das sie unweit ihres Hofes ausgehoben hatten. Frédéric kannte den Ort gut, auch wenn das Kreuz inzwischen verschwunden war. Er hatte immer in Sichtweite von Caspars Tat gelebt. Sein Vater hatte sogar gemeint, gehört zu haben, dass das Mädchen ergeben und arbeitsam, ja zufrieden gewesen sei. Caspar hatte sieben Kinder mit ihr gezeugt, wovon einige bald starben. Doch zwanzig Jahre später, als sie mit dem achten Kind schwanger war, das Frédérics Urgroßvater werden sollte, hatte sie ihren Mann wie aus heiterem Himmel erschlagen, und ihr Erstgeborener hatte die Leiche im Wäldchen verscharrt. Danach hatte sie den Hof mithilfe ihres Sohnes weitergeführt, als ob nichts gewesen wäre.

Frédéric hatte oft im Dickicht nach Spuren gesucht, die ihm die Wahrheit dieser Geschichte beweisen sollten. Eines Tages hatte er beschlossen, dass sie wahr sein musste, und sie beiseitegeschoben, denn inzwischen plagten ihn andere Sorgen. Der Boden gab wenig her, die Missernten häuften sich, die Steuern waren hoch, und so machte die Armut aus vielen Bauern Landstreicher, die für ein Stück Brot töten würden. Dass ihm nicht dasselbe widerfuhr, verdankte er einem einträglichen Geschäft: der Zigeunerjagd.

Als es zum dritten Mal klopfte, rief er: «Wer da?»

«Was fragst du noch? Ich bin's. Steh auf, sonst verdienen wir heute gar nichts.»

Als er die Stimme seines Freundes erkannte, steckte er sein Messer weg, bahnte sich einen Weg an den Tieren vorbei und öffnete die Tür.

«Zieh dich an, man hat nicht weit von Marsal Zigeuner gesichtet!», sagte Jules.

Frédéric war klein gewachsen, aber robust genug, um in der Kneipe jeden auf den Boden zu werfen, der ihn schmähte, weil er mit seinen dreißig Jahren noch immer allein und weitab vom Dorf lebte. Ein Einzelgänger, der sich um niemanden scherte. Der Einzige, mit dem er sich abgab und der sozusagen sein Geschäftspartner war, war Jules, ein Hüne von einem Mann. Für jeden gefangenen Zigeuner kriegten sie nach Abzug der Pferdemiete genug, um bis zur nächsten Jagd auszukommen. Und wieder einmal trieb sich eine Gruppe irgendwo zwischen Moyenvic und Marsal herum.

Sie brauchten nicht viele Worte, um sich zu verständigen, sie waren gemeinsam aufgewachsen, und als Frédéric den Hof erbte, kam Jules manchmal zu ihm heraus, um auszuhelfen. Eine Frau hatte Frédéric nicht gefunden, an seine Hässlichkeit konnte sich keine auf Dauer gewöhnen. Er hatte ein verdrücktes Gesicht, das wie von einer Krankheit entstellt schien, und wulstige Lippen. Jedenfalls war sich Frédéric inzwischen sicher, dass er für immer ledig bleiben würde.

Jules hatte die Pferde mitgebracht, und als Frédéric bereit war, brachen sie wortlos auf. Sie ritten eine Weile Richtung Marsal, machten einen Umweg um die Stadt und kamen bald in den dichten Wald, den die Zigeuner seit Generationen als Versteck nutzten. Sobald sie den feinen Rauch über den Baumwipfeln sahen, stiegen sie ab, banden die Pferde fest, denn sie hätten sie durch ihr Wiehern verraten können. Zu Fuß gingen sie weiter und pirschten sich heran. Sie wussten, dass jeder umgeknickte Ast sie um ihre Beute bringen konnte.

Wenn unter den Zigeunern mehrere kräftige Männer waren, konnten ebenso gut sie zu den Gejagten werden. Die *Zeguns* waren gefürchtet und konnten nicht nur mit Pferden, sondern auch mit Waffen gut umgehen. Aber wenn es nur Frauen und Alte waren, hatten sie eine Chance.

Zwar war die Zeit der großen Wanderungen vorbei, als die Zigeuner zu Hunderten vor den Toren der Städte aufgetaucht waren und man sie ehrfürchtig mit Geschenken empfangen hatte. Jetzt streiften sie in kleinen Gruppen umher, um nicht aufzufallen. Sie waren scheu geworden und zogen Routen vor, die weit entfernt von jeder menschlichen Siedlung waren. Wenn sie haltmachten, dann nur tief im Wald. Trotzdem stellte man ihnen nach, und an den Kreuzungen der Landstraßen hatte man Tafeln angebracht, auf denen gezeigt wurde, was jedem Zegun, den man fing, bevorstand, nämlich gehängt zu werden.

Die beiden Männer hatten das Glück auf ihrer Seite, denn dort versteckten sich nur einige zerlumpte Frauen mit ihren Kleinkindern, ein gebrechlicher alter Mann und ein jüngerer Bursche. Sie hatten sich aus Baumstämmen, Laub und Tierfellen einen nach einer Seite offenen Verschlag gebaut und kauerten vor einem schwachen Feuer, auf dem sie einen Hasen brieten. Frédéric und Jules trennten sich. Jules ging gebückt und im Schutz der Büsche um das Lager herum und bezog auf der anderen Seite Stellung.

Frédéric legte seinen Dolch ab, zog seine Pistole und lud sie durch. Er wusste, dass Jules das Gleiche tat. Der erste, entscheidende Schuss aber gehörte immer ihm, er war ein präziser Schütze, das musste in der Familie liegen, hatte ihm Vater erzählt, denn auch der Deserteur Caspar hatte auf über vierhundert Fuß zweimal nachladen, schießen und treffen können.

Als er fertig war, zielte er auf den Jungen und pfiff kurz. Jules' Pfiff hörte sich wie ein Echo des seinen an, dann schoss er, und der Junge fiel zu Boden. Jules' Schuss, der unmittelbar folgte, streifte den Alten bloß. Ein Geschrei begann, die Frauen packten ihre Kinder und liefen in alle Richtungen davon. Der Alte, viel zu schwach, sank nach nur wenigen Schritten nieder. Einer der Frauen, die in ihrer Panik direkt auf Frédéric zukam, versperrte er den Weg und hielt sie fest, bis Jules bei ihm war und er ihre Hände zusammenbinden konnte. Sie wehrte sich und biss Frédéric in den Arm, also schlug er sie, bis sie still und gefügig wurde. Hinter den Bäumen, aus sicherer Entfernung, schauten die anderen Zigeunerinnen zu.

Während Frédéric bei ihrer Gefangenen blieb, ging Jules, das ließ er sich niemals nehmen, zum leblosen Körper des Zigeuners und schnitt ihm beide Ohren ab. Dann nahm er sich den Alten vor, der kniend um sein Leben bettelte, und erstach ihn. Noch während dieser röchelte, schnitt er auch ihm die Ohren ab. Jules rieb mit etwas Laub das Blut von der Messerklinge, steckte die Ohren in ein Tuch und kehrte zu Frédéric zurück.

Er rief in den Wald hinein: «Das nächste Mal holen wir auch euch», dann brachten sie ihre Beute zu den Pferden. Aus einem zweiten Stück Seil bastelten sie eine Schlinge, stülpten sie der Zigeunerin über den Kopf und zogen sie bis nach Marsal hinter sich her. Nachdem sie sich anfänglich gewehrt hatte, bis sie beinahe erwürgt worden wäre, hatte die Zigeunerin es bald aufgegeben und war ihnen mit erloschenem Blick gefolgt.

Es war nicht einmal Mittagszeit, und sie hatten ihre Arbeit fast erledigt. Frédéric schloss die Augen und sog die kalte, feuchte Luft ein. In Marsal schlugen sie den Weg zum Haus des Richters ein, doch sie kamen nur langsam voran, denn sie mussten aufpassen, dass die Leute die Zigeunerin nicht erschlugen. Tot hätte sie ihnen viel weniger eingebracht, also ließ Frédéric seinen Freund vorausreiten, während er hinten die Zigeunerin abschirmte.

Der Richter zahlte sie aus. Als Frédéric die Frau schließlich zum Turm brachte, wo sie bis zur Hinrichtung festgehalten werden würde, und als er sie der Wache übergab, wandte sich die Zigeunerin zu ihm um. In ihrem Blick steckte der ganze Hass, zu dem sie fähig war, und sie spuckte ihm vor die Füße.

«Du sollst so viel hungern wie ich», sagte sie.

Frédéric lachte laut. «Das ist schon geschehen. Dafür braucht es deinen Fluch nicht mehr.»

«Und alle, die nach dir kommen, sollen auch hungern.»

Dann wurde hinter ihr das Tor verriegelt, und Frédéric hörte nur noch schwache Schritte, die sich langsam entfernten. Jules und er gingen ins Wirtshaus, wo sie gern gesehene Gäste waren, weil sie den größten Teil ihrer Belohnung immer für den billigsten Fusel ausgaben. Angeheitert und gewärmt, machten sie sich später auf den Heimweg, und sie hatten wieder Glück, denn die Pferde kamen allein zurecht und kannten die Strecke ebenso gut wie sie. Sie mussten nur darauf achten nicht hinunterzufallen. Auf der Straße nach Dieuse, auf der Höhe seines Hofes, stieg Frédéric vom Pferd, überreichte Jules die Zügel und ging wankend das letzte Stück Weg zu Fuß.

Er hatte gerade die kleine Brücke über die Salia überquert, als er merkte, dass aus dem Kamin seines Hauses Rauch aufstieg. Er drehte sich um, um Jules zurückzurufen, aber dieser war längst verschwunden. Ihm blieb nichts anderes übrig, als sich allein dem Eindringling zu stellen. Er zog seinen Dolch heraus, lud die Pistole und näherte sich dem Eingang.

Doch bevor er die Tür aufriss, die einen Spalt weit offen stand, hörte er, wie drinnen einer jammerte: «Gott, oh Gott, wo hole ich nur in dieser Einöde neue Schuhe her?» Frédéric wartete einen Augenblick, um ganz sicher zu sein, dass da nicht noch mehr Leute waren. Als er dann mit gezogenem Messer in den Raum eindrang, fand er einen verängstigten, dicken Mann vor, der auf dem Bettrand saß und sich seine nackten Füße massierte. Sein Bauch wirkte übergroß im Vergleich zu den kurzen, stämmigen Beinen. Neben ihm auf dem Boden lag eine Trommel.

«Schießen Sie nicht! Um Gottes willen schießen Sie nicht!», rief dieser entsetzt.

«Was suchen Sie in meinem Haus?», fragte Frédéric.

«Ich wollte mich wärmen und etwas essen. Ich hätte dafür bezahlt, ich habe Geld.»

«Wer sagt mir, dass Sie kein Dieb sind?»

«Haben Sie schon mal einen so kugelrunden Dieb gesehen? Ich würde doch nur in der Tür stecken bleiben. Außerdem, haben Sie schon mal einen Dieb mit einer Trommel gesehen? Bestimmt nicht, denn wozu sollte sie ihm nützen? Sollte er etwa im Dorf herumtrommeln, dass der Dieb da ist und dass man Türen und Fenster für ihn öffnen soll? Seien Sie vernünftig. Ich bin nur ein Emissär Ihrer Majestät Maria Theresia, der Kaiserin von Österreich, und muss die frohe Botschaft unter die Leute bringen.»

«Ein so wichtiger Emissär reist zu Fuß?»

«Ich bin nur zu Fuß, weil mir vor ein paar Tagen einige Zeguns das Pferd gestohlen haben. Ich hoffte im Dorf auf Ersatz.»

«Dann erzählen Sie mal, was das für eine Botschaft ist.» Frédéric legte die Waffe ab und setzte sich an den Tisch, ohne den seltsamen Gast aus den Augen zu lassen. Der Mann hob einen seiner Schuhe auf und steckte mehrere Finger durch ein Loch in der Sohle. Er fasste Mut, richtete sich auf, zog seine ebenso löchrigen Strümpfe wieder an und begann zu erzählen.

Seit vielen Jahren würden sich Menschen mit Unterstützung der Kaiserin und der Wiener Hofkammer auf den Weg in den Osten der Monarchie machen. Sie reisten an einen Ort, von dem Frédéric noch nie etwas gehört hatte und wo die Monarchie über sehr viel Land, aber zu wenig Menschen verfügte. Man sei drei Jahre lang von Steuern befreit. Man bekomme Land und Hof in Pacht und eine Antizipation an Tieren und Gerätschaft, einen

Vorschuss sozusagen, um die erste Zeit zu überstehen. Der Emissär hielt kurz inne und beäugte Frédéric.

Nur wenn man sich sehr dumm anstellte oder sehr ungeschickt war, würde man nicht nach kurzer Zeit mehr besitzen als je zuvor. Jedenfalls sehr viel mehr als irgendeiner aus einem gottverlassenen Nest wie Frédérics Dorf, dessen Name der Mann gar nicht wusste. Jeder war willkommen, Handwerker, ehemaliger Soldat, Bauer, Hauptsache, er war katholisch.

Frédéric hörte zum ersten Mal auch etwas über einen Fluss namens Donau, da doch die mickrige Salia das einzige Flüsschen war, das er zeitlebens gekannt hatte. Die Donau, erzählte ihm der Dicke, während er ein Glas sauere Milch trank und den letzten harten Brotkanten Frédérics aß, sei ein mächtiger Strom, an manchen Stellen so breit wie der Abstand von seinem Hof bis zur Straße, an anderen jedoch eng und gefährlich.

Auf ihm würden die Menschen, die sich in einer Stadt namens Ulm sammelten, bis in jene vielversprechende Krondomäne reisen, die man Banat nannte. Mit ein wenig Glück dauerte die Fahrt auf dem Floß zwei Wochen, allerhöchstens vier. So ein weiter Weg sei nicht ohne Risiken, aber lohnenswert, wenn man daran dachte, was einen am Ende erwartete. In Lothringen sei doch schon lange kein anständiges Leben mehr möglich. Deshalb müsse auch er aufpassen, wenn er auf den Dorfplätzen erscheine, denn der Zulauf der Leute sei groß, die französischen Beamten allerdings unzufrieden über den Aderlass.

«Wie oft hat der König in letzter Zeit die Steuern erhöht?», fragte der Mann mit erhobenem Finger, der seinen ganzen Auftritt noch theatralischer machte.

«Oft», antwortete Frédéric nachdenklich.

«Und wie oft hat es Missernten gegeben?»

«Noch öfter.»

«Na also, zwei Gründe, um sein Glück anderswo zu suchen», beendete der Mann sein Plädoyer und legte sich auf Frédérics Bett flach auf den Rücken, bald aber kippte sein unförmiger Körper zur Seite. «Sie haben hoffentlich nichts dagegen, wenn ich heute Nacht in Ihrem Bett schlafe. Meine Knochen schmerzen gar schlimm.»

Frédéric hätte sich womöglich widersetzt, er hätte den unverschämten Kerl hinausgeworfen, wenn er nicht von dessen Erzählung beeindruckt gewesen wäre. Ihm wurde schwindlig bei den vielen Gedanken, die in ihm aufkeimten und ihn für den Rest der Nacht beschäftigten. Er legte sich auf den Boden und lag bis zum Morgengrauen wach. Noch bevor sein Gast mühsam ein Paar von Frédérics alten Schuhen angezogen hatte und Richtung Dieuse verschwunden war, traf er seine Entscheidung.

* * *

Wie Frédéric nach Ulm kam, ist unklar, auch Großvater schenkte dem Umstand kein Interesse, er übersprang diesen Teil der Geschichte. Vielleicht hatte Frédéric die Schafe, das Schwein, ja den ganzen Hof verkauft, bevor er sich Richtung Sarraburg in Bewegung setzte, um dann die Vogesen zu überqueren.

Wahrscheinlicher aber ist, dass er bei Nacht und Nebel verschwand, um sich dem Druck der französischen Beamten zu entziehen. Er hatte sich Leuten angeschlossen, die aus Metz, Nancy und aus Dörfern, von denen er noch nie etwas gehört hatte, in derselben Richtung unterwegs waren. Er hatte den Rhein überquert, bald war der Menschenstrom angeschwollen, und Pfälzer, Trierer, Badener hatten sich hinzugesellt, die ebenfalls in den Osten wollten.

Oft genug reisten sie barfuß oder mit kaputtem Schuhwerk, marschierten neben den Karren her, auf denen nur selten schwangeren Frauen, Alten und Kleinkindern Platz gemacht wurde. Doch auch wenn die Schuhe noch kurz vor der Abreise frisch besohlt worden waren, am Schluss würde davon nicht mehr viel übrig bleiben. Viele Füße haben sich damals in Bewegung gesetzt. Viele ausgemergelte Körper.

Jedenfalls tauchte Frédéric Großvater zufolge etwa ein halbes Jahr später in Ulm auf, dort, wo die Blau in die Donau mündet, etwas außerhalb der Stadtmauer. Mit einem Sackmesser höhlte er ein Stück Holz aus, während er ratlos aufs Wasser starrte. Als Erstes hatte er die Ulmer Schiffsleute, die sich jeden Abend im Fischer-Viertel trafen, aufgesucht, um sich bei ihnen nach der Möglichkeit einer Weiterfahrt zu erkundigen.

Manch einer war gerade aus Wien zurückgekehrt, wo er sein Schiff verkauft hatte, da er damit nicht mehr zurück, stromaufwärts, fahren konnte. Die Schiffsleute warteten auf neue Kundschaft, die in das Banat wollte. Daran mangelte es nicht, denn täglich kamen vierzig oder fünfzig Leute in Ulm an, viel mehr, als die Schiffsleute bewältigen konnten. Doch weil inzwischen der Strom Hochwasser führte, weil man mit dem Bauen der Schiffe kaum nachkam, von denen nicht wenige an den Felsen zerschellten oder in den Stromschnellen untergingen, waren auch die Schiffsleute vorsichtig. Man musste unter Umständen wochenlang auf die Weiterreise warten.

Weil sich nur wenige eine Herberge leisten konnten,

waren die Straßen mit schlafenden oder vor sich hindösenden Leuten verstopft, die neben ihrem Proviant und Gepäck saßen, das nicht selten nur aus einem Beutel bestand.

Frédéric hatte auch andere Sorgen, denn der Emissär hatte ihm verschwiegen, dass er eine Frau brauchen würde. Ab Regensburg, spätestens aber ab Engelhartszell, beim Eintritt in das Kaiserreich, wurden nur noch Eheleute durchgelassen. Wo aber war in so kurzer Zeit eine Frau zu finden, die bereit wäre, ihn zu heiraten, wenn schon in all den Jahren keine Einzige dazu bereit gewesen war? Welche Frau wäre nicht bloß unverheiratet, sondern auch noch willens, für ihr östliches Glück nicht nur eines, sondern gleich beide Augen zu schließen? Frédéric befürchtete, dass seine Reise, noch bevor sie so richtig angefangen hatte, schon wieder zu Ende war.

In den ersten Tagen seiner Ankunft hatte er gesehen, wie mitunter bis zu achtzig Leute auf einem der ungeteerten, roh gezimmerten Schiffe Platz genommen hatten. In der Mitte wurden die Sensen, Sägen, Äxte und Kessel, die Matratzen und was sie sonst noch mit sich führten, übereinandergestapelt, kleine Käfige mit Hühnern wurden ebenso an Bord gebracht wie Schafe und Schweine, die zwar festgebunden wurden, aber kaum zu beruhigen waren. Dann kam der wenige Proviant dazu, den sie sich hatten leisten können, oft nur etwas Zuckerbrot.

Manche Schiffe waren durchgekommen, von anderen hieß es, sie seien untergegangen. Doch wie gerne wäre auch er dabei gewesen, denn die Aussicht, zurückzukehren und nach armseligen Zigeunern zu jagen, war nicht besonders verlockend im Vergleich zum versprochenen Glück. Manchmal, wenn er hungerte, erinnerte er sich an den Fluch der Zigeunerin, aber nur wie an ein verblasstes Ereignis ohne Bedeutung.

So saß er am Ufer der Blau und war ratloser denn je. Im Hof eines Färberladens stand ein Mann und tauchte Tücher in einen Kessel voller roter Farbe. Darunter loderte ein Torffeuer. Frédéric ging zu ihm und schaute ihm eine Weile zu. «Bruder, kennst du keine Frau, die in den Osten will und einen Mann braucht?», fragte ihn Frédéric. Doch er musste seine Frage mehrmals wiederholen, bis der Färber ihn verstand.

«Eine Frau kenne ich nicht, aber ich kenne einen, der vielleicht Arbeit für dich hat», antwortete dieser, nachdem er aufgehört hatte zu lachen.

Mehrere Monate lang arbeitete Frédéric als Torfstecher außerhalb von Ulm. Sein Herr bezahlte ihn nicht, aber er gab ihm genug zu essen und ein Dach über dem Kopf. Oft stand er unter der sengenden Sonne in der Grube, stach die Torfklötze aus der lehmigen Wand und reichte sie an einen anderen weiter, der sie auf eine Schubkarre lud. Dann fuhren sie den Torf aus und legten ihn zum Trocknen auf eine Wiese, später wurden die Klötze gewendet. Danach begann alles von vorne. Die Arbeit war so langweilig, und sie sprachen so wenig miteinander, dass er genug Zeit hatte, über seine Zukunft nachzudenken.

Bald wäre der Sommer vorüber, Regen und Nebel würden einsetzen, im Winter würde die Donau an manchen Stellen zufrieren, und die Schiffsfahrten würden ausgesetzt werden. Er hatte nur bis zu den ersten Herbststürmen eine sichere Arbeit, danach musste er sehen, wie er seinen knurrenden Magen zufriedenstellen konnte. Das Banat, der eigene Hof und Acker, die Zukunft als reicher

Bauer rückten in fast unerreichbare Ferne. Oft lag er nachts wach auf seinem Strohlager und bereute seinen Entschluss. Ihm schienen nun sogar sein armseliges Haus und die Zigeunerjagd besser als das magere Leben, das er hier führte, umgeben von Menschen, die er kaum verstand.

Zweimal in der Woche wurde der Torf in die Stadt gefahren und als billiger Brennstoff an Bäcker und Ziegelmacher verkauft. Normalerweise erledigten sie die schwere Arbeit zu zweit, aber an jenem Tag, als er seine künftige Frau treffen sollte, lag der zweite Arbeiter betrunken auf seinem Lager. Man schickte Frédéric allein los.

Er fuhr gerade am Dom mit den unfertigen Türmen vorbei. Er hatte vor dem prächtigen Chorgestühl mit den aus Eichenholz geschnitzten Köpfen von Propheten, Weisen und Heiligen oft gebetet, dass endlich eine heiratsfähige Frau seinen Weg kreuzte. In jenem Augenblick verließ ein älteres Paar mit seiner Tochter den Dom, und die Leute gerieten, vielleicht noch in Gedanken versunken vom Beten oder vom lauten, bunten Stadtleben verwirrt, vor Frédérics Karren.

Frédéric zog kräftig an den Zügeln und konnte den Karren gerade noch anhalten. Der Alte fluchte im gleichen Dialekt, den Frédéric seit der Kindheit sprach. Schon wollte er weiterfahren, denn in Ulm gab es jede Menge lothringische Familien auf der Durchreise, als er die junge Frau erblickte. Was keinem anderen gefallen hätte, gefiel ihm außerordentlich, denn sie war genauso hässlich wie er.

Er stieg ab und beruhigte den Alten, lange sprachen sie über ihre alte Heimat und über das, was sie sich von ihrer neuen erhofften. Dann über die Möglichkeiten, Plätze auf einem der Schiffe zu ergattern, wobei Frédéric zugab, dass er ohne eine Frau nicht weit kommen würde. Dabei schielte er zur Tochter der beiden hinüber. Da erinnerte Frédéric sich an seine eigentliche Aufgabe, doch er verabschiedete sich erst, als die Alten ihm versprachen, am nächsten Tag am selben Ort wieder auf ihn zu warten. Sie hatten sich nicht lange bitten lassen, in ihnen schien derselbe Gedanke aufzukeimen.

Es ist nicht sicher, von welchem Moment an sich Eva, die kaum älter als zwanzig, aber eine kluge Frau war, für Frédéric entschieden hat. Ob schon dort auf der Gasse, als sie seine Blicke bemerkte, oder erst beim nächsten Treffen, in der Kneipe, wohin Frédéric sie alle führte. Jedenfalls wusste sie bereits, dass jemand, der in ihrer Lage war, das anzunehmen hatte, was ihm das Leben bot. Ein hässlicher Mann am Anfang einer so schwierigen Reise und eines so beschwerlichen Kolonistenlebens war ein Geschenk Gottes. Und tatsächlich kehrte sie bald wieder in den Dom zurück, um für die Erfüllung ihres Wunsches zu beten. Wenige Tage später suchten sie einen Pfarrer auf, der sie vermählte.

Jetzt war das ganze Glück auf Frédérics Seite, denn mit dem Geld der Alten fanden sie auch bald Plätze auf einem der Schiffe, die für die Fahrt bereitgemacht wurden. Zusammen mit sechzig anderen, meist Lothringer wie sie, gingen sie an Bord. Zwei schwangere Frauen und jede Menge Kleinkinder, genauso ausgemergelt wie die Erwachsenen, kamen in die Bretterhütte, eine Kammer von sechs Fuß Höhe, die in der Mitte stand. Der Schiffer, ein Berg von einem Mann, stieß das Schiff mithilfe anderer Männer vom Ufer ab und steuerte es langsam in die Mitte der Strömung. Sie alle bekreuzigten sich, sie würden noch oft dazu Gelegenheit haben.

* * *

Der Mann schien sein Handwerk zu verstehen, geschickt manövrierte er das Schiff um Sandbänke und Felsen herum, die oft plötzlich und kaum sichtbar unter dem Wasser lauerten. Bei Ingolstadt tauchten sie in riesige, dichte Auwälder hinein, wo der Ried eine einzige, glitzernde Oberfläche war.

Störche und Enten durchstreiften die Flussarme nach Insekten und Fischen, und zwischen dem Schilf und dem Hochgras tauchten Blesshühner und Schwäne auf. Dann verengte sich das Flussbett, und man fuhr bei Weltenburg an hohen, steilen und bewaldeten Ufern vorbei. Die Strömung nahm zu, aber auch das ging gut, und die Leute hielten es für möglich, dass sie alles in allem ohne große Schwierigkeiten durchkommen würden. Dass all die Schauermärchen, die sie gehört hatten, eine Erfindung der Schiffsleute waren – eigenwilliger, nörgelnder Männer –, um die Preise in die Höhe zu treiben.

Sie fingen sogar einige Hechte und Karpfen, aber weil sie kein Feuer machen konnten, warfen sie sie ins Wasser zurück. Das Zuckerbrot, ein wenig Käse und Äpfel mussten reichen. In Regensburg legten sie unterhalb der Steinbrücke an, über die wohl schon Kaiser Barbarossa auf dem Weg nach Jerusalem gezogen war. Die Kähne lagen dicht aneinander, und in vielen Sprachen wurde gerufen, geflucht, gefeilscht und gedroht. Es wurde alles umgesetzt, was die Schiffe laden konnten, Schmalz, Weine, Ochsen, Kupfer und vieles mehr, die ganze Stadt glich einem Ameisenhaufen. Auch hier war viel Volk zusammengekommen, Hessen, Franken, Westfalen, die ebenso wie die Lothringer und die Elsässer in den Osten wollten.

Zwei Tage lang warteten sie auf die Kommissare, die ihnen die Kolonistenpässe aushändigen sollten, damit sie in das Kaiserreich einreisen konnten. Außer Frédéric, der etwas vergammelten Käse und altes Brot kaufte, und dem Schiffer, der geradewegs in die Kneipe ging, verließ keiner das Schiff. Zu groß war das Risiko, bei der Rückkehr seinen Platz besetzt zu finden.

Auch in Passau wurden sie einen Tag lang aufgehalten, bis man ihnen das Reisegeld nach Wien aushändigte. Drei Gulden, das war nicht viel, wenn man bedenkt, dass jeder, der nicht mitruderte, dem Schiffer vier zahlen musste. Weil aber Frédéric sich als tüchtig und geschickt im Umgang mit dem Riemen erwies, wurde ihm das Fahrgeld erlassen.

Seine Frau war immer zufriedener mit dem, was sie an ihm entdeckte. Er war ein zupackender Mann, der ihr Leben wenn nicht leicht, dann doch erträglich machen würde. Der bestimmt genug Manneskraft hatte, um ihr auch einige Kinder zu machen. Auch ihre Eltern nahmen Maß an ihrem Schwiegersohn und freuten sich über ihre Wahl. Er würde ein guter, wenn nicht sogar wohlhabender Bauer werden.

In Engelhartszell mussten sie alle aussteigen und wurden von den kaiserlichen Zollbeamten bis auf die nackte Haut untersucht. Wer krank war, ein Gebrechen hatte oder unverheiratet war, wurde umgehend zurückgeschickt. Man nahm ihnen auch fast das ganze Geld als Kommission ab. So ging ein weiterer Tag verloren, aber das wie auch die Schikanen der Beamten störten sie nicht, denn sie lagen gut in der Zeit und waren bislang auf keine großen Gefahren gestoßen. Sie begannen zu hoffen, dass alles glatt verlaufen würde. Sie nahmen die gewöhnlichen Strapazen einer Reise auf sich, die ihnen alles versprach, was sie nie gehabt hatten. Friedliche Zeiten, einen blühenden Hof und Nächte, in denen sie sich im Bett nicht vor Hunger krümmen mussten. Nur das Gesicht des Schiffers wurde ernster, sein Blick düsterer.

Als sie eine Stelle passierten, wo sich der Fluss zwischen steilen Hängen hindurchschlängelte, das Wasser aber ruhig dahinfloss, als sich die Landschaft dann bis Linz abflachte, sodass sie am Abend an Land gehen, Fisch braten und ausgestreckt schlafen konnten, hielten sie ihn für einen Schwarzseher. Sie hatten, wenn alles gut ging, noch drei Tage bis Wien. Aber es kam anders.

Sie hatten auf einer Kiesbank in einem Schilfgürtel übernachtet, hatten Äste aus den umliegenden Auwäldern gesammelt und ein Feuer gemacht, auf dem die Frauen kochen konnten. Er brannte lange und wärmte ihre Körper. Am Morgen herrschte dichter Nebel, und das hob die Laune des Schiffers nicht. Sie stiegen aufs Schiff, Frédéric und andere kräftige Männer stießen es in das seichte Wasser, dann gingen sie an die Ruder.

Bevor der Schiffer das Kommando gab, stellte er sich breitbeinig vor die Leute und sagte: «Die schwerste Prüfung haben wir noch vor uns. Bald werden wir eine Enge mit steilen Klippen passieren. Dort wird die Strömung reißender, wir werden ziemlich durchgerüttelt werden. Aber nicht deshalb mache ich mir Sorgen. Mitten im Fluss steht ein Felsen, der große Wirbel verursacht. Es kommt dazu, dass von den steilen Hängen dauernd Baumstämme ins Wasser fallen, welche die Durchgänge verstopfen. Wenn man gegen sie prallt, kann das Schiff so beschädigt werden, dass wir aufgeben müssen. Jetzt gut herhören, Männer! Auf mein Zeichen zieht ihr die Riemen ein, sonst brechen sie. Wir können uns sowieso nur noch treiben lassen. Von mir aus könnt ihr beten, aber es wird so laut werden, dass der Herr uns nicht hören wird.» Er lachte über seinen Witz. «Wenn wir aber durchkommen, dann halten wir bei der Maria-Taferl-Wallfahrtskirche. Dort könnt ihr euch bedanken.» Er setzte sich am Heck ans Steuerruder und gab das Kommando: «Riemen ins Wasser lassen!»

Als der Nebel sich an manchen Stellen lichtete, wurde ein sanftes, welliges Hügelland sichtbar, mit Wiesen voller Obstbäumen. Nichts kündigte die Gefahr an, der sie entgegenfuhren. Es gab nur einen kurzen Schreck, als sie im flachen Wasser auf Grund liefen und alle aussteigen und das Schiff anschieben mussten. Frédéric trieb die anderen an und packte auch kräftig zu. Als es so weit war, trug er seine Frau durch das Wasser aufs Schiff zurück. Mehrmals nahm er den Gang durchs knietiefe Wasser auf sich, um Alten und Kindern zu helfen.

Die ersten Stromschnellen überwanden sie ohne größere Mühe, doch der Fluss wurde reißend. Mal drückte er sie ans Ufer, ein anderes Mal trieb die Strömung sie in die Mitte des Flusses, dorthin, wo starke Wirbel auf sie warteten, um sie in die Tiefe zu ziehen. Manchmal verloren sie im Nebel die Orientierung, bis sie plötzlich wieder aufs Ufer und auf die vielen Baumstämme, die sich dort angesammelt hatten, zusteuerten. Wer nicht ruderte, hielt sich an allem fest, was sich ihm bot, Kinder an ihren Müttern, Frauen an ihren Männern. Als das Schiff bedrohlich in Schräglage geriet, fielen Tiere und Säcke und ein Junge über Bord und verschwanden in den Fluten. Andere Leute konnten sich im letzten Moment retten.

Der Fluss war erwacht und schien sie abschütteln zu wollen, als ob sie ihn zu sehr beschwerten und belästigten. Hätte Ramina damals schon gelebt, hätte man gewusst, dass man den Fluss nicht ungestraft mit den Riemen aufwühlen darf, so wie man nach dem Wind auch nicht mit dem Messer stechen sollte.

Die Nächste, die vom Schiff fiel und im Wasser verschwand, war eine alte Bäuerin aus der Gegend um Straßburg. Ihr Mann hatte noch nach ihr gefasst, doch er war zu langsam gewesen. Wenig hatte gefehlt, um dem Strom sein Opfer zu entreißen. Aber der Fluss war geschickter. Der Dritte war ein stiller Junge, der sich die ganze Zeit an die Hüften der Mutter geklammert hatte. Dann, für wenige Augenblicke nur, schien die Donau zufrieden zu sein, aber sie hielt nur inne, sie lockerte bloß ihre Muskeln, um erneut zuzuschlagen. Die Strömung beruhigte sich, das Wasser, das vorher noch gekocht hatte, wurde wieder so klar, dass man darunter den steinigen Grund sehen konnte. Alle atmeten auf.

Der Schiffer, der bisher am Heck des Floßes ausgeharrt hatte, stand auf. Er wischte sich das Gesicht ab und spähte voraus, wo eine Nebelbank das nächste Hindernis verbarg. Er stand da, als ob er mit dem Schiff verwachsen und von keiner Naturgewalt zu besiegen wäre. Als ob er sich als Einziger dem Fluss widersetzen, ihn sogar zähmen könnte. Alle starrten ihn an und achteten auf die kleinste Regung.

Plötzlich fluchte er, und sie zuckten zusammen. Manche bekreuzigten sich, andere bewegten ganz im Gebet versunken leise die Lippen. «Riemen einziehen!», schrie der Mann, danach wurden sie wieder vom Strom in die Zange genommen. Vor ihnen tauchte der gefürchtete Felsen auf. Im Nebel war nur ein Teil zu sehen, eine graue, raue Wand, sodass man nicht sagen konnte, wie hoch und vor allem wie breit sie war. Das Schiff steuerte direkt darauf zu, ohne dass man etwas dagegen hätte tun können.

Viele der Reisenden fielen auf die Knie und beteten, ein stummes Gebet, konnte man meinen, obwohl sie aus vollem Halse schrien. Doch das Getöse überdeckte ihre Stimmen. Sie stießen mit voller Wucht gegen den Felsen, dann bekam das Schiff wieder Schräglage, und der Schiffer geriet in Panik. Er gestikulierte wild und warf alles ins Wasser, was ihm in die Hände kam. Er rief: «Wir sinken!», und seine Stimme schien diesmal mächtiger als der Fluss zu sein, denn jeder hörte sie.

Entsetzt musterten sie den Mann, der noch vor Kurzem so gut zu wissen schien, wie man mit dem Strom umgehen musste, um seine Haut zu retten, und jetzt außer sich war vor Angst. Durch seine Kopflosigkeit gefährdete er alle anderen. Die Hälfte ihres Proviants, ihrer Tiere und Werkzeuge war bereits im Wasser gelandet. Der Fluss war etwas ruhiger geworden, das Schiff schrammte an einigen mächtigen Baumstämmen vorbei, als sich Frédérics Schwiegervater dem Mann in den Weg stellte. Er packte ihn an der Schulter und wollte ihn beruhigen, doch er wurde von ihm heftig weggeschoben, dass er das Gleichgewicht verlor und ausrutschte. Noch bevor Frédéric nach ihm greifen konnte, fiel er vom Schiff und verschwand in den Fluten.

Als das Schiff endlich die gefährliche Stelle passiert hatte und man wieder aufstehen konnte, war Frédéric nicht mehr zu halten. Er riss sich von seiner Frau los, die weinte, und warf sich auf den Schiffer. Er drosch auf ihn ein, ohne dass sich der Mann wehrte, bis ihn ein Paar kräftige Arme von hinten packten und wegzogen. «Das macht den Alten auch nicht mehr lebendig», sagte man ihm. Er kehrte zu den Seinen zurück, und die beiden verzweifelten Frauen schauten zu ihm auf, in dessen Hände sie jetzt ihr Leben legten. Ihm wurde bewusst, dass er nun für sie allein zu sorgen hatte. Er empfand es nicht als Last, im Gegenteil, endlich war jemand da, der ihn brauchte.

Der Schiffer hockte mit dem Kopf in den Händen da, bedauerte sich selbst und war unfähig zu entscheiden, wie es nun weitergehen sollte. Da erhob sich Frédéric erneut, schob ihn beiseite und befahl den anderen Männern, die Ruder ins Wasser zu lassen. Einen halben Tag später legten sie unterhalb der Maria-Taferl-Kirche an und gingen alle, von einer großen Müdigkeit befallen, an Land.

Regungslos blieben sie im Gras liegen und machten sich erst dann auf den Weg zur Kirche, als sie wieder bei Kräften waren. Sie trugen kleine Gaben mit sich, Rosenkränze, Medaillons oder eine Münze, die sie der Wunderheilerin und Mildlächelnden überbringen wollten, ihr, die vor Urzeiten an jenem Ort eine alte, kranke Eiche wieder zum Blühen gebracht hatte. Zu der nun, so sagte man, wenn man seltsame Lichter im Wald sah, ganze Engelsscharen pilgerten. Nur Frédéric und ein weiterer Mann blieben beim Schiff, um zu verhindern, dass sich der Schiffer davonmachte. Dieser raufte sich dauernd die Haare und murmelte vor sich hin: «Ich bin so oft dort hindurchgefahren, und so etwas ist mir noch nie passiert.»

Zwei Tage später fuhren sie unter Frédérics Kommando in den Donaukanal, wo sie bis zum Wiener Hafen gelotst wurden. Der Schiffer, der sich inzwischen gefangen hatte, drängte darauf, dass alle das Schiff verließen. Inzwischen war ein Mann am Kai erschienen, den der Schiffer mit übergroßer Freundlichkeit begrüßte.

«Ich dachte, du kommst dieses Jahr nicht mehr», rief ihm der elegant gekleidete Mann vom Ufer aus zu.

«Ich bin doch hier», sagte der Schiffer und sprang an Land.

«Die Leute sehen ziemlich mitgenommen aus. Ist euch etwas zugestoßen?», fragte der Fremde.

«Nichts Besonderes.»

«Wie viel willst du diesmal für dein Schiff?»

«So viel wie das letzte Mal wird schon reichen», antwortete der Schiffer und schlug kräftig auf die Hand, die ihm der andere hinhielt.

Frédéric, der sich gerade in der Nähe zu schaffen machte, mischte sich ein. «Was soll das heißen? Ich dachte, Sie bringen uns bis zum Ziel.»

«Mein Ziel ist hier. Ich habe gerade mein Schiff verkauft und gehe zu Fuß nach Hause zurück. Im nächsten Frühling komme ich wieder.»

Frédéric machte einen Schritt auf ihn zu, doch der Schiffer wich nicht zurück.

«Das können Sie nicht machen! Schauen Sie sich die Leute an, sie sind völlig am Ende. Sie sind es uns schuldig!»

«Hören Sie gut zu», schnauzte ihn der Mann an. «Es war ein Unfall. Was wollte der Alte eigentlich? Wieso steht er auf? Habe ich euch gesagt aufzustehen? Nein, habe ich nicht. Und jetzt machen Sie, dass Sie wegkommen.»

Frédéric machte noch einen Schritt auf ihn zu, er hatte den Schiffer einmal zu Boden geworfen, und er würde es wieder tun, doch diesmal schien dieser entschlossen, nicht von der Stelle zu weichen. Der Händler ging dazwischen.

«Ich will nicht wissen, was das Ganze soll, das geht mich nichts an. Verkaufst du mir jetzt dein Schiff oder nicht?»

«Hast du das Geld dabei?», fragte der Mann.

«Natürlich.»

«Dann kriegst du es auch.»

«Gut, dann lass uns in die Kneipe gehen und das Geschäft besiegeln.»

«Und wir? Was wird aus uns?», wollte Frédéric wissen.

«Ihr kampiert zuerst mal hier im Freien, und wir hoffen, dass nur eine kalte Brise weht und es nicht auch noch regnen wird», antwortete der Händler. «Ich nehme nicht an, dass jemand genug Geld für ein Zimmer im Wirtshaus hat. Wenn ihr Glück habt, fährt euch in ein paar Tagen jemand weiter, sonst müsst ihr bis nächstes Jahr warten.»

«Bis nächstes Jahr? Und was sollen wir bis dahin tun?», fragte Frédéric verdutzt.

«Was weiß ich. Betteln vielleicht.»

Die beiden Männer lachten und wollten sich entfernen, als der Händler stehen blieb und sich wieder an Frédéric wandte. «Außerdem braucht ihr Ansiedlerpässe, und die kriegt ihr nicht so leicht. Meldet euch bei der Hofkammer an, das wird das Beste sein.»

«Und wo ist diese Hofkammer?», wollte Frédéric wissen, aber der Händler zuckte nur mit den Achseln und entfernte sich mit dem Schiffer.

Frédéric kehrte zu seinen Leuten zurück, die unentschlossen inmitten ihrer Habseligkeiten standen, und erklärte ihnen, dass er nun die Hofkammer suchen würde. Er brachte seine Frau und ihre Mutter hinter eine kleine Mauer, wo sie vor dem Wind geschützt waren, scharte die wenigen Habseligkeiten, die ihnen geblieben waren, um sie und wollte gehen, als Eva ihn festhielt.

«Woher soll ich wissen, dass du zurückkommst?», fragte sie.

«Ich komme zurück.» Er sagte es so bestimmt, dass sie keinen Augenblick mehr daran zweifelte.

Ich habe nie erfahren, wie Frédéric den Sitz der Hofkammer gefunden hat, auch Großvater wusste es nicht. Fest steht, sosehr etwas feststehen kann, was hundertfach nacherzählt und ausgeschmückt worden ist, dass er im ganzen Wiener Gewimmel die Hofkammer fand und dass man ihm dort versicherte, am nächsten Tag mehrere Beamte zum Kai zu schicken, welche die Formalitäten erledigen würden. Nun brauchte er nur noch ein neues Schiff.

Was dann folgte, wurde von Eva Obertin nach dem Tod ihres Mannes auf ihrem eigenen Totenbett erzählt, nachdem der Pfarrer sie mehrmals ermutigt hatte, in Anwesenheit ihrer Kinder ihre Seele zu erleichtern.

Frédéric kehrte aus der Stadt zum Hafen zurück, als er an der Kneipe vorbeikam, wo der Schiffer und der Händler sich bereits unzählige Male zugeprostet hatten, was man gut an den vielen Gläsern vor ihnen erkennen konnte. Frédéric grübelte darüber nach, wo er seine Frau und ihre Mutter für die Nacht unterbringen konnte. Er hoffte, dass eine Kollekte bei den anderen Mitreisenden genug Geld zusammenbringen würde, um einen Schiffer zu finden, der sie mitnehmen würde, aber eigentlich wusste er es besser. Niemand, der auf dem Schiff gewesen war, hatte genug. Außerdem, wo sollte er solch einen Schiffer hernehmen? Die Zeit war vorangeschritten, es dunkelte bereits.

Vor dem Kneipenfenster blieb er stehen und beobachtete die beiden. Der Händler schenkte immer wieder nach und schien sich vom Besäufnis des Schiffers einen niedrigeren Preis zu versprechen. Aber auch dieser war listig, mit den vielen Schnäpsen verfolgte er offenbar das entgegengesetzte Ziel. Zum Schluss sah Frédéric, wie ein Geldbeutel den Besitzer wechselte, darauf tranken die beiden ihre Gläser aus und standen auf.

Hinter einem Schuppen ging Frédéric in Deckung und sah von dort den Männern zu, die torkelnd und lallend herauskamen, sich überschwänglich umarmten und bis zum nächsten Jahr voneinander Abschied nahmen. Danach schlug jeder einen anderen Weg ein, der Händler ging in die Stadt zurück, und der Schiffer steuerte eine um jene Zeit menschenleere Gegend an, die er durchqueren musste, um über Wiesen und Waldstücke zur Straße zu gelangen, die ihn nach Hause bringen sollte.

Während der Händler bald wieder gerade und sicher ging, schien der Schiffer wirklich betrunken zu sein. Er stützte sich an Zäunen und Mauern ab und wirkte, als könnte er jederzeit stürzen und liegen bleiben. Hätte Frédéric nicht gewusst, was der Mann in der Kneipe getan hatte, so hätte er leicht annehmen können, dass dem Schiffer eher der Landgang einen Knoten in die Beine machte. Der Gedanke, ihn auszurauben, keimte in Frédéric erst spät auf, als keine Kutsche mehr vorbeifuhr und außer dem Wind, einem entfernten Bellen und der

Melodie, die der Ulmer vor sich hinpfiff, nichts mehr zu hören war.

Zunächst war er ihm gefolgt – so hatte er später auf das beharrliche Nachfragen seiner Frau geantwortet –, um ihn zu verprügeln, wie er es vor etwaigen Zeugen nicht hätte tun können. Oder weil er sich in Lothringen so sehr ans lautlose Heranpirschen gewöhnt hatte, dass er auch hier nicht davon lassen konnte.

Es war eine unwirtliche Gegend, die Straße verwandelte sich in einen schmalen, holprigen Weg, der sich dann im Wald verlor. Hatte Frédéric noch vor Kurzem sein neues Leben makellos beginnen wollen, so änderte sich das nun, und er wurde wieder zum Jäger, der er einst gewesen war. Der Schiffer war nur eine andere Art Zegun, der sich dauernd erbrach und erleichterte, ohne den Schatten wahrzunehmen, der ihm in einigem Abstand folgte.

Als Frédéric sich erneut versichert hatte, dass es keine Zeugen gäbe, griff er nach einem scharfkantigen Stein und ging schneller. Der Stein lag gut in seiner Hand, er drehte ihn mehrmals, bis er die schärfste Kante von allen fand. Der Schiffer, der jetzt seine Schritte hörte, wurde misstrauisch und wollte nachschauen, als Frédéric schon zuschlug. Er gab jede Vorsicht auf, der zweite Schlag traf den Mann am Hinterkopf, der dritte an der Schläfe. Der Schiffer wankte, aber er stürzte nicht, hielt bloß schützend die Arme über den Kopf und begann laut zu jammern. Ein viertes Mal schlug Frédéric zu, und er sah, wie ein Stück des Schädels eingedrückt wurde. Erst jetzt knickte der Mann ein, ging zu Boden und begann monoton zu wimmern.

Frédéric drehte sich um, doch außer der fernen Musik

eines drittklassigen Kneipenorchesters und dem Quietschen eines Firmenschildes an einem leer stehenden Haus war nichts zu hören. Wer ihn in diesem Augenblick beobachtet hätte, hätte den fiebrigen Blick bemerkt, den er jedes Mal hatte, wenn er hinter Zeguns her war.

Er beugte sich über sein Opfer, und es gelang ihm ohne Mühe, das Geld an sich zu nehmen. Er war sich fast sicher, dass ihn der Mann nicht erkannt hatte. Auch wenn der Schiffer überleben und die Gendarmen holen würde, so würde es wie ein gewöhnlicher Überfall aussehen, wie sie in Wien sicher häufig vorkamen. «Er ist selber schuld. So viel Geld bei sich zu tragen und dann alleine loszumarschieren, das kann nicht gut gehen», würde man sagen. Außerdem hatte er, Frédéric, ein gutes Alibi. Er war den ganzen Tag bei der Hofkammer gewesen.

Auf dem Rückweg wurde die Musik immer lauter, Frédéric erreichte wieder die Kneipe, sah durch dasselbe Fenster, dass der Händler nun einem jungen Mann zutrank, sonst aber eine ganz andere Klientel da war. In der Mitte der Stube hatte man Tische und Bänke weggeräumt, und es wurde lebhaft getanzt. Leichte Mädchen wurden von ihren Tanzpartnern fest im Griff gehalten, und es wurde heftig getrunken.

Es waren nur noch wenige Händler und Schiffer da, dafür aber umso mehr Gesindel, Lehrlinge und Handwerker, Dienstmädchen, Landstreicher und Hafenarbeiter. Die ganze Wiener Halbwelt schien sich dort zu treffen. Außerdem hockten viele seiner Mitreisenden da, stumm und entrückt, wie gelähmt durch die Sorge, in Wien stecken zu bleiben. Frédéric bezahlte beim Wirt für ein Zimmer mit Ofen, dann lief er zum Kai, um seine Frau und die Schwiegermutter zu holen.

«Ich wusste, dass du uns nicht im Stich lässt», sagte seine Frau und umarmte ihn freudig.

«Packt eure Sachen zusammen, ich habe ein Zimmer für uns im Wirtshaus.»

«Ein Zimmer? Wir haben doch gar kein Geld dafür», sagte seine Schwiegermutter ungläubig.

«Jetzt haben wir welches.»

Noch immer hob er nicht den Blick, nicht einmal, als Eva dazu ansetzte, ihn nach der Herkunft des Geldes zu fragen. Als sie dann im spärlich beleuchteten Zimmer standen und er das Geld auf den Tisch legte, blickten ihn die Frauen fragend und erschrocken an. Doch auch sie wussten die Vorteile zu schätzen, die ihnen das Geld in ihrer Lage verschaffte. Während die anderen Lothringer in der rauen Wiener Nacht ausharren mussten, brachte ihnen der Wirt sogar etwas zu essen und Wein.

Als die Alte schnarchend eingeschlafen war, schlichen sich Frédéric und Eva leise aus dem Zimmer. Sie tanzten den ersten Tanz ihres gemeinsamen Lebens und küssten sich in einem der vielen dunklen Räume, in den sich, dem Stöhnen und Schreien nach zu urteilen, auch viele andere Paare zurückgezogen hatten. Als sie vom Wein und Tanzen müde waren, setzten sie sich neben den jungen Mann, der mit dem Händler getrunken hatte. Dieser hatte es irgendwann aufgegeben und war entnervt aufgestanden. «Dann sieh doch zu, wie du dein Schiff loswirst, du sturer Bock», hatte er gemeint und war in die Nacht verschwunden.

Frédéric stieß mit dem Mann an und fragte ihn: «Hat er dir zu wenig geboten?»

«Ja. Vater hat mir genau gesagt, was ich annehmen soll und was nicht. Jetzt sitze ich hier mit leeren Händen.»

«Du würdest nicht etwa bis ins Banat fahren? Ich würde dich gut bezahlen.» sagte Frédéric.

«Sicher nicht. Dann kann ich ja gleich dort überwintern.»

Da kam Frédéric ein neuer Gedanke. Hatte nicht er die Männer auf der letzten Etappe nach Wien geführt? Hatten sie nicht seinen Befehlen gehorcht, das Schiff in den Kanal manövriert und es sicher bis zum Hafen gesteuert? Was konnte noch schlimmer sein als das, was sie schon erlebt hatten? Er schickte seine Frau nach oben und legte dem Schiffer den Arm um die Schulter. «Ich glaube, wir beide könnten ins Geschäft kommen», flüsterte er ihm ins Ohr.

Als er zu später Stunde wieder im Zimmer war und die schlafenden Frauen anschaute, die ihm vollkommen ausgeliefert waren, stieg zum ersten Mal in seinem Leben ein zärtliches Gefühl in ihm auf. Er würde dafür sorgen, dass sie keinen Mangel litten. Er würde Kinder mit Eva haben, am besten einen Sohn, dem er später den Hof überlassen könnte. Er würde alles tun, damit ihre Reise nicht vergeblich wäre. Denn endlich hatte er eine Familie.

Am nächsten Morgen befahl er seinen Leuten, denn so sah er sie jetzt, sich bereitzuhalten. Sobald die Beamten sie ziehen ließen, würden sie ihre Reise auf dem neuen Schiff fortsetzen. Bald erschienen vier uniformierte Männer am Kai, sie führten einen Stuhl, einen Tisch, einen Koffer, eine Mappe und ein Tintenfass mit sich, einer von ihnen schien einen höheren Rang als die anderen zu haben. Dieser nahm Platz, stellte den gefiederten Hut auf den Tisch, das Tintenfass und die Mappe, aus der er Schreibzeug und Papier holte. Blasiert strich er sich eine Strähne aus dem Gesicht, dann erst blickte er sich um.

«Wer ist euer Anführer?», fragte er.

«Ich», antwortete Frédéric, ohne zu zögern, und niemand widersprach ihm. Er trat einen Schritt vor.

«Sprechen Sie Deutsch?»

«Ja. Bei uns in der Gegend spricht man Lothringisch-Deutsch.»

«Das ist mir doch scheißegal, Hauptsache, wir kommen hier schnell wieder weg. Dieser Wind macht mich krank», sagte der Beamte. «Fangen wir dann bei Ihnen an. Name, Herkunft, Beruf und Religion. Wo ist Ihr Gepäck?»

Frédéric zeigte auf sein Bündel, und sofort begannen zwei der Beamten darin herumzustöbern. «Ich heiße Aubertin», antwortete er.

«Das klingt französisch. Mit *A* und *u* oder mit *O*?»

«Was macht das für einen Unterschied?», fragte Frédéric, der nicht schreiben konnte und sich noch nie um solche Feinheiten gekümmert hatte.

«Mit *O* wäre er deutscher. Damit hätten Sie weniger Probleme.»

«Dann mit *O*.»

«Vorname?»

«Frédéric.»

«Herrgott noch mal!», fluchte der Mann. «Wieder so etwas Zweideutiges. Können Sie nicht einfach Fritz oder Hans heißen? Wenn alle so kompliziert heißen wie Sie, sind wir noch morgen hier. Mit *c* oder mit *c-k*?»

«Wie klingt er mit *c*?»

«Französischer.»

«Dann mit *c-k*.»

«Ab heute heißen Sie also Frederick mit *c-k* und Obertin mit *O*. Sind Sie verheiratet?»

«Bin ich», antwortete er und blickte seine Frau an, die ihn anstrahlte.

«Herkunft?»

«Lothringen.»

«Beruf?»

«Bauer.»

«Halten Sie Luther für einen großen Mann?»

«Ich halte Luther für den Teufel.»

«Männer?», fragte der höhere Beamte seine Untergebenen, die sich inzwischen Frédérics Bündel angeschaut hatten.

«Alles sauber. Nix gefunden», antworteten diese. Der Mann füllte das Formular vollständig aus, drückte ein Siegel darauf und überreichte es Frederick.

«Dann wünsche ich Ihnen eine gute Zukunft im Banat, und seien Sie der Kaiserin ein treuer Untertan.»

Nicht alle kamen so ungeschoren davon. Die Beamten schienen genau zu wissen, wonach sie suchten. Als sie im Gepäck eines Paares aus Haguenau eine Lutherbibel fanden, hielt einer von ihnen sie hoch und rief: «Die Lutherbrut wollte uns täuschen!» Die Bestrafung erfolgte auf der Stelle.

Zwei der Männer hielten den Protestanten fest, der dritte entblößte dessen Hinterteil und drückte den Mann auf den Tisch. Dann holte ihr Vorgesetzter, der durch Seufzer zu verstehen gab, dass er solche Aufgaben eigentlich für unter seiner Würde hielt, einen Stock aus dem Koffer, bezog hinter seinem Opfer Stellung und schlug zu. Zwanzig Schläge, alle routiniert und elegant ausgeführt. Der Protestant wurde halb ohnmächtig liegen gelassen, dann kam seine Frau dran. Am Schluss wurden beide mit Schimpf und Schande davongejagt.

Auch einem anderen Paar erging es nicht besser, es fiel schon durch seine bessere Kleidung und die gepflegten Hände auf. Als sie sich in widersprüchlichen Angaben über ihren Beruf verstrickten und der höhere Beamte befand, dass sie unmöglich Bauern sein konnten, wurden sie auf dieselbe Art bestraft. Allen anderen aber wurden erneut drei Gulden ausbezahlt, und sie konnten noch vor dem Mittag ablegen. Frederick setzte sich ans Heck, dorthin, wo der Platz des Schiffers gewesen war, und befahl: «Riemen ins Wasser lassen!»

Es dauerte vier Wochen, bis sie im Banat ankamen. Bei Titel an der Theiß wurden sie von den Behörden in Empfang genommen, erneut durchsucht und ausgefragt, dann wurden sie auf den gerade erst fertiggestellten Begakanal geschleust und von Sträflingen bis in die Nähe von Temeschwar getreidelt. Wenn es darum ging, mit den Behörden zu verhandeln, wurde immer Frederick vorgeschickt, mittlerweile nahm er diese Aufgabe als selbstverständlich an.

Dann waren sie da. Doch wo war das? Das ihnen versprochene Land war eine große sumpfige Ebene, voller Unkraut und Dornengestrüpp, über die, als sie eintrafen, frostige Herbstwinde zogen und auf die ein endloser Regen fiel. Die Wege, wenn es denn welche gab, waren morastig, und die Ochsenkarren, mit denen man sie in die wenigen schon vorhandenen Dörfer bringen wollte, blieben dauernd im Schlamm stecken.

Die meisten verbrachten den Winter in Mercydorf und trafen dort auf feindselige Bauern und weitere Kolonisten, die seit Monaten und Jahren in den überfüllten Häusern ausharrten und auf die Errichtung weiterer Dörfer hofften. Die Verwaltung in Temeschwar war lasch, noch nie hatte sich einer der Beamten und Topografen in der Gegend gezeigt. Die Lothringer hatten viele Briefe in die Stadt geschickt, aber sie waren unbeantwortet geblieben. Und wenn mal etwas kam, so waren es Versprechungen und Vertröstungen, sodass einige Familien bereits wieder abgereist waren.

Das einzig Gute daran war, dass sie auf viele andere Lothringer gestoßen waren. Sogar die Not glich der von zu Hause. Frederick, Eva und ihre Mutter zogen mit anderen in den Stall eines Bauernpaares, das aus Marsal stammte. Sie hofften, spätestens im Frühling, wenn der Boden aufgetaut war, ein eigenes Stück Land zu haben, auf das sie ein Haus stellen konnten. Nichts Großes, ein paar Joch nur, für den Anfang.

Im Sommer 1771 gingen die Gewässer und Sümpfe der Gegend in Fäulnis über und verbreiteten einen abscheulichen Gestank. Abends fielen Myriaden von Stechmücken über sie her, der erste Fall von Sumpffieber ließ nicht lange auf sich warten, dann folgten Dutzende mehr. Man schickte jemanden nach Temeschwar, um Ärzte zu holen, aber keiner ließ sich blicken. Alles in allem waren sie sich selbst und einer Natur überlassen, die sie vernichten konnte, wann immer sie es wollte. Auch Fredericks Schwiegermutter starb in jener Zeit. Zuerst litt sie tagelang an Schmerzen, Durchfall und brennendem Durst, dann verfiel sie in eine stumpfe Teilnahmslosigkeit, später verlor sie in den Armen ihrer Tochter das Bewusstsein.

Im nächsten Frühjahr entschied sich Frederick, selber nach Temeschwar zu reisen, lieh sich ein Pferd, zog seine besten Kleider an und galoppierte los. Er wusste, wenn nicht bald etwas geschähe, würden sie auch in diesem Jahr nichts mehr ernten und von Almosen leben müssen.

Genauso wenig, wie man sagen kann, wie er sich zur Wiener Hofkammer durchgekämpft hatte, weiß man, wie er es anstellte, bei der Temeschwarer Administration vorzusprechen. Zwei Tage später, so viel ist klar, tauchte er wieder am Horizont auf, gefolgt von mehreren Reitern und einer Kutsche. Eva war ihm entgegengelaufen, aber anstatt anzuhalten, seine junge Frau zu umarmen und sich bei ihr auszuruhen, ritt er mit den anderen an Mercydorf vorbei.

Sie hielten erst dort an, wo der Hügel stand, der später Zigeunerhügel genannt werden sollte. Von dort aus nahmen sie ein erstes Mal Maß, überblickten das Land, und bald machten sich die Topografen und Ingenieure an die Arbeit. Eines Morgens versammelte Frederick die Lothringer um sich und sagte: «Wie ihr wisst, bin ich in Temeschwar gewesen. Ich habe gedroht, dass wir uns das Land selber nehmen, wenn sie nicht bald kommen und es ausmessen. Dass wir unsere Häuser dort bauen werden, wo wir es für richtig halten, und nie Steuern bezahlen werden. Das hat gewirkt. Jetzt ist das Land ausgemessen, morgen fangen wir mit dem Hausbau an. Männer, es kommt viel Arbeit auf uns zu, also geht früh schlafen, und besauft euch nicht.»

Noch vor dem Sonnenaufgang weckten die Frauen ihre Männer, sie aßen ein karges Mahl und tranken Schnaps, um sich aufzuwärmen. Die Frauen brachten sie bis zur Dorfgrenze und schauten ihnen nach, bis sich ihre Spur am Horizont verlor. Die Kolonne aus Karren, Pferden und Menschen hielt erst dort an, wo später Triebswetter stehen sollte. Sie begannen, die erste der vier Gruben auszuheben, aus denen sie die Erde für den Hausbau holten. Die Kneipe wurde noch vor der Kirche errichtet.

An einem trüben, regnerischen Morgen im Jahre 1772 versammelten sie sich ein letztes Mal auf dem Hauptplatz in Mercydorf. Sie hatten alles dabei, was ihnen gehörte und die Gastgeber ihnen für wenig Geld überlassen hatten: Stühle, Tische, Schränke, Betten. Alles, was ihnen nützlich sein würde, um sich in den hinter dem Horizont auf sie wartenden Lehmhütten einfach einzurichten. Sie brauchten nur noch die Gewährsscheine zu empfangen. Jeder Familie stand eine ganze Session zur Verfügung, vierunddreißig Joch Land als Acker, Wiesen, Weide und für den Haus- und Gartenplatz. Die kinderlosen Paare bekamen nur die Hälfte. Zurück blieben einige Tote.

Kurz vorm Dorfeingang war eine Bühne aufgestellt worden, auf der die Beamten aus Temeschwar sowie Baron Alvinczy, der Grundherr von Triebswetter, Platz nahmen. Die Straße wie auch das umliegende Feld waren mit Kutschen, Karren und Pferden, mit Männern, Frauen und Kindern und ihrem Gepäck überfüllt. Der Regen fiel unterschiedslos und erbarmungslos auf sie alle, Menschen wie Tiere. Er kroch unter die Kleider und in die Schuhe, in den Mund und die Augen. Der Schlamm war so dick, dass sie nur mit Mühe vorankamen. Nur die Pferde standen ruhig da, erduldeten den Himmel, wie sie ein Leben lang den Menschen erduldet hatten.

Der Baron erhob sich und sprach: «Männer, ihr habt Großes vollbracht, für euch, eure Familien und die Monarchie. In kürzester Zeit habt ihr hier ein Dorf errichtet, das euch eine neue Heimat sein wird. Wenn ihr gut und hart arbeitet, werdet ihr es zu einigem Wohlstand bringen, jedenfalls so viel wie einem Bauer zusteht.» Er hüstelte. «Dabei werde ich euer gerechter und wohlwollender Herr sein. Bei mir findet ihr immer ein offenes Ohr für eure Anliegen, aber nur als allerletztes Mittel. Zuerst kommt der Richter. Wer ist euer Richter?»

Ein Gemurmel setzte ein, denn niemand hatte an so etwas gedacht. Der Baron wurde ungeduldig und flüsterte den anderen, die in der Reihe hinter ihm saßen, zu: «Sie können schuften wie die Tiere, aber nicht denken.» Er seufzte und wiederholte seine Frage. Die Menschen sahen sich ratlos an. Plötzlich erklang eine Stimme:

«Bruder Frederick. Der soll Richter werden!»

Ein anderer legte nach: «Frederick Obertin!»

«Wo ist dieser Frederick Obertin? Er soll sich zeigen!», sagte der Baron.

Frederick nahm seinen Hut ab und trat verlegen nach vorn. Der Baron wandte sich wieder an seine Begleitung: «Der Kerl sieht in Ordnung aus, verlieren wir keine unnötige Zeit. Bei solchem Wetter bringt mich die Gicht fast um.» Er winkte Frederick zu sich auf die Bühne. «Können Sie schreiben und lesen?», fragte ihn der Baron, und Frederick verneinte. Der Baron drehte sich zu den Leuten um. «Da haben wir ein Problem, denn Frederick Obertin kann nicht lesen und schreiben, und das muss er tun können, um Richter zu sein. Ich fürchte, ihr müsst euch einen anderen aussuchen.»

Aus dem Publikum gab es einige Pfiffe, etwas Unerhörtes für jene Zeit. Der Baron blickte ratlos in die Menge. «Keiner von uns kann lesen oder schreiben!», wurde ihm entgegnet. Dann war Evas Stimme zu hören, die bis zum Bühnenrand durchdrang. «Ich bin seine Frau. Ich werde ihn Schreiben und Lesen lehren.» Der Baron blickte die Honoratioren an, und diese nickten mehrheitlich.

«Gut, wenn ihr es so wollt. Frederick Obertin, komm

näher.» Von irgendwoher tauchte ein silberbeschlagener Stock auf, der von Hand zu Hand wanderte, bis er beim Baron war. Er hielt ihn Frederick hin. Der Regen setzte kurz aus, als sollten die Worte des Herrn für alle deutlich zu hören sein. Frederick fühlte sich in seiner armseligen Kleidung fehl am Platz neben den Männern, die man bis zur Bühne getragen hatte, damit ihre Stiefel nicht dreckig wurden.

«Frederick Obertin, ich ernenne Sie zum Richter des Dorfes ...» Der Baron stockte mitten im Satz, dann schaute er hilflos zur Seite und fragte leise: «Haben wir schon einen Namen dafür?» Alle zuckten mit den Achseln, auch daran hatte bislang niemand gedacht.

«Bei solch trübem Wetter, Exzellenz, kann es nur Trübswetter heißen», flüsterte nun auch Frederick.

«Das klingt schlecht», fand der Baron und überlegte eine Weile, bis sich sein Gesicht aufhellte.

«Frederick Obertin, ich ernenne Sie zum Richter des Dorfes Triebswetter. Sie sollen den Untergebenen Ihrer Majestät, der Wohlgeborenen Kaiserin von Österreich und Ungarn, ein gerechter und strenger Richter sein und über sie nach bestem Wissen und Gewissen urteilen. Sie sollen in allen Angelegenheiten des Dorfes das gewichtigste Wort haben und es zum Wohlstand führen. Auf dass sich die Hoffnungen, die man in die Kolonisten gesteckt hat, erfüllen und das Dorf bald zu den besten Steuerzahlern des Banats zählen wird. Sie sollten darauf achten, dass getreu unseren hochheiligen christlichen Gesetzen Zucht und Ordnung herrschen. Sollte sich jemand eines mittelschweren Vergehens schuldig machen, dürfen Sie ihn am Pranger durchs Dorf führen, und er soll auf jeder Gasse sein Vergehen und seine Strafe ausrufen.

Ebenso steht Ihnen die Bastonade auf der Strafbank zu. Für schwere Vergehen hingegen haben Sie sich an mich und die Verwaltung zu wenden. Sie rufen auch den Richttag aus, damit die Leute für kleinere Vergehen Rechenschaft ablegen können. Und ebenso sind Sie zuständig für den Versöhnungstag, auf dass sich zwei Parteien, die voller Neid und Zorn sind, wieder vertragen und die Gemeinschaft in ihrem weiteren Bestehen nicht bedroht wird. Ihr Haus wird künftig das Richthaus sein und somit der offizielle Sitz der Administration. Sie werden auch Menschen für notwendige öffentliche Arbeiten verpflichten können. Sie aber sind von solchem Dienst befreit und ebenso von der Pflicht, Ihr Haus als Winterquartier der Armee zur Verfügung zu stellen. Dafür werden Sie mit vierundzwanzig Gulden pro Jahr entschädigt. Es steht Ihnen natürlich zu, außerdem einen eigenen Hof zu haben. Die erste Aufgabe werden Sie schon in wenigen Tagen zu erfüllen haben. Dann werden die Tiere, die Samen und die Gerätschaften eintreffen, welche die Administration dem Dorf für die Dauer von drei Jahren überlassen wird. Nach Ablauf dieser Frist muss alles zurückbezahlt werden. Dabei werden Sie vorerst von Ihrer Frau unterstützt werden müssen, um alles gerecht zu verteilen, den Listen gemäß, die Sie noch erstellen müssen.»

Der Baron überreichte Frederick, der sich vor ihm tief verbeugte, den Richterstock. «Gibt es etwas, das Sie als Erstes in Angriff nehmen, Richter Obertin?»

Frederick überlegte nicht lange. «Ich möchte, dass unsere Kirche eine Stimme hat. Deshalb möchte ich eine große Glocke in Auftrag geben und hoffe, dass uns die Administration dafür das Geld leiht. Diese Glocke soll die Taufe unserer Kinder ankündigen und unsere Toten zum

Friedhof geleiten. Sie soll uns von den Feldern nach Hause holen und uns jedes Mal an all die Lothringer erinnern, die den Weg hierher nicht geschafft haben.»

Dann wandte er sich an alle anderen: «Willkommen in Triebswetter! Arbeitet hart und vermehrt euch, dann haben wir hier auch eine Zukunft!» Er stieg von der Bühne herab, die hohen Herren wurden wieder wie Mehlsäcke zu ihren Kutschen getragen, und die Menschen traten über die Schwellen ihrer neuen, notdürftig errichteten Häuser. Während im überfüllten Mercydorf kaum an mehr als einen flüchtigen, ängstlichen Beischlaf hinter einem Stall oder auf freiem Feld zu denken gewesen war, nahmen jetzt die Männer auch ihre Frauen in Besitz, nach denen es ihnen viel zu lange gedürstet hatte.

5. Kapitel

Der Viehwaggon umhüllte mich wie einst Raminas Körper. Für kurze Zeit schirmte er mich ab und schenkte mir Ruhe. Wir waren durch den nach dem Bombardement nur notdürftig wiederaufgebauten Bahnhof getrieben worden, an unbeteiligten oder verwunderten Reisenden vorbei, die um sich selbst fürchteten. Wir hatten unsere Bündel in die dunklen Mäuler geworfen, die sich auf einem der hinteren Gleise vor uns öffneten, und waren dann hinterhergeklettert.

Man empfing uns, die Nachzügler, nicht freudig, man murrte oder nahm uns im besten Fall nicht wahr. Ich tauchte ein in die Masse der Leiber, wir waren jetzt alle gleich, unterschieden uns nur durch den Platz, den wir ergattern konnten. Manche hockten bei der Tür oder neben einem Spalt, um besser atmen und hinaussehen zu können. Andere hatten sich lieber in eine wärmere, windgeschützte Ecke geflüchtet.

Als man uns auf die Waggons verteilt hatte, hatten für einen Moment Chaos und Lärm geherrscht. Die meisten meines Dorfes wurden nach vorn gebracht, während ich zu einem der hinteren Waggons getrieben wurde. Nun flüsterte man nur noch, wenn man überhaupt etwas sagte, als ob man schon beschlossen hatte, sich selbst zum Verschwinden zu bringen. Ich kauerte mich an einem Guckloch neben einen Jungen, der wie Espenlaub zitterte.

«Ist dir kalt?», fragte ich. Er schüttelte den Kopf.

«Was werden sie mit uns machen?», fragte er zurück. Ich zuckte die Achseln.

«Man bringt uns nach Sibirien. Das tun sie doch immer», flüsterte einer. Ein Raunen ging durch den Waggon.

«Sibirien? Wo ist das denn?», fragte der Junge.

«Das ist am Ende der Welt. Wenn wir es überhaupt bis dahin schaffen. Wenn wir es schaffen, werden wir uns wünschen, es nicht geschafft zu haben», antwortete dieselbe Stimme. Noch mehr Raunen, beunruhigtes Murmeln, war zu hören.

«Was haben sie mit uns dort vor?», wollte ich wissen.

»Frag nicht so dumm. Dasselbe, was wir mit ihnen vorhatten», sagte eine Frau und zog den Mantel enger um sich.

Diesmal blieb eine Reaktion aus, denn jeder war mit seinem eigenen Sibirien beschäftigt. Dann rief einer: «Sie sind da!» und ohne zu wissen, wen er meinte, aber in der Hoffnung, dass es etwas Gutes bedeutete, drängten wir uns an die Tür, die Spalten und Löcher in den morschen Bretterwänden.

Wir spähten hinaus und entdeckten vor dem Bahnhof kleine Gruppen, die versuchten, zu uns durchzukommen. Sie waren aus den von den Russen heimgesuchten Dörfern nach Temeschwar gekommen, um ihren Söhnen und Töchtern, Ehemännern und -frauen, Vätern und Müttern noch etwas mitzugeben. Wer nichts dabeihatte, was er an den Zug bringen wollte, stand einfach nur da. Die anderen versuchten, die Russen mit Armbanduhren und Zigaretten zu bestechen.

Manchmal ließ ein Soldat ein paar von ihnen durch, während er seine Beute begutachtete. Die Leute liefen am

Zug entlang und riefen irgendwelche Namen, oft wurde ihnen auch geantwortet. Letzte Worte wurden gewechselt, letzte knappe Berührungen ausgetauscht, dann kehrte jeder mit dem, was man ihm gegeben hatte, an seinen Platz zurück.

Es sollten noch Stunden vergehen, bis wir endlich abfuhren. Lastwagen kamen nur noch selten an. Ich kaute auf einer Brotrinde herum, während viele sich nicht sattsehen konnten und die Tür belagerten. Sie starrten die vor dem Bahnhof ausharrenden Gestalten an, und diese starrten zurück. Ein Abschied, der sich ins Unendliche dehnen wollte.

Nur die Kommandos der Russen waren zu hören. Manchmal rief einer von uns nach jemandem auf der Straße, und gelegentlich wurde ihm geantwortet. Man lauschte, als ob das ganze Leben davon abhinge. Ich rief nicht, denn es gab niemanden, der mich hätte hören können. Höchstens strich ich mit der Hand über den Pullover, gedankenverloren.

Außerdem war ich zum ersten Mal in meinem Leben vor allem mit meiner Zukunft beschäftigt, die mir alles andere als angenehm erschien. Denn erst durch jene Ereignisse, die mich aus der Kindheit in etwas anderes katapultierten, das mir noch unbekannt war, hatte ich eine konkrete Zukunft erhalten. Eine sehr ungewisse, aber eine, die mich gänzlich erfasst hatte und wie der Strom die Böschung, die er umspült hat, wegtrug.

Als sich der Zug ruckartig in Bewegung setzte, waren seit Langem die Türen schon verriegelt. Erneut waren ein Raunen, aber auch Schreie zu hören. Wir hatten uns so sehr ans Warten und an die Wärme der zusammengepferchten Körper gewöhnt, dass wir schläfrig geworden waren. Mir war fast wohlig geworden wie damals, als ich, an Raminas Fleisch gepresst, den schmalen Himmel vor ihrem Fenster betrachtet hatte. Dabei hatte ich die Augen geschlossen, ihr Herz oder doch nur meines schlagen gehört, mein Atem hatte sich an ihren angeglichen, und ich hatte nicht mehr gewusst, wo ich aufhörte und wo sie begann.

Die plötzliche Bewegung aber erinnerte uns daran, dass nun etwas seinen Lauf nahm, auf das wir keinen Einfluss hatten. Der Zug gewann langsam an Fahrt, wir passierten bereits die letzten Bahnhofsgebäude, als ich unter der schwachen Lampe am Ende des Gleises zwei Gestalten entdeckte. Die eine trat ein paar Schritte vor und blieb wie eine Puppe stehen, die man scheinbar grundlos dort abgestellt hatte. Vielleicht war ich nur einer unter vielen, die an einem Guckloch standen und dasselbe hoffte. Aber das war mir jetzt egal, denn ich wusste, dass keiner so überzeugend leblos dastehen konnte wie Mutter.

Wir fuhren durch eine kahle, winterliche Landschaft, in der die verschneiten Dächer der Bauernhäuser wie Hüte aussahen. Ich kauerte mich wieder neben den blonden, schmalen Jungen, der, obwohl er Petru Großtat hieß, kein Wort Deutsch sprach. In meinem Waggon waren nur Menschen, die ich noch nie gesehen hatte, Männer, die gerade erst aus dem Krieg zurückgekehrt waren und in aller Eile die deutsche Uniform verbrannt hatten. Andere hatten noch vor Kurzem die Schulbank gedrückt und den Acker bestellt.

Bevor man die Waggontüren verriegelt hatte, war noch ein Mann mit seinen Töchtern hineingestoßen worden. In seiner Wange war ein Einschussloch, Ohr und Haare waren auf dieser Seite versengt. Seine Töchter drückten Tücher, die sie mit Schnaps beträufelten, auf die Wange. Sein Schmerz sollte uns die ganze Zeit begleiten. Wir alle starrten auf die Stelle, an der sich die Haut wie eine schwarze Blüte ausfranste. Es wirkte wie eine Drohung, eine Ankündigung von Dingen, denen wir unaufhaltsam entgegenfuhren.

Petru war voller Angst. Seinen spärlichen Erklärungen nach hatte er gar nicht gewusst, dass er Deutscher war. Sein Vater hatte eine Rumänin geheiratet, nur sein Name war deutsch. Dann war der Vater gestorben, doch seine Mutter hatte den Nachnamen behalten. Petru wusste weder, wo Deutschland lag, noch was dieses Deutschland, zu dem er nun auf einmal gehörte, in den letzten Jahren angerichtet hatte. Er konnte nicht glauben, dass sein Name gereicht hatte, um ihm dieses Schicksal zu bereiten.

Ich reichte ihm ein Stück Brot und Käse, er aß etwas davon, und den Rest wickelte er in ein Tuch für später. Er hatte nichts bei sich, nicht einmal ein kleines Bündel. Als man ihn im ausgetrockneten Brunnen hinter dem Haus entdeckt hatte, hatte man die Mutter nicht zu ihm durchgelassen. Er hatte Glück gehabt, nicht in den Krieg ziehen zu müssen, er hatte ein verkürztes Bein. «Ein Sonntagskind», hatte seine Mutter gesagt. Er würde immer Glück haben, hatte sie ihm prophezeit. Mit den Russen aber hatte sein Glück nicht gerechnet.

Im ganzen Waggon hatten sich kleine Gruppen gebildet, die mal flüsternd, mal laut unsere Lage erörterten. Fast immer war der Befund ausweglos. Entweder ließ man uns erst in Sibirien oder vielleicht schon in der Ukraine aus den Viehwaggons heraus. «Aber das macht auch keinen großen Unterschied mehr», sagte ein ehemaliger

Soldat, der erst vor Kurzem von der Front zurückgekehrt war. «Egal, wo wir sterben, begraben kann man uns erst im Frühling. Die Erde ist zu hart.» Er begann über seinen Russlandfeldzug zu erzählen, aber man bat ihn bald, wieder aufzuhören. Niemand war mehr an seinem Krieg interessiert. Seine Erinnerungen wollte keiner mehr hören.

Petru war eingeschlafen, sein Kopf lehnte an meinem Arm. Mit dem Bild der zwei Gestalten unter der Laterne vor Augen wurde auch ich müder, und ich schlief ein, begleitet vom Flüstern, vom Stöhnen des Verbrannten und vom mechanischen, regelmäßigen Rattern.

Ich erwachte, weil mein ganzer Körper schmerzte. Mein Kopf lag auf dem Rücken eines Mannes, der Soldat benutzte meine Füße als Kissen. Langsam zog ich sie unter seinem Kopf heraus, dann richtete ich mich auf. Es gab überhaupt keinen freien Platz mehr, Frauen und Männer lagen in einem völligen Durcheinander da. Es wurde geschnarcht, die Luft war schal und stickig. Ich sah hinaus, aber außer der weißen Ebene und einem finsteren Himmel war nichts zu sehen.

Ich konnte auch nicht sagen, wie spät es war, die Russen hatten uns noch im Lastwagen die Uhren abgenommen. Aber am Horizont war bereits ein schmaler Spalt zu erkennen, durch den der Tag in die Nacht schlüpfen und sie auflösen würde. Als ich das zweite Mal erwachte, war es schon hell. Einige der Frauen versuchten, sich mit etwas Wasser aus einer Flasche zu waschen, aber man hielt sie davon ab, weil man das Wasser zum Trinken aufheben wollte. Man wollte lieber stinken als verdursten. Dabei lag draußen so viel Schnee, einige Minuten hätten gereicht, wenn die Russen nur die Türen aufgemacht hätten.

Wie lange der Zug stillstand, konnte niemand sagen, ebenso wenig, wo wir uns befanden. Einige teilten sich den kargen Proviant, andere, die nichts hatten, starrten nur gierig darauf. Petru streckte sich und zog das Tuch aus der Tasche, in das er die Essensreste gewickelt hatte. Die beiden Töchter versuchten, ihrem Vater den Schmerz zu lindern. Auch sie starrten sehnsüchtig auf den Schnee, aber nicht, weil sie trinken, sondern weil sie damit die Wunde kühlen wollten.

Der Zug bewegte sich den ganzen Tag nicht von der Stelle. Als ich in der zweiten Nacht kurz erwachte, waren wir aber in voller Fahrt, wenn auch nicht für lange. Bei einem Halt mitten auf dem Feld standen wir wieder viele Stunden lang nur da, und uns blieb nichts anderes übrig, als auf das öde, abgestorbene Land zu starren.

Um Petru von seiner Angst abzulenken, erzählte ich ihm eine von Raminas Geschichten. Jene über Gott, die Teufel und alles dazwischen. Einst hatte Gott den Himmel – in dem damals auch die Teufel wohnten – von der Erde weggerückt, weil er das Jammern der Menschen nicht mehr hören konnte. So entstand der *V zduh*, die Gegend zwischen Himmel und Erde, die von vielen guten und bösen Wesen bewölkert wurde. Eines Tages lieferte sich Gott einen schlimmen Kampf mit den Teufeln, manchmal sah es so aus, als würden sie ihn bezwingen. Aber Gott siegte und warf die Teufel aus dem Himmel. Während sie durch den V zduh hinunterfielen, blieben je zwei von ihnen an zwölf Stellen hängen.

«Wie schafften sie das?», wollte Petru wissen.

«Ich weiß es nicht, das hat mir Ramina nie erzählt. Aber die können das, es sind doch Teufel», sagte ich.

Weil die Teufel sehen mussten, wie sie durchkamen, errichteten sie zwölf Zollstellen. Wer zu Gott wollte, musste zuerst diese Stellen passieren und die Teufel bestechen. Zwölfmal mussten sich die toten Seelen den Teufeln stellen und sie überreden, verführen. Zwölfmal musste sich die Seele bewähren, sonst kriegten die Teufel sie. Das war ihre Rache an Gott.

«Wieso redest du dauernd über lauter Teufel? Unser Pfarrer hat immer gesagt, dass es nur einen gibt», meinte Petru.

«Ramina sagte, es sind genau vierundzwanzig. Einer allein würde mit der Arbeit kaum nachkommen.»

Ich redete unentwegt, ich wurde heiser davon, aber auch ruhiger. Es war mir, als wäre Ramina mit im Waggon. Doch nicht allen gefielen meine Geschichten, zu sehr schien unsere Zukunft aus dem Stoff dieser Geschichten gemacht. Petru hätte sich gern einen anderen Platz ausgesucht, wenn es ihn nur gegeben hätte.

Wir waren seit mehreren Tagen unterwegs, allmählich verschwammen für mich Zeit und Raum. Obwohl ich wusste, dass wir noch nicht weit genug gefahren waren, um schon in Russland zu sein, schien es mir doch in jedem Augenblick so weit zu sein. Oder es kam mir so vor, dass sich Rumänien unendlich weit ausdehnte und uns vor dem, was uns anschließend erwartete, in Schutz nahm.

Zu selten wurden die Waggontüren geöffnet, damit wir unsere Notdurft verrichten konnten. Mit Petrus Taschenmesser vergrößerten wir einen Spalt im Waggonboden zu einem Loch. Wenn eine Frau musste, stellten sich die anderen Frauen um sie herum und sangen Lieder, die wir alle vom Soldatensender kannten. Für irgendetwas waren diese Lieder immer noch gut. Wenn ein Mann an der

Reihe war, taten die anderen Männer dasselbe. Wir gingen unser ganzes Repertoire durch, und mir kam es so vor, als würde ich mit Großvater wieder Radio hören. Die meisten aber hatten ihre Scham noch nicht überwunden, sie zogen es vor, unter Schmerzen durchzuhalten, als sich vor so vielen Ohren und Augen zu erleichtern. Andere hatten die Lektion schneller gelernt.

In einer Nacht schlüpfte ich durch dieses Loch, dessen Ränder verschmutzt und glitschig waren, zurück in die Freiheit. Ich hatte bemerkt, dass die Bewachung des Zuges bei den Halten lasch war und dass unser Waggon meist weit vor dem Bahnhof, auf freiem Feld, zu stehen kam. Die Russen bemühten sich gar nicht, aus ihren geheizten Waggons herauszukommen, für sie saßen wir offenbar unentrinnbar in der Falle.

Weil ich für mein Vorhaben Petrus Messer brauchte, weihte ich ihn darin ein. Sobald der Zug anhalten würde und das Loch groß genug wäre, würden wir uns hindurchfallen lassen und uns zwischen den Bohlen flach hinlegen, bis der Zug wieder abfahren würde. Nacheinander bearbeiteten wir das Loch mit dem Klappmesser, bis Kopf und Rumpf hindurchpassten, danach warteten wir auf eine günstige Gelegenheit. Ich weiß nicht, wie viele wach lagen und uns beobachteten, sich ihre eigenen Chancen ausrechneten, auf diese Art zu entkommen. Und ich weiß ebenso wenig, wie viele es nach Petru und mir tatsächlich getan haben.

Unter uns zogen die Schienen vorbei und hoben sich als dunkle Linien vom Schnee ab, der matt schimmerte. Sie wiesen in eine Vergangenheit, die gar nicht weit zurücklag und doch schon lange her zu sein schien. Meine Hände froren, ich konnte sie kaum noch spüren. An vielen Stellen hatte ich Schürfwunden und Schnitte. «Bereits wenn er verlangsamt, lässt du dich mit den Beinen gegen die Fahrtrichtung auf den Rücken fallen. Wir sind dann weit genug vom Bahnhof entfernt. Du musst aufpassen, dass du nicht zwischen die Zugräder kommst», sagte ich ihm.

Meine Kräfte ließen mich fast im Stich. Als der Zug langsamer wurde, die Lokomotive pfiff und wir dachten, dass nun ein Bahnhof käme, schob ich mich durch das Loch und stemmte mich auf die Arme. Ich hatte mir keine Gedanken darüber gemacht, ob sie mich überhaupt tragen würden, wo ich nicht einmal den Sack bis zu Ramina hatte tragen können.

«Du wirfst mir sofort den Sack nach, dann kommst auch du, nicht wahr?», fragte ich Petru. Er zögerte, kämpfte kurz mit sich selbst, dann schien er sich entschieden zu haben.

«Ich werfe den Sack nach, aber ich komme nicht mit. Es ist mir zu gefährlich», flüsterte er.

Meine ersten vorsichtigen Versuche misslangen, und ich dachte schon ans Aufgeben. Ich wollte es ein letztes Mal probieren, doch wenn ich mich nicht beeilte, wäre es bald zu spät gewesen. Ich landete hart auf der Kante einer der Bohlen, und ein stechender Schmerz breitete sich in mir aus. Ich blieb vorerst liegen, die Arme eng an den Körper gepresst. Ich war wie betäubt vor Schmerz, doch es gelang mir, aufzustehen und zu der dunklen Gestalt zu humpeln, die zwischen den Schienen lag.

Als ich nach meinen Habseligkeiten greifen wollte, hörte ich einen Schrei von weiter vorn, der, obwohl er nichts Menschliches hatte, von einem Menschen stammen musste. Ich duckte mich, weil ich dachte, dass man mich entdeckt hatte. Gegen sie und ihre Maschinengewehre hätte ich kaum eine Überlebenschance. In diesem Augenblick beschleunigte der Zug wieder. Die Lokomotive pfiff, als wollte sie mich begrüßen, während in den Waggons meine Leute, denn das waren sie nun alle geworden, sich wie gelähmt vor Angst und Kälte von mir entfernten. Weit und breit war keine Siedlung, nicht einmal ein Haus zu sehen. Ich stand allein in einer endlosen Landschaft.

Doch in der Stille, die jetzt einsetzte, hörte ich Petru nach mir rufen. Er lag seltsam verrenkt auf einer der Schienen, den Rumpf auf der einen und die Beine auf der anderen Seite. Er riss seine Arme hoch, dann ließ er sie wieder sinken, und als ob ihn diese Geste seine letzte Kraft gekostet hätte, fiel sein Kopf leblos auf die Seite. Ich kniete nieder, schob meine Hände unter seinen Rumpf und versuchte ihn hochzuheben, aber sein Unterleib sank wieder zu Boden, nicht anders als die Fleischstücke, die der Metzger in der Stadt auf die Theke klatschte, bevor er die besten Teile vom Knochen trennte. Petrus Eingeweide quollen über meine Arme, ich ließ ihn fallen und wurde ohnmächtig.

* * *

Ich war noch nie wirklich allein gewesen. Selbst wenn ich bei den Toten gewesen war, waren immerhin sie anwesend. Wenn ich in den ersten Morgenstunden ins Haus zurückkehrte und hoffte, dass sich Vaters Wut gelegt hatte, warteten zwei lauwarme Ziegelsteine unter der Bettdecke auf mich. Manchmal auch einige kalte Essensreste auf dem Tisch. In Temeschwar waren Großvater und Katica die ganze Zeit bei mir gewesen.

Dort auf den Schienen, als ich gerade erst zu mir gekommen war, dämmerte mir, dass ich vollkommen auf mich allein gestellt war. Nicht einmal der Schutz, den sich die im Zug Gebliebenen geben konnten – eine Brotrinde weiterzureichen, die Wärme ihrer Körper beim Schlafen, die Rücksichtname beim Verrichten der Notdurft –, würde mir zuteilwerden.

Petrus Blut war längst in den Schnee gesickert, ich schloss ihm die Augen, wie es unser Pfarrer oft getan hatte, und zog seinen Körper von den Gleisen hinunter. Das war das Einzige, was ich noch für ihn tun konnte. Ich entschied mich für eine Richtung, in der man im Mondlicht so etwas wie einen Hügelrücken am Horizont erkennen konnte, und marschierte los.

Ich könnte nicht mehr sagen, wie lange ich herumirrte. Ich lief zuerst über ein nacktes Feld, dann tauchte ich in einen Birkenwald ein, wo ich mehrmals stolperte und hinfiel, sodass meine Kleider zuerst feucht, dann steif wurden. Der Rücken schmerzte immer noch, doch die Unterkühlung bewirkte, dass ich bald nicht einmal mehr den Schmerz spürte.

Ich hatte mir Großvaters Mütze tief ins Gesicht gezogen und die Jacke zugeknöpft, trotzdem zitterte ich am ganzen Körper, und das Vorankommen fiel mir immer schwerer. Wenn ich nicht bald einen trockenen, geschützten Ort finden würde, wäre mein Tod kaum weniger erbärmlich als der Petrus. Ihn, den ich nicht begraben hatte – auch wenn ich es versucht hätte, die gefrorene Erde hätte ihn nicht aufgenommen –, und mich würde einfach der Schnee zudecken.

Ich erreichte einen Fluss, der an manchen Stellen zugefroren war, doch das Eis trug nicht, das war im Mondlicht gut zu erkennen. Nur einen Steinwurf vom anderen Ufer entfernt erhob sich der Hügel, und auf halbem Weg zu seiner Spitze erblickte ich so etwas wie eine Steinkonstruktion, einen Turm mit einem niedrigen Gebäude und einigen Mauerresten. Schlotternd ging ich auf und ab, doch nirgends fand ich eine Brücke oder eine Stelle, wo ich über die Eisschicht hinüberkäme. Als es bereits so aussah, als würde mir nur übrig bleiben, dem Fluss in einer Richtung zu folgen, fiel mir ein fast ganz vom Schnee bedecktes Boot ins Auge.

Ich stieg die Böschung hinab und begann es auszugraben, doch meine Freude war bald verflogen. Es sah so aus, als wäre es leckgeschlagen und dort aufgegeben worden. Ich hockte mich daneben und weinte hemmungslos, doch ich wusste, dass mein Weinen nicht gehört würde. Die Kälte zwang mich zu handeln. Es kostete mich viel Kraft, das Boot frei zu kriegen, und nachdem ich das Loch in der Seitenwand untersucht hatte, hoffte ich, dass es mit ein bisschen Glück für die kurze Fahrt reichen würde. Ich zog die Jacke aus und stopfte sie hinein, dann stieg ich ein und schob mich an den Eisschollen vorbei bis in die Flussmitte.

Das Boot füllte sich mit eisigem Wasser, und sosehr ich auch dagegen ankämpfte, es sank immer schneller. Ich kletterte in letzter Sekunde hinaus und legte mich flach aufs Eis, das sofort zu brechen begann. Wie sonderbar, dass es nicht nachgegeben hatte, als ich sterben wollte, aber jetzt, als ich mein Leben zu retten versuchte. Ich kroch auf dem Bauch weiter, so schnell und doch so vorsichtig ich konnte. Die Risse verliefen in alle Richtungen, bildeten Verästelungen, eine Kletterpflanze aus Eis, die immer schneller wuchs und die Eisfläche unter mir splittern ließ.

Ich kam auf der anderen Seite an, aber zu welchem Preis! Die Jacke war verloren, und der Pullover wie auch meine übrige Kleidung waren klatschnass. Außerdem drohten die Kälte und die Müdigkeit mich vollkommen zu übermannen, und auch der Schmerz meldete sich zurück. Ich war mir sicher, dass ich die Nacht nicht überstehen würde.

Der Hügel türmte sich fast uneinnehmbar vor mir auf, kaum war ich einige Schritte vorangekommen, rutschte ich wieder hinab und musste von Neuem beginnen. Als wollte er mich verspotten, warf der Mond sein kaltes, gleichgültiges Licht auf mein unnützes Tun. Es war, als ob alle Menschen gestorben, alles Leben ausgelöscht worden wären, denn als ich über die Ebene, die ich gerade durchquert hatte, zurückblickte, war gar nichts zu sehen. Kein einziger Ort, in dem jemand atmete und schlief oder sich zu jener frühen Stunde an einem schwachen Feuer wärmte.

Der Himmel war von einer seltenen Schönheit, unter anderen Umständen hätte ich mich geborgen gefühlt. Ich, der alles verloren hatte, was Geborgenheit ausgemacht hatte, Ramina, Katica, Großvater und das Grab. Ich hörte mir beim Atmen zu, die kalte Luft drang in die Lungen ein und dehnte sie, als ob sie platzen würden. Dann stand ich am Anfang einer Treppe, die in eine Senke hinabführte, einen im Hügel eingelassenen, natürlichen Kessel. Junge, dünne Stämme von Lärchen und Birken bildeten einen Tunnel, der den Eindruck der Tiefe noch verstärkte.

Ich stieg hinab, seltsamerweise hatte ich keine Angst, als ob sie an meiner Stelle zu Hause geblieben wäre. Am Ende der Treppe angelangt, stand ich vor der Ruine einer Kirche, die weiß Gott wer an jenem einsamen Ort gebaut hatte. Sie war es, die ich zuvor erblickt hatte, denn auf der einen Seite war der Kessel offen und ging in den steilen Hügelhang über. Längst hatte man Fenster und Türen entfernt, an ihrer Stelle klafften Löcher in den sonst so soliden Mauern.

Die Dächer des Turms und der Kirche waren eingestürzt, nur ein Gerippe war übrig geblieben. Stützbalken, zwischen denen es hindurchschneite, sodass ich auch im Innern nicht geschützt war. Es lag viel Holz herum, wahrscheinlich waren es Reste der Bänke und des Altars, doch es war feucht, und ohne Streichhölzer war es sinnlos, ein Feuer entfachen zu wollen. Ich suchte fiebrig nach einem trockenen Ort, wo ich mich für einige Stunden hinlegen und vielleicht sogar schlafen konnte. Ich fand eine schmale Treppe, die in die Krypta führte. Dort war es vollkommen dunkel, sodass ich mich an den Mauern entlangtasten musste. Ich spürte, dass in den Wänden Nischen waren, etwa ein Dutzend, tiefe Einbuchtungen, aber leer.

Ich schob den Schutt aus einer der Ecken, aß mein letztes hartes Stück Brot, den Speck und den Käse und schlief ein. Ich erwachte vom Hungergefühl oder vom Schüttelfrost. Beides hatte mich mit einer solchen Wucht befallen, dass ich meine letzte Stunde für gekommen hielt. Aus der Luke über mir drang ein wenig Sonnenlicht hinein und leuchtete die Nischen aus. Sie waren für die Särge der Toten einer gewissen Familie Baici aus dem Felsen herausgegraben worden. Der Baron Baici und neun seiner Verwandten waren dort begraben worden. Alle Namen waren in eine Steintafel gemeißelt worden, von den Särgen jedoch fehlte jede Spur, die Lücken klafften in der Wand wie ein zahnloser Mund.

Ich glühte und konnte nicht aufhören zu zittern, mein

Zähneklappern hallte im schmalen Saal wieder. Mein Schlaf war ein unruhiger Schlummer, von Fieber und Zuckungen durchflutet. Wenn ich erwachte, wünschte ich mir den Schlaf zurück, um den Hunger nicht mehr zu spüren. Kurz vor dem Einschlafen riss ich die Augen wieder auf, weil ich fürchtete, nicht mehr aufzuwachen. Das Licht wurde stärker, das zeigte mir, dass es Mittag war, dann nahm es wieder ab. Doch gerade, als ich mich mit dem Gedanken an eine weitere Nacht an jenem unwirtlichen Ort anzufreunden versuchte, hörte ich von oben schwere Schritte und die Stimmen von Männern.

Der eine war ein Pope, hager und lang, wie ich noch nie einen gesehen hatte. Sein spärlicher, weicher Bart wirkte wie angeklebte Watte. Er beugte sich über mich, während der andere, ein dunkelhäutiger, fast glatzköpfiger Mann, im Hintergrund blieb.

«Er lebt noch, Gott sei's gelobt», sagte der Pope zum anderen auf Rumänisch. «Verstehst du mich, Junge?» Ich nickte. «Ich habe deine Spuren im Schnee entdeckt. Du hast einen langen Weg hinter dir, wie es scheint. Als ich das erste Mal bei dir gewesen bin, hast du mich gar nicht wahrgenommen. Allein konnte ich dich nicht tragen, also habe ich Hilfe geholt. Kannst du gehen?» Ich verneinte.

«Dann versuchen wir es zu zweit. Gigi!», rief er nach hinten. «Du packst ihn bei den Beinen und ich bei den Schultern.» So trugen sie mich hinaus und dann wieder die Treppe durch den Baumtunnel hinauf. Vom restlichen Weg habe ich nur noch ein sanftes Gleiten und Schweben, das Knirschen des Schnees unter den Stiefeln und den dampfenden Atem des Popen auf meinem Gesicht im Gedächtnis.

Im Pfarrhaus roch es nach Verwesung, wie wenn sein

Inneres gleich dem Körper eines Menschen verrottete. Sie legten mich in einem kleinen Raum ab, unter mehrere Decken, und der Pope brachte mir eine wässrige Suppe, die zwar geschmacklos war, aber mich ein wenig wärmte. Ich taute auf wie die Speckstücke, die wir im Winter aus der Kammer holten und zuerst über den Ofen hängten.

Trotzdem verbesserte sich mein Zustand nicht, das Fieber setzte erneut ein, und bei jedem Atemzug schmerzten die Lungen, als ob sie von Messern durchbohrt würden. Jedes Mal, wenn der Pope nach mir sah, knarrten die verfaulten, von Würmern zerfressenen Holzdielen. Das war das erste vertraute Geräusch meines neuen Lebens, und es ist mir, als ob ich es immer noch höre. Selbst mit geschlossenen Augen wusste ich, dass er da war und sich kümmern würde.

Am nächsten Tag setzte er sich auf meinen Bettrand, tauschte eine Essigkompresse auf meiner Brust aus und wirkte sehr besorgt.

«Ich werde in die Stadt fahren und einen Arzt holen», sagte er.

Ich packte ihn am Handgelenk, richtete mich auf, fiel aber in die Kissen zurück. «Bitte, keinen Arzt», sagte ich auf Rumänisch.

«Du brauchst aber einen.»

«Kein Arzt!», widersprach ich energischer. Er sah mich lange prüfend an und dachte nach.

«Ich weiß nicht, was du getan hast, Junge, und wieso du dich fürchtest, aber unter meinem Dach, das auch das Dach unseres Herrn ist, hat jeder Platz.» Er zögerte kurz. «Bist du Rumäne?» Ich nickte. «Du hörst dich aber wie ein Schwabe an, der Rumänisch redet. Wie heißt du?»

«Jacob, aber Jacob mit *c*.»

Er begann zu lachen, nahm meine Hand in seine, hielt sie eine Weile fest, dann sagte er: «Nun gut, Jacob mit *c*. Dann hole ich mal unsere *Baba*, sie kennt Mittel gegen alles. Für deine Lungenentzündung wird sie sich auch etwas einfallen lassen.»

Es ist unklar, ob die Salben der Baba halfen, mit denen sie mich mehrmals die Woche einrieb, oder ihr übel riechendes Gebräu, womit mich der Pope bis zum letzten Tropfen fütterte. Manchmal schien sie mit dem Ergebnis zufrieden, ein anderes Mal sah sie keine Hoffnung mehr und jammerte, mein Körper sei viel zu schwach, sogar ihre einwandfreien und bewährten Rezepte könnten dort nichts ausrichten, wo sie auf eine angeborene Neigung zu Krankheit träfen. Ich sei nur Haut und Knochen, nur noch der Schatten eines Menschen, der wie eine Gans gestopft werden müsse, bevor man sich irgendetwas von einer Medizin versprechen könnte.

Täglich tauchte der Pope mit einer dicken, sauren Suppe am Bettende auf, half mir, mich aufzurichten, stopfte mir das Kissen in den Rücken, fütterte mich anschließend so hingebungsvoll, als wenn ich sein Kind wäre. Doch bald war ich vom Essen wieder erschöpft und fiel erneut in den Schlaf. Die Baba sagte: «Wenn er bis März überlebt, hat er das Schlimmste hinter sich.»

Die meiste Zeit verbrachte ich in meinem Zimmer unter den vielen Heiligenbildern. Auch wir hatten zu Hause einige gehabt, doch hier war es eine ganze Sammlung, als ob der Pope gefürchtet hätte, irgendeinen der Heiligen, Erzengel und Kirchenführer zu verärgern, und sie deshalb alle in sein Haus aufgenommen hatte. Hinter dem Haus erhob sich der Hügel. Während der Genesung begleitete mich ein einziger Ausschnitt des Gartens, der sich im offenen Fenster spiegelte. Ein Stück Stoff hatte sich zwischen zwei Zaunlatten verfangen und hing entweder bewegungslos da oder flatterte schwach im Wind.

Einmal tauchte der Pope mit einem schweren Buch an meinem Bett auf, zwischen dessen Seiten zerquetschte Fliegen klebten. Es handelte von seiner Religion, er wollte mich dazu bringen, es zu lesen, aber als er es mehrere Tage hintereinander unberührt neben dem Bett liegen sah, trug er es wieder hinaus. Später brachte er mir ein anderes mit, in dem das Leben auf einem rumänischen Dorf sehr treffend, wie er betonte, beschrieben wurde. Er entstaubte es mit der offenen Hand, dann überreichte er es mir.

Es war eines der Bücher, die auch im Schulzimmer in Triebswetter auf dem Regal gestanden hatten, allerdings im rumänischen Teil des Raums, ohne dass es einer von uns je angerührt hätte. Denn wir konnten es nicht lesen, unser Rumänien war schon immer deutsch gewesen. Unsere Sprache, unsere Zeitungen, unsere Bücher. Als der Pope merkte, dass ich mich auch diesmal vor dem Lesen drückte, fragte er:

«Kannst du nicht, oder willst du nicht?»

«Ich kann nicht.»

Er setzte sich neben mich, stellte das Buch zwischen uns beide, schlug es auf und begann laut und langsam vorzulesen. Wenn ich etwas nicht verstand, erklärte er es mir. Als sich die Dunkelheit über uns senkte, holte er einen Stuhl und stellte eine Petroleumlampe darauf. Das sollte er auch dann noch so halten, als er ab März morgens das Haus mit einem leeren Sack unterm Arm verließ und nachmittags mit dem vollen Sack auf der Schulter wieder zurückkehrte. Er verschwand damit im Keller, wo er mehrere Stunden lang blieb. Abends aber ließ er es sich nicht nehmen, mir vorzulesen.

Mehr und mehr las er allerdings nicht mehr für mich, sondern nur noch für sich selbst. Es machte ihm Spaß, er kicherte oder lachte sogar dabei, dann wiederum wurde er ernsthaft und nachdenklich. So entstaubten der Pope und ich einige seiner Bücher, während ich wieder gesund wurde. Wenn er schlafen ging, durfte ich weiterlesen, was ich immer besser konnte. Wenn das Petroleum ausging, holte er am nächsten Tag neues.

Im März verbesserte sich auch mein Zustand. Ich aß endlich mehr feste Nahrung und konnte dick eingehüllt am Arm des Popen vors Haus gehen und mich auf eine Bank setzen. Von dort aus hatte ich eine gute Aussicht auf den Weg, der bis zum Dorf führte. Das Dorf war durch den Fluss geteilt, den ich überquert hatte, erklärte mir der Pope, der Pamfilie hieß. Wäre ich dem Fluss gefolgt, so wäre ich um den Berg gelaufen – sie nannten den Hügel Berg, weil er weit und breit die höchste Erhebung war – und hätte bald ins Dorf gefunden. Das Dorf sei keine achtzig Kilometer von Temeschwar entfernt, ließ er mich wissen. Das überraschte mich am meisten, denn es bedeutete, dass der Zug in vier Tagen nicht einmal das Banat durchquert hatte.

Der Fluss führte jetzt viel Wasser mit, war angeschwollen und teilte das Dorf in zwei fast gleich große Hälften. Bei Niedrigwasser oder wenn er im Sommer fast ausgetrocknet war, kam man auch zu Fuß rüber, jetzt aber war die einzige Verbindung eine schmale, aus einem Baumstamm bestehende Brücke, die jederzeit mitgerissen werden konnte. Deshalb warteten die Bauern lieber ab, bis der Fluss seine Kraft verlieren würde. Wenn sie sich etwas zu sagen hatten, riefen sie es sich über den Fluss zu. Auch ans Bootfahren war nicht zu denken, denn die Strömung war viel zu stark.

So verbrachte ich die meiste Zeit damit, auf das Wasser zu starren und den Menschen zuzuhören, die über die Strömung hinweg miteinander sprachen und deren Stimmen der Wind bis zu mir trug. Ob der im milden, milchigen Licht funkelnde Strom ihre Sätze, die unterwegs zum anderen Ufer waren, verschluckte, so wie es die Donau mit den Gebeten von Fredericks Landsleuten getan hatte, weiß ich nicht.

Jeden Tag stieg Popa Pamfilie den kaum sichtbaren Weg hinauf, der hinter dem Haus begann, und verschwand bald im Dickicht. Meistens schlief ich auf der Bank ein, ich überließ mich dem Schlaf, wie wenn darin irgendeine Rettung gesteckt hätte. Nachmittags kam der Pope zurück, er tauchte einfach wieder aus dem Dickicht auf und schritt von seiner Last beschwert an meinem Beobachtungsposten vorbei. Er legte den Sack ab, grüßte, wischte sich den Schweiß von der Stirn und holte aus dem Haus zwei Gläser und eine Schnapsflasche. «Es ist Schnaps von Pflaumen, die hier auf dem Hügel wachsen. Auf besonderem Boden sozusagen. Trink nur, davon wirst du mehr als lebendig.»

Er spuckte sich in die Hände, hievte den Sack auf die Schulter und brachte ihn in den Keller. Jeden Tag fand ein neuer voller Sack den Weg dorthin. Da er nie welche herausholte, mussten sich dort inzwischen jede Menge dieser Säcke angesammelt haben, in denen etwas steckte, was mich immer neugieriger machte. Kartoffeln waren es nicht, die er bunkerte, denn eines Tages, als wir anstießen, blinzelte etwas schmutzig Weißes daraus hervor. Er sah es, stopfte es wieder zurück und schnürte den Sack fester.

Erst abends kam er aus dem Keller, zwischendurch holte er sich höchstens ein-, zweimal frisches Wasser vom Brunnen und kehrte zurück, ohne mich weiter zu beachten. Das einzige Zeichen, das er dort unten eine langwierige Arbeit verrichtete, war ein leises, metallisches Scheppern, als ob er etwas Hartes in einen Eimer fallen ließ.

Als die Sonne unterging, kam er hoch, bürstete sich den Staub und Dreck von der Kleidung und ging zum Fluss, wo meist Gigi am anderen Ufer auf ihn wartete. Sie waren wie ein eingespieltes Team oder noch mehr wie Verschwörer. Nicht immer verstand ich, was der Pope ihm zurief, aber wenn ich etwas verstand, so waren es nur Zahlen: null, eins, zwei, selten auch drei. Das Ritual dauerte nur wenige Augenblicke, Gigi nickte, und der Pope kehrte sichtlich zufrieden zum Haus zurück.

Mitte April setzte er sich länger zu mir und stellte den Schnaps zwischen uns. Der Pope roch streng, denn er wusch viel lieber und mit viel größerem Eifer seine verborgenen Schätze als sich selbst. Doch dieser Geruch, der auch in den Kleidern steckte, die er mir ausgeliehen hatte, war mir inzwischen vertraut wie sein Schnarchen, das nachts durchs Haus dröhnte und das mich ebenso beruhigte wie das Ticken der Wanduhr oder das Rauschen des Flusses.

Er räusperte sich und musste mehrmals ansetzen, bis er sagte: «Jacob, gibt es jemanden, den ich benachrichtigen muss? Vielleicht wartet man irgendwo auf dich.»

«Niemand wartet auf mich.»

«Willst du mir nicht ein wenig erzählen, woher du kommst?»

«Glauben Sie mir, Popa Pamfilie, das wollen Sie nicht wissen.»

«Ich weiß bereits, dass du Schwabe bist und dass im Winter Züge nach Russland vorbeigefahren sind. Hat das etwas mit dir zu tun?»

«Ich heiße Jacob mit *c*. Ich bin kein Schwabe, und ich bin nie einer gewesen. Ich habe nur unter ihnen gelebt.»

«Der Gendarm hat nachgefragt. Die Zeiten haben sich geändert, bald werden hier die Kommunisten das Sagen haben. Das weiß auch er, und er wird deshalb die Seiten wechseln. Jetzt schnüffelt er herum, um sich bei den Roten zu empfehlen.»

Mit der Vorstellung, wieder in einem Viehwaggon zu landen, vor Augen, sprang ich auf, ging ins Haus und begann hektisch das wenige, das ich besaß, zusammenzupacken. Ich ließ mich vom Popen nicht besänftigen, sondern huschte an ihm vorbei, zog meinen Pullover an und nahm den Weg zum Fluss. Ich stürmte auf ihn zu, als ob ich der Einzige wäre, der ihn bezwingen könnte. Im Winter erst hatte ich ihn herausgefordert und ihm dann mein Leben doch noch entrissen. Diesmal aber war der Fluss mächtiger.

Er hatte seinen Höchststand erreicht und donnerte unüberhörbar durchs Dorf. Der Baumstamm, der als Brücke diente, wurde vom Wasser überspült. Ich machte trotzdem einige Schritte darauf, rutschte immer wieder aus, und es fehlte wenig, dass ich ins Wasser gefallen wäre. Der Pope, der hinter mir hergelaufen war, flehte mich an, mit dem Unsinn aufzuhören und mich nicht erneut zu gefährden. Am anderen Ufer hatte sich inzwischen eine kleine Menschenmenge gebildet, die mir gespannt zuschaute.

Inzwischen lag mir offenbar etwas an meinem Leben, und ich kehrte ans Land zurück, als sich die Brücke als uneinnehmbar erwies. Wutentbrannt und mit gehobener Faust empfing mich der Pope, packte mich am Ärmel und rüttelte mich kräftig durch. «Ich habe dich nicht gerettet, damit du dich jetzt umbringst! Ich habe noch etwas mit dir vor!», rief er. Er drehte sich zu unseren Zuschauern um, lächelte sie an und winkte ihnen zu, dann fügte er hinzu: «Wir gehen ins Haus zurück, wir fallen hier zu sehr auf. Ich habe einen Vorschlag.»

Er deckte den Tisch fürs Abendessen, auf dem Ofen köchelte eine Suppe mit Lammfleisch, das er für eine Taufe bekommen hatte. Er segnete die Speisen, schenkte uns ein, dann setzte er sich hin. Zum Rauschen des im Dunkeln gehüllten Flusses gesellten sich jetzt die Essgeräusche von Popa Pamfilie, der seine Suppe durch die dünnen, im Bart kaum sichtbaren Lippen schlürfte.

Hin und wieder brach er etwas Brot von einem frischen Brotlaib ab, das täglich eine seiner frommsten Kirchgängerinnen zum Fluss brachte. Sie legte es zusammen mit anderen Bestellungen des Popen auf ein kleines Floß, und mir fiel inzwischen die Aufgabe zu, es ans Ufer zu ziehen. «Mit meinem Beruf wird man nicht reich, aber immerhin satt», pflegte der Pope zu sagen. Zwischen uns lagen nackte, pralle Knoblauchzehen, meine Finger rochen danach und mein Mund ebenso. Wir knackten den Knoblauch wie andere Leute Sonnenblumenkerne. Dessen Schärfe auf der Zunge, die erst in der Nacht langsam abnahm, gehört zu jener Zeit wie alle anderen Gerüche und Geräusche.

Als er auch das letzte Brotstück in die Suppenreste getunkt hatte, mit einem seiner längeren schwarzen Fingernägel zwischen den Zähnen gestochert und sich dann mit der Zungenspitze vergewissert hatte, dass nichts mehr dazwischensteckte, schenkte er uns Schnaps ein und sagte: «Ich werde behaupten, dass du mein Neffe bist und dass man dich zu mir geschickt hat, weil du Pope werden willst und man deinen Glauben prüfen will. Ich werde dem Gendarmen sagen, dass du ganz tüchtig bist und mir nacheiferst, aber dass deine Überzeugung noch wachsen muss. Ich weiß, dass ich schwindle, aber gegen die Kommunisten kann man es eben tun. Der Allmächtige wird mir verzeihen.»

Er stand auf, zündete sich eine Zigarette an und zog sein schwarzes Gewand aus. Dann steckte er die Hand in die Hosentasche, holte einen Schlüssel heraus und legte ihn auf den Tisch. «Iss genug, du wirst es vielleicht bald brauchen», murmelte er. Dann schaute er mich an, als ob er die Qualitäten eines Pferdes auf dem Markt prüfen würde, das er kaufen wollte. Es fehlte nur, dass er meine Zähne sehen wollte.

«Du bist kräftiger geworden, nicht wahr?», fragte er.

«Jawohl, ein wenig kräftiger.»

«Das ist vom nahrhaften Essen, das du hier kriegst. Aber vom Herumsitzen wirst du nur fett. Willst du fett und bequem werden?»

«Will ich nicht.»

«Aber wenn du hier den ganzen Tag nutzlos herumsitzt, wird das genau passieren. Dann kriegst du solch einen Bauch, dass du deinen Pimmel nicht mehr siehst.» Seine Augen funkelten listig. Ich schaute ihn verwirrt an. «Außerdem, Gott mag keine faulen Menschen. Faulheit ist eine Sünde. Bist du auch dieser Meinung, Jacob?» Ich nickte. «Dann sag mir doch mal, wieso du nichts tust? Du bist wieder gesund. Die Gesundheit ist bei Gott geliehen, mein Lieber, wer sie nicht mehr braucht, dem wird sie wieder genommen.»

«Sagen Sie mir, was ich tun soll, und ich tue es», erwiderte ich.

«Nun, Jacob mit *c*, du bist katholisch. Davon gehe ich mal aus.» Ich schwieg und senkte den Blick. «Du kannst mir also nicht bei meinen kirchlichen Verrichtungen helfen.»

«Ich tue alles, was Sie wollen, nur schicken Sie mich nicht weg.»

Er zögerte und schien mit sich zu kämpfen, dann ging er eine Weile im Zimmer umher. Als er sich endlich entschieden hatte, packte er den Schlüssel und hielt ihn mir vor die Nase. «Ich weiß, wie du dich nützlich machen kannst. Folge mir!» Er nahm die Petroleumlampe, und wir stiegen in den Keller hinunter.

Je tiefer wir kamen, desto stärker wurde der modrige Geruch, der das Atmen fast unmöglich machte. Der Pope schloss auf, drückte die schwere Tür beiseite, die so widerstandsfähig war, als ob Gold dahinter gehortet wurde und nicht irgendetwas Absurdes, was der Pope im Wald sammelte. Für einen Augenblick dachte ich sogar, es handle sich tatsächlich um Gold. Ich hatte nur in Märchen gelesen, wie solche Räume aussahen, in denen sich das Gold und dazwischen Rubine, Smaragde, Saphire bis zur Decke türmten. Wie sie leuchteten und den Leuten, die sie sahen, den Verstand raubten. Ich hatte mit einem Schatz gerechnet, doch mit einem solchen nicht.

Als Popa Pamfilie die Petroleumlampe an der Decke aufgehängt hatte und ich eintreten durfte, wich ich erschrocken zurück. Der ganze Raum war mit menschlichen Überresten gefüllt, die der Pope hierhergeschleppt hatte. Manche der Säcke waren ausgeleert worden und warteten darauf, wieder benutzt zu werden, andere waren umgekippt, und aus ihnen waren Knochen verschiedener Längen und Formen gerutscht. Offenbar kam der Pope kaum mit der Arbeit nach.

Manche der Knochen waren gewaschen worden und blitzten weißgelblich auf dem Tisch in der Mitte. Auch mehrere Eimer waren voll damit. Andere, auf mehreren Haufen am Boden verteilt, waren noch voller Erde und Dreck, viele von ihnen zerbrochen und zertrümmert, als ob den Toten viel mehr Gewalt angetan worden war als den Lebenden. Zwischen ihnen lagen auch Schädel, eingedrückte und unvollständige oder solche, die so perfekt waren, als ob der Tote sich erst vor Kurzem in die Erde gelegt hätte.

Auf einem zweiten Tisch, den ich erst später bemerkte, hatte Popa Pamfilie aus gefundenen Teilen ein Skelett zusammengesetzt, es fehlten nur noch ein Arm und die Füße. Inzwischen fühlte ich mich wieder sicher, und ich ging durch jene sonderbare Reparaturwerkstatt nicht anders als auf unserem Friedhof umher. Solche Orte, wo die Toten in der Mehrzahl waren, waren mir vertraut. Der Pope hatte die ganze Zeit kein einziges Wort gesagt, er lehnte an der Wand und strich sich über seinen Bart. Er beobachtete mich, während ich einen Schädel hob und ihn drehte oder die Hand in einen Sack steckte und einen Knochen herauszog, den ich wiederum genau examinierte.

«Fürchtest du dich nicht vor dem Tod?», fragte er.

«Vor dem Tod schon, aber nicht vor den Toten.»

«Das ist sehr gut, denn Furcht wäre nur hinderlich», meinte er.

Ich wusste, dass ich eine Art Prüfung oder Probe bestanden hatte, doch nicht, wozu. Was machte Popa Pamfilie mit all den Knochen, und weshalb rief er immer Zahlen über den Fluss, als ob die Knochen Äpfel wären, die er auf dem Markt erworben hatte? Und noch mehr als alles andere ließ mich die Frage nicht los, wo das denn alles herkam? Es konnten unmöglich Dorfbewohner sein, denn bei einem solchen Massensterben wäre die Gegend in Kürze menschenleer gewesen. So wie man täglich Brunnenwasser holte, so holte der Pope aus irgendeinem versteckten Brunnen täglich Knochen hervor.

Zurück in der Stube, schenkte er uns wieder Schnaps ein, zu meinen Erinnerungen an jene Zeit gehört auch, dass wir ständig beschwipst waren. Es gab immer eine Gelegenheit für Schnaps oder ein Glas Wein. Dass es regnete oder nicht mehr regnete, dass wir vor einem christlichen Festtag standen oder mittendrin. Dass wir Gott dankten für das viele, das er uns schenkte, oder zufrieden sein sollten mit dem wenigen, das wir hatten.

Es gab Wein nach jeder Taufe und Trauung und Schnaps nach jedem Toten, dem er die Begräbnisfeier gehalten hatte. Denn, so behauptete er, der Schnaps bewahre uns vorm Sterben, der Wein aber helfe uns zu leben. Und so war ich nie ganz nüchtern und hielt womöglich den Vorschlag des Popen nur deshalb für nachvollziehbar und vernünftig.

«Seit vierzig Jahren grabe ich hier Knochen aus, und es nimmt kein Ende», sagte er. «Der ganze Berg ist voll davon. Die Bauern meiden ihn, denn sie sind abergläubisch. Sie kommen höchstens bis zum Pfarrhaus, aber weiter gehen sie nicht. Jeden Tag tauchen Knochen auf, manchmal an derselben Stelle, an der ich am Vortag gegraben habe.

Manchmal liegen sie an der Oberfläche, man braucht sie nur herauszuziehen. Als ob der Berg Knochen gebären würde. Aber du wirst es selber sehen.»

«Ich?», fragte ich verwundert.

«Ich brauche einen wie dich, der mir bei der Arbeit hilft. Du bist noch nicht kräftig genug, das weiß ich, aber bei mir war es nicht anders, als ich damals als junger Pope hierhergeschickt wurde. Es gab nicht viel zu tun, damals wie heute. Einige sterben, andere heiraten, dazwischen hat man jede Menge Zeit, um vor Langeweile verrückt zu werden. Also bin ich durch die Gegend gestreift, bis ich eines Tages nach einem Gewitter über einen Oberschenkelknochen gestolpert bin. Ich habe dann angefangen zu graben und bis heute nicht mehr aufgehört.»

«Was tun Sie mit all den Knochen?», fragte ich.

«Das, was meine Pflicht ist. Ich wasche sie, setze sie wieder zusammen und bestatte sie nach unseren christlichen Gebräuchen.»

«Und wieso sammeln Sie sie im Keller?»

«Das geht nicht anders, solange der Fluss es nicht zulässt, dass ich sie auf die andere Seite bringe, wo die Kirche und der Friedhof stehen. Gigi baut für jeden Einzelnen einen Sarg, das muss schon sein. Über mangelnde Arbeit kann er nicht klagen. So schnell, wie ich grabe, kann er kaum Särge bauen. Wenn es wieder möglich sein wird, das Ganze rüberzubringen, dann wird sich der Keller wieder leeren.»

«Ist es das, was Sie ihm über den Fluss zurufen? Wie viele Särge er bauen soll?»

«Genau. Je nachdem, wie viele Skelette ich an einem Tag zusammenfügen konnte.» Popa Pamfilie zog Schuhe und Hose aus, legte sein Hemd über eine Stuhllehne und stellte sich vor eine Ikone. Er verbeugte und bekreuzigte sich mehrmals mit der Routine eines Mannes, der in seinem Leben nichts anderes getan hatte, als den Toten zu einem zweiten Tod zu verhelfen, Schnaps zu trinken und sich vor der heiligen Mutter Gottes, dem himmlischen Vater und so ziemlich jedem der Heiligen zu bekreuzigen.

Ich ging in mein Zimmer, zog mich ebenfalls aus und legte mich hin. Der Pope löschte die Lampe. «Wieso tut das denn Gigi?», fragte ich im Dunkeln.

«Gigi? Er ist Zigeuner, aus der Gegend um Triebswetter. Früher ist er ein großer Bulibaşa gewesen, aber seine Frau hat ihn entehrt. Mehr hat er nie erzählen wollen. Wenn man ihn dazu drängen will, riskiert man Kopf und Kragen. Er sagt, dass er mir hilft, um zu büßen. Wofür, das weiß auch ich nicht.»

Ich war so verblüfft, Raminas Mann gefunden zu haben, der meine ganze Kindheit lang in Geschichten herumgegeistert war und den sie bei jeder Gelegenheit verflucht hatte, dass ich die nächste Frage des Popen überhörte. Bis er dann barfuß im Türrahmen stand.

«Was ist los mir dir? Ist dir schlecht?», fragte er.

«Nein.»

«Wie lautet deine Antwort?»

«Worauf?»

«Ob du mein Gehilfe werden willst? Als ich dich mehr tot als lebendig ins Haus gebracht habe, habe ich gewusst, dass Gott dich geschickt hat, um mich zu entlasten. Ich glaube, dass er dich deshalb nicht sterben ließ.»

«Und wenn ich Nein sage?»

Er wirkte verwirrt, als ob er mit einer solchen Reaktion gar nicht gerechnet hätte. Er grübelte lange nach, bis er sich zu einer Antwort aufraffte: «Dann musst du gehen.

Ich halte hier keine Schmarotzer, und andere Arbeit gibt es nicht für dich.»

So wurde ich für die nächsten Jahre Knochenträger, der Gehilfe des Popa Pamfilie in der Kunst, der Erde die Überreste von Menschen zu entreißen, die dort ebenso gut vor hundert wie vor tausend Jahren gestorben sein konnten. Sie zu reinigen und für die Fahrt über den Fluss bereitzumachen. Ein fleißiger Gehilfe noch dazu.

* * *

Bis in den Juni hinein war es nicht möglich, den Fluss zu überqueren. Wenn drüben einer starb, wurde er in einen Sarg gelegt und zu uns auf die Reise geschickt. Mit Seilen zogen wir den offenen Sarg zu uns hinüber, keine leichte Arbeit, wenn man die ganze entfesselte Kraft des Flusses gegen sich hat. Manchmal zog uns der Tote flussabwärts, wir stolperten über Steine und Büsche und schafften es nur mit Mühe, ihn ins Trockene zu bringen.

Popa Pamfilie hielt gleich am Ufer die Totenfeier, legte in den Sarg ein Bild der heiligen Mutter Gottes und auf die Stirn des Toten einen Papierstreifen mit der Aufschrift: *Heiliger Vater, erbarme dich.* Er bedeckte den Toten mit einem Tuch, las die Psalmen und schwenkte an allen vier Seiten des Sarges Weihrauch, danach schickten wir ihn zurück zu den Seinen, die ihn dann zum Friedhof trugen.

Ältere Leute oder Kranke, die spürten, dass das Leben langsam aus ihnen wich, wurden auch hinübergeschickt, auf einem Floß. Darauf wurde ein Stuhl befestigt und die Alten daran festgebunden. Die Kranken hingegen lagen auf einer Trage. Einmal entwischte uns einer der Alten, weil mir das feuchte Seil durch die Hände geglitten war. Auf beiden Seiten des Flusses liefen wir hinter ihm her, und es fehlte wenig, dass er als Toter bei uns angekommen wäre.

Auch ein Brautpaar kam hinüber, denn der Bräutigam zog es vor, sich in Lebensgefahr zu begeben, als weiterhin auf seine Hochzeitsnacht zu warten. Beide Eheleute wurden umarmt und verabschiedet, als ob sie zu einer langen Reise aufbrächen, dann zogen sie ihre Schuhe aus, bekreuzigten sich und stiegen aufs Floß. Dieses Bild der Braut, die aufrecht dasteht, sosehr sich der Strom auch bemüht, sie aus dem Gleichgewicht zu bringen, geistert noch heute durch meinen Kopf. Widerspenstig und zu allem entschlossen, ließ sie sich an dem schönsten Tag ihres Lebens von niemandem aufhalten, nicht einmal von einer Naturgewalt.

Auch ein Säugling wurde von seiner Mutter über den Fluss getragen, die befürchtete, dass er ungetauft sterben könnte und sich dann die Teufel seine Seele holen würden. Aber abgesehen von solch dringlichen Fällen war unser Geschäft das der Knochen. Sie waren tatsächlich überall, wir brauchten nur ein wenig vom Weg abzukommen oder im Gebüsch und unter Steinen nachzuschauen, schon fanden wir welche. Der Pope hatte die wilde, zufällige Suche schon vor vielen Jahren aufgegeben. Er ging sehr vorsichtig vor, nahm sich immer ein quadratisches Stück Erde vor und durchsuchte es gründlich, bevor er zum nächsten wechselte.

So lernte auch ich, langsam und planvoll zu arbeiten, denn meist lagen die Knochen, die zum selben Menschen gehörten, nicht weit voneinander entfernt. Das oberste Gebot war, ganze oder fast ganze Skelette zu begraben und nicht bloß einzelne Teile. Nach dem Regen waren wir am erfolgreichsten, denn er spülte immer einen Teil des

Hanges weg. Ich wurde sogar genauso eifrig wie der Pope und konnte es jeden Morgen kaum erwarten, dass wir aufbrachen. Auch wuchs in mir eine gewisse Zärtlichkeit für jene armseligen menschlichen Überreste, die ich auf meinem Rücken trug. Ich betrachtete sie vorsichtig und fasste sie sanft an, als ob ich ihnen keinen Grund zur Klage geben wollte.

Am Anfang war es mir nicht möglich, einen vollen Sack den steilen Hang hinunterzutragen und ebenso wenig, allzu lange gebückt in der Erde zu graben. Dann schickte mich der Pope wieder nach Hause, zum Knochenwaschen. Ich wurde sehr geschickt darin, und es gelang mir täglich, so viele davon mit Bürste, Seife und Wasser zu reinigen, dass am Ende des Tages Gigi die Arme hochriss, wenn er die Anzahl notwendiger Särge erfuhr. Inzwischen stapelten sich bei ihm die Särge wie bei uns die Toten, doch wir rechneten damit, dass wir sie in Kürze zusammenbringen konnten. Der Fluss gab erste Anzeichen der Erlahmung.

Mit der Zeit wurde ich kräftiger und widerstandsfähiger, ich trug meine Säcke am Stück nach Hause, auch wenn ich mich dafür noch vollkommen verausgabte. Meistens schlief ich schon vor dem Abendbrot ein, aber Popa Pamfilie weckte mich auf, denn er hatte sich vorgenommen, mich wie eine von Mutters Gänsen zu stopfen. Ich nahm dank seiner Speisen kräftig zu, wurde stärker und breiter.

Dann kam der Tag, als Gigi frühmorgens an unsere Tür klopfte. «Vater, der Fluss hat nachgelassen. Jetzt können wir die Toten begraben!», rief er. Ich machte auf und starrte ihn an, denn es war das erste Mal, dass er mir so nah gegenüber stand. Wenn er einmal ein beeindruckender und einschüchternder Bulibaşa gewesen war, so war jetzt nicht mehr viel davon übrig geblieben. Ein faltenreicher, magerer Mann ohne Zähne im Mund. Ich zweifelte sogar daran, dass er wirklich derjenige war, den Vater bei seiner Ankunft in Triebswetter aufgesucht hatte.

Wir begannen zu dritt mit dem Transport, der mehrere Wochen dauerte. Wir konnten jeweils nur eine oder zwei Schachteln hinübertragen, denn mit der einen Hand mussten wir uns am Seil festhalten, das als Geländer diente. In jeder Schachtel befand sich ein ganzes Skelett oder fast ein ganzes. Im Juli trocknete das Flussbett so sehr aus, dass wir die Toten viel einfacher transportieren konnten, und allmählich leerte sich unser Keller. Die neuen Knochen blieben nur wenige Tage bei uns, die Zeit, die wir brauchten, um sie zurechtzumachen.

Da ich katholisch war, durfte ich an der Beisetzung nur von fern teilnehmen. Als Zaungast sozusagen. Nur einige alte Frauen, die die Ikonen und brennenden Kerzen hielten, und der Totengräber scharten sich um den Popen, als dieser die Schachteln öffnete, die Knochen in die Särge legte, die Totenfeier hielt und Gigi anschließend den Deckel festnagelte.

Weil der Bedarf so groß gewesen war, hatte der Pope durchgesetzt, dass neben dem bisherigen Friedhof genug Platz für einen zweiten zur Verfügung gestellt wurde. Für jene Namenlosen von unserem Berg. Die alten Frauen hatten auch diese Toten unter sich aufgeteilt. Wenn sie die eigenen Verstorbenen besuchten, schauten sie auch bei ihren adoptierten Toten vorbei, und es war keineswegs so, dass dieser andere Friedhof vernachlässigt wäre, wie wenn man ihn nur tolerierte und ihm eine erzwungene Gastfreundschaft gewährte. In mancher Hinsicht blühte er mehr und war ordentlicher und sauberer als der erste.

Auf einem meiner Streifzüge durchs Dorf, während ich darauf wartete, dass Popa Pamfilie nach mir rief und wir zu unserer gewohnten Tätigkeit zurückkehrten, stellte sich mir eines Tages der Gendarm in den Weg. Er war ein schwitzender, selbstzufrieden grinsender Mann, der nicht unklug war. Er wusste, dass nicht seine Statur, sondern seine Uniform, die er minutiös putzte und selbst bei größter Hitze bis oben zuknöpfte, ihm Macht über die Menschen verlieh, noch bevor er einen Finger rührte. Tatsächlich war jeder damit beschäftigt, sobald er irgendwo auftauchte, sich zu fragen, ob er nicht doch etwas verbrochen hatte. Etwas winzig Kleines, das ihn aber bald wie eine Eisenkugel am Fußgelenk in die Tiefe ziehen konnte. Das hatte mir der Pope erzählt.

«Ich habe gehört, dass du Pope werden willst», sagte er. «Das passt doch gar nicht mehr zur kommunistischen Zukunft unseres Landes.»

«Der Glaube aber ist sehr stark», erwiderte ich.

«Was arbeiten deine Eltern?»

«Mein Vater ist tot. Er hat sich versteckt gehalten, um nicht mit den Deutschen kämpfen zu müssen. Sie haben ihn gefunden und erschossen. Mutter hat uns als … als Schneiderin …», sagte ich nach einem leichten Zögern, «mehr schlecht als recht durchgebracht. Deshalb hat sie mich auch weggegeben.»

«So. Aber aus solchen wie dir rekrutieren sich doch die Kommunisten, mein Junge, nicht die Popen», bemerkte er amüsiert, aber immer noch misstrauisch. Ich zuckte mit den Achseln, als hätte ich ihn nicht richtig verstanden.

Ich belog ihn, da hielt ich mich an Popa Pamfilie, und

war gleichzeitig dankbar, dass Großvater und Ramina mir gezeigt hatten, wie man, ohne mit der Wimper zu zucken, eine noch so unwahrscheinliche Geschichte erzählte. Der Gendarm warf die Zigarettenkippe zu Boden und zerdrückte sie mit der Schuhspitze.

«Wo kommt dieser Akzent her?»

«Wir sind die einzige rumänische Familie in einem deutschen Dorf gewesen. Ich musste Deutsch sprechen, um die Schule zu besuchen. Dabei hasse ich die Deutschen, sie sind böse Menschen, sie haben Vater umgebracht.»

Der Gendarm zündete sich eine neue Zigarette an, führte ohne einen weiteren Kommentar, aber mit vielsagenden Blicken zwei Finger zur Mütze und ging weiter. Ich wischte mir die schwitzenden Hände an der Hose ab und entfernte mich, bemühte mich jedoch, ruhig zu wirken.

Erst jetzt bemerkte ich einige Mädchen, die an einem Zaun gelehnt hatten und mich neugierig musterten. Sie aßen Sonnenblumenkerne und spuckten die Schalen auf den Boden. Als ich mich ihnen näherte, steckten sie die Köpfe zusammen und flüsterten, doch eine von ihnen drehte sich plötzlich um und sah mir direkt in die Augen. Sie war kaum älter als sechzehn und trug ihre pechschwarzen Haare zu Zöpfen geflochten, die über ihre Brüste hingen. Sie senkte nicht einmal dann die Augen, als ich einem Karren ausweichen musste und sie dabei fast berührte.

Ich erinnerte mich an sie. Sie begleitete oft eine der alten Frauen zum Friedhof, doch sie blieb immer wie ich am Zaun stehen. Sie hatte schöne, weiche Züge, niemals hätte ich geglaubt, dass mich so eine überhaupt ansehen würde. Ich spürte ihre Blicke im Rücken, bis ich wieder am Flussufer war. Bevor ich die Brücke betrat, schaute ich zurück, doch da war sie schon verschwunden.

Die nächsten Jahre, die ich in jenem Dorf verbrachte, befürchtete ich ständig, dass der Gendarm mit gezogener Waffe vor unserer Tür auftauchen würde. Ich wusste nicht, ob er mir geglaubt hatte oder ob er mich bloß für einen viel zu mageren Fang für seine künftige Karriere hielt. Ich schränkte die Besuche im Dorf auf das Nötigste ein und weigerte mich oft, die Schachteln am helllichten Tag durch die Dorfgasse zu tragen. Deshalb verlegten wir einen Teil unserer Aktionen auf die Abendstunden. Ich wurde aber alles in allem ein geschickter und zufriedener, wenn auch etwas stiller Lehrling meines Herrn.

Die Erinnerung an Triebswetter, an ein Leben vor dem, das ich gerade führte, verblasste allmählich in der Geschäftigkeit und Routine meiner christlichen Tätigkeit. Es rückte so weit weg, als ob es nie wirklich zu mir gehört hätte, sondern erträumt worden wäre. Einmal machte ich mich sogar auf den mehrstündigen Marsch zur Stelle, wo ich Petrus Leichnam zurückgelassen hatte, aber da war nicht die kleinste Spur mehr von ihm zu finden. Nicht einmal ein Knochen, den ich auf unserem Friedhof hätte begraben können. Nichts außer einer unwirtlichen Ebene, auf der die wenigen Bäume und der Hügelrücken am Horizont in der heißen Luft flimmerten.

Nach und nach, beim Knochenwaschen oder beim Abendbrot, erzählte mir der Pope die Geschichte des Berges, soweit sie ihm bekannt war. Ich hatte nicht nur einen Meister gefunden, sondern auch einen geschickten Erzähler. Einer mehr in meinem so kurzen Leben. Ob wahr oder erfunden, das war ihm und letztendlich auch mir egal. In unserem Haus, das auf Totem stand und abgestorben roch, erfuhr ich etwas über die Burg, die Burebista, der König der Daken, oben auf dem Plateau hatte errichten lassen. Man konnte dort immer noch die Spuren jener Zeit finden, Grundrisse des Palastes und der Stallungen, der einfachen Häuser außerhalb der Festungsmauern, und jede Menge Tonscherben.

Die Daken begruben ihre Toten neben dem Haus, um ständig mit ihnen reden zu können. Es waren vielleicht ihre Knochen, die wir hier als die ältesten ausgruben. Dann waren viel später die Legionen des Kaisers Trajan da gewesen, die vom Süden her, von der Donau, die Daken angegriffen hatten. Manche christlichen Söldner sollen in einer Höhle tief im Hügel ihre Messen gefeiert und ihre Toten bestattet haben. Doch sosehr der Pope auch danach gesucht hatte, gefunden hatte er nichts.

Schließlich, wiederum viele Jahrhunderte später, erschienen am Horizont die Türken, die ins Banat eindrangen. Ein Meer von Janitscharen mit ihren Lanzen und Spießen, von berittenen Sipahis und Kapikuli, von Akinci, Aufklärern und Störern, die im Kampf als Erste ausschwärmten. Es waren so viele, dass die Erde bebte und das Hämmern von Tausenden von Hufen bereits Stunden vor dem Eintreffen der Armee zu hören war.

Zuerst stieg in der Ferne eine Staubwolke auf, die sich immer mehr näherte, dann gab es kleine Lichtblitze von den Speerspitzen und den Schilden und dem übrigen Kriegsgerät. Als sie beim Berg ankam, teilte sich die Armee, wie ein Fluss, der sich von nichts und niemandem aufhalten ließ, und bewegte sich um ihn herum, nur um sich auf der anderen Seite wieder zu vereinen. Sie zog nordwärts bis nach Temeschwar, dann drehte sie nach

Westen und verwüstete bis kurz vor Wien das Land der Monarchie. Auch in unserer Gegend sollen mehrere Schlachten stattgefunden haben, und dabei haben sich türkische Knochen mit allen anderen vermischt.

«Deshalb, Jacob, habe ich keine Ahnung, wen ich hier eigentlich begrabe», schloss der Pope seine Ausführungen ab. «Wenn die Toten wieder zusammengesetzt sind, sind sie vielleicht ein Viertel türkisch, ein Viertel römisch und zwei Viertel dakisch oder auch ganz anders. Wenn es Ungläubige waren, soll mir der Allmächtige verzeihen, aber den Knochen sehe ich die Herkunft nicht an.» Dann beugte er sich zu mir hin und flüsterte mir hinter vorgehaltener Hand zu: «Das werde ich ihm sagen, wenn er mich danach fragen wird.»

In den Momenten der Ruhe, wenn es tagelang stürmte, das Wasser in Bächen am Haus vorbeifloss, sich weiter unten in den Fluss ergoss und wir untätig abwarten mussten, bis sich der Himmel wieder schloss und der Berg seine Schätze noch zahlreicher als sonst freigab, las ich weitere Bücher aus der kleinen Bibliothek des Popa Pamfilie. Nach den süßen, müßigen Stunden in der deutschen Schule in Temeschwar oder neben Katica entdeckte ich die Literatur ein zweites Mal.

Es waren vor allem rumänische Schriftsteller und einige russische, die er dort gesammelt hatte, ich verstand nicht alles, und nicht alles unterhielt mich gleichermaßen, aber ich gab nicht auf. Wenn die Nacht einkehrte und das Schnarchen des Popen durch unser Haus hallte, der scharfe Geruch unserer Mahlzeit sich im Raum staute, schlug ich bei der kleinen Flamme der Lampe ein Buch auf und hörte erst weit nach Mitternacht wieder auf.

Manchmal tadelte mich der Pope am nächsten Tag,

weil wieder einmal das Petroleum aufgebraucht war. Aber er ließ mich gewähren. In einer Nacht schlich er sich so leise an das Bett, dass ich erschrak, als ich die Augen hob und ihn erblickte.

«Was findest du nur an Büchern?», fragte er.

«Aber Sie haben sie mir doch gegeben», antwortete ich.

«Als du krank gewesen bist. Aber was findest du jetzt daran?» Er zögerte, dann hob er die Hand, und ich merkte, dass er ein Bündel Kerzen darin hielt. «Das alles gefällt mir nicht, auch wenn ich dich darauf gebracht habe. Wenn du so weitermachst, redest du bald viel zu gescheit und willst plötzlich weg von hier.» Er schüttelte den Kopf, wollte sich entfernen, aber dann kam er zum Bett zurück und legte die Kerzen aufs Bett. «Nimm lieber die Kerzen als die Lampe. Sie sind billiger.»

Es gab Augenblicke, in denen ich mir wünschte, dass alles so bleiben würde, für sehr lange. Als ich mich an einem Ort, der vielleicht nicht der beste war, aber der bestmögliche für mich, für angekommen hielt. Ich würde der Handlanger sein, solange der Pope lebte, und dann allein das Knochengeschäft weiterführen. Der Berg gab keine Anzeichen der Ermüdung. Ich würde einen Popen finden, der die Begräbnisfeier übernehmen würde. Ich würde die Knochen ausgraben, sie waschen und bereitstellen. Der Fluss würde mich Jahr für Jahr von der Welt abschneiden, dann würde ich die Knochen bis zum Sommer wieder horten. Ich dachte sogar, dass meine Neigung zu den Grüften von Triebswetter, die mich immer empfangen und beschützt hatten, ein erstes, frühes Zeichen für meine Bestimmung gewesen war.

Doch eine zuerst stumpfe, dann brennende Sehnsucht nach Triebswetter packte mich, obwohl ich wusste, dass dort nichts mehr so sein konnte wie früher. Der Wochenmarkt wurde vielleicht noch gehalten, die Tiere morgens um fünf aufs Feld getrieben, und Großvater beendete vielleicht wie immer jeden Tag bei seinen Pferden, aber alle würden sie das Geräusch der Lastwagenmotoren und die fremden, bedrohlichen Stimmen in den Ohren haben. Und das Warten hätte eingesetzt, jenes entsetzlich lange Warten auf einen Brief, ein Lebenszeichen, auf die Rückkehr der Verschleppten.

Ich sehnte mich nach dem Zigeunerhügel und den bekannten Gassen und Gärten, nach den Lautsprechern im Baum, welche die Stimme des Gröfaz verbreiteten, und dem Geläut der Glocke. Das war kein Widerspruch für mich, die Stimme und das Geläut, es war ein untrennbares Ganzes, die Melodie meiner Kindheit.

Mit der Sehnsucht kam auch die Wut auf jenen, der mich um all das gebracht hatte. Der aus mir, seinem Sohn, einen Flüchtling gemacht und mich von meiner Erde getrennt hatte. Erst jetzt, aus solch einer Entfernung, wurde sie zu meiner Erde. Doch ich konnte mich nicht davon abhalten, auch ihn herbeizusehnen.

Ich vermisste Vater wie ein zum eigenen Leben dazugehörendes Stück, das man nicht ungestraft entfernen kann. Ich vermisste nicht seine unberechenbare Art, die mir mehr Angst gemacht hatte als seine Schläge. Aber ich vermisste seine Stärke, jene selbstbezogene Selbstsicherheit, die auch ich gern gehabt hätte. Die ihn sogar in der ausweglosesten Situation dazu gebracht hatte, doch einen Ausweg zu finden. Zum Beispiel, mich auszuliefern.

Gleichzeitig schlich sich ein weiteres Gefühl ein, zunächst unbemerkt und nur von den Veränderungen des Körpers vermittelt. Ich war inzwischen dreiundzwanzig

Jahre alt, und zwischen mir und jenem schwachen, kränklichen Wesen, das Vater abgelehnt hatte und das von ihm für unfähig gehalten worden war, bestand kaum noch eine Ähnlichkeit. Meine Muskeln und Adern traten deutlich hervor, und es gab kaum eine Last, die mich aus dem Tritt gebracht hätte.

Mein Brustkorb hatte sich geweitet, mein Kinn war hervorgetreten, und meine Hände, voller Schürfungen und Schwielen, waren so groß wie Spaten. Obwohl ich alle Gründe gehabt hätte, mich für schmutzig und übel riechend zu halten, war mir jener Satz, mit dem ich damals Katicas Umarmung verhindert hatte, nicht mehr in den Sinn gekommen.

Ich zeigte mich wenig im Dorf und noch weniger in der Kneipe und auf dem Wochenmarkt, obwohl uns der Gendarm, der sich inzwischen Milizmann nannte, offensichtlich geglaubt oder sich aus anderen Gründen dafür entschieden hatte, mich in Ruhe zu lassen. Doch war es auch mir nicht entgangen, dass es im Dorf hübsche Mädchen gab. Fast so hübsch wie früher Katica.

Sie verwirrten mich, wenn sie sonntags aus der Kirche kamen und mich herausfordernd anschauten, bevor sie dann die Blicke senkten. Es sagte mir, dass ich ein ansehnlicher junger Mann geworden war. Sie verwirrten mich, wenn sie die Röcke hoben, um den Fluss zu durchqueren, und ihre Waden, manchmal sogar ihre Schenkel weißlich schimmerten. So weiß wie die Knochen im Sack.

Ich begegnete ihnen, wenn sie über den Fluss kamen, um zu heiraten, oder wenn sie Popa Pamfilie stolz und mit prallen Brüsten ihre Säuglinge übergaben, auf dass er sie taufte. Von der Veranda aus sah ich sie abends von der Feldarbeit heimkehren und ein letztes Mal zum Brunnen gehen, um sich zu erfrischen. Manchmal erinnerten sie mich an Katica, was mich beschwerte. Ihr Lachen und ihre Stimmen, die mir der Wind zutrug, weckten auch eine Neugierde, die ich auch bei ihr gespürt hatte.

Unter ihnen fiel mir das Gesicht des Mädchens auf, das den Blick nicht gesenkt hatte. Manchmal schaute sie sogar über den Fluss, als ob sie mich suchte. Unsere Wege kreuzten sich bei den Hochzeiten und Begräbnissen, zu denen ich den Popen begleitete. Sie kreuzten sich bei meinen wenigen Besuchen im Dorf und manchmal unten am Fluss, wo sie einmal die Woche Wäsche wusch.

Etwa fünf Jahre nach meiner Ankunft auf dem Knochenberg kam sie zum ersten Mal zu uns hoch. Als sie an mir vorbeigehen und an die Tür klopfen wollte, stellte ich mich vor sie.

«Wieso ignorierst du mich? Bin ich nicht da?» Erneut sah sie mir tief in die Augen.

«Du redest ja mit niemandem», erwiderte sie.

«Mit dir würde ich gerne reden.»

Für einen Augenblick wirkte sie verwirrt, dann aber fasste sie sich wieder. «Mutter sagt, dass du seltsam bist. Du bist jung und siehst gut aus, jedes Mädchen würde dich wollen, aber du willst Pope werden und Knochen tragen.»

«Vielleicht auch nicht. Würdest du dann mit mir reden, wenn ich das nicht wollte?»

Sie schwieg eine Weile und schien mit sich selbst zu kämpfen. «Nein, auch dann nicht. Du hast kein eigenes Haus und keinen eigenen Hof. Wenn du das nicht hast, wird hier kein Mädchen mit dir reden.» Sie machte auf den Fersen kehrt und wollte schon wieder weg, als sie sich an den Zweck ihres Besuchs erinnerte. «Mutter bittet

Popa Pamfilie, zu uns zu kommen. Großmutter liegt im Sterben», fügte sie hinzu, dann lief sie davon.

Ich sah sie von meinem Berg aus jede Woche mit dem Wäschekorb in den Armen. Manchmal pirschte ich mich näher an den Fluss heran, dann waren ihre nackten Knie und Schenkel, ihre Füße deutlicher zu sehen. Sie schien sich nicht mehr um mich zu kümmern, doch immer wieder war mir, als ob sie zum Berg herüberschielte. Katica hatte ich auf meine Art geliebt, nun war etwas anders als Liebe im Spiel. Das Begehren trug mich durch die Woche, und ich fieberte dem Tag entgegen, an dem ich sie wiedersehen würde.

Ich wurde nachlässiger und flüchtiger, ich erfüllte meine Aufgaben ohne jene Überzeugung, die ich früher gehabt hatte. Die Säcke, die ich nach Hause trug, waren nur noch zur Hälfte gefüllt, und ich verbrachte immer weniger Zeit im Keller. Popa Pamfilie misstraute dem Ganzen. «Ich habe mich geirrt», sagte er eines Tages. «Nicht die Bücher sind die größte Gefahr, sondern die Frauen.»

Als sich mein Zustand verschlimmerte, hatte er genug. «Man kann dich zu nichts mehr gebrauchen, Junge», murmelte er, als ich eines Abends gedankenverloren im Essen herumstocherte. Er zog sein Gewand über und ging aus dem Haus, ohne ein Wort zu sagen. Nach nur einer Stunde kam er etwas beschwipst zurück, ich stützte ihn, bis er sicher auf seinem Bett saß.

«Die geben mir immer zu trinken. Wenn ich sie verheirate und wenn ich ihre Leute begrabe. Immer muss ich trinken. Nun ja, Junge, ich glaube, du musst dir das Mädchen aus dem Kopf schlagen. Sie mag dich, daran liegt es nicht. Aber sie ist einem versprochen, der ein feines Haus und ein bisschen Land hat. Unter uns gesagt», sagte er und zwinkerte mir zu, «das Haus wird er vielleicht auch noch in ein paar Jahren haben, aber das Land nehmen ihm die Kommunisten bestimmt bald wieder weg. Aber so etwas interessiert das Mädchen nicht. Für sie bist du ein Niemand, und mit einem Niemand spricht sie nicht. Und jetzt bring mir mal unseren Schnaps. Ich möchte zu Ende führen, was ich bei denen zu Hause angefangen habe.»

Ich veränderte mich. Es gab wieder etwas, das mich zurück in die Welt zog, an meinen angestammten Platz. Denn einen Knochenträger würden die Frauen nicht wollen. Um einen respektablen Mann hingegen würden sie sich reißen. Einen Nachfahren jenes Obertins, der seine Leute auf der gefährlichen Donau geführt und ihnen ein zweites Leben ermöglicht hatte.

So war es nicht Rache, die mich zurück nach Triebswetter bringen sollte, sondern der Wunsch, mir zu nehmen, was mir zustand. Ich nahm in Kauf, dass ich Vater dabei von meinen neuen Fähigkeiten überzeugen oder ihn gar bezwingen musste.

Eines Tages hob Popa Pamfilie den vollen Sack auf seinen Rücken, machte einige Schritte und sank hin. Dann kippte er nach vorn, mit dem Gesicht auf die Erde, die ihn so lange beschäftigt hatte. Ich trug ihn auf den Armen nach Hause und rief die Baba und Gigi zusammen. Die Baba wusch ihn, sein faltenreiches Gesicht, seine verwelkte, verschrumpelte Haut, seine Füße mit den gelblichen Nägeln, dann zündete sie an allen vier Ecken des Bettes Kerzen an. Sie stellte ein Glas Wasser daneben, damit die Seele zu trinken habe. Ich weinte bitterlich.

Gigi eilte nach Hause, um einen Sarg zu zimmern, einen der besseren Sorte, betonte er. Drei Tage lang hielten wir die Totenwache, wechselten uns alle paar Stunden ab oder saßen still zusammen neben den Schuhen des Popen, die man zuerst poliert und ihm dann angezogen hatte. Im Dämmerlicht der Stube wirkte alles unwirklich, wie eine Szene aus einem der im Regal stehenden Romane. Erst wenn es fast vollkommen dunkel wurde, schalteten wir die Lampe ein.

Einmal flüsterte Gigi mir zu: «Wirst du jetzt übernehmen?»

«Ich weiß es nicht, es zieht mich wieder nach Hause.»

«Wo ist denn das?»

«Triebswetter, wo du auch gelebt hast.»

Er musterte mich erstaunt. «Triebswetter? Warum hast du das nicht früher gesagt?»

«Es geht mich nichts an.»

«Was?», fragte er.

«Was zwischen dir und Ramina gewesen ist.»

Jetzt sprang er vom Stuhl auf, der nach hinten kippte. «Du kennst Ramina?»

«Ich habe jede Woche für sie einen Sack geschleppt. Und jede Woche hat sie mir erzählt, dass ich zwei Geburten hatte und dass ich mir aussuchen könne, welche ich haben wolle. Ich habe immer jene gewählt, in der Vater nicht mein Vater war.»

«Was redest du da?»

«Er hat mich den Russen ausgeliefert.»

«Den Russen? Das verstehe ich nicht.»

«Das macht gar nichts.»

Ich habe mich seitdem oft gefragt, wieso ich ausgerechnet da und ausgerechnet ihm die Wahrheit erzählt hatte, da doch Popa Pamfilie mir viel nähergestanden hatte. Ich habe keine Erklärung dafür. Vielleicht wollte ich eine Reaktion provozieren, etwas tun, was mich zum Handeln zwang. Vielleicht auch, weil ich durch Gigi meiner Kindheit und Ramina nähergekommen war.

Er holte den Schnaps aus dem Schrank und trank direkt aus der Flasche, dann lief er unruhig im Raum umher. Er rang mit sich selbst, lief sogar einmal zur Tür, öffnete sie und wollte weggehen, kehrte aber wieder zurück. Er trank erneut, erst dann war er wieder bereit zu reden.

«Wie geht es ihr?», fragte er.

«Sie wurde an den Bug deportiert, als ich sechzehn war.»

«Und ihrem Kind? Sie hatte doch eines, nicht wahr?»

«Sarelo, ja. Er wohnt bei uns zu Hause. Wenn es nach Vater geht, soll er den Hof und alles andere übernehmen.»

«Wie heißt dein Vater?»

«Obertin. Jakob Obertin.»

Gigi war nicht mehr zu halten, er stürzte sich auf mich, presste mich gegen den Tisch und wollte auf mich einschlagen, doch es gelang ihm nicht. Ich packte ihn fest an den Handgelenken und drückte ihn gegen die Wand. Wie von Sinnen wiederholte er: «Bist du hier, um mich zu verhöhnen? Bist du deshalb hier?» Jetzt war ich derjenige, der nichts mehr verstand. Obwohl er vor Wut schäumte und mich anspuckte, schlug ich nicht auf ihn ein. Wie ein blindwütiges Tier versuchte er, sich aus seiner Lage zu befreien.

«Was meinst du damit?», rief ich ihm mehrmals zu.

«Du bist doch die Brut von Obertin, der mich entehrt hat. Der zuerst meine Männer gebraucht und dann meine Frau geschwängert hat. Sie hat behauptet, dass er sie vergewaltigt hat, aber auf so etwas gebe ich gar nichts. Sag nicht, dass du nicht weißt, dass er dein Halbbruder ist?», schleuderte er mir entgegen.

Ich wich zurück und stützte mich am Tischrand ab. Zwei der Kerzen brannten nicht mehr, deshalb wirkte die Stube nun dunkel und kalt. Jemand musste dafür sorgen, dass sie wieder angezündet wurden. Aber das alles ging mich nun nichts mehr an, denn mein früheres Leben, das ich manchmal für erträumt oder eingebildet gehalten hatte, hatte mich wieder eingeholt. Es war mit solcher Wucht gegen mich geprallt, dass mir der Atem stockte. Nie davor oder danach würde Vater so sehr mein Vater sein, wie als ich erfahren musste, dass ich ihn mit einem anderen teilte. «Das ist nicht wahr! Du bist nur ein dreckiger Zigeuner, der einfach lügt!», rief ich.

Gigi massierte sich die Handgelenke, fluchte und zupfte sein Hemd zurecht. Er trank ein drittes Mal den Hochprozentigen, leckte sich die letzten Tropfen vom Schnurrbart ab, dann knallte er die Flasche an die Wand. «Nach dem Zigeunergesetz hätte ich ihn umbringen müssen, ob Vergewaltigung oder nicht. Nur euer Name hat mich davon abgehalten», sagte er mit gefassterer Stimme.

«Ramina hat immer erzählt, dass du mit einer Jüngeren durchgebrannt bist», sagte ich.

«Erzählen konnte sie immer gut.»

Er ging erneut zur Tür, blieb aber auf der Türschwelle stehen und drehte sich zu mir um. «Bis morgen bist du weg von hier. Ich will dich hier nicht haben, du erinnerst mich zu sehr daran. Wenn du morgen Abend noch da bist, erfährt der Milizmann deine Russengeschichte. Der wird ganz froh sein, er traut dir sowieso nicht. Oder ich bringe dich einfach um. Ein Sarg für dich wird sich schon finden. Niemand wird dich vermissen.»

So kam es, dass ich am nächsten Morgen, noch in aller Frühe, mich wieder auf jener Ebene befand, auf der ich beinahe umgekommen war, fast genau an der gleichen Stelle, an der ich auf die Schienen gefallen war. Wo ich aus einer unsicheren Zukunft in eine ebenso unsichere Gegenwart geflohen war. Zuvor hatte ich die ganze Nacht lang das aschfahle Gesicht des Popa Pamfilie angeschaut. Ich hatte das Glas neben seinem Kopf mit frischem Wasser gefüllt und seine Hand gehalten.

Der Güterzug nach Temeschwar wurde vor einer engen Kurve langsamer, so wie es auch der Deportationszug getan hatte. Ich lief neben ihm her, bis ich eine halb offene Waggontüre fand und mich hochziehen konnte. Es war der Sommer 1950.

6.
Kapitel

Ich bangte um die Rückkehr, wie man um eine Frau bangt, die man begehrt und doch fürchtet. Obwohl ich nur achtzig Kilometer von zu Hause entfernt gewesen war, fühlte ich mich, als hätte ich die Türen zu einer neuen und doch bekannten Welt aufgestoßen. Ich ließ den Berg mit seinen Geheimnissen, den Leichnam des Popen, der nun bestimmt vor Gott begründen musste, wieso er die Gläubigen und die Ungläubigen vermischt hatte, und Raminas Mann, der als Sargbauer erfolgreicher war denn als Bulibașa, hinter mir.

Die Erinnerung an sie fiel in nur wenigen Stunden so sehr von mir ab, dass ich sie bei der Einfahrt in Temeschwar nur noch für einen vagen Traum hielt, nicht anders als früher mein Triebswetter Leben. Noch bevor der Zug anhielt, sprang ich aus dem Waggon, um eine Kontrolle am Bahnhof zu vermeiden. Ich lief über die Schienen, wich einem abfahrenden Zug aus, schlüpfte durch ein Loch im Zaun und rutschte eine Böschung hinunter. Dann fand ich mich in der Stadt wieder.

Es fehlte wenig, und ich wäre direkt einer Milizpatrouille in die Arme gelaufen. Ich war aufgestanden, hatte meine ärmliche Kleidung abgeklopft und die Augen geschlossen, weil mir vor Hunger schwindlig geworden war. Als ich sie wieder öffnete, waren der Milizmann und die zwei Soldaten nur noch wenige Meter von mir entfernt, aber so sehr in ein Gespräch vertieft, dass sie mich nicht sahen.

Ich zog mich hinter einen Stapel Holzstämme zurück, den man wohl für den Gleisbau dort aufgehäuft hatte. Ich hockte mich hin und presste die Knie gegen den Bauch, aber der Hunger war hartnäckig. Ich weiß nicht, ob es derselbe war wie der lothringische Hunger, der Caspar und Frederick geplagt hatte, oder wie der, der später die ersten Kolonisten hinwegraffte. Ob es Großvaters und Großmutters Hunger war oder ein neuartiger, der mir bis hierhin gefolgt war.

Ich hatte nur ein paar Kartoffeln gegessen, die im Haus des Popen übrig geblieben waren. Das war eigentlich keine lange Zeit, und doch schien mich dieser lothringische, schwäbische, rumänische Hunger von innen her aufzehren zu wollen. Während ich schrumpfte, würde er zunehmen, rundlich und träge werden, wie die Priester, die von ihrem Glauben satt werden konnten.

Als das Geräusch der Stiefel und der Stimmen verstummt war, hob ich den Kopf und schaute umher. Ich suchte nach einer Möglichkeit, den Hunger zu stillen. Ein stiller Hunger, ein stillgelegter, die Aussicht verlieh mir Mut. Aber es gab nichts, keine Imbissbude, keine noch so verkommene Kneipe, wie sie um den Josefsplatz zuhauf zu finden waren.

Ich wagte mich aus meinem Versteck heraus und wandte mich nach links, wo ich das Stadtzentrum vermutete. Während ich versuchte, unbeteiligt und müde zu wirken – ein Arbeiter nach der Schicht oder bloß ein Übernächtigter – und nach den passenden Worten suchte, falls man mich anhalten würde, zuckte ich bei jedem, der mich musterte, zusammen.

Ich war im Grunde genommen ein entflohener Strafgefangener, bestimmt keiner, der frei auf den Straßen der Stadt herumlaufen durfte. Diese Stadt, die mich als Kind aufgenommen hatte, die gut zu mir gewesen war, in der mich der Fluss nicht gewollt hatte; diese Stadt war nun düster und bedrohlich geworden, wie ein Verbrecher, der mich in eine dunkle Straße drängen und mir das Herz ausreißen wollte. Ich bereute bereits meine Rückkehr nach Temeschwar. Ich fühlte mich wieder ausgeliefert, mir selbst überlassen, doch diesmal nicht wegen der unerträglich leeren Weite, sondern wegen der ebenso unerträglichen Enge, der vielen Körper, die sich mir böse und giftig in den Weg stellten.

Hinter jedem Gesicht vermutete ich einen Denunzianten, obwohl sich die anderen womöglich genauso fürchteten wie ich. Jeder hier war für den anderen ein möglicher Denunziant. Wenn ich mich unbeobachtet fühlte, sah ich mir die Menschen an und war mir sicher, dass ich kaum noch auf einen von ihnen hätte zählen können. Dass die gründlichste Umwälzung, die unsichtbarste, in ihnen stattgefunden hatte. Ein opportunistischer Hunger diesmal.

Ich war erleichtert, als ich plötzlich unter einem Schild stand, das auf eine Kneipe im Innenhof verwies. Bis auf eine Gestalt, einen Schatten in einer Ecke des Raums, um die ich mich nicht weiter kümmerte, und den Wirt war niemand da. Der Wirt wusch Geschirr und kniff die Augen zusammen, als er mich sah.

«Wir haben noch lange nicht geöffnet», murrte er.

«Ich muss unbedingt etwas essen.»

«So wie du aussiehst, willst du eher saufen.» Er trocknete sich die Hände ab und kam hinter dem Tresen hervor. «Du siehst nicht so aus, als ob du Geld zum Essen hättest.»

«Ich habe gar kein Geld.»

Im selben Augenblick schoss seine Hand auf mich zu und versuchte, mich am Kragen zu packen. Ich wich ihr aus, dann packte ich ihn am Handgelenk. «Ich brauche nur ein Stück Brot, dann bin ich wieder weg.»

Als der Wirt nun mit der anderen Hand nach mir griff, ging ein leises Pfeifen durch den Raum. Es war kaum hörbar und doch präzise und klar. Es bremste seine Hand mitten in der Luft. Der Wirt schaute unschlüssig zum Schatten hinüber, und als ich mich umdrehte, erkannte ich einen etwa dreißigjährigen Mann, der ein wenig ins Licht gerückt war, damit wir ihn sehen konnten. Seine Arme lagen entspannt auf dem Tisch, den er ganz nah an sich herangezogen hatte.

«Viorel, der Mann hat Hunger. Wieso willst du ihn rausschmeißen? Hast du noch nie Hunger gehabt?», fragte er. Der Wirt zuckte mit den Achseln. «Ich schon, und ich sage dir, das ist kein angenehmes Gefühl. Wenn mir also einer sagt, dass er Hunger hat, Viorel, dann gebe ich ihm zu essen. Du solltest dasselbe tun, vor allem wenn ich bezahle. Bring ihm auch etwas von der Brühe, die du Kaffee nennst. Setz dich doch hierher zu mir», forderte er mich auf.

Der Wirt machte sich an die Arbeit. Ich widerstand dem ersten Impuls wegzulaufen. Der zweite war mächtiger, nämlich zu essen und das Schwindelgefühl loszuwerden. Ich setzte mich neben ihn an den Tisch, was ihn zwang, sich zur Seite zu drehen. Für einen Moment hatte ich den Eindruck, dass mit seinem Körper etwas nicht stimmte. Der Mann kippte beinahe um, doch er stemmte die Arme auf die Bank, auf der er saß, und konnte sich wieder fangen. Ich packte die Tischkante, damit meine Hände nicht mehr zitterten.

«Du brauchst nicht zu zittern. Viorel tut dir jetzt nichts mehr», sagte er.

«Das ist der Hunger», antwortete ich.

«Wenn ich früher Hunger gehabt habe, sind meine Hände ganz ruhig geworden. Aber ich habe sie gebraucht, wenn du mich verstehst.» Er zwinkerte mir zu und lachte. «Ich habe damit so viele Geldbeutel herausgezogen, das glaubst du gar nicht.»

Er hielt sich die Hände vors Gesicht und betrachtete sie zufrieden. Schon wieder schien er zu kippen, doch er konnte sich rechtzeitig abstützen. Ich war erleichtert, denn er war ein Krimineller, ein Ganove, und auch wenn Ganoven denunzierten, dieser hier schien damit nur prahlen und dafür einen Zuhörer bezahlen zu wollen. Ich sollte mich täuschen.

Er wurde wieder ernst. «Wieso bist du so früh unterwegs?»

Ich zögerte und wägte meine Antwort ab, dann räusperte ich mich. «Ich bin Arbeiter. Schichtarbeiter.» Gierig würgte ich das Essen hinunter, das mir der Wirt gebracht hatte, und trank von der ekligen Brühe.

«Und ich habe dich für einen Schlaflosen gehalten. Dann arbeitest du in der Maschinenfabrik. Nur die hat Nachtarbeit eingeführt.»

«Genau, dort arbeite ich.»

Das karge Essen hatte meinen Hunger kaum gemildert. Ich wischte mir den Mund mit dem Ärmel ab, dann wollte ich zwischen den beiden Tischen hindurchschlüpfen, als der Mann mich am Arm packte. Sein Griff war geübt und fest, ganz anders als der des Wirtes. Er zwang mich dazu, mich wieder hinzusetzen.

«Du hast auf meine Kosten gegessen und willst einfach so wieder gehen? Was kannst du schon für dringliche Geschäfte haben?»

«Ich will mir etwas am Stadtrand anschauen.»

«Am Stadtrand? Anschauen? Ich dachte, dass du schlafen willst, nach der Schicht.»

Ich ging zur Theke und fragte den Wirt, ob er etwas zum Rasieren hätte.

«Sieht das hier aus wie ein Gemischtwarenladen?», fragte er. Er drehte mir den Rücken zu und trocknete mit einem löchrigen, speckigen Tuch das Geschirr ab.

«Viorel, das ist sicher kein Gemischtwarenladen hier, auch wenn du bestimmt mehr Geld damit machen würdest als mit dieser Kneipe. Aber wieso sagst du nicht unserem Gast, dass du nebenan wohnst und ihm gerne das Nötige holst?», mischte sich der andere wieder ein.

Der Wirt trocknete sich die Hände ab, holte einen Schlüsselbund und fragte noch: «Zahlst du?»

«Habe ich schon mal nicht bezahlt?», wurde ihm aus der Ecke geantwortet. Wir blieben allein, der Fremde hatte sich wieder zurückgelehnt, sodass er nur noch zu erahnen war. Das matte Licht, das in den Innenhof fiel, leuchtete auch die Kneipe aus und offenbarte, wie erbärmlich sie war. Ich war an einem Ort angekommen, um den auch noch die Schichtarbeiter, die Schlaflosen, vielleicht sogar die Säufer einen Bogen machten.

«Wie nennt man diesen Ort?», fragte ich.

«Ganz einfach, Kneipe. Sie hat keinen Namen», antwortete er mir.

«Sie scheint nicht sehr beliebt zu sein.»

«Ich glaube inzwischen, dass ich der einzige Kunde bin. Bis vor einer Woche hat mich Ticu hierhergebracht, jetzt muss ich extra zahlen, damit man mich trägt.»

«Wie meinen Sie das?»

«Komm her, ich zeige es dir.»

Als ich bei ihm war, schob er ruckartig den Tisch weg, sodass das Glas, aus dem er getrunken hatte, zu Boden fiel und zerbrach. Da sah ich, dass er keine Beine hatte. Er öffnete das eine Hosenbein, krempelte es hoch und kratzte sich an der Narbe. Erst jetzt erkannte ich ihn, es war derselbe Bettler, der Katica und mir damals mit seinem Fluch gedroht hatte. Früher hatte er in den teuren Restaurants der Stadt gespeist, jetzt war er hier gelandet.

«Ich heiße *Muscă,* weil ich fast nichts wiege. Wie eine Fliege eben. Wer mich herumträgt, spürt mich gar nicht. Und du?»

Ich zögerte erneut. «Radu.»

«Ein seltsamer Name für einen, der mit solch einem Schwabenakzent redet.» Er registrierte meine Unruhe, aber sie schien ihm gelegen zu kommen. «Hör mal zu, Schwabenradu! Wenn der Wirt kommt, schicke ich ihn gleich wieder zurück. Er soll dir auch ein sauberes Hemd bringen. Dann machst du dich fein, und wir brechen zusammen zur Stadtgrenze auf. Ich will nur, dass du mich ein wenig trägst, sonst komme ich hier gar nicht weg. Du wirst sehen, du spürst mich gar nicht. Das ist doch nicht viel verlangt dafür, dass ich deine Schulden begleiche.»

Ich wusch und rasierte mich in einem kleinen Raum mit dem kalten Wasser aus einem Schlauch. Im zersprungenen Spiegel blickte ich mich an und erkannte mich beinahe nicht wieder. Die weichen, glatten Gesichtszüge von einst waren verschwunden, mein Blick wirkte entschlossen, sogar übermutig. Ich zog das Hemd an und kehrte zum Beinlosen zurück. «Für dieses eine Mal trage ich dich.»

Wortlos rückte Muscă näher und schwang sich geschickt auf meinen Rücken. Ich schob die Hände unter sein Gesäß, er legte den Arm um meinen Hals, dann stand ich auf. Er hatte recht gehabt, er wog fast nichts. Ich machte mich zur Josefstadt auf, ging über den Markt, auf dem matschiges oder vertrocknetes Gemüse und Obst angeboten wurden. Das Geschäft der Frau Österreicher, vor dem ich Katica wiedergetroffen hatte, war immer noch zugenagelt, und über dem Schaufenster war zu lesen: *Die sündhaft gute Bäckerei.*

Im Laden des Friseurs an der Ecke hatte sich inzwischen ein Altwarenhändler niedergelassen, und anstelle der Schneiderei der Madame Liebmann erblickte ich nun einen alten, krummen Tischler. Mosis Kino war geschlossen worden, doch die Plakate der letzten Vorstellung vom Frühling 1949 klebten noch in Fetzen an der Wand. Die Werkstatt *Berger*, die die schönsten Firmenschilder hergestellt hatte, gab es noch, aber nun war sie eine Kooperative geworden.

«An Mosis Kino kann ich mich gut erinnern», flüsterte Muscă, der bisher bei meinem Irrlauf durch die Josefstadt stumm geblieben war, mir ins Ohr. Hin und wieder war ich stehen geblieben, um ihn besser packen zu können. «Früher hat mich Ticu hierhergebracht, wenn in der Stadt nichts los war. Wir sind da bis zum Abend geblieben, wenn sich die Biergärten gefüllt haben.»

«Wo ist denn Ticu jetzt?», fragte ich.

Er spuckte knapp an meinem Ohr vorbei auf die Straße. «Der ist vor einer Woche mit allem abgehauen, was ich vom Betteln zusammengespart habe. Und glaube mir, das ist nicht wenig gewesen. Zehn Jahre hat er mich getragen, dann hat ihm ein Weib den Kopf verdreht, und weg war er.» Anschließend hüllte er sich in Schweigen.

Die deutsche Schule war ein Lagerraum für Abfall aller Art geworden, durch den man ungehindert spazieren konnte. Die Krater jener Bomben, die uns zuerst in den Bunker und gleich danach zurück nach Triebswetter getrieben hatten, waren noch deutlich zu sehen. Sie waren mit dem Schutt der zerstörten Häuser aufgefüllt worden. Dort, wo einst das Büro des Direktors gewesen war, der mich dank der väterlichen Geschenke – jedes Jahr ein Schwein – unter seinen Schutz gestellt hatte, klaffte jetzt ein Loch im Dach. In den Schulzimmern standen Bänke und Tische noch, als ob sie auf eine neue Generation warteten. An einer der Tafeln wurde immer noch Weihnachten 1945 gefeiert.

Als ich vor unserem Haus ankam, stellte ich zuerst Muscă ab. Ich wusste nicht genau, was ich dort suchte, aber jener Ort hatte mich magisch angezogen. Ich wusste gar nicht, ob das Haus noch uns gehörte, ob Vater und Mutter vielleicht noch dort lebten und ob Vater womöglich herauskommen und mich ein zweites Mal den Kommunisten ausliefern würde. Und Mutter danebenstünde und schwiege. Und Großvater danebenstünde und auch er schwiege. Oder – und das hoffte ich – ob sie mich nicht doch um Verzeihung bitten würden.

Zwischen solchen Gedanken und Gefühlen schwankend, überquerte ich die Straße, stieß das Gartentor auf und betrat den Garten. Ein letztes Mal schaute ich zu Muscă zurück, als ob mir jener Fremde helfen könnte. Er, der das Ganze neugierig beobachtete, ermutigte mich mit einer Kopfbewegung weiterzugehen.

Zuerst tat sich gar nichts. Unsicher geworden, bereute ich erneut meinen Entschluss, in die Stadt gekommen zu sein und das Haus aufgesucht zu haben. Ob es nicht besser war, wegzugehen und den nächsten Zug irgendwohin zu nehmen? In diesem Moment kam ein großer, zotteliger Hund heraus, gefolgt von einem Mann, der nur mit einer Unterhose und Socken bekleidet war. Sein Bauch quoll über den Rand der Unterhose wie eine Wasserwelle, die aufs Land zurollt. Er schrie mich an und fluchte, so wie nur Rumänen fluchen können.

«Willst du hier einbrechen?», fragte er mich.

«Ich will mich nur umschauen.»

«Willst du betteln?»

«Ich heiße Obertin. Ich habe einmal hier gewohnt.»

Er griff sich an die Stirn, lief ins Haus zurück und kam mit einem Gewehr heraus. «Du Schweinehund, und jetzt willst du hier wieder einziehen? Keinen Schritt weiter, sonst erschieße ich dich.» Der Mann zielte auf mich, sein Hund bellte, und Muscă, den ich hilflos anschaute, als ob er hätte helfen können, lächelte verschmitzt.

«Du gehörst zu den Faschisten, die in meinem Garten all diesen Hitlermüll versteckt haben!», schrie er mich an. «Andere finden Goldschätze, ich aber finde bloß Hitlerfotos. Der Hund hat sie ausgegraben. Ich weiß, wer ihr seid und woher ihr kommt. Aus Triebswetter kommt ihr. Ihr seid früher mal berühmt gewesen, aber jetzt seid ihr nicht mehr wert als die Fliegen auf dem Pferdemist. Wenn du nicht sofort verschwindest, wird die neue Adresse der Obertins das Gefängnis sein. Bei all dem, was ich hier gefunden habe ...»

Mir war nicht klar, ob ich mich wirklich in Lebensgefahr befand oder ob das Ganze bloß eine Inszenierung war, die mich beeindrucken sollte. Aber er hatte uns in der Hand, und er würde sein neues Glück – das Haus, das Mutter mit ihrem amerikanischen Geld gekauft hatte – nicht wieder hergeben. «Und komm nie wieder!», fügte der Mann hinzu. In jenem Augenblick hörte ich das eindringliche Pfeifen von Muscă, der mir andeutete, dass ich zu ihm zurückkehren sollte.

Ich ließ mich neben ihm nieder und spürte meine Erschöpfung. Der Mann stand noch eine Weile auf der Veranda, Gewehr bei Fuß, und ließ uns nicht aus den Augen. Der Hund bellte nun gelangweilt und monoton, seinen Dienst hatte er schon geleistet. Sein Besitzer rammte ihm den Gewehrkolben in die Rippen, fluchte wieder und kehrte ins Haus zurück.

Ich war des letzten Ortes beraubt worden, der für mich in jener Stadt Bedeutung gehabt hatte. Doch anstatt zu toben oder zu fluchen, wurde ich immer schwerer und müder und legte mich neben dem Beinlosen auf den Boden. Wenn es etwas gegeben hatte, was meine Hoffnung genährt und meinen Gedanken eine Richtung gegeben hatte, dann waren das der Hof in Triebswetter und dieses Haus gewesen.

An manchen Abenden und in manchen Nächten auf dem Knochenberg hatte ich mir meine Rückkehr vorgestellt. Ich hatte mir ausgemalt, wie Mutter und Großvater mich ungläubig berühren würden, um sich zu vergewissern, dass ich auch wirklich ich war. Dann würde mir Mutter etwas auftischen und sich um meine Gesundheit sorgen, wie sie es immer schon getan hatte. Vielleicht würde Vater eine amerikanische Platte auflegen und mich zu sich rufen: «Komm her, Jacob! Lass uns mal nachschauen, wieso diese Uhr nicht mehr geht.» Stundenlang wären wir in unsere Arbeit vertieft gewesen, das Reparieren einer Uhr, das Zerlegen einer Fotokamera oder das Basteln an einem Radiogerät.

Doch mir wurde auch klar – ausgelöst durch einen dicken, bewaffneten Rumänen, der mich *Schweinehund* genannt hatte –, dass mir dasselbe auch in Triebswetter blühen könnte. Dass Vater mich ein zweites Mal vertreiben könnte, ganz ohne Grund, bloß weil er es schon einmal getan hatte. Weil er dieses erste Mal durch ein zweites Mal besiegeln und rechtfertigen könnte. Weil mich wieder aufzunehmen bedeuten würde, das Unrecht zuzugeben.

Ich wollte nicht mehr nachdenken, mich möglichst lange nicht mehr bewegen. Wäre ein Grab in der Nähe gewesen, so wäre ich hineingekrochen. Wie von weit her hörte ich Muscă sagen: «Schlafen kannst du auch bei mir zu Hause. Wenn wir hier noch länger bleiben, holt er die Miliz. Lass mich aufsteigen.» Widerspruchslos richtete ich mich auf, gehorchte seiner Aufforderung, dann brachen wir beide zur Elektrischen auf.

* * *

Ich wurde Muscăs Träger. Manchmal schien er so sehr mit meinem Rücken verwachsen zu sein, dass ich ihn erst wahrnahm, wenn er mich zwickte. Das war unser vereinbartes Zeichen, wenn er absteigen und betteln wollte, weil ihm die Umstände günstig dazu schienen. Am besten war es an den Wochenenden, wenn die Kaffeehäuser und die Kneipen im Stadtzentrum voll waren. «Wir müssen das letzte bisschen Christenseele in den Menschen anzapfen, bevor es sich die Kommunisten holen», sagte er.

In der ersten Nacht war ich aufgewacht und hatte vergessen, wo ich mich befand. Ich rief nach dem Popen, so wie damals, als ich fiebrig und verschwitzt in meinem Bett gelegen hatte. Muscă rauchte in einer Ecke. «Du bist hier bei Muscă, Junge, nicht bei irgendeinem Popen. Muscă hat dein Essen bezahlt, Muscă hat dich neu eingekleidet, und Muscă gibt dir eine Schlafstelle. Jetzt ist es an der Zeit, dass du etwas für Muscă tust. Aber wasche dir zuerst das Gesicht, damit du ganz wach bist, wenn wir unsere Vereinbarung treffen.»

Ich wusch mich und nahm das Glas Schnaps, das er mir hinhielt. Er warf den Zigarettenstummel in den Hof. Er bewohnte ein düsteres, feuchtes Zimmer im selben Haus, in dem auch die namenlose Kneipe war.

«Was für eine Vereinbarung?», fragte ich.

«Wer war dieser Pope, nach dem du gerufen hast?»

«Einer, der mir mal geholfen hat.»

«Damit wären wir schon zwei. Du bist ein Glückskind, Radu Obertin oder wie auch immer du heißen möchtest.» Er trank sein Glas aus und wischte sich den Mund mit dem Hemdsärmel ab. «Die Geschäfte gehen schlecht, seitdem mich Ticu verlassen hat. Seit einer Woche denke ich nur daran, wie ich ihn ersetzen kann, und da läufst du mir über den Weg. Als ich dich gesehen habe, habe ich gewusst, dass Gott gerecht ist, denn er hat dich geschickt.»

«Das hat der Pope auch gesagt», sagte ich.

«Hier ist mein Angebot: Du kriegst bei mir genug zu essen und das Sofa zum Schlafen, wenn du mir deinen Rücken borgst. Du bist kräftig, darauf habe ich schon geachtet.»

Ich begann mich eilig anzuziehen.

«Wo willst du hin? Du hast gesehen, dass niemand auf dich wartet», sagte er.

«Das ist nicht wahr.»

«Vielleicht oder vielleicht auch nicht. Bestimmt aber wird niemand auf dich warten, wenn ich bei der Miliz auspacke. Setz dich jetzt hin, und denk an die Deinen. Ich erwarte nicht, dass du mir ein Leben lang dienst, sondern nur, bis ich einen Ersatz für Ticu gefunden habe. Ein paar Wochen, es wimmelt ja vor hungrigen Männern in der Stadt.»

Anstatt ihn zu verprügeln, anzuschreien und zu verfluchen, anstatt mich aus dem Staub zu machen, dachte ich an die Meinen und blieb.

Wir wurden ein gutes Gespann. Zuerst setzte ich ihn in einer Seitenstraße ab, dann ging ich los, um zu prüfen, ob ein bestimmter Platz, ein bestimmtes Café gut besucht waren und ob vor allem Alte und Paare da waren. Sie waren Muscăs beste Kunden. Erstere, weil Muscă sie an Gott erinnerte, Letztere, weil sie ihn schnell loswerden wollten, um sich wieder ihrer unversehrten Welt zuzuwenden.

Ich schlich mich in die Oper oder ins Theater, um bei den Garderobenfrauen zu erfahren, wie lange die Aufführung noch dauerte. Kellner erzählten mir, ob eine bestimmte Hochzeitsgesellschaft spendabel war. Vor den Kirchen verschwendeten wir kaum noch Zeit, sie waren verwaist, nur die Popen steckten Muscă manchmal einige Münzen zu. Wir strichen die Kirchen von unserer Liste.

Dann trug ich Muscă bis kurz vor unser Ziel, die letzten hundert Meter schleifte er sich allein über den Boden, oder er stemmte sich auf die Arme, hob den Rumpf, schaukelte ihn vor und zurück, dann schwang er sich einige Zentimeter vor. Er tat es so, damit ihn alle gut sehen konnten. Er hinterließ im Staub eine kaum sichtbare Spur, wie der Sack, den ich in meiner Kindheit immer zu Ramina geschleift hatte. Ein Schneckenmensch war er, der für einige wenige Meter viel Geduld und Kraft brauchte.

Er war geschickt darin, auf die eine oder andere Weise zu Geld zu kommen. Er konnte ebenso gut flehen und Mitleid erwecken wie auch frech und mürrisch sein, wenn man ihm nichts gab. Die Leute fürchteten ihn, denn er verfluchte sie und wünschte jungen Frauen Unfruchtbarkeit und Alten einen einsamen Tod. Er brachte sich immer gut in Position, sodass sie nicht anders konnten, als diesen halben Menschen anzuschauen.

«Gott schaut zu, wenn du gibst, und ebenso, wenn du nicht gibst», sagte er mit feierlicher Stimme. «Du entscheidest, was er sehen soll.» Gott sah dann viele Hände, die nach ihren Brieftaschen griffen. Warf jemand das Geld in den Staub, rührte er es nicht an. Er war ein Fürst, der seine Untertanen besuchte. Fern von den Blicken der anderen stieg er wieder auf meinen Rücken, und wir verschwanden, bevor eine Patrouille auftauchen konnte.

Wenn wir die Abende in unserer engen Kammer verbrachten, aßen wir eine dünne Kartoffelsuppe, die uns der Wirt brachte. Wir wuschen und flickten unsere Kleider. «Ich bettle, aber deshalb will ich noch lange nicht wie der letzte Penner aussehen», sagte er. In seiner Welt war einer wie er, der sich ein Zimmer und jede Woche frische Kleidung und ein Bad leistete, noch nicht ganz unten angekommen. Es gab andere, die noch tiefer standen, auf die er wie ein Mann von Welt herunterschaute. Eine Hierarchie des Elends.

«Wo sind deine Beine geblieben?», fragte ich ihn einmal.

Er strich sich mit der Hand über die Stümpfe. «Ich war einmal ein Meisterdieb, so wie ich jetzt ein Meisterbettler bin. Man kann im Leben vieles tun, aber man muss es gut tun. Ein einziges Mal bin ich nicht aufmerksam gewesen und musste vor den Gendarmen fliehen. Ich bin unter ein Auto geraten. Aber ich habe mich erfolgreich umgeschult, wie du siehst.» Er lachte.

Ich wusch gerade den Pullover, den Mutter mir mitgegeben hatte und für den ich in den letzten Jahren große Sorge getragen hatte. Zusammen mit meiner alten Hose und den ebenso alten Schuhen, der Mütze von Großvater, dem Hemd des Wirts und dem Mantel, den mir der Pope geschenkt hatte, machte das schon meinen ganzen Besitz aus.

«Hast du schon mal ein Mädchen gehabt? Ich nicht», hörte ich ihn sagen.

«Habe ich», antwortete ich.

«Was ist aus ihr geworden?»

«Sie ist tot.»

«Es gibt noch viele andere», erwiderte er.

In jener Nacht blieb Katica in Gedanken bei mir.

Ein anderes Mal wollte Muscă, dass ich ihm irgendwelche Geschichten erzählte. «Irgendwelche kenne ich nicht, aber solche aus meiner Familie.» Während ich ihm vom Leben von Caspar und Frederick berichtete, flickte er meine Schuhe oder mein Hemd. Im Gegensatz zu den Menschen in Triebswetter, die Frederick noch lange nach seinem Tod verehrt hatten, beeindruckte ihn vor allem Caspar.

«So einer holt sich mit Gewalt, was er braucht. Würde ich auch tun», murmelte er.

«Aber er hat die falschen Leute erschossen. Er hat sich im Haus geirrt», widersetzte ich mich.

«Fast so wie du am ersten Tag, nur dass dieser fette

Mann das Gewehr hatte und nicht du.» Muscă beugte sich vor und betonte jedes einzelne Wort: «Es ist doch egal, ob es dein Besitz ist oder nicht. Wenn du etwas willst, musst du schauen, dass du das Gewehr hast.»

«Und was hat ihm das genützt? Zwanzig Jahre später wurde er erschlagen.» Er seufzte.

«Du verstehst wirklich nichts. Wichtig ist, dass man sein eigener Herr ist, nicht, wie lange man lebt. Erst dann ist man jemand. Ich ziehe das da noch durch, solange es geht, dann bin ich weg. Ins Gefängnis gehe ich nicht.»

Er drängte mich jedes Mal dazu, ihm Caspar zu beschreiben, doch weil ich keine Ahnung hatte, wie er ausgesehen haben könnte, erfand ich einen mittelgroßen, drahtigen Mann, dem Muscă nicht unähnlich war. «Also gleiche ich ihm ein wenig, was?» Die Aussicht, dass Caspar ihm ähnlich gewesen sein könnte, gefiel ihm außerordentlich.

Im Herbst und noch mehr im Winter, wenn das Wetter so schlecht war, dass man niemanden mehr auf den Straßen antraf, verlegten wir uns auf eine andere Sorte von Geldbeschaffung. Wir nahmen uns ein Wohnhaus vor und arbeiteten uns vom obersten Stockwerk planmäßig bis nach unten. Ich setzte Muscă vor einer Wohnung ab und versteckte mich. Manche erschraken, wenn sie ihn sahen, und schlossen gleich wieder die Tür, aber wir warteten ab, denn nicht selten schoben sie später doch noch einige Münzen durch den Türspalt.

Andere, meist Alte, baten uns hinein und boten uns etwas zu essen und zu trinken an. Doch sie wollten immer dasselbe: uns ihr Leben erzählen. Wenn ich ungeduldig wurde, packte mich Muscă am Arm. «Das sind wir ihnen schuldig», flüsterte er. Seine Blicke tasteten unentwegt den Raum nach möglicher Beute ab. Mit den Beinen hatte man ihm nicht zugleich auch den diebischen Instinkt abgenommen. Wenn die Alten aufstanden, um nach Geld zu suchen, schlug Muscă zu. Er fand immer etwas Wertvolles, das klein genug war, um in seine Tasche zu wandern. Aus dem Gehilfen eines Bettlers war ich zu dem eines Diebes geworden.

Die Sehnsucht nach Triebswetter, die erlahmt und auf den Grund meines Selbst herabgesunken war, erwachte von Neuem ein Dreivierteljahr später. Eines Tages lief Pfarrer Schulz so nah an uns vorbei, dass ich Angst bekam, er könnte mich erkennen. Doch vermutlich hätte er es auch dann nicht vermocht, wenn ich ihm offengelegt hätte, wer ich war. Ich folgte ihm dicht auf den Fersen, bis er in einem Hauseingang verschwand.

Es war, als ob sich mir durch unseren Pfarrer alles gezeigt hätte, was einst meine Welt gewesen war: die Eltern, Großvater, der Hof, Ramina. Durch einen Mann, der Katica auf dem Gewissen hatte, der, anstatt sich erschießen zu lassen, den Russen geholfen hatte. Fortan ging ich immer öfter allein zur Ausfallstraße nach Triebswetter und blickte den Autos und den Pferdekarren nach. Es hätte genügt, den Finger zu heben, aber ich tat es nicht.

Ich war inzwischen dahintergekommen, dass ich mit Muscă viel schneller hinter Gittern landen würde als ohne ihn. Doch noch nie war ich näher dran gewesen als an jenem Tag, an dem einer der Alten uns vor die Tür geworfen und die Miliz gerufen hatte. Eine Patrouille nahm unsere Verfolgung auf. Es waren junge, gut genährte Soldaten, und ich hatte alle Mühe, sie abzuhängen. Doch ich, der alle Schleichwege kannte, entwischte ihnen im letzten Moment.

Es war einer der ersten warmen Frühlingstage des Jahres 1951, und ich brachte uns zum Begakanal, wo ich erschöpft ins Gras sank. Muscă rollte sich auf die Seite.

«Den knöpfen wir uns vor!», rief er.

«Ich knöpfe mir niemanden vor. Ich bin nicht wie du», antwortete ich, ohne ihn anzusehen. «Ich mache nicht mehr mit.»

Er steckte sich einen Grashalm zwischen die Zähne und lehnte sich zurück. «So ist das also. Ich glaube, du hast nicht richtig zugehört. Ich weiß, wer du bist und wer die Deinen sind.»

Ich packte ihn am Kragen.

«Das wird niemals aufhören, nicht wahr? Du hast zuerst von einigen Wochen geredet, jetzt bin ich schon seit einem Dreivierteljahr hier. Du glaubst, du machst mir Angst mit dem, was du weißt. Aber ich werde aufstehen und gehen, und du wirst es zulassen müssen.»

«Und wenn die Miliz einen Tipp bekommt?», fragte er grinsend.

«Kriegt sie nicht. Kaum tauchst du bei denen auf, buchten sie dich ein. Und dort, wohin sie dich bringen werden, bist du kaum noch dein eigener Herr.»

«Das können auch andere für mich erledigen. Oder ein Brief.»

Ich packte ihn wieder und zog ihn zu mir heran. «Bei all dem, was ich über dich weiß, liegen ein paar Jahre drin», flüsterte ich.

Ich stand auf und steckte mein Hemd tiefer in die Hose. Muscă umklammerte so verzweifelt mein Bein, dass ich ihn erst einige Meter mitschleifte, bevor ich mich frei machen konnte. Seine Stimme zitterte, als er mir zurief: «Was soll aus mir werden?»

«Du brauchst nur in der Kneipe auf den Nächsten zu

warten! Ich aber bin jetzt mein eigener Herr. Das hast du selbst gesagt!», rief ich, trat auf den Gehsteig und ohne einen Blick zurück machte ich mich auf zur Straße nach Triebswetter, wo ich gleich von einem LKW mitgenommen wurde.

Das letzte Stück ging ich zu Fuß weiter und passierte den Zigeunerhügel, auf dem nichts mehr, nicht einmal ein Mauerrest, an Raminas Haus erinnerte, dann überquerte ich die Dorfgrenze. Hatte ich erwartet, dass mein Einmarsch ins Dorf triumphal wäre, dass die Menschen aus ihren Häusern strömen, mich an sich drücken und willkommen heißen würden, dass sie ungläubig und ehrfürchtig den Heimkehrer aus Sibirien bestaunen würden, so wurde ich schnell enttäuscht.

Die wenigen Leute auf den Straßen drehten sich nicht um, sie erkannten mich nicht und ich sie ebenso wenig. Es waren rumänische Siedler, die nun in den Häusern der Deportierten wohnten. Das war ihrer Kleidung und ihren Gesichtern deutlich anzusehen. Kein Deutscher hätte Sonnenblumenkerne zwischen den Zähnen geknackt und dabei so ruhig, fast entrückt, auf die Kuh gestarrt, die an den Zaun gebunden war und friedlich graste. Ich näherte mich an einen Alten, der auf einer Bank saß. Er hatte einen Schafsmantel über die Schulter geworfen und den Gehstock auf die Oberschenkel gelegt.

«Väterchen, leben hier keine Deutschen mehr?», fragte ich ihn.

«Natürlich leben sie noch hier. Ihre Jungen haben die Russen weggebracht, aber alle anderen sind hier.»

«Wo sind sie denn? Ich sehe keine.»

«Woher soll ich das wissen? In diesem Teil des Dorfes leben fast nur noch Rumänen. Die Schwaben leben drüben, jenseits der Lothringergasse. Vielleicht sind sie jetzt bei der Kooperative, die meisten arbeiten dort.»

«Wie meinen Sie das?»

«Was meinst du damit, Junge, wie ich das meine? Wir sind alle bei der Kooperative. Das Land wurde zusammengelegt, jetzt gehört alles dem Staat. Die Schwaben haben sich lange gewehrt, aber irgendwann mussten auch sie einsehen, dass sie nicht mehr die Herren im Land sind.»

«Und die Obertins? Gibt es sie noch?», wollte ich wissen.

«Auch die gibt es noch. Obwohl jetzt der Zigeunerjunge mit seiner Frau im Haus wohnt und sie draußen im Gesindehaus. Nur der alte Obertin ist vor einem Jahr von uns gegangen. Er war ein guter Mann, anders als sein Schwiegersohn. Wir, die Rumänen, haben für sein Seelenheil gebetet, auch wenn er katholisch war.»

Die Nachricht von Großvaters Tod traf mich wie ein Blitzschlag. Ich wankte und musste mich am Zaun festhalten. Dass er tot sein könnte, erschütterte mich wie vielleicht nur noch die Nachricht von Katicas Erschießung. Und wie damals, als Pfarrer Schulz es uns mitgeteilt hatte, lief ich los in Richtung Hof, der nicht mehr den Eltern und somit auch nicht mehr mir gehören sollte.

Falls man dem Greis überhaupt trauen konnte, denn das Alter und der Schnaps hatten ihm womöglich zugesetzt. Vielleicht sprach er über andere Leute, vielleicht war alles ganz anders. Großvater würde mich umarmen, Mutter auch, ein einziges Mal würde genügen. Dann würde ich ihr den Pullover zurückgeben. Nein, auf Rumänen war kein Verlass. Sie schauten viel zu tief ins Glas, um sich richtig zu erinnern.

Auf diesen wenigen hundert Metern, die ich atemlos zurücklegte, lebte Großvater noch. Ich vergaß die Angst, dass Vater mich vielleicht davonjagen würde. Dass er mit dem Gewehr in der Hand ans Tor kommen könnte. Ich warf mich gegen das Tor wie gegen den schlimmsten Feind, ich trommelte mit den Fäusten darauf herum und versuchte, zwischen den Zaunlatten hindurchspähend, jemanden ausfindig zu machen.

Ich rief nach ihnen, doch im Hof blieb es still, als ob ein Sturm oder ein Teufel das Leben weggefegt hätte. Eine Stille, die ich früher geliebt hatte, wenn sie in den warmen, trägen Nachmittagsstunden herrschte. Nur das Rascheln der Blätter eines Kastanienbaums und das Gebell der Nachbarshunde unterbrachen sie. Aber sie bellten lasch und ohne Überzeugung, als ob sie wüssten, dass ihnen die Arbeit ausgegangen war. Dass sie nichts mehr zu beschützen hatten, denn die Erde, die früher sich selbst und erst dann dem Menschen gehört hatte, gehörte jetzt dem Staat. Großvater hatte einmal gesagt: «Wenn die Erde nicht will, brauchen wir auch nichts von ihr zu wollen.»

Ich setzte mich unter den Kastanienbaum und wartete auf die Rückkehr der Meinen. Inzwischen beschäftigte mich ein anderer Gedanke. Was sollte ich tun, wenn der Grund, der mich nach Hause gebracht hatte – mir meine Erde zu nehmen und mich dafür auch Vater zu stellen – hinfällig geworden war?

Als sich das Tor schließlich öffnete, war es, als hätte Sarelo die ganze Zeit dahinter gewartet. Er musste sich an den Zaun herangeschlichen und mich eine ganze Weile beobachtet haben. Er kam mit einer Axt in der Hand auf die Gasse und hielt den Griff so entschlossen fest, dass ich nicht daran zweifelte, dass er sie auch benützen würde. Auch er hatte sich verändert, war ein stämmiger Mann mit einem misstrauischen Blick geworden.

«Was willst du hier?»

«Ich bin Jacob. Ich bin zurückgekommen.»

«Das sehe ich, auch wenn du dich sehr verändert hast. Aber was willst du hier?»

«Ich bin einfach wieder da.»

«Willst du dich rächen? Das würde ich dir nicht raten.»

«Ich will mein Land zurück.»

In diesem Augenblick geschah etwas, womit ich nicht gerechnet hatte. Er lief nicht wutentbrannt, die Axt über dem Kopf schwingend, auf mich los, und er schlug mir auch nicht das Tor vor der Nase zu. Auch die vielen Flüche, die deftigen, rumänischen, die er wie kein Zweiter kannte, blieben aus. Stattdessen begann er laut zu lachen, ein verzweifeltes, trauriges Lachen, dabei schüttelte er sich so sehr, dass die Axt zu Boden fiel. Er lachte Tränen, und als sie getrocknet waren, lachte er weiter.

«Dann habe ich eine schlechte Nachricht für dich», sagte er, als er sich wieder beruhigt hatte. «Das Land werden weder du noch ich kriegen. Es gehört nicht einmal mehr Gott.» Jetzt öffnete er das Tor und machte mir ein Zeichen, dass ich eintreten sollte. «Frau, bring Wein und zwei Gläser heraus!», rief er ins Haus hinein.

Eine mollige, klein gewachsene Zigeunerin erschien auf der Veranda, in ihrem runden Bauch wuchs Sarelos Kind. Mit Mühe stieg sie die Treppen zu uns herab, überreichte mir schweigend und ohne mich anzuschauen ein Glas, dann schenkte sie ein. Dasselbe wiederholte sie bei Sarelo, dann stellte sie die Flasche auf der untersten Stufe ab und verschwand wieder im Haus.

«Du hast dir eine Zigeunerin genommen?», fragte ich.

«Ich bin ja auch einer.»

«Nur zur Hälfte, soweit ich weiß.»

Er sah mich scharf an und trank aus. «Du weißt es also. Umso besser. Dann weißt du, dass mir das Land genauso zustehen würde wie dir.»

«Eigentlich nicht, denn es gehörte in Wirklichkeit Mutter und Großvater.»

Er machte einen Schritt auf mich zu, ballte die Fäuste, seine Halsader schwoll an, und ich war froh, dass er die Axt nicht mehr bei sich hatte. Doch genauso plötzlich beruhigte er sich und schenkte sich wieder Wein ein. «Ich wäre der Richtige gewesen. Ich war widerstandsfähig.»

«Das bin ich heute auch.»

Erneut verdüsterte sich sein Gesicht, und sein ganzer Körper spannte sich an. Doch dann grinste er und schenkte auch mir ein. «Meinetwegen. Wir sollten nicht um etwas streiten, das nicht mehr ist. Hat dich Sibirien so kräftig gemacht? Wie war es dort?»

«Kalt.»

«Hör mal, es ging nicht anders. Entweder du oder ich. Die Russen standen im Haus und hatten mich schon gepackt. Vater hat entschieden, er hat mich gar nicht gefragt.»

«Und zum Dank lässt du ihn und Mutter im Gesindehaus schlafen?»

«Der Staat will es so. Die Schwaben und alle anderen Reichen besitzen nicht mehr ihre Häuser. Jetzt zieht das einfache Volk ein.»

«Du? Das einfache Volk? Er ist doch dein Vater.»

«Wer sagt das? Gibt es Beweise? Für alle hier bin ich nur ein Zigeunerjunge, der die dreckigste Arbeit gemacht hat und im Stall schlafen musste. Für die Kommunisten bin ich für das Haus bestens geeignet.»

«Aber du selber hast es doch gesagt.»

«Wenn ich es gebraucht hätte, dann wäre er mein Vater gewesen, aber jetzt brauche ich es nicht mehr.»

Ich schaute mich um. «Wo sind sie jetzt?»

«Ich nehme an, beim Stallausmisten in der Kooperative. Sie sind die Einzigen, die nicht zu den Versammlungen der Schwaben gehen. Die treffen sich immer öfter unter der Leitung des Rosshändlers und des Wirtes.»

«Wieso?»

«Sie wollen zurück nach Lothringen.»

«Nach Lothringen? Wir kennen doch niemanden mehr dort.»

«Was weiß ich. Sie erzählen sich dauernd diese Geschichten über Frederick Obertin, die auch dein Großvater kannte. Sie wollen es mit dem Gold deines Vaters schaffen, oder soll ich lieber sagen: meiner Mutter?»

«Ist Großvater wirklich tot?»

«So tot wie meine Mutter. Sie ist nicht vom Bug zurückgekommen.»

«Wie ist er gestorben?»

«Ich weiß nur, wie er begonnen hat zu sterben.» Sarelo stellte das Glas ab, schloss das Tor, dann erzählte er, was er wusste.

Kurz nachdem die Russen abgezogen waren, kamen die rumänischen Kommunisten ins Dorf. Sie setzten sich fest, ernannten einen neuen Bürgermeister, einen Parteisekretär und einen Milizmann. Täglich erreichten das Dorf die roten Zeitungen aus Temeschwar und mit ihnen die Meldungen über die Verhaftungen und die Enteignungen der Volksfeinde. Die Schwaben wurden ausdrücklich dazugezählt. Es war jedem klar, dass bald auch Triebswetter vom neuen Sturm erfasst würde.

Bei der ersten Versammlung waren alle Schwaben ratlos und schweigsam gewesen, hatte Großvater Sarelo erzählt. Keinem wollte einfallen, wie man einem solchen Gewitter am besten ausweichen konnte, wenn es schon nicht aufzuhalten war. Einem Gewitter, gegen das kein Glockenläuten mehr half.

Beim zweiten Treffen erhob sich Großvater gleich zu Beginn. Er hatte lange über seine Idee nachgedacht und sie mehrmals verworfen. Er hüstelte, bis ihm auch der Allerletzte aufmerksam folgte. Als es ganz still war und die Männer ihn erwartungsvoll anschauten, sagte er: «Anstatt dass uns die Russen oder die Rumänen irgendwohin deportieren, deportieren wir uns gleich selbst nach Lothringen zurück.» Er wusste, wie verrückt diese Idee war, wenn er sie nicht selbst gehabt hätte, so hätte er ebenso laut gelacht wie die anderen. Als man ihn aufforderte, seinen Vorschlag zu wiederholen, weil man befürchtete, sich verhört zu haben, tat er es.

Man lachte ihn daraufhin wochenlang aus, denn sosehr man ihn auch respektierte, so wenig konnte man doch umhin, seine Idee für die eines verrückten, alten Mannes zu halten. Ging Großvater auf die Gasse, konnten die Menschen ihr Lachen kaum unterdrücken, aber bald wurde eine gequälte Grimasse daraus, denn die Zeiten wurden immer schwerer. Die ersten Enteignungen fanden statt, und die Abgaben und Strafen, welche die Kommunisten ihnen auferlegt hatten, waren erdrückend.

Beim dritten Treffen gab es bereits mehr Zustimmung. Man ließ Großvater seine Idee ausführen, und die Ersten überlegten bereits, wie eine solche Aktion zu bewerkstelligen wäre. Doch dann kamen wieder Zweifel auf, ob man überhaupt die Mittel dazu hatte, um Züge für vierhundert Familien und ihr Hab und Gut wie auch für die Kirche zu besorgen. Denn dass die Kirche mitmusste, war allen klar. Man würde sie abbauen und dann alles, sogar die große Glocke, vor allem die, sorgfältig einpacken und irgendwo in der Nähe von Dieuse wieder aufbauen. Manche stellten sich schon vor, wie schön die Glocke auf dem lothringischen Plateau klingen würde. Wie sich der Klang bis nach Marsal fortpflanzen würde.

Man musste auch Land kaufen, das zuerst. Doch obwohl niemand damit rechnete, dass die Bodenpreise nach dem Krieg in Frankreich wirklich hoch waren, schien es den meisten unmöglich, so viel Geld aufzutreiben. Denn man würde auch Leute bestechen müssen, den Bürgermeister, den Parteisekretär, die Verwaltung in Temeschwar, vielleicht sogar noch höhere Stellen. Sie müssten einem von ihnen die Ausreise bewilligen, damit der sich in Lothringen umschauen und die nötige Fläche kaufen konnte.

So viel Geld konnten der Rosshändler, der Wirt und die wenigen anderen Reichen des Dorfes nicht auftreiben. Wieder waren sie ratlos, und man wollte die Pläne schon aufgeben, als Großvater aufstand und verkündete, er wisse, wo Geld zu holen sei, und zwar praktisch ums Eck. Die anderen blickten sich unschlüssig an, denn sie hätten es doch gewusst, wenn einer so viel besessen hätte.

«Dann sag mal, wo, Niclaus», forderte ihn der Rosshändler auf.

«Bei uns im Stall.»

Sie zögerten, denn noch immer hatten sie vor Vater Angst. Er hielt sich immer von ihren Versammlungen fern, denn er sah darin nur einen Trick, um ihm fremde Interessen aufzudrängen. Ebenso wie die Parolen der Kommunisten war ihm auch jene Welt nicht geheuer, von der Großvater ständig sprach. Endlich setzten sich der Rosshändler und Großvater an die Spitze, und sie machten sich alle auf den Weg zu unserem Hof. Großvater schien seine Rache süß, meinte Sarelo, aber sie dauerte nicht lange.

Sarelo sammelte die Gläser und die Flasche ein und brachte sie ins Haus zurück. Es dauerte seine Zeit, bevor er wieder herauskam, währenddessen hörte ich das nervöse Flüstern seiner Frau. Doch nach einer Weile tauchte er wieder auf und setzte seine Erzählung fort.

Als alle vor dem Tor ankamen und nach Vater riefen, holte dieser sein Gewehr und ging, von Sarelo begleitet, auf die Gasse. «Was hat euch gebissen, Männer?», fragte er.

«Du hast hier Gold versteckt», sagte der Rosshändler.

«Die Gemeinschaft braucht es», fügte der Wirt hinzu, und alle machten einen Schritt aufs Tor zu.

«Bleibt, wo ihr seid, sonst erschieße ich euch!», rief Vater ihnen zu. «Ich habe euch ganz am Anfang nicht gefürchtet, und ich fürchte euch auch heute nicht. Ihr seid nichts als Feiglinge. Fünfzig Männer braucht es, weil sich keiner allein traut.»

«Gibst du uns freiwillig das Gold?», fragte der Rosshändler.

«Nur über meine Leiche!», rief Vater und entsicherte sein Gewehr.

«Na, dann los!», rief der Rosshändler. Vater schoss in die Luft und brachte die Menge zum Stehen, jedoch nicht für lange.

Zwei kräftige Männer warfen sich auf ihn, zwei weitere auf Sarelo und hielten sie fest, während die anderen in den Hof eindrangen und Großvater ihnen den genauen Ort zeigte. Dann machten sie sich an die Arbeit, holten Pickel und Schaufel aus dem Geräteschuppen und gruben Raminas Seifen wieder aus. Es dauerte mehrere Stunden, bis sie alles aufgeladen und weggebracht hatten. So lange aber mussten sie Vater immer wieder bändigen, der sie verfluchte und auf Großvater losgehen wollte. Er rief: «Das wirst du noch schwer bereuen!»

«Wo war Mutter? Was hat sie getan?», fragte ich Sarelo.

«Was sie immer tut. Sie betete im Haus», antwortete er.

Mutter kam erst heraus, als alle anderen weg waren. Anstatt sich auf Großvater zu stürzen, griff ihr Mann nach dem Gewehr und verschwand im Stall, wo nun ein tiefes, verwaistes Loch im Boden klaffte. Er holte eines der Pferde heraus und führte es bis in die Mitte des Hofes, gut sichtbar für alle. Noch bevor Großvater oder Mutter reagieren konnten, setzte er dem Tier den Gewehrlauf an die Schläfe und rief: «Du hast mir das Gold genommen, ich nehme dir die Pferde!»

Mutter versuchte ihn zu besänftigen, klammerte sich an ihm fest, aber er schüttelte sie ab. Die Pferde würde man noch für die Feldarbeit brauchen, sie seien zu wertvoll, meinte sie, doch Vater drückte ab, dann holte er das nächste Tier heraus. Fünfmal schoss er, bis der Hof eine einzige Blutlache war. Auf die noch warmen Körper von Großvaters geliebten Tieren setzten sich Hunderte von Mücken. An jenem Tag begann Großvater zu sterben.

* * *

In nur fünf Jahren war Vater verschrumpelt wie ein Stück Obst. Der feine Anzug, den er jetzt offenbar zum Arbeiten brauchte, kleidete ihn schlecht. Die dünn gewordenen Arme und Beine sahen darin wie die hölzernen Glieder einer Marionette aus, die man in weite Kleider gesteckt hatte, um das Publikum zu belustigen.

Von seiner einst imposanten Gestalt waren nur noch die großen Hände geblieben, die er, als wir uns gegenüberstanden und er mich erkannte, unsicher in den Hosentaschen versteckte, ohne sich beruhigen zu können. Seine markante Nase störte nur noch wie eine hässliche Wunde. Sein einst dichtes und dickes Haar klebte schütter an seiner Kopfhaut.

Ich brauchte Minuten, um hinter jener Erscheinung den Mann zu erkennen, den ich in meiner Kindheit so sehr gefürchtet, aber auch bewundert hatte. Auch auf Mutter lastete die Zeit, sie tat es sogar so sehr, dass Mutter ganz bucklig geworden war. Eine Frau mit einem kummervollen Gesicht und erloschenen Augen mit einem schwarzen Kopftuch. Im selben Maße, wie ich gewachsen war und meinen anämischen Körper, meine Konstitution gestärkt hatte, waren die beiden eingegangen wie zwei Kleidungsstücke, die man in viel zu heißes Wasser gesteckt hatte.

Vater blieb stehen, Mutter machte einen Schritt nach vorn, als wollte sie mit einem Sprung bei mir sein, doch Vater flüsterte: «Elsa, beherrschen Sie sich.» Sie wurde wieder ängstlich und senkte den Kopf. Aus sicherer Entfernung sahen wir uns an. Über ihren Augen hing ein milchiger Schleier. Ich zog den Pullover aus und streckte ihn ihr entgegen. «Hat er dir genützt?», fragte sie und nahm ihn an sich.

«Sehr.»

«Du hast überlebt», murmelte sie unentwegt. Ich hatte keinen Grund, ihr etwas anderes zu erzählen, als dass ich ein Überlebender war.

Wie hätte es sich denn angehört, wenn ich ihnen gesagt hätte, dass ich jahrelang kaum achtzig Kilometer entfernt wie ein Maulwurf nach Knochen gewühlt hatte, während sie mich bei den anderen glaubten, ausgehungert und erschöpft, ständig von Krankheiten und dem Erfrierungstod bedroht? Ihre ganze Sorge, ihre Schuld, wenn sie je welche gespürt hatten, wären ihnen auf einmal lächerlich erschienen, wie etwas, das sie sinnlos gequält und mir unverdient zuteilgeworden wäre.

Nein, wollte ich ein Recht auf die Rückkehr haben, auf die Achtung, die mir nun endlich zustand, musste ich ein Überlebender werden. Einer, der die Hölle gesehen und sie wieder verlassen hatte. Ihre Wut, wenn ich sie darin enttäuscht hätte, hätte mich erneut vernichtet. Schnell entschied ich mich und antwortete:

«Ja, ich habe überlebt.»

«Dabei bist du gar nicht so mager. In den Briefen, die manche im Dorf erhalten haben, heißt es immer, dass ihr ständig hungrig gewesen seid.»

«Man hat mir mehr zu essen gegeben als anderen, damit ich arbeiten konnte.»

«Was hast du tun müssen?»

«Tote begraben.»

Mutter schreckte zurück und bekreuzigte sich. «Du hast also die anderen begraben müssen, die gestorben sind?»

«Sozusagen.»

«Ein Totengräber», murmelte Vater.

«Besser das Grab für andere schaufeln, als selbst darin zu liegen», erwiderte Mutter. «Sind mit dir auch andere zurückgekommen?»

«Kein Einziger. Ich wurde früh von ihnen getrennt und in ein anderes Lager gebracht.»

«Man wird dir jetzt viele Fragen stellen», sagte sie. Sie presste den Pullover an ihren Körper und streichelte ihn der Länge nach. «Nicht einmal ein Loch hat er. Jetzt gehe ich ins Haus und wasche ihn, damit du ihn wieder anziehen kannst. Morgens ist es immer noch kühl.» Sie ging zum Gesindehaus und verschwand darin.

Ich blieb allein mit Vater draußen stehen, doch im Rücken spürte ich die Blicke von Sarelo und seiner Frau durchs Fenster. «Sie beobachten uns dauernd. Sie trauen ihrem Glück noch nicht, obwohl die Kommunisten sie beschützen», sagte Vater mürrisch. «So sieht es bei vielen Schwaben aus. Sie wohnen im Gesindehaus und die Knechte von einst in den Häusern. Wenn ich Holz brauche, muss ich bei ihm betteln.» Mit einer Kopfbewegung deutete er auf das Fenster, hinter dem das schwache Licht einer Petroleumlampe zu sehen war. «Inzwischen haben wir hier auch Strom, aber er kann sich die Kosten nicht leisten. Der Zigeuner. Das ist der Dank dafür, dass ich ihn bei mir aufgenommen habe.» Die Dämmerung griff um sich.

«Du hast ihn aufgenommen, weil er dein Sohn ist und du ihn gut brauchen konntest. Mehr als mich», sagte ich.

«Du hast es also erfahren. Umso besser, denn es spielt jetzt keine Rolle mehr. Ich bin mir gar nicht mehr so sicher, dass er es ist. Die Zigeunerin hat so viele Geschichten erzählt, dass nicht einmal sie wusste, was real und was erfunden war. Außerdem ist einer Mutter jedes

Mittel recht, wenn sie ihren Sohn retten will», entgegnete er.

«Es war keine Lüge, die du dir hast vergolden lassen. Er sieht aus wie du und verhält sich auch so.»

Er zuckte mit den Achseln und ging an mir vorbei, blieb aber wieder stehen. «Komm ins Haus, deine Mutter hat bestimmt schon aufgetischt.»

Ich war verwirrt, meine Gefühle waren undeutlich. In der kurzen Zeit seit meiner Rückkehr hatte ich eine neue Lüge in die Welt gesetzt und einen so veränderten Vater vorgefunden, dass man ihn kaum noch hassen oder verfluchen konnte. Hatte ich mir früher manchmal so etwas vorgenommen, so war es jetzt hinfällig. Hatte ich mir vorgenommen, ihm ins Gesicht zu sagen: «*Ich* bin dein Sohn, nicht er, du Schweinehund!», so fiel mir das jetzt nicht einmal mehr ein.

Ich wurde nicht davongejagt, nicht bedroht, sondern zum Abendessen eingeladen. Von einem Mann, dem nun selbst die Vertreibung widerfuhr, die ich schon so lange kannte. «Ist es wahr, dass Großvater tot ist?», fragte ich ihn, als er an mir vorbeiging, aber er antwortete nicht.

Das Gesindehaus war ein niedriger, quadratischer Bau, in dem die ungarischen und rumänischen Wanderarbeiter gelebt hatten, die wir für das Einfahren der Ernte angeheuert hatten. Später hatte Großvater ihren Platz eingenommen. Durchs Fenster sah ich Mutter, die sich über einen Topf beugte, in dem eine Suppe schwach köchelte. Während Vater auf der Türschwelle seine Stiefel auszog, schnitt sie Brot und Speck und deckte den Stubentisch, einen runden schweren Tisch aus Eichenholz, der einmal in unserer Stube gestanden hatte.

Sie strich sich eine Haarsträhne aus dem Gesicht und

trocknete sich die Hände an der Küchenschürze ab, bevor sie den Topf vom Feuer nahm. Die Fensterscheiben waren vom Dampf beschlagen, und ich konnte nur mit Mühe Vater, der inzwischen eingetreten war, und Mutter erkennen, die offenbar miteinander sprachen. Ihre Münder öffneten sich lautlos, als wären sie in einem Aquarium, in dem sie ohne Kiemen atmen konnten.

Vater streckte den Kopf durch die offene Tür. «Vielleicht kannst du etwas Holz holen. Es ist in Ordnung, Sarelo hat heute Morgen eingewilligt.» In der Scheune war es finster, doch die Hände fanden blind, was sie suchten, sie brauchten keine Anlaufzeit, keine Gewöhnung. Im Stall fehlte der Pferdegeruch, die Präsenz der Tiere, die man auch dann dort wusste, wenn man in der Dunkelheit dalag und die Augen schloss. Es fehlte das Gold, das Vater gesät hatte, ohne je etwas ernten zu können. Ich wäre beinahe in das noch nicht zugeschüttete Loch gefallen.

Die Eltern saßen auf den einzigen zwei Stühlen am Tisch, die Sarelo ihnen zugestanden hatte, ich setzte mich auf eine umgedrehte Kiste. Ich fragte wieder nach Großvater. «Vater ist seit zwei Jahren tot», flüsterte Mutter und bekreuzigte sich.

Der improvisierte Ofen hatte den einst weißen Verputz der Wände eingeschwärzt, und der Wind trieb den Rauch zurück ins Haus. Wir husteten unentwegt, doch lange wurde kein Wort gesagt, jeder kaute und war in seine eigenen Gedanken vertieft. Mutter stand dann und wann auf, ging mit unseren Tellern zum Herd und schöpfte nach. Es war böhmisches Porzellan, von dem einstigen Service für zwanzig Personen waren nur noch drei angeschlagene Teller geblieben.

«Ich hätte gern zur Feier des Tages mehr gekocht, aber

ich hatte nichts mehr», entschuldigte sie sich. Dann kehrte wieder Stille ein, und sie dauerte fast den ganzen Abend, bis der Sprit in der Lampe aufgebraucht war und die Schatten im Raum länger wurden. Erst dann sprach Vater.

«Bist du gekommen, um dich zu rächen?»

«Das bin ich heute schon einmal gefragt worden.»

«Du verhältst dich nicht, wie man es erwarten würde. Ich würde jemanden dafür totschlagen. Du aber schlägst mich nicht, du bist nicht wütend, du fluchst nicht einmal.»

«Sei froh darum.»

«Hasst du mich nicht?»

«Das würde ich gern selber wissen.»

Er ließ die Schultern hängen, als wären es Fremdkörper. «Alles, was ich sagen kann, ist, dass ich mir seit Jahren wünsche, anders entschieden zu haben.»

Wir legten uns schlafen, ich auf den Boden und sie auf ein kaputtes Bettsofa, umgeben vom Essensgeruch und dem Gestank unserer ungewaschenen Körper. Für einen Augenblick ging mir durch den Kopf, dass wohl auch Frederick Obertin und die ersten Kolonisten so gelegen haben mussten. So wie wir ertrugen sie den Mief, die von Minute zu Minute zunehmende Kälte und die Nacht, die sich über uns alle legte.

Wie im Traum hörte ich Vaters Stimme: «Bald musst du dich entscheiden, ob du mit nach Lothringen fährst oder nicht. Gestern ist der Sohn des Rosshändlers zurückgekommen, er hat Land gekauft, offenbar mehr als genug für alle. Er hat erzählt, dass sie froh über neue Siedler seien, denn viele sind im Krieg gestorben. Sie haben ihm das Land so billig abgegeben, dass er mit dem restlichen Geld noch jede Menge Kühe und Schafe kaufen konnte.»

«Und ihr beide?», fragte ich.

«Deine Mutter und ich bleiben hier. Ich habe eine bessere Strategie, als unter Fremden leben zu müssen. Ich habe meine Mitgliedschaft in der Kommunistischen Partei beantragt. Wenn ich einmal Kommunist bin, kriegen wir auch das Haus zurück. Dann werden wir sehen, wo der Zigeuner bleibt.»

«Es ist mein Haus. Morgen werfe ich ihn heraus», murmelte ich.

«Das tust du nicht, sonst sperrt man dich ein.»

«Gibt es noch Hoffnung, dass wir den Hof zurückkriegen?»

* * *

Einige Wochen lang lebte ich gut von meinen Erzählungen aus Sibirien. Wenn ich mich nicht auf dem Friedhof bei Großvater und Katica oder im Kuhstall der Kooperative aufhielt, wo ich inzwischen auch arbeitete, wurde ich zu den Familien eingeladen, die auf ihre eigenen Heimkehrer hofften. Ich wurde jedes Mal beweint und betatscht, ungläubig gemustert, als ob sie Zeugen eines Wunders wären, des Erfolgs eines längst gesprochenen Gebets.

Oft brachten mich ihre flehentlichen Blicke, ihre um Fassung ringenden Stimmen so weit, dass ich beinahe den Betrug gestanden hätte. Ein-, zweimal hatte ich sogar dazu angesetzt, doch ihre unermüdlichen Fragen trieben meine Erzählungen weiter an, sie wollten nicht, dass ich damit aufhörte. Sie ließen sich genauso gern verführen, wie ich sie verführte. Ich setzte Speck an, sie stopften mich voll anstelle ihrer Söhne und Töchter, als ob nun mir zustand, was allein für deren Rückkehr gedacht worden war. Ging ich morgens hin, so hatten sie frisches Brot gebacken, schnitten dazu Wurst und Käse und öffneten Gläser mit selbst gemachter Konfitüre.

Tauchte ich aber abends auf, so dufteten bereits der Lammbraten und das Sauerkraut, und die prallen Knödel in der feinen, bräunlichen Sauce wurden gerade aus dem Ofen geholt. Dann wurde eine neue Flasche Schnaps geöffnet. Mit Geschenken beladen, kehrte ich torkelnd und vom vielen Essen benommen zurück. Manchmal liefen die Gastgeber hinter mir her, weil sie irgendetwas vergessen hatten, was mir Glück oder Schutz bringen sollte, ein Heiligenbild oder ein kleiner Anhänger in Form eines Kreuzes, die ich immer Mutter gab. Im Mund hatte ich den Geschmack meiner Schuld.

Doch irgendwann erlahmte ihr Interesse, die Einladungen wurden seltener, bis sie ganz ausblieben. Sie hatten gemerkt, dass meine Geschichten vage blieben, dass ich ihnen kaum etwas Konkretes sagen konnte, sosehr ich mich auch darum bemühte, vor ihren Augen die glaubwürdige Geschichte meiner grausamen Deportation entstehen zu lassen. Ich war nicht unglücklich darüber, denn inzwischen hatte ich Angst, entlarvt zu werden. Ich würde teuer dafür bezahlen müssen, dass ich mich an ihrer Hoffnung vergriffen hatte. Schon einmal war ich auf mich allein gestellt gewesen, doch die Rückkehr war mir nur durch die Angst vor Vater und einer erneuten Deportation verwehrt geblieben. Diesmal war es anders. Ich wäre endgültig aus der Gemeinschaft verstoßen worden, da war ich mir sicher.

Ich arbeitete oft Schulter an Schulter mit Vater, während Mutter bei der Mühle eingeteilt worden war. Eine Tätigkeit, die sie noch krummer, noch jammervoller werden ließ. Unter Schmerzen kehrte sie abends zurück, konnte nur ein paar Schritte machen, dann musste sie sich auf eine der Bänke setzen, die vor jedem Hof standen. Sie gab vor, mit den anderen, die dort saßen, über die Ernte, die Schäden des letzten Sturms, das Kalben einer Kuh oder den Gang der Dinge auf der Welt reden zu wollen. Dann stand sie auf und hielt sich aufrecht, bis sie aus dem Blickfeld der Leute verschwunden war und das Tor hinter sich geschlossen hatte. Erst dann wurde sie wieder schwach, als ob alle Kraft aus ihr gewichen wäre.

Sie vergaß ihre Haltung, vergaß sich selbst und begrub den Kopf in den Händen. Niemals hätte sie ihren Zustand öffentlich zugegeben, darin blieb sie bis zum Schluss eine Obertin. Vergeblich hatte Vater beim neuen Bürgermeister verlangt, dass man ihr leichtere Aufgaben zuteilte. Die Befriedigung, eine echte Obertin zu quälen anstelle eines Angeheirateten wie Vater, sosehr es dieser auch verdient hätte, war noch größer.

Vater war nicht nur schmächtiger geworden, ein dünner Mann mit viel zu großen Gliedmaßen, er hatte auch seinen Instinkt verloren, der früher untrüglich gewesen war. Den Instinkt, andere zu beherrschen. Er hielt den Bürgermeister schon deshalb für einen Freund, weil dieser wöchentlich mehrere Stunden mit ihm in seinem Büro verbrachte. Kaum war Vater dort, kam der Schnaps auf den Tisch. Die Flasche wurde bis zum Schluss nicht wieder verschlossen.

Beim dritten Glas schmatzte der Bürgermeister zufrieden, blickte zu Vater auf und sagte: «Also, Jakob, was tun meine Schwaben? Es ist besser, sie reisen aus, bevor sie ins Lager wandern. Das wäre gut für sie und für die Partei, denn sonst würden sie nur Geld kosten.» Dabei wurde seine Stimme vertraulicher, erzählte Vater zu Hause, und der Bürgermeister beugte sich jedes Mal leicht vor, als ob die beiden Männer ein Geheimnis teilten. Als ob sie gute Freunde wären, die sich ein Glas über den Durst genehmigten. Seine wurstartigen Finger tappten dabei einen Rhythmus auf den Tisch, der nur ihm vertraut war.

Vater kam jedes Mal betrunken und zufrieden nach Hause, Mutter zog ihn aus, ich wusch ihm die Füße, und wir legten ihn ins Bett. Lallend erklärte er uns, dass der Augenblick nah war, in dem er zum Kommunisten würde und alle unsere Sorgen getilgt wären. Mit jedem Glas rückte der Augenblick näher. Durch Vaters Kehle floss uns eine lebbare Zukunft entgegen. Der Bürgermeister würde dafür sorgen, in einer Woche, in einem Monat, spätestens in einem Jahr. An uns sollte man sehen, dass die Schwaben auch nur Menschen seien.

«Jakob», schloss der Bürgermeister immer seine Rede an Vater, «du wirst es in der Partei noch weit bringen, du hast das Zeug dazu.» Er zwinkerte Vater zu, goss ihm wieder ein, führte Vaters Hand mit dem Glas an seinen Mund und ließ erst los, wenn es leer war. Aus Vaters Berichten hörte ich heraus, dass der Mann vor allem wissen wollte, ob die Schwaben noch Gold hätten, das auf den Feldern oder ihren Höfen begraben lag. Am Bürgermeister hatte sich Vater zum ersten Mal in seinem Leben die Zähne ausgebissen. Da war einer, der mit noch mehr Wassern gewaschen war als er.

Blickte ich ihn an, wie er sich dumpf dem Schlaf überließ, wie fleckig seine Haut geworden war, sah ich nicht mehr den Mann, der einst über uns geherrscht hatte. Doch auch jetzt, als er fast schon alles verloren hatte, wofür er von weit her gekommen war, suchte er nach Auswegen, die er aber zwischen den Schnapsgläsern und den Worten des Bürgermeisters aus den Augen verlor. Noch immer glaubte er an eine Zukunft, die er bestimmen konnte. Noch immer war ein Zipfel von dem zu erhaschen, was ich früher an ihm bewundert hatte. Den Mann aber, dem ich meine ganze Kindheit hindurch hatte zeigen wollen, dass ich nicht nach meiner Geburt roch, gab es nicht mehr. Ich konnte für diesen hier beinahe Mitleid empfinden.

Da Vater und ich oft zusammenarbeiteten, sprangen wir beide auf, wenn man unseren Vornamen rief. Ich hatte beim Gruppenführer erwirkt, dass man uns in dieselbe Gruppe einteilte, so konnte ich einen Teil seiner Aufgaben übernehmen. Die Renovierung eines Gebäudes, einen Graben ausheben, Pflastersteine für eine neue Gasse ausladen.

Ich fragte ihn: «Hast du Durst?», und gab ihm zu trinken. Ich fragte: «Bist du müde?», und schickte ihn an einen schattigen Ort, damit er sich ausruhen konnte. Marian, der früher Feldwächter gewesen war, drückte ein Auge zu, denn er hatte von Vater einst ein Stück Land erhalten. Noch immer verbeugte er sich, wenn er ihn morgens traf. Sein Körper erinnerte sich besser als sein Verstand.

Vater und ich sprachen nie viel, es gab nichts, was nicht schon längst gesagt oder verschwiegen worden wäre. Täglich um fünf Uhr morgens führten wir die Kühe, die Schweine und die Pferde der Kooperative ins Freie, dann misteten wir schweigend die Ställe aus. Um sieben luden wir zentnerschwere Säcke und Werkzeug auf den Traktoranhänger, und wenn der Fahrer kam, hatten wir noch immer kein Wort gesagt. Erst als wir an unserem Hof – so nannten wir ihn immer noch – vorbeifuhren und Mutter einstieg, sprachen wir und grüßten wir sie.

Sie gab uns unseren Proviant mit und stieg wenig später aus, um das letzte Stück des Weges zur Mühle zu Fuß zu gehen. Ihre Beine waren geschwollen, sie sahen aus wie Säulen, die ihr Gewicht tragen mussten und nicht nur das des Körpers. Vater blickte ihr nach, und nicht selten fragte ich mich, was er wohl dabei dachte. Ob er manchmal an den Anfang dachte oder schon ans Ende.

An der Dorfgrenze stiegen weitere müde Bauern ein, und wir fuhren auf irgendein Feld der Kooperative, wo man uns für den Tag eingeteilt hatte. Ich hatte inzwischen schwielige Hände, und an mir wie an Vater haftete dauernd Stall- und Misthaufengeruch. Mittags setzten wir uns beide unter einen Baum und packten unser Essen aus. Er klopfte Eier auf seinem Knie auf, ich schnitt das Brot. «Das ist früher alles meins gewesen», murmelte er einmal.

Wir arbeiteten den ganzen Nachmittag lang, gebückt und vom Gruppenleiter getrieben, der um sein Ansehen und die Quote besorgt war. Marian, der auf diesen Feldern geschlafen und regelmäßig die ankommenden Stürme verpasst hatte, hatte nun seine wahre Bestimmung gefunden. Wenn wir uns, von der ewig gleichen Bewegung steif geworden, aufrichteten, stand die Sonne schon weit unten am Horizont. Der Klang der großen Glocke drang bis zu uns vor, aber sie holte niemanden mehr heim, sie schlug nur trocken und scharf die Zeit an.

Am Abend brachten wir das Werkzeug zurück und holten vom Kornspeicher Getreide ab, das wir zum Mahlen zur Mühle transportierten. Mutter stopfte die weit geöffneten Säcke, die aussahen wie die aufgerissenen Schnäbel hungriger Jungvögel, mit Mehl voll. Sie trug immer einen langen Rock und keine Arbeitshosen, diese

Verweigerungshaltung war ihre letzte Verteidigungslinie gegen den endgültigen Abstieg. Nachts, im Bett, flüsterte Vater: «Bald bin ich Kommunist, dann geht es uns besser.» Ich aber dachte inzwischen an etwas anderes.

Bei den ersten Versammlungen der Schwaben, die ich besuchte, wurde ich freundlich aufgenommen. Ein Obertin sei ein Obertin, auch wenn der Name inzwischen viel von seinem Glanz eingebüßt habe, sagte der Rosshändler. Er legte mir den Arm um die Schulter und führte mich zu den anderen. Sein Sohn Erik war Geologe, er hatte in Paris studiert und war erst nach dem Krieg zurückgekehrt, deshalb war er den Russen entkommen. Wegen seiner Französischkenntnisse war *er* es gewesen, den man mit dem Landkauf in Lothringen beauftragt hatte. Es zeigte sich auch, dass noch viel mehr Jüngere da waren, als ich angenommen hatte. Leute, die erst spät von der Front zurückgekehrt waren oder sich erfolgreich versteckt hatten.

«Ich kann mir nicht vorstellen, dass dich die Franzosen mit offenen Armen empfangen haben», flüsterte ich Erik zu.

«Haben sie auch nicht», meinte er und zog mich in eine Ecke, wo wir uns ungestört unterhalten konnten. Auf den Dielen des Gemeindesaals breitete er eine Karte des lothringischen Plateaus aus, auf der Dieuse, Moyenvic und Marsal gut zu sehen waren. «Als ich endlich mit dem Präfekten der Gegend sprechen durfte, wollte er mich sofort einsperren lassen. Er hat dauernd ausgerufen, dass ich verrückt sei und dass sein Volk doch gekämpft habe, damit kein Deutscher mehr jenseits des Rheins stehe. Er hat wiederholt: ‹Jetzt wollt ihr uns wieder besetzen, was?› Ich habe viel Geschick gebraucht, um ihn dazu zu bringen, mir zuzuhören, und ihn zu überzeugen, dass wir selber

Verfolgte seien und nur zurück in die Heimat unserer Vorfahren wollten. Dass wir sozusagen Vetter seien, auch wenn inzwischen viel mehr deutsches Blut durch unsere Adern fließe. Aber das habe ich ihm natürlich nicht gesagt.»

«Und das hat ihn überzeugt?»

«Das und der Koffer voller Gold, den ich bei mir hatte. Einen weiteren habe ich ihm bei unserer Ankunft versprochen. Zuerst hat er geglaubt, die Franz-Josef-Taler seien gestohlen, aber auch das habe ich ihm erklärt. Er hat sich dann beruhigt, als ich ihm versicherte, dass man dem Gold, wenn es einmal eingeschmolzen sei, die Herkunft nicht mehr ansehe. Sie sind arm dort, und der Krieg hat sie noch ärmer gemacht. Aber es gibt einen Haken.» Er lehnte sich zurück und seufzte, als ob ihn etwas bedrückte.

«Welchen?», fragte ich.

«Er meinte, seine Leute würden ihn hängen, wenn er uns das beste, fruchtbarste Land überlassen würde. Ich hatte nämlich nicht weit von Marsal unbebautes Land entdeckt, windgeschützt und zum Teil in einer Senke gelegen, ein wenig Wald und ein Fluss, der mittendurch fließt.» Er zeigte auf eine Stelle auf der Karte. «Hier wäre es gewesen.»

«Und was hast du stattdessen gekriegt?»

Sein Finger wanderte in einem weiten Bogen weiter südlich, bis zu einer Stelle, wo weit und breit keine einzige Stadt, nicht die kleinste Siedlung vermerkt war.

«Aber da ist ja nichts zu sehen», bemerkte ich enttäuscht.

«Da ist auch gar nichts, wir sind ganz isoliert. Der Boden ist schlecht und der Wind unerträglich. Es stehen nur noch die Ruinen einiger Häuser, es war früher ein Dorf, das aufgegeben worden ist.»

«Aber das müssen unsere Leute doch wissen!», rief ich, doch er ermahnte mich, leise zu sein.

«Und dann? Was sollen wir tun? Wir sind hier nicht mehr willkommen», erwiderte er.

«Vielleicht haben wir das Schlimmste hinter uns.»

«Liest du keine Zeitungen? Hörst du kein Radio? Wir sind Volksfeinde. Es ist nur eine Frage der Zeit, bis sie uns einsperren. Nein, ich habe hier nichts mehr verloren und du auch nicht. Hier kriegst du, wenn du Glück hast, ein paar Jahre hinter Gittern. Drüben hast du immerhin einen Hof und deinen Boden. Er ist schlecht, aber wir sind immer schon fleißig gewesen. Auch als wir hierhergekommen sind, war da nichts. Das sind wir gewohnt.»

Ich stand auf und lief unruhig vor ihm auf und ab.

«Setz dich hin!», zischte er. «Sonst merken die Leute, dass etwas nicht stimmt.»

«Wieso sagst du das ausgerechnet mir?»

Er zupfte mich am Ärmel, sodass ich mich zu ihm hinunterbeugen musste. «Du bist doch ein Obertin. Es springen immer mehr Leute ab. Aber wenn du mitkommst, sieht es anders aus.»

«Wer weiß das noch?»

«Nur du, nicht einmal mein Vater.»

«Warum das?»

«Der Alte trinkt zu viel, er würde es jedem erzählen. Ich habe es aber nicht mehr für mich behalten können. Ich wollte, dass es noch jemand weiß.»

«Hast du keine Angst, dass mich das abschreckt?»

«Dich? Nein. Du hast doch Sibirien überlebt.»

In jenem Augenblick hüstelte jemand hinter uns. Es war Seppl, der Wirt, ein Mann, dessen gerötetes Gesicht von den vielen Jahren Zeugnis ablegte, in denen er zwar den ganzen Tag nichts, dafür aber abends die Reste aus den Gläsern seiner Gäste getrunken hatte. Seine Augen glühten, wenn er die Kundschaft mit seinen Witzen unterhielt.

Neben ihm stand ein mageres, blondes Mädchen, das mich auf den Dorfgassen auch schon verstohlen gemustert hatte. «Meine Tochter», sagte er und schob sie nach vorn. «Ich habe sie holen lassen, damit du sie mal ansiehst. Sie ist hübsch und tüchtig und sucht bald einen Mann. Nicht wahr?» Er legte ihr die Hand auf die Schulter, und sie nickte mit gesenktem Blick. «Auch du bist im besten Alter. Du kannst nicht länger warten», fuhr er fort. «Wie schade, dass Sarelo sich eueren Hof geholt hat. Den kriegst du nicht mehr zurück. Ich habe nicht verstanden, was dein Vater an dem Jungen gefunden hat, bis ich von der Sache mit dem Gold gehört habe.»

Er streifte mit der Schuhspitze die Landkarte. «Nun, Jacob, kommst du mit? Die Entscheidung deines Vaters kennen wir, aber ich bin gar nicht unglücklich darüber. Er hat nie wirklich zu uns gehört. Er ist eines Tages hier wie aus dem Nichts aufgetaucht. Dich aber brauchen wir. Ein Obertin sollte dabei sein. Du kriegst dort genug Ackerland, und eine Frau wird sich auch finden.» Er zwinkerte mir zu und flüsterte mir ins Ohr: «Wenn sie nicht schon gefunden ist.» Dann drehte er sich zu seiner Tochter um und forderte sie auf: «Sag doch unserem Jacob, wie du heißt.»

«Johanna», murmelte sie und sah mich an.

«Johanna heißt sie, und alles andere stimmt auch», ergänzte der Wirt. Er schickte sie wieder weg, legte mir seinen Arm freundschaftlich um die Schulter, als wären wir nun durch eine Art Versprechen miteinander verbunden, und führte mich zu den anderen.

«Wir müssen jetzt entscheiden, was mit der Kirche geschehen soll», sagte der Rosshändler.

Lange Zeit hatte man daran festgehalten, die Kirche abzureißen und samt Altar, Tabernakel und Glocken mitzunehmen. Doch die Aufgabe schien zu schwierig, und die Zeit, die man dafür benötigt hätte, zu lange. Außerdem wollten die Behörden keinen Passierschein für einen Zug ausstellen, in dem eine ganze Kirche transportiert wurde. Da konnte der Rosshändler, der regelmäßig deshalb nach Temeschwar fuhr, gar nicht genug bestechen. Als ob die Kommunisten nicht daran interessiert gewesen wären, die Kirchen verschwinden zu lassen. Keiner wollte Kopf und Kragen für eine Kirche riskieren, obwohl man es beinahe für ein ganzes Dorf tat.

Man beschloss, die Kirche aufzugeben, danach auch die kleine und die mittlere Glocke. Nur die große, die musste auf jeden Fall mit. Sie hatte geläutet, als Frederick gestorben war, und später für viele andere auch. Sie würde es auch noch für die künftigen Toten tun. Die Idee, den Friedhof mitzunehmen, alle Toten in neue Särge zu verfrachten und nach Lothringen zu bringen, wurde verworfen. Das stellte vor allem Pfarrer Schulz zufrieden.

Doch weil immer mehr protestierten – die, die sich von ihren Ahnen nicht trennen wollten –, entschied man, nicht zu entscheiden. Wer wollte, konnte die Grüfte öffnen und entnehmen, was man ihnen vor Jahrhunderten oder vor Kurzem überantwortet hatte. Man würde einfach mit dem Platz im Waggon vorliebnehmen, der ohnehin schon vorgesehen war. Fahrgäste mit Toten würden gleich behandelt werden wie solche ohne.

Dann informierte uns der Rosshändler, dass er nach Temeschwar fahren würde. Nun würde sich zeigen, ob wir auch wirklich die versprochenen Züge bekämen, und wenn ja, wie viele. Auf der Gasse streckte mir der Wirt die Hand entgegen: «Abgemacht?», fragte er. Zögernd schlug ich ein, aber ohne zu antworten.

Die nächste Woche verbrachten die Leute damit, auf den Rosshändler zu warten. Sie warteten, wenn sie arbeiteten und wenn sie abends in ihre Betten sanken. Sie spähten dauernd zur Straße nach Temeschwar hinüber, und wenn die Glocke die Stunde geschlagen hatte, hatte man eine weitere Stunde gewartet. Die Gedanken waren wie festgeschraubt. Eine Angst, zu Hause ewig ein Fremder zu bleiben, wurde von der anderen abgelöst: an einem Ort, von dem man nicht einmal wusste, wie man seinen Namen korrekt aussprach, ebenfalls nur ein Fremder zu sein.

Um sich zu beschäftigen, begannen manche, ihre Toten vom Friedhof zu holen und nach Hause zu bringen. Als ich eines Tages auf der Gasse Johanna traf, trug sie gerade eine Schachtel bei sich.

«Wen hast du da drin?», fragte ich sie.

«Großmutter.» Johanna war üppig und kräftig für ihr Alter, und ihre Lippen fest und süß – bestimmt waren sie das – wie die Pfirsiche aus unserem Garten. Ihr Gang war bestimmt, und wenn sie ihre Hüften bewegte, konnte einem schwindlig werden.

«Ist dein Vater auf dem Friedhof?», fragte ich.

«Alle sind dort, Mutter, Vater, Großvater.» Als sie weitergehen wollte, hielt ich sie zurück. «Willst du auch, dass ich komme?»

Als wollte sie auf meine Frage antworten, hob sie den Blick und sah mich direkt an. Sie hatte nichts Mädchenhaftes mehr. Sie strahlte mich an und hatte plötzlich Grübchen in den Wangen. Dann brach es aus ihr heraus: «Natürlich will ich das, Jacob Obertin.»

Am selben Tag wurde die große Glocke unter vielen Mühen vom Turm hinuntergelassen und reisefertig gemacht. Kurz danach setzten die beiden anderen Glocken ein, um die Nacht einzuläuten, aber ihr Klang war kraftlos und falsch. Wie ein gedämpfter Ruf, der keiner sein wollte. Wie ein Paukenschlag mit halber Pauke. Wie eine trostlose Vorahnung, dass alles zu Ende ging. Man hatte unserer Kirche die Stimme entrissen.

Am nächsten Morgen kam endlich der Rosshändler zurück. Wir scharten uns vor der Kirche alle um ihn herum, dort, wo die Russen angehalten hatten, wo Pfarrer Schulz Gröfaz' Stimme aus den Bäumen hatte sprechen lassen und wo Vater seine Rede gehalten hatte. Er sagte: «Lange hat es nicht danach ausgesehen, dass man uns auch wirklich ausreisen lässt. Ich habe auch befürchtet, dass sie mich einsperren würden. Aber wir haben Glück gehabt, sie haben schlussendlich akzeptiert, was ich ihnen gegeben habe. Wir kriegen drei Züge. Am Tag der Abfahrt bringt uns ein Offizier die Pässe. Unser Bürgermeister muss ihnen noch eine Liste mit allen Namen zuschicken. Dazu einen Antrag. Es soll so aussehen, als ob der Bürgermeister sich unsere Aussiedlung wünscht, damit sich hier Rumänen niederlassen können. Wir müssen ihn also noch mehr bestechen, aber auch das kriegen wir hin.»

«Und wann soll es so weit sein?», fragte jemand.

«Mitte Mai. In zwei Wochen also. Es bleibt euch noch genug Zeit, um euch zu verabschieden.»

Wenn man Jubel erwartet hatte, war man jetzt enttäuscht. Wortlos schwärmte man aus und kehrte nach Hause zurück.

* * *

Zwischen Vater und mir herrschte eine Ruhe, die mehr war als bloßes Innehalten oder Abwarten. Wir arbeiteten konzentriert, wir kannten jede Bewegung des anderen. Mit dem Auftauen des Bodens hatten die Arbeiten des Frühjahrs eingesetzt, der Mais wurde ausgesät und das Brachfeld für den Winterweizen ein erstes Mal gedüngt. Vater gefielen meine Kraft und Geschicklichkeit. Manchmal spürte ich, wie er mich zufrieden musterte.

Wenn er etwas nicht tragen konnte, tat ich es für ihn. Wenn der Karren im Schlamm stecken blieb, schob ich ihn. Im Gegenzug zeigte er mir abends, wenn Mutter kochte oder ein bisschen Ordnung in unserem Zuhause machte, wie man Uhren und Fotoapparate auseinandernahm und wieder zusammensetzte. Wenn sie uns ausgingen, schickte er mich in die Nachbarschaft, um Nachschub zu holen. Jeder Nachbar hatte schon mal eine Uhr oder ein anderes Gerät bei uns in Reparatur gehabt. Wenn ich mit vollen Armen zurückkehrte, jubelte er, machte sich gleich an die Arbeit und murmelte: «Vielleicht können wir einmal wirklich Geld damit verdienen. Wir müssen nicht für ewig im Kuhdreck stecken bleiben.»

Er schien es kaum zu bedauern, dass bald das halbe Dorf umziehen würde, und schmiedete neue Pläne. Er sah sich als Kommunist und Uhrenflicker in Temeschwar, denn dass man aus dem fast verlassenen Dorf ausziehen musste, war auch ihm klar. Dieses Leben war noch nicht zu Ende, schon träumte er vom nächsten.

Wir saßen stundenlang über den Tisch gebeugt, so lange, wie es unsere vor Kälte klammen Finger zuließen und die Petroleumlampe brannte. Er gab mir Anweisungen, doch meine großen Hände eigneten sich nicht so gut für die vielen Rädchen und Federn im Uhrengehäuse, sodass ich oft von Neuem anfangen musste. Er nahm meine Hand und führte sie. Doch wenn ich etwas richtig machte und es zu einem guten Ende führte, packte er meine Schulter und drückte sie so fest, dass ich vor Schmerz fast aufschrie. Dieser Schmerz in der rechten Schulter, nicht als Strafe, sondern als Zeichen seiner Zufriedenheit, begleitete mich in jenen Monaten. Heute noch berühre ich mich manchmal selbstvergessen an jener Stelle.

In diesen Wochen des Schweigens und Arbeitens wurde mir Vater vertrauter denn je. Sein strenger Geruch, seine schlechten Zähne, seine nun schütteren Haare. Einmal, als Mutter noch in der Mühle war, faltete er eine vergilbte Zeitungsseite auseinander und legte sie aufs Bett.

«Was ist das?», fragte ich.

«Da steht etwas über deine Mutter. Deshalb bin ich nach Triebswetter gekommen. Sie hat mir von Anfang an gefallen.»

«Der Hof hat dir auch gefallen.»

«Wieso auch nicht? Dir gefällt er auch, du hättest ihn ja am liebsten zurück.»

«Ich werde einen haben, keiner kann mich daran hindern. Wenn nicht hier, dann in Lothringen», antwortete ich trotzig.

Er sah mich prüfend an. «Jetzt redest du wie ich früher. Du siehst nicht aus wie ich, aber du bist wie ich.»

«Ich bin nicht wie du, auch wenn ich dasselbe will», antwortete ich.

«Das werden wir ja sehen. Es wäre aber besser, wenn du hier bei uns bliebest. Du bist gerade aus Sibirien zurück, genügt dir das nicht?»

Wir setzten uns nebeneinander an die Werkbank und begannen ein altes Radiogerät auseinanderzunehmen, das uns vor Kurzem zur Reparatur gebracht worden war.

Etwas Mächtiges lockte mich trotz allem nach Lothringen. Dasselbe, das mich vom Knochenberg zurück in die Ebene und dann nach Triebswetter getrieben hatte. Der Wunsch nach eigenem Grund und Boden, nach einem Hof, etwas, das für Leute wie mich im Banat und in ganz Rumänien unmöglich geworden war. Ich würde doch nur ein Schweinehüter, ein Ausmister bleiben und eine Schweinehüterin, eine Ausmisterin heiraten. Denn von Vaters Ideen, wie er seine Haut in diesen neuen Zeiten zu retten glaubte, hielt ich nichts, und dem Bürgermeister traute ich nicht. Er würde uns, ohne zu zögern, in einen Viehwaggon stecken.

Ich hätte aber nie zugegeben, dass es noch einen anderen Grund gab, einen ebenso verführerischen, der mich beschäftigte. Seppl hatte ihn in mir eingepflanzt und einen guten Nährboden dafür vorgefunden.

Eines Abends saßen wir auf unseren inzwischen angestammten Plätzen um den Tisch. In der Luft schwebte der süßliche Geruch gebratener Zwiebeln. Mutter massierte sich die Füße, Vater rasierte sich in einem kleinen, zersprungenen Spiegel. «Ich habe mich entschieden, ich reise mit allen anderen ab», sagte ich. Mutter hielt nur kurz in ihrer gleichmäßigen Bewegung inne. Vater zog weiterhin ruhig das Messer über seine Wange. Als er sprach, war seine Stimme ruhig, ohne das leiseste Zeichen der Aufregung: «Jetzt, da du endlich mein Sohn bist.»

«Das ist dir doch früher egal gewesen.»

«Wenn ich könnte, würde ich es ändern.» Er seufzte, wie ich ihn noch nie hatte seufzen hören.

Ich wusste nicht, was ich davon halten sollte, denn mit so einer Milde hatte ich nicht gerechnet.

«Sag doch auch mal etwas, Mutter! Du sagst nie etwas», forderte ich sie auf.

«Dein Vater hat recht. Bleib bei uns, Jacob. So schlecht wie jetzt kann es uns nicht ewig gehen. Die Kommunisten werden einsehen, dass wir keine Feinde sind.»

«Sie werden nichts einsehen. Sie werden uns eher töten, als das einzusehen!», rief ich und schlug mit der Faust auf den Tisch.

Am nächsten Abend, als wir gerade von der Arbeit nach Hause zurückgekehrt waren, klopfte jemand so heftig ans Tor, dass wir alle hinauseilten. Sarelo öffnete, doch der Mann drückte sich an ihm vorbei und lief quer über den Hof auf Vater zu. «Ein Unglück ist passiert, Genosse Obertin, kommen Sie schnell!» Vater ließ alles stehen und liegen und lief dem Mann hinterher, ich folgte ihnen in einigem Abstand.

Als ich bei der Mühle ankam, hatten sich bereits etliche Menschen versammelt, und ich musste sie zur Seite schieben, um mir einen Weg hindurchzubahnen. Manche schauten hin, wandten sich schnell wieder ab und bekreuzigten sich. Die Leute, die bei der Mühle arbeiteten, waren von oben bis unten vom feinen Mehlstaub weiß. Ihr Leben war weiß, so wie Mutters Tod. Im Mehl auf ihrem Gesicht hatte sich der Augenblick ihres größten Schmerzes eingegraben. Ihr Unterleib war zerschmettert worden, als sich ihr Rock in den Kammrädern verfangen hatte. Man hatte den Rock abschneiden und sie herausziehen wollen, aber der Tod war schneller gewesen.

Vater war hingesunken, hatte sein Taschentuch befeuchtet und wischte jetzt Mutters Gesicht ab. Er blickte zu mir auf, wie zur Aufforderung, etwas zu unternehmen, und in seinen Blicken lag etwas, das ich noch nie gesehen hatte. Eine Verstörung, die ihn nie wieder verlassen sollte. Ich kniete nieder, aber ich weinte nicht, denn ich hatte all meine Tränen für Katica und Großvater verbraucht.

Wir hoben Mutter hoch und trugen sie durchs Dorf nach Hause. Von überall her, hinter Zäunen und Fenstern, wurde uns nachgeschaut. Sarelo öffnete das Tor, wir trugen Mutter ins Bett, dann kam auch Pfarrer Schulz. Einige Tage später, auf dem Weg zum Friedhof, läuteten nur die kleine und die mittlere Glocke. Der Trauerzug führte am Kirchturm vorbei, und alle sahen hoch, mit dem Klang der größeren Glocke in den Ohren. Als wir nach Hause kamen, zog Vater seine Schuhe aus und stellte sie vor die Tür. Er lockerte den Krawattenknopf und setzte sich an den Tisch, wo er auf seine Hände starrte. Er spielte gedankenverloren mit dem Ehering an seinem Finger.

«Jetzt musst du bleiben. Jetzt sind nur noch wir zwei übrig», sagte er.

«Ich gehe», antwortete ich.

«Dann koch uns wenigstens was.»

«Ich kann nicht kochen.»

«Ich auch nicht.»

In jener Nacht tauschte ich meine harte Schlafstelle auf dem Boden mit dem Platz neben Vater. Ich lag dicht neben seinem schlafenden Körper und lauschte seinem regelmäßigen Atem.

Täglich besuchten wir Mutters und Großvaters Grab. Einmal, kurz vor dem vereinbarten Datum für die Abreise, murmelte Vater: «Hier stelle ich mal eine Bank hin und pflanze einen Baum, damit wir Schatten haben. Es soll gut aussehen, die anderen sollen vor Neid erblassen.» In der Nähe gruben die Letzten ihre Toten aus, und eine Frau säuberte gründlich die Familiengruft. Sie wusste, dass es für sehr lange reichen musste. Ich suchte Katicas Grab auf, ich war so sehr vertieft in den Gedanken an sie, dass ich nicht hörte, als Vater sich näherte. Plötzlich vernahm ich seine Stimme im Rücken: «Das Serbenmädchen hat dir gut gefallen, nicht wahr? Wenn du willst, mache ich auch hier eine Bank, damit du bei ihr sitzen kannst, solange du willst.»

Abends wärmte ich das Essen auf, das uns eine Nachbarin vorgekocht hatte. Ich sah Vater lange an, und ein neuartiges Gefühl stieg in mir auf. Jetzt, so kurz vor dem Abschied, konnte ich mir vorstellen, mich um jenen Mann, der mir halb fremd und halb vertraut war, zu kümmern. Ihn sogar zu lieben. Es würde nicht schwerer sein als all das, was ich ohnehin schon getan hatte.

Als wir längst im Dunkeln und in der Kühle der Nacht dalagen und er sich seit einiger Zeit nicht mehr gerührt hatte, sagte ich leise: «Ich bin gar nicht in Sibirien gewesen. Ich konnte rechtzeitig aus dem Zug springen.» Sein Atem setzte kurz aus, doch sonst gab es kein Zeichen dafür, dass er mich gehört hatte. Am Morgen kochte ich Kaffee, stellte eine Tasse neben das Bett, und weil er sich nicht rührte, ging ich allein zur Arbeit.

* * *

Als sich das Gerücht verbreitete, dass das, was uns in Lothringen erwartete, kaum besser war als das, was wir schon hatten, sprang etwa die Hälfte der ausreisewilligen Familien wieder ab. Außerdem hofften inzwischen viele wieder auf die Heimkehr ihrer Leute aus Sibirien, denn es hatte sich herumgesprochen, dass einige Männer und Frauen aus anderen Dörfern zurückgekehrt waren. Abreisen wollten die, die sich mehr Chancen versprachen, weil sie französisch klingende Namen hatten oder ein wenig Französisch sprachen.

Am Vormittag des 13. Mai 1951 wurden drei Züge an die kleine Haltestelle auf freiem Feld gebracht, die auf der Strecke nach Temeschwar als Bahnhof diente. Einer davon war ein Personenzug, die zwei anderen waren Güterzüge. Den ganzen Tag hindurch und bis tief in die Nacht wurde mit Pferde- und Ochsenkarren dorthin geschafft, was die Menschen nicht zurücklassen wollten. Schwere Möbel, wie sie die Schwaben gerne besaßen, Kredenzen, Schränke, Betten, Tische, Kleider, Geschirr, Bettzeug und Matratzen, Pflüge, übervolle Säcke mit Getreide, Mehl und Kartoffeln. Im selben Maße, wie sich die Höfe der Leute leerten – insofern es noch ihre Höfe waren –, füllten sich die Waggons auf.

Auch Pfarrer Schulz verpackte das Tabernakel, die Monstranz und die Kirchenbücher, dann wurden sie und der Altar von einigen Männern auf Karren gestellt. Langsam setzten sich die Karren in Bewegung, und der Pfarrer folgte ihnen zu Fuß.

Sogar ich legte Hand an und half aus. Mein Gepäck, das aus einem einzigen Koffer bestand, war schon seit Tagen gepackt. Nur Vater hielt sich fern, lief wie ein Tier im Käfig auf und ab und schien mit sich selbst zu ringen.

Dann verschwand er für den Rest des Tages und tauchte erst nach Mitternacht wieder auf. Inzwischen waren die Waggons verschlossen worden, und einige Männer blieben über Nacht bei den Zügen, während sich die anderen zum letzten Mal in ihren Häusern schlafen legten.

Wir lagen wach und eng aneinandergedrückt, Vater und ich.

«Was wirst du jetzt tun?», fragte ich.

«Ich werde schon überleben, mach dir mal keine Sorgen um mich», antwortete er.

Auf den Höfen – da war ich mir sicher – lagen die Menschen wach, so wie wir, und starrten in die Dunkelheit. Sie bewohnten nur noch das Gesindehaus, den Stall oder ein Zimmer ihres früheren Hauses, während sich in den übrigen Räumen bereits rumänische Siedler niedergelassen hatten. Kurz vor unserem erneuten Aufbruch war die Zeit zurückgedreht worden, bis zu jenen ersten Monaten und Jahren im Banat, als das Leben vom Schlamm und Typhusfieber heimgesucht worden war und jede Krankheit ein Leichtes hatte, sich ihre Opfer unter den zusammengepferchten Menschen auszusuchen.

Ich machte kein Auge zu, so wie damals Frederick, als er den Entschluss fasste, aus Lothringen zu fliehen. Je mehr ich grübelte, desto mehr Zweifel kamen auf. Ich war ein fünfundzwanzigjähriger Mann, der auch in Triebswetter zwar kein eigenes Land, aber doch eine Frau finden würde. Vielleicht ließe es sich auch unter Schweinen und völlig zerlumpt leben.

Ich würde heiraten, Vater würde bei mir wohnen, und ich würde ihn ertragen, vielleicht sogar ein wenig lieben. Vielleicht würde ich studieren, so wie er es mir prophezeit hatte, denn die Bücher, die ich bislang gelesen hatte, hatten meinen Appetit geweckt. Es musste nicht alles in Triebswetter enden, aber auch nicht an einem gottverlassenen, dem Wind und der zu erwartenden Feindseligkeit der Franzosen ausgesetzten Ort.

Doch als der Morgen anbrach, stieg ich über Vater hinweg und machte mich bereit. In Erwartung des vereinbarten Zeichens setzte ich mich hin, der Koffer stand neben dem Stuhl, ich legte meine Mütze in den Schoß und betrachtete Vater. Seine Hand lag auf der Decke, man konnte noch gut die Stelle sehen, wo er mehr als zwei Jahrzehnte lang den Ehering getragen hatte. Ich wollte ihn gerade wecken, als er plötzlich die Augen öffnete und mich ansah. Da ertönte von der Gasse her unwiderruflich die Trillerpfeife des Pfarrers.

Die Blaskapelle, die der Bürgermeister organisiert hatte, spielte einen Trauermarsch, weil die rumänischen Musiker nur Trauermärsche und Hochzeitslieder kannten. «Es ist ja ein wenig wie Sterben», hatte der Bürgermeister die Musikauswahl kommentiert. Die übernächtigten Musiker hatten eilig ihre Uniformen angezogen, als wären sie von unserem Abzug überrascht worden. Die Mützen tief in den Nacken gedrückt, die Hemdzipfel aus den Hosen hängend, bliesen sie sich für uns die Seele aus dem Leib, wie sie es noch für keinen Toten getan hatten.

Vor jedem Haus warteten Leute darauf, sich der schweigsamen Kolonne anzuschließen, manch einer zu Fuß, andere mit ihren Karren. Schnell konnte man die, die abreisten, von denen, die blieben, unterscheiden. Erstere trugen Koffer bei sich oder saßen auf den Karren. Familien, die auseinandergerissen wurden, Brüder und Schwestern, Eltern und Kinder, gingen nebeneinander her und steckten die Köpfe zusammen, um sich ein letztes Mal abzusprechen.

Mütter hielten Kinder an der Hand, die sich später an ihr früheres Leben kaum noch erinnern würden, die es in den Erzählungen der Alten suchen oder überhaupt nicht mehr suchen würden. Leere Höfe mit wenigen Tieren blieben zurück, um die sich die an Ort Gebliebenen kümmern würden. Manch einer vergewisserte sich bei seinen Nachbarn, dass sich dieser seiner Toten annehmen würde.

Vater lief neben mir her, ohne mich ein einziges Mal anzusehen, wir gingen nun an der stummen Kirche vorbei, und von Minute zu Minute schwoll der Menschenstrom an. Zu den Auswanderern und zu denen, die sich von ihnen verabschieden wollten, gesellten sich Neugierige hinzu. Wir überquerten die Dorfgrenze, eine zwar imaginäre, aber für jeden von uns klare Trennlinie zwischen uns und der übrigen Welt, dann näherten wir uns dem Zigeunerhügel, der nur mir einige Blicke entlockte.

Der Bürgermeister, der gleich neben dem Pfarrer und hinter der Musikkapelle an der Spitze des Zuges marschierte, ermahnte uns zur Eile. Doch wie von einer unsichtbaren, schweren Hand festgehalten, wurden wir langsamer. Weit vor uns bog ein Automobil mit lautem Quietschen in die Straße ein, die nach Triebswetter führte. Es fuhr uns eine Weile mit hoher Geschwindigkeit entgegen und bremste dann auf unserer Höhe ab.

Ein junger Offizier, ein Leutnant des Geheimdienstes mit glänzenden Stiefeln und perfekt sitzender Uniform, stieg aus und nach einem leisen Wortwechsel mit dem Bürgermeister trat er vor die Kolonne. Sein Fahrer lehnte unbeteiligt am Wagen und zündete sich eine Zigarette an, dann spuckte er auf den Boden. Wir aber starrten auf die

Ledertasche des Leutnants, die prall gefüllt war und in der wir unsere Pässe vermuteten. Stahlblau erstreckte sich der Himmel über uns und kündigte einen schönen Tag an.

Sobald die letzten Gepäckstücke, die schweren Koffer wie auch die Taschen mit Proviant, verstaut worden waren, versammelten wir uns um den Leutnant, nur Vater blieb etwas abseits stehen. Ich sah ihn an und dachte, was für ein trauriges, sorgenvolles Gesicht er hatte.

Der Bürgermeister las seine Rede vom Blatt ab, er wünschte uns eine glänzende Zukunft in unserer neualten Heimat und versprach, persönlich darüber zu wachen, dass unser Andenken nicht besudelt würde. Dann übergab er das Wort dem Leutnant, der, ohne Zeit zu verlieren, eine Liste aus der Aktentasche holte und die Namen vorzulesen begann. Ich hatte gehofft, dass ich als Erster drankäme, dass man mich unter dem Buchstaben *A* eingetragen hatte, aber ich war nicht weiter beunruhigt, als das nicht der Fall war. Dann würde ich eben bei den Letzten sein, beim Buchstaben *O*. Jeder, der seinen Namen hörte, trat hervor, schüttelte dem Offizier die Hand und nahm seinen Pass in Empfang.

Es ging rasch auf meinen Buchstaben zu, die *M*s und *N*s waren bereits dran, und ich machte mich bereit, vorzutreten und wie alle anderen mit würdiger, tiefer Stimme: «Vielen Dank, Genosse Leutnant» zu sagen. Doch der Buchstabe *O* wurde übersprungen, und ein Raunen ging durch die Menge.

«Was ist los mit euch?», fragte der Offizier verunsichert. «Habe ich einen vergessen?»

«Mich!», rief ich und hob die Hand.

«Wie heißt du?»

«Obertin, Genosse Leutnant. Manchmal schreibt man mich mit *A* und *u*, aber meistens mit *O*.»

«Obertin», murmelte er, zog die Augenbrauen zusammen und verfolgte mit dem Finger die Namen auf der Liste. Dann aber hellte sich sein Gesicht wieder auf. «Ach, Sie sind der junge Obertin. Sie fahren nirgendshin. Gestern hat Ihr Vater beim Bürgermeister interveniert. Die Umstände Ihrer Rückkehr aus der Sowjetunion sind unklar. Man hat Sie von der Liste gestrichen.» Sichtlich zufrieden damit, dass er seine Aufgabe erfüllt hatte, verteilte er auch die Pässe für die *T*s und die *W*s, dann schloss er die Tasche und befahl allen einzusteigen. Keiner rührte sich vom Fleck.

Ich drehte mich um, sah Vater an, der hilflos mit den Achseln zuckte, und auf seinem Gesicht zeichnete sich ein verlegenes Lächeln ab. Ich griff nach einer Holzstange, die man zum Transport von Koffern benutzt hatte, lief zu ihm und schleuderte ihm ein: «Du Drecksack!» entgegen. Der erste Schlag traf ihn am Bauch, der zweite auf den Schultern. Ein drittes Mal hob ich die Stange, er hielt sich die Arme vor das Gesicht, aber ich traf ihn an der Brust.

Er sank zu Boden und begann zu schluchzen, doch ich schlug immer wieder auf ihn ein, bis die Stange brach, und trat danach mit den Füßen nach ihm, während sich die Leute wie eine undurchdringliche Wand zwischen mich und den Leutnant stellten. In der Stille war nur Vaters Flehen zu hören. Der Leutnant wollte dazwischengehen, aber der Bürgermeister hielt ihn fest.

Schließlich blieb Vater reglos liegen, ein leises Jammern war das einzige Zeichen, dass er noch lebte. Als ich fertig war, kehrte ich allen den Rücken zu und schritt entschlossen zum Dorf zurück. Als ich über den Hof ging, kam

Sarelo aus dem Haus und stieg die Treppe hinunter. «Hast du etwas vergessen?» Ich packte die Axt, die in einem Holzscheit steckte, und machte einige Schritte auf ihn zu. Er erschrak und wich so plötzlich zurück, dass er stolperte und zu Boden fiel.

Ich warf die Axt weg, lief ins Gesindehaus, holte die halb volle Schnapsflasche hervor und leerte sie in einem Zug. Meine Wut nahm zu, wurde so groß, dass ich meinte, sie würde mich in Stücke reißen. Gegen Abend nahm sie ab wie das Sonnenlicht, dann kehrte ich zur Bahnlinie zurück, wo die Züge und die Leute bis auf Vater verschwunden waren, wie wenn es sie nie gegeben hätte. Die Landschaft lag da, gleichgültig gegenüber den Menschen.

Vater saß immer noch auf dem Acker, unfähig zu gehen. Als er mich von Weitem erblickte, versuchte er davonzukriechen, aber auch dazu reichten seine Kräfte nicht mehr. Als ich bei ihm war, rief er: «Bring mich nicht um!», und hielt sich schützend die Arme vors Gesicht. «Sei still!», befahl ich ihm, hob ihn hoch und trug ihn nach Hause.

* * *

Einen weiteren Monat lebten wir wie bisher. Das Dorf hatte sich geleert, die Hälfte der Häuser war unbewohnt, nur in den wenigsten waren schon Rumänen eingezogen. Eine tiefe, alles verschlingende Stille kehrte ins Dorf ein und zehrte an uns wie sonst nur die Hitze oder der überharte Winter. Schlimmer konnte es nicht werden, dachten wir. Es wurde schlimmer.

Neben dem Eingang zum Gemeindehaus wurde täglich die Zeitung *Der Banater Kämpfer* in einem Glaskasten ausgestellt. Jede Seite, jede Zeile berichteten davon, dass sich ein neuer Sturm über uns zusammenbraute. Genosse Stalin und die Wundertaten der Sowjetunion wurden in jeder Ausgabe gerühmt, ebenso Arbeiter und Bauern, die die Quoten übertroffen hatten und zu Helden des Volkes erklärt wurden.

Berichte über Parteibeschlüsse und Anklagen gegen jeden, der angeblich den Kommunismus sabotierte, nahmen immer mehr Platz ein. Das einzig Gute, wenn man überhaupt davon sprechen konnte, war, dass sich diese Ungerechtigkeit auf alle verteilte. Es konnte jeden treffen: Deutsche, Ungarn, Rumänen, Serben, Bulgaren, darüber hinaus altgediente Politiker und Militärs, einfache Leute oder Gebildete.

Es war die goldene Zeit der Denunzianten. Sie rächten sich an denen, die sie schlecht behandelt hatten, wie sie meinten, oder schlecht behandeln könnten. Sie rächten sich an den Nachbarn, weil sie eine größere Wohnung hatten, die sie selbst gern bewohnt hätten, und an den früheren Arbeitgebern, einfach weil sie Arbeitgeber gewesen waren. Arbeitskollegen wurden denunziert, um an ihre Stelle zu kommen.

Es genügte schon, dass man Leute auf seinem Hof beschäftigt hatte, um denunziert zu werden. Es genügte, Bauer zu sein, um in Verdacht zu geraten, dass man sich nicht genug anstrengte, um die Quoten zu erfüllen. Dass man einen Teil des Ertrages für sich selbst behielt. Es genügten ein Blick, eine Bemerkung, oft nicht einmal das. Der Denunziant denunzierte, weil er ein Denunziant geworden war.

Das Besorgniserregendste aber war, dass das Zentralkomitee der Partei neue Maßnahmen vorbereitete. Wir hielten das alles für Worthülsen, Parolen, die man niemals in die Tat umsetzen würde. Man würde, wenn auch nicht unsere Meinung oder unsere Stimme, dann doch unsere Arbeitskraft brauchen.

Vater und ich lebten nebeneinander her, es gab wenig, was wir uns noch nicht gesagt hätten. Meist verstrichen die Abende ohne ein einziges Wort, und am Tag, in der Kooperative, achtete ich darauf, dass man uns in verschiedene Arbeitsbrigaden einteilte. Wir lebten in einem Männerhaushalt, in dem alles schmutziger, unordentlicher und vernachlässigter wurde, wie im Haus des Popa Pamfilie. Es störte uns nicht.

Ich begann mich allmählich damit anzufreunden, dass ich im Schlamm von Triebswetter stecken geblieben war und dass die mir zugedachte Aufgabe diejenige eines Stallknechts war. Im Grunde genommen hatte ich jahrelang für ein paar Knochen, die niemand vermisste, im Dreck gewühlt, jetzt tat ich es offiziell im Dung der Tiere der Kooperative.

Am Mittag des 17. Juni, einem Sonntag, wurden wir von einem heftigen Klopfen an unserem Tor aufgeschreckt. Sarelo öffnete und wurde vom angetrunkenen Bürgermeister zur Seite geschoben. «Obertin!», rief er Vater zu. «Ich muss dir etwas sagen.» Der Bürgermeister wankte und musste sich am Zaun festhalten, um nicht umzufallen. Er wollte uns etwas mitteilen, doch er entschied sich anders. Er trocknete sich die Stirn mit einem Handtuch ab, danach auch den Nacken. Wie sehr er sich auch anstrengte, die Worte kamen ihm nicht über die Lippen.

«Was denn?», fragte Vater.

Der Bürgermeister rang mit sich selbst. «Gar nichts, vergiss es.» Er drehte sich um und sagte im Weggehen:

«Heute Nacht wirst du Kommunist, Jakob. Du wirst so etwas von einem Kommunisten! Die Nacht der Nächte. Halte dich bereit!» Dabei lachte er auf, und er lachte immer noch, als er wieder auf der Gasse stand. So plötzlich, wie er gekommen war, war er wieder verschwunden. Zurück blieb nur unsere Sorge, dass ein Säufer möglicherweise ein besserer Prophet war als ein nüchterner Mensch.

Seit Tagen erzählte man sich, dass große Militärmanöver im Gange waren. Wer aus Temeschwar gekommen war, hatte endlose Lastwagenkolonnen und Soldaten gesehen, die auf einen bald anlaufenden Einsatz zu warten schienen. Unter den Helmen sah man junge, ahnungslose Gesichter von Soldaten, die gelangweilt in ihrem Eßgeschirr herumstocherten, doch ihre Waffen waren jederzeit griffbereit, und die Offiziere waren angespannt und ungeduldig.

Infanteristen – so hatten wir von einem Bauern erfahren – waren unweit von Triebswetter in einem Wäldchen aufgetaucht. Man hatte den Bauern verhaftet, als er im Wald nach seinen Schweinen gesucht hatte, und unter der Bedingung wieder freigelassen, dass er niemandem etwas über die Anwesenheit der Armee verriet. Die Schweine behielten die Soldaten, von Weitem sah der Mann über den Baumkronen Rauch aufsteigen und wusste, dass nun seine Speisekammer leer bleiben würde, im Gegensatz zu den Bäuchen der Soldaten. Er ging schnurstracks in die Kneipe, bald wusste es das ganze Dorf.

Kurz darauf war im Dorfladen ein Soldat aufgetaucht, um Zigaretten zu kaufen, und zwar in solchen Mengen, dass wir von zwei Kompanien ausgehen mussten, die sich in der Nähe versteckt hielten. Das Einzige, was der neue rumänische Wirt herausfand, war, dass es nicht nur uns betraf, sondern alle im Banat. Dass in anderen Wäldchen und auf anderen Feldern ebenfalls Soldaten bereitstanden. Wofür genau, das wussten nur die Offiziere. Man rechnete mit einem baldigen Beginn der Aktion.

Nach dem Abgang des Bürgermeisters verbrachten wir einen ereignislosen Tag, geprägt von unserem zur Gewohnheit gewordenen Schweigen und den üblichen Tätigkeiten, die ein Hof wie der unsere – oder Sarelos – erforderten. Vater strich sogar den Zaun in frischem Grün, immer wieder trat er ein paar Schritte zurück und begutachtete seine Arbeit. Doch keiner von uns konnte seine Aufregung tatsächlich verbergen.

Am Abend aßen wir einige magere Maisbreireste, und als wir uns schlafen legen wollten, entstand auf der Gasse ein furchtbarer Lärm. Befehle wurden gebrüllt und Tore eingetreten. Die Hunde begannen alle auf einmal zu bellen, als wollten sie sich beeilen, eine Katastrophe anzukündigen, die sie nicht vorausgeahnt hatten. Erste Schreie waren zu hören, manche weit weg am Dorfrand, andere in der Nachbarschaft. Es dauerte nicht lange, und schwere Schritte und laute Stimmen waren auch vor unserem Hof zu hören.

«Sind es wieder die Russen?», fragte ich.

«Ich glaube, diesmal sind es nur Rumänen», antwortete Vater. Es wurde auch gegen unser Tor getreten, im Haus ging das Licht nicht an, Sarelo und seine Frau stellten sich tot, so wie wir. Schließlich wurde das Tor eingedrückt, und das dumpfe Geräusch der Soldatenstiefel war bis zu uns zu hören. Bevor Vater die Petroleumlampe anzündete, flüsterte er:

«Versteck dich.»

«Ich denke gar nicht dran. Einmal ist genug.»

Die Schritte kamen näher, sie überquerten den Hof, die Soldaten brauchten gar nicht zu suchen, sie waren geübt darin zu finden. Diesmal wurde nicht mehr geklopft, sondern die Tür wie zuvor das Tor von zwei Soldaten eingedrückt. Sie traten zurück, und ein Offizier, niemand anderes als der Leutnant mit den Pässen, kam herein. Ihm folgte ein weiterer Mann, der sich im Türrahmen platzierte. Es war sein Fahrer, doch diesmal trug er ein Maschinengewehr auf der Schulter. Mit der einen Hand drückte er deren Lauf nach unten, mit der anderen rauchte er entspannt, als ob er gerade bei einem Fest erschienen wäre und sich nun nach weiblicher Unterhaltung umschaute.

«Sie sind es», sagte Vater.

«Ich weiß nicht, wovon Sie reden», sagte der Leutnant, setzte sich, holte seine Pistole aus dem Halfter und legte sie auf den Tisch. Dann öffnete er seinen Mantel und zog zwei Blätter aus der Innentasche. «Mein Name ist Bader, Leutnant des Geheimdienstes. Mein Kollege dort ist Major Ungureanu ...»

«Dann sind Sie einer von uns. Ein Deutscher», unterbrach ihn Vater.

«Unterbrich mich nicht, alter Mann!», zischte der Leutnant. «Ich bin kein Deutscher, ich bin Kommunist. Wer von euch ist Jacob Obertin?»

«Mit *c* oder mit *k*?», fragte ich.

«Mit *c*.»

«Ich.»

Er stand auf, rückte seinen Mantel zurecht und las vom ersten Blatt ab:

«Aufgrund des Beschlusses des Zentralkomitees der Rumänischen Arbeiterpartei werden all die deportiert, die die Sicher-

heit des Landes gefährden und Volksfeinde im Sinne der Lehren des Sozialismus sind. Es sind dies Beamte und Offiziere der früheren Regierung, Angehörige anderer Staaten und Serben, die Titos Jugoslawien unterstützen könnten, ehemalige SS-Angehörige und Angehörige der deutschen Minderheit, genannt Schwaben, die mit Nazideutschland kooperiert haben, ehemalige Industrielle, Großgrundbesitzer, reiche Bauern und alle anderen, die die sozialistische Moral in unserem Land untergraben. Jacob Obertin, Sie haben sich für die Deportation bereitzumachen.»

«Ist das wegen der Sibiriengeschichte?», fragte ich.

«Sie haben es selbst gehört. Ihre Sibiriengeschichte ist hier nicht wichtig. Sie werden mit vielen anderen Volksfeinden deportiert, Genosse.»

Wieder mischte sich Vater ein: «Genosse Leutnant, ich heiße auch Jakob, aber mit *k*. Ich möchte mit meinem Sohn mitgehen. Allein habe ich hier nichts mehr verloren. Ich wundere mich, dass *ich* nicht auf der Liste stehe, da ich doch der größere Volksfeind bin als mein Sohn.»

Der Offizier schaute sich die Namensliste auf dem zweiten Blatt genau an. «Ein Jakob mit *k* ist vom Bürgermeister in letzter Minute durchgestrichen worden.»

Vater packte ihn am Ärmel: «Bitte, Herr Leutnant. Sie können ihn wieder einfügen. Sie können sagen, dass Sie nicht sicher waren, wer wirklich gemeint war, und dass Sie beide mitgenommen haben, um keinen Fehler zu machen. Sie können doch so etwas sagen, nicht wahr?»

Der Offizier sah Vaters Hand an, dann sagte er in einem Ton, der keinen Widerspruch duldete: «Wenn Sie nicht sofort loslassen, erschieße ich Sie!» Für einen Augenblick war Vater wieder der Alte, der sogar in einer solchen Situation durchsetzen wollte, was er für richtig hielt, doch jetzt gehorchte er. «Sie haben mir nicht zu sagen, was ich kann oder nicht!», fügte der Offizier hinzu. Mit dem Daumen strich sich der Leutnant über seinen frisch gestutzten blonden Schnurrbart.

«Lassen wir sie doch beide zusammen verrecken, Genosse Leutnant», sagte der Major.

Der Leutnant ging nervös hin und her, als ringe er um eine Entscheidung, dann blieb er plötzlich stehen. «Der Teufel soll Sie verstehen, Obertin. Gut, wenn Sie es so wollen.» Er legte das Blatt Papier auf den Tisch, holte einen Bleistift hervor, fügte Vaters Namen neben dem bereits durchgestrichenen wieder ein, und bevor er den Raum verließ, sagte er: «Ihr habt zwei Stunden Zeit, um alles zu packen, was ihr zu den Zügen tragen könnt oder was auf einem Karren Platz hat. Die Züge warten bei der Haltestelle, wie das letzte Mal. Aber jetzt habt ihr eine Fahrkarte in den Osten.»

Selbstzufrieden zwinkerte er uns zu, dann erteilte er seinen Soldaten den Befehl, uns zu erschießen, wenn wir flüchten wollten. Zusammen mit dem Major verschwand er in der Nacht, um sein Werk anderswo genauso gründlich zu verrichten wie bei uns. Wir spannten unsere letzten zwei Kühe vor den Karren und luden unsere zwei Schränke, den Tisch, die Stühle und das Bettzeug darauf. Dann stopften wir die Schränke mit Schuhen und Stiefeln, Kleidern, Geschirr und Werkzeug voll. Sarelo, der inzwischen aufgetaucht war und seine Aufregung kaum verbergen konnte – denn bald würde er uns ohne viel Mühe los sein –, brachte uns einen Teppich und eine Matratze. Von ihm bekamen wir auch eine Schaufel und einige Säcke mit Kornsamen.

Hin und wieder waren Schüsse zu hören, der Ring um

das Dorf sei engmaschig gezogen worden, sagte ein Soldat, der inzwischen hinzugekommen war. Die meisten, die durch die Felder fliehen wollten, wurden aufgegriffen, andere hatten sich im Heu oder unter einem Haufen Maiskolben versteckt.

Eine Frau hatte sich mit ihrer Tochter in einem Hohlraum hinter der Hauswand versteckt, als man sie dort fand, saßen sie auf Getreidesäcken, die sie dem Volk hatten vorenthalten wollen. Eine verrückte alte Frau, so bezeichnete sie der Soldat, habe sich in ein Regenwasserreservoir gestürzt, man habe sie kurz vor dem Ertrinken herausgefischt und anschließend windelweich geprügelt. Aufgeregt berichtete der Soldat davon, als würde er irgendeine Neuigkeit überbringen und damit ein wenig Abwechslung in das monotone Kasernenleben. Nicht anders hätte er es getan, wenn es sich um die kurze, flüchtige Eroberung eines Mädchens beim Wochenendausgang gehandelt hätte.

Wir brachten den Karren auf die Gasse, wo schon viele andere standen, bereit für die Abfahrt. Manche schluchzten und klagten, andere bettelten eingeschüchtert oder versuchten, in einem letzten Anflug von Stolz mehr für sich herauszuholen. Niemand begehrte gegen die Ungerechtigkeit der Deportation auf, sondern nur dagegen, nicht genug Platz oder Zeit zu haben.

Einige nahmen sogar ihre Pflüge, Kühe und Pferde mit. Wir teilten uns unseren Viehwaggon mit einer alteingesessenen rumänischen Familie. Der verzweifelte Mann, der weder reich noch politisch aktiv gewesen war und seine Quoten, wie er beteuerte, immer pünktlich geliefert hatte, wusste überhaupt nicht, was er dort zu suchen hatte. Ihm war klar, dass es uns erwischen musste, uns

Deutsche, aber doch nicht ihn und die Seinen. Er jammerte neben seiner verstummten Frau und dem Knaben, der sich mit entsetztem Gesichtsausdruck an sie drückte. Er hatte sein mageres Pferd mitnehmen wollen, doch das war aus dem Waggon gestürzt und hatte sich so schwer verletzt, dass der Major es auf der Stelle erschossen hatte.

Ein junges, ungarischstämmiges Paar, das ich noch nie gesehen hatte, weil es etwas außerhalb wohnte, stieg mit seinen zwei Kühen und den Möbeln, die es gerade erst vom Hochzeitsgeld erstanden hatte, hinzu. Die beiden schauten sich so verträumt in die Augen, als ob sie zu ihren Flitterwochen aufbrächen. Einen zerlumpten Mann, der mit wenigen Habseligkeiten und einem kaputten Karren an den Zügen aufgetaucht war, schickte der Leutnant wieder nach Hause. «Wenn der ein Volksfeind ist, dann fresse ich meine Mütze!», rief er dem Major zu. Er genoss sichtlich seine Macht.

Die Szenerie war gespenstisch, im schwachen Scheinwerferlicht tauchten immer wieder Gestalten aus der Dunkelheit auf oder verschwanden wieder darin. Es war unmöglich zu sehen, was genau geschah, und doch war es immer dasselbe. Schicksalsergeben kamen immer noch Leute an und wurden zu einem der Waggons gewiesen, in dem noch freier Platz war.

Für einen Augenblick dachte ich daran zu flüchten. Ich stellte mir vor, zum Knochenhügel zurückzukehren und meine Arbeit wiederaufzunehmen. Ich suchte nach Rissen und Löchern im Boden und steckte meinen Kopf durch die Tür, um zu prüfen, ob ich unbemerkt hinunterspringen könnte. Aber es waren neue Waggons, und auf beiden Seiten des Zuges hatte man Wachen aufgestellt.

Schließlich ließ ich mich neben Vater fallen, der mich die ganze Zeit beobachtet hatte, und war irgendwie froh darüber, dass man mir diesmal die Flucht vereitelt hatte. Irgendwie müde.

Langsam, sehr langsam kehrte Ruhe ein, im Dorf und in den Waggons, nur die Kühe muhten, und hin und wieder wieherte ein Pferd. Ein Kind weinte. Ein vergessener Hahn krähte faul um sein Leben oder um einen Tag anzukündigen, an den nur noch er glaubte. Ein Soldat steckte uns Zigaretten zu, ein anderer eine Flasche Wasser. Der Morgen brach an, die Türen wurden zugezogen und versperrt.

«Hört das denn nie auf?», fragte ich Vater.

«Ich fürchte, nicht.»

* * *

In meiner Erinnerung an diese Zugfahrt tauchen zuerst die Gerüche auf. Der Geruch nach erhitztem, durch die sengende Hitze aufgeweichtem Teer auf der Bahntrasse. Der Geruch nach Dreck und Schweiß, nach dem Tierkot, der uns vor die Füße plumpste. Der nach Urin in einem alten Eimer, denn der Zug hielt unregelmäßig an, und dann auch nur, damit die Tiere nicht verdursteten und in einem Fluss, der kaum Wasser führte, trinken konnten.

Dafür hatten wir aus einem Schrank des jungen Paares eine Rampe gebastelt, über die wir die Tiere ins Freie führten. Der einzige Genuss war die frisch gemolkene Milch, die uns die Tiere geduldig und fügsam jeden Morgen vor Sonnenaufgang schenkten. Die Kanne ging stumm von Hand zu Hand.

Auf seinem Weg durch das Banat hatte der Zug viele Stellen passiert, wo Menschen auf freiem Feld kampierten, kleine Gruppen, die unter ihren Karren etwas Schatten suchten, oder größere Gruppen, die wie ein Volksfest oder ein Wochenmarkt wirkten. Wie wir hatten sie alles bei sich, was sie transportieren konnten und was ihr bisheriges Leben ausgemacht hatte. Doch in unmittelbarer Nähe standen Soldaten und bewachten sie, auch sie von der Hitze geplagt. Das war die einzige Gerechtigkeit, die uns widerfuhr. Sie alle, die dort gestrandet waren, Bewachte und Bewacher, warteten auf ihre Erlösung. Auf einen Zug, der ihnen zugedacht war.

Auf dem Acker, an Hügelhängen, im tiefen Gras standen Leute neben ihren Schränken, Kredenzen und Truhen, in die sie ihre Unterwäsche, ihre geflickten Hosen und zerfransten Pullover gestopft hatten. Eine Frau hatte ihren Säugling in eine offene Schublade gelegt, und in den Bäumen flatterten Windeln und Wäsche zum Trocknen. Denn sie ließ es sich nicht nehmen, auch dort, unter freiem Himmel, eine ordentliche Hausfrau zu sein. Es war ein ganzer Hang voller Wäsche, als ob dem Hügel Segel gewachsen wären.

Ein Mann saß in seinem Sessel mitten im Fluss und kühlte seine Füße im Wasser. Auf seinem Schoß lag ein Hut, ein Damenhut, vielleicht die letzte Erinnerung an seine Frau. Wir blickten durch unsere Gucklöcher hindurch und staunten. Inzwischen waren viele Neue hinzugestiegen, und an den Bahnhöfen, an denen wir hielten, herrschte ein Gewimmel von Mensch und Tier. Wenn es den Turm zu Babel wirklich einmal gegeben hat, dann dort, auf den Gleisen irgendeines Provinznestes, wo ungarisch-, serbisch-, bulgarisch- und deutschstämmige Rumänen wie Vieh zusammengetrieben wurden.

Zu uns hatten sich ein Rumäne und seine Frau gesellt,

ihm fehlte ein Auge, das er im Krieg verloren hatte. Als dekorierter Kriegsveteran hatte er sich in Sicherheit gewähnt, doch seine Vergangenheit als Journalist hatte ihn eingeholt. Da war ein anderer Rumäne, Armeeoffizier und Parteimitglied aus Überzeugung, der gerade seine Verlobte, eine reiche Schwäbin, besucht hatte, als man bei ihnen anklopfte.

Ein Rumäne aus Bessarabien, der vor allem durch seinen Akzent auffiel, beweinte seine Familie, die er seit 1940, als sie im Krieg auseinandergerissen worden waren, nicht mehr gesehen hatte. Er war ein guter Handwerker, hatte unauffällig gelebt und konnte sich kaum vorstellen, dass bloß seine Herkunft über sein Unglück bestimmt hatte. Sie alle versuchten, sich ihren Zustand zu erklären, nur ich hatte es längst aufgegeben.

Wir waren seit einer Woche unterwegs, selten hatten wir Gelegenheit, auszusteigen und unsere Notdurft zu verrichten. Meist musste ein Eimer herhalten, der aber, weil die Waggontür seit dem Vortag nicht mehr aufgegangen war, voll war und übel roch. Vater hatte Krämpfe, sein Kopf war rot angelaufen, und es kostete ihn seine letzte Kraft, sich zu beherrschen. Er hatte sich in einer Ecke verkrochen, und als ich nach ihm sah, krümmte er sich mit verzerrtem Gesicht am Boden.

Ich holte ein Messer, schaute mich fieberhaft um und suchte einen Riss im Holzboden des Waggons, dann machte ich mich an die Arbeit. Nach einer Viertelstunde hatte ich den Riss zu einem Loch vergrößert, das sich gut zur Latrine eignete. Ich half Vater auf die Beine und stützte ihn. Als er die Hose runterlassen wollte und ich die neugierigen oder angewiderten Blicke der anderen bemerkte, flüsterte ich ihm zu: «Warte noch einen Augenblick.» Ich holte eine Decke und spannte sie vor ihm auf, sodass er nun abgeschirmt war. «Jetzt kannst du. Niemand sieht dich.» Vater hockte sich hin.

Manchmal bekreuzigten sich andere Reisende oder Wartende verstohlen, wenn unser Zug vor ihnen am Bahnhof hielt und sie merkten, welche Ware da mitgeführt wurde. Sie zogen ihre Hüte, doch das Kreuz schlugen sie erst, wenn sie sich vergewissert hatten, dass niemand in der Nähe war, der sie ebenfalls in einen Waggon hätte stoßen können. Mutigere liefen nach Hause und brachten uns Schwarzbrot und Marmelade oder Wasser. Die Soldaten ließen sich schnell überreden und drehten sich kurz weg, just die Zeit, die es brauchte, um uns das Bündel zu überreichen.

Eines Tages stoppte der Zug so plötzlich und ruckartig, dass wir übereinanderstürzten, und aus einem Schrank fiel Geschirr und zerbrach. «Wenn das kein Glück bringt?», sagte einer, aber niemand kümmerte sich darum. Wir eilten an unsere Gucklöcher, aber es war nichts zu sehen außer einem weiten Sonnenblumenfeld und einem roten Sofa, auf dem ein Mann mit dunkler Brille neben einer Frau saß, deren Füße verformt waren. «Zu uns kommen die nicht», bemerkte jemand. «Aber vielleicht wir zu ihnen», erwiderte ich, der sah, wie sich unserem Waggon Soldaten näherten. Die Tür rollte quietschend auf, und wir hielten uns die Hände vors Gesicht, geblendet durch das helle Licht.

«Endstation, alle aussteigen!», befahl uns jemand.

«Sind wir jetzt in Sibirien?», fragte einer.

«Wenn du in Sibirien wärst, würdest du mich verstehen, du Idiot?», wurde ihm geantwortet. «Ihr habt eine Viertelstunde Zeit, um alles herauszutragen und auf die

Karren zu laden, die auf euch warten. Was dann nicht draußen ist, bleibt drinnen. Wir haben noch zehn Kilometer Fußmarsch vor uns, und ich will vor Einbruch der Dunkelheit zurück sein, also beeilt euch.»

Wir schafften es in zehn Minuten. Bauern aus der Gegend, die auf uns gewartet hatten, halfen uns dabei. Die Erde war trocken und hart, es hatte seit Langem nicht mehr geregnet, und es gab keine Wolke am Himmel, die Abkühlung versprochen hätte. Myriaden von Mücken schwirrten um uns herum, drangen uns in Augen und Nasen und den Tieren in die Nüstern. «Wenn es dunkel wird, wird es noch schlimmer!», rief uns der Sergeant zu. «Ihr seid nicht in Sibirien, ihr seid noch in Rumänien, aber an einem Ort, den ihr euch bald wünschen werdet, nicht kennengelernt zu haben.»

Er schritt begleitet von zehn Soldaten durch unsere Reihen, als ob er bei einer Parade wäre. Zehn Soldaten genügten für einige Hundert Leute, so wie ein Landsknecht genügte, um einige Kühe vor sich herzutreiben. Sie würden die Herde zum Schlachthof bringen oder wo auch immer uns der Sergeant haben wollte. Der stieg jetzt auf sein Pferd und gab das Zeichen zum Abmarsch. In zwei Reihen zogen wir am Blinden und an der Lahmen vorbei, die gar keine Notiz von uns nahmen. Sie hatten sich womöglich schon dem Tod überlassen. «Niemand hat sie mitnehmen wollen», flüsterte uns ein Soldat zu. «Man hat sie hier ausgeladen und vergessen.»

Erst nach Stunden erreichten wir den für uns vorgesehenen Ort, ein schon abgeerntetes Weizenfeld. Über uns krähten unerbittlich die Raben, und zum ersten Mal übertraf mein Durst den Hunger.

«Halt!», befahl der Sergeant und sprang vom Pferd,

während wir erschöpft niedersanken. «Hier ist euer Dorf!», sagte er.

«Wo, hier?», fragte ich.

«Junge, siehst du nicht die prächtigen Häuser, die blühenden Obstbäume, die üppigen Gärten? Ich schon.» Dieser Kommentar kam ihm so routiniert über die Lippen, als ob er ihn schon bei anderen Gruppen ausprobiert hätte. Er legte mir den Arm um die Schulter und führte mich näher ans Feld heran. Erst jetzt sah ich, dass dort überall mit weißer Farbe gerade Linien gezogen waren. Ein ganzes Feld voller Rechtecke, es mussten um die Hundert sein, und alle waren sie nummeriert.

An der Ecke eines jeden Rechtecks war ein Pfahl in den Boden gerammt worden, und darin steckte ein Zettel mit einer Nummer. In jedem Rechteck lagen eine Glasscheibe und eine Holzplatte. «Die Partei hat jeder Familie ein Stück Land zugewiesen, dazu eine Glasscheibe für ein Fenster und eine Holzplatte für die Tür. Ich würde euch raten, bald mit dem Häuserbau zu beginnen. Ich meine es gut mit euch. Hier ist der Herbst sehr stürmisch, und es regnet ohne Ende. Wenn ihr kein Haus baut, sondern euch nur in der Erde eingrabt, werdet ihr darin ersaufen. Aber das ist nicht das Schlimmste. Der Winter ist noch härter, das Einzige, was hier aus Sibirien kommt, sind die Winde. Bald wird es so viel schneien, dass ihr nicht mehr aus den Häusern rauskönnt. So, jetzt werde ich die Namen ausrufen, die auf meiner Liste stehen, und ich erwarte, dass das Familienoberhaupt nach vorn kommt und die Nummer der Parzelle in Empfang nimmt, die ihm zusteht.»

Es dauerte eine Weile, bis er bei *O* angelangt war, dann ging ich nach vorn, und er sagte mir die Nummer.

«Gibt es Trinkwasser in der Gegend?», fragte ich.

«Zwanzig Meter tief oder in den Bottichen, die du dort siehst. Wir haben sie gestern hier für euch aufgestellt. Ich persönlich würde nicht daraus trinken, das Wasser ist voller Würmer. Da rafft euch der Typhus in wenigen Wochen dahin.»

Als der Sergeant und seine Soldaten weg waren, verteilten wir uns quer über das ganze Feld, jeder in seinem Rechteck. Ich stellte die zwei Schränke parallel zueinander und spannte den Teppich wie ein Dach über ihnen auf. Ich kippte den Tisch um, sodass wir nun von drei Seiten her geschützt waren, sowohl vor dem Wind wie auch vor fremden Blicken. Im kleinen Innenraum, der so entstanden war, stellte ich die zwei Stühle auf und lud Vater ein, sich zu setzen, dann folgte ich ihm. Wir öffneten je eine Schranktür vor uns, sodass nun eine winzige, aber abgeschirmte Fläche entstand, die uns ganz allein gehörte, falls uns überhaupt noch etwas gehören konnte.

«Nachts legen wir die Matratze auf den Boden, tagsüber reichen die Stühle», erklärte ich Vater.

«Was sollen wir hier? Es ist das Ende der Welt», sagte er.

Ich begann zu lachen, wie ich noch nie in meinem Leben gelacht hatte, höchstens bei meiner zweiten Geburt, als Ramina mich Vater gezeigt hatte. Ich lachte auch dann noch, als die Nacht sich über uns senkte und die Menschen sich zum Schlafen bereitmachten. Wir rollten die Matratze aus, zogen uns aus, und immer noch lachte ich. Ich hörte erst auf, als wir nebeneinanderlagen in unserem – ja, das wenigstens war klar: unserem – Rechteck.

«Ich baue uns ein Haus am Ende der Welt.»

Danksagung

Der Autor dankt dem Land Schleswig-Holstein und den Städten Erfurt und Baden-Baden sowie dem Literarischen Colloquium Berlin und der Bosch-Stiftung für die Unterstützung dieses Romans.

Aus dem Verlagsprogramm

Tina Uebel
Last Exit Volksdorf
Roman
Etwa 272 Seiten. München 2011

Michael Stavarič
Brenntage
Roman
Etwa 160 Seiten. München 2011

Kurt Drawert
Idylle, rückwärts
Gedichte aus drei Jahrzehnten
Etwa 256 Seiten. München 2011

Alon Hilu
Das Haus der Rajanis
Roman
Etwa 384 Seiten. München 2011

Bernadette Conrad
Die vielen Leben der Paula Fox
Ein Porträt
Etwa 192 Seiten. München 2011

Paula Fox
Die Zigarette und andere Stories
Etwa 224 Seiten. München 2011

Matt Beynon Rees
Der Attentäter von Brooklyn
Omar Jussufs vierter Fall
Roman
Etwa 28 Seiten. München 2011

Ariëlla Kornmehl
Was du mir verschweigst
Roman
Etwa 224 Seiten. München 2011